वंचना

उपन्यास

भगवानदास मोरवाल

वंचना

राजकमल प्रकाशन

ISBN : 978-93-89577-19-8

मूल्य : ₹695

पहला संस्करण : 2019

प्रकाशक : राजकमल प्रकाशन प्रा. लि.
1-बी, नेताजी सुभाष मार्ग, दरियागंज
नई दिल्ली-110 002
द्वारा प्रकाशित

शाखाएँ : अशोक राजपथ, साइंस कॉलेज के सामने, पटना-800 006
पहली मंजिल, दरबारी बिल्डिंग, महात्मा गांधी मार्ग, इलाहाबाद-211 001
36 ए, शेक्सपियर सरणी, कोलकाता-700 017

वेबसाइट : www.rajkamalprakashan.com
ई-मेल : info@rajkamalprakashan.com

मुद्रक : बी.के. ऑफसेट
नवीन शाहदरा, दिल्ली-110 032

VANCHANA
Novel by Bhagwan Dass Morwal

मैं उन बदनसीब हिन्दू औरतों में हूँ जो बाल-विवाह की (कु) प्रथा से जुड़े अनकहे दुःखों को चुपचाप झेलते रहने के लिए अभिशप्त हैं। इस (कु) प्रथा ने मेरी ज़िन्दगी की ख़ुशियों को तबाह कर दिया!

—रुख्माबाई

टाइम्स ऑफ़ इंडिया, 1886

वंचना

संवत्सर का कार्तिक महीना।

दीवाली के ग्यारह दिन बाद मनने वाला हिन्दुओं का एक छोटा-सा, मगर बेहद महत्त्वपूर्ण पर्व देवउठनी भी अक्सर इसी महीने में पड़ता है। इस पर्व के बारे में एक मान्यता यह है कि इस दिन हमारे देवी-देवता सोकर उठते हैं। इसे एक असूज सावा भी माना जाता है। इसलिए इस दिन पंडित-ब्राह्मण से बिना पत्रा बँचवाए कोई भी सनातनधर्मी अपने आयुष्मानों और सौभाग्यवतियों को प्रणय-सूत्र में बे-खटके व निःसंकोच बाँध सकता है।

यह वही साल था जब इसके पहले ही महीने जनवरी में सीरिया के दमिश्क में एक कार बम विस्फोट में नौ लोग मारे गए थे। अगले महीने अपने पड़ोसी मुल्क पाकिस्तान के कराची शहर में हुए, एक बम विस्फोट में पैंतालीस लोगों की मौत हुई थी। इसी साल अप्रैल के महीने में फ्रेंच सीनेट ने समलैंगिक विवाह के लिए एक बिल की मंजूरी दी थी, तो माइक्रोसॉफ़्ट ने सात अरब बीस करोड़ डॉलर में नोकिया को ख़रीदा था। यहाँ यह भी बताना ज़रूरी है कि जिस साल देवउठनी के दिन सज्जन सिंह ने अपने बेटे सदानन्द की शादी की थी, उससे छह महीने पहले जून में भारत के बिहार राज्य में बिजली तूफ़ान में चौवालीस लोग मारे गए थे। इतना ही नहीं भारत नें इसी साल दिसम्बर महीने में हुए एक नृशंस, लोमहर्षक और मानवता को शर्मसार करनेवाले कृत्य अर्थात् निर्भया बलात्कार मामले के कारण भी यह साल जाना जाता है।

इस नृशंस कांड के बाद महिलाओं के ख़िलाफ़ होनेवाले अपराधों पर नए सिरे से बहस शुरू हो गई। जो शहरी अघाया मध्यवर्गीय अपने घर से बाहर नहीं आता है और किसी के चिरे पर नहीं मूतता है, देखते-ही-देखते वह सभ्य समाज की प्रमुख इकाई में तब्दील हो गया। जो जंतर मंतर और इंडिया गेट कुनमुनाते-से पुरातत्व विभाग की रोशनी में भीगे रातभर ऊँघते रहते थे, अचानक उनके भी दिन फिर गए। नतीजतन वे कैमरों की लपलपाती तेज़ फ्लश में नहाई अनगिनत मोमबत्तियों की रोशनी से जगमगा उठे। खाए-पिए सभ्य समाज की मोमबत्तियों

की इस क्रांतिकारी रोशनी का इतना असर हुआ कि सरकार ने तुरन्त जस्टिस वर्मा को क़ानून में बदलाव लाने के लिए सिफ़ारिश करने को कह दिया। इस बदलाव में पहली बार बलात्कार करनेवाले अपराधी को मौत की सज़ा का प्रावधान किया गया, जिसे संसद ने अभूतपूर्व एकता का परिचय देते हुए एकमत से पास कर दिया। इतना ही नहीं इसमें पन्द्रह साल से कम उम्र की पत्नी से बलात्कार के मामले में दी गई विशेष छूट भी ख़त्म कर दी गई।

इसी देवउठनी के बाद का ठीक तीसरा दिन।

भीतर से बन्द दरवाज़े और फ़र्श के बीच की ख़ाली जगह। इसी ख़ाली जगह से बाहर दालान में झाँकती पपड़ाई सुर्ख़ धार। इसी पपड़ाई धार पर भिनभिनाता आवारा मक्खियों का झुंड। मंगला की नज़र जैसे ही झुंड से पटे लाल चकत्ते के एक कोने पर पड़ी, उसकी घिग्घी बँध गई। पूरे जिस्म में बिजली का करंट-सा दौड़ गया। एक अनजाने ख़ौफ़ के चलते रोआँ-रोआँ सिहर गया। मुश्किल से उसने अपनी साँसों पर क़ाबू पाया और तेज़ी से उलटी दिशा में दौड़ी।

उसने अपनी जेठानी पद्मा का हाथ पकड़ा और उसे लगभग खींचते हुए उसी पपड़ा चुकी सुर्ख़ धार के पास ले आई, जिसे अब तक भिनभिनाती मक्खियों का झुंड पूरी तरह आच्छादित कर चुका था। पद्मा ने भी मक्खियों के झुंड को उड़ाते हुए पपड़ा गई धार को देखा, तो देखते ही वह ग़श खाकर गिरते-गिरते बची। यह तो ग़नीमत थी कि मंगला ने उसे लपककर सँभाल लिया वरना वह गिर ही जाती।

इस बीच थोड़े-से बचे रिश्तेदार और पूरा उनींदा घर इस हलचल के चलते जाग गया। जब तक मंगला और पद्मा कुछ समझ पातीं, चारों तरफ़ फैल चुके सुबह के उजास में इन मक्खियों के झुंड का रहस्य जानने की उत्सुकता में सारा घर इकट्ठा हो गया। घर के मुखिया सज्जन सिंह ने भी यह नज़ारा देखा, तो देखते ही एक अनजाने भय के चलते उसका थूक हलक़ में अटक गया।

अन्दर से बन्द दरवाज़े को खुलवाने की किसी की हिम्मत नहीं पड़ रही है। हारकर घर के मुखिया ने ही अपने अनुभव और समझदारी का सहारा लिया। वह सबको साथ लेकर एक तरफ़ आ गया। उसने इशारे से पत्नी पद्मा को अपने पास बुलाया और उसे एक तरफ़ कोने में ले गया। वहाँ ले जाकर पत्नी से न जाने क्या कहकर, वह वहीं पड़ी एक ख़ाली कुर्सी पर धम्म से बैठ गया।

पति के आदेश भरे निर्देश पर पद्मा मंगला के पास आई। दोनों में कुछ गुप्त मंत्रणा हुई। इसके बाद वे दोनों बड़ी बहू वसुधा को साथ लेकर उसी मक्खियों के झुंड की ओर बढ़ गईं। वसुधा को उन दोनों ने कुछ हिदायत दी और दरवाज़े से कुछ दूर खड़ी हो गईं।

भिनभिनाती मक्खियों से बचते-बचाते, धड़कते दिल को क़ाबू कर वसुधा ने अन्दर से बन्द दरवाज़े को धीरे-धीरे पीटना शुरू किया। अभी वसुधा ने तीसरी-चौथी बार दरवाज़े को खटखटाया ही था कि दरवाज़ा हल्के से खुला। दरवाज़ा खुलने पर जैसे ही उसकी नज़र दरवाज़े के बीचों-बीच खड़े अपने देवर सदानन्द के बग़ल से होती हुई अन्दर बिस्तर पर पड़ी, एक चीख़ के साथ वह तेज़ी से वापस पलटी।

दरवाज़े के बीचों-बीच खड़ा सदानन्द जब तक कुछ समझ पाता और पलटकर पीछे देखता, अपने तलुओं से लिपटे किसी लिसलिसे पदार्थ को देख वह लड़खड़ा गया। इस लिसलिसी भरी चिपचिपाहट से बचने की कोशिश में जितना वह इधर-उधर होता, पाँव उतने ही उससे लिथड़ते चले गए। देखते-ही-देखते पूरे फ़र्श पर सदानन्द के सुर्ख़ पाँवों के निशान छप गए।

"मम्मी, भीतर देखो!" वसुधा ने हाथ के इशारे से अपनी सास पद्मा से कहा।

बहू के इशारे का अनुसरण कर पद्मा ने डरते हुए भीतर झाँककर देखा, तो देखते ही उसने माथा पीट लिया। इस बीच जमा हो चुके उन रिश्तेदारों और मेहमानों की, जिन्हें हर हालत में आज ही लौटना था, आँखें रह-रह कर अन्दर के रहस्य को जानने के लिए अधखुले दरवाज़े के भीतर पसरे उजास को टटोलने लगीं।

पद्मा, मंगला और बड़ी बहू वसुधा तीनों अन्दर गईं। जगह-जगह चिपचिपा गए फ़र्श से बचते-बचाते वे बिस्तर तक आईं। वसुधा ने बिस्तर पर पड़ी अर्द्धनग्न देह को छूते हुए धीरे-से आवाज़ लगाई। परन्तु बिस्तर पर पड़ी देह की तरफ़ से किसी तरह का जवाब आना तो दूर रहा, उसमें किसी तरह की हरकत तक नहीं हुई। इस बार हिम्मत कर मंगला ने हल्के से हिलाया। मगर इस बार भी उसे कोई उत्तर नहीं मिला।

"जीजी, देखना, बहू कोई जवाब क्यों नहीं दे रही है?" मंगला के शब्द इस बार टूटने लगे।

अपनी देवरानी के इस आह्वान पर पद्मा पूरी ताक़त से निढाल जिस्म को झिंझोड़ते हुए बोली, "बहू, कुछ तो बोल!"

पद्मा ने जिस तरह 'बहू' को झिंझोड़ा, ख़ून से सने पेटीकोट में ठंडी हो चुकी देह पलटकर दूसरी तरफ़ ढुलक गई। इधर पथराई आँखों वाली निष्प्राण देह पलटी, उधर पूरे कमरे को पद्मा की चीख़ बींधती चली गई।

देखते-ही-देखते कोहराम मच गया। जिस घर की जो दीवारें दो दिन पहले ढोलक की थाप पर खुशियों के मंगल गीतों से झंकृत थीं, एकाएक चीत्कारों में तब्दील हो गईं। जिस आँगन में एक दिन पहले सत्ती खोटा, संटी खेलने और कंगन खिलाई जैसी रस्मों के बीच हँसी-ठट्ठे, छेड़छाड़ व चुहल आपस में अठखेलियाँ कर रही थीं, वही आँगन शोक, अपशकुन और भयातुर सिसकियों से भर गया। जो

आँगन महावर लगे पाँवों में बँधी पैजनियों से गुंजायमान था, उसमें तरह-तरह की आशंकाओं, जिज्ञासाओं और कौतूहल भरे सवालों के प्रेत उड़ने लगे। पूरे घर के मर्दों की शिराओं में बहता रक्त आगामी परिणामों के बारे में सोच-सोच कर जमने लगा।

इसी भय के चलते सज्जन सिंह अपने दोनों भाई पुरुषोत्तम व रघुवीर तथा अपने साले विष्णु को एक तरफ़ ले गया और संभावित ख़तरों के बारे में उनसे मशविरा करने लगा। सज्जन सिंह की बात सुन एक बार तो दोनों छोटे भाई किसी अकल्पनीय अनिष्टता की गहरी खाई में उतरते चले गए। यह तो विष्णु ने बात सँभाल ली।

"जीजा, ऐसे कैसे दहेज-हत्या का मामला बन जाएगा?"

"फिर इस मुसीबत से कैसे पार पाया जाए विष्णु?" सज्जन सिंह ने पपड़ा गए होंठों पर जीभ फेरते हुए पूछा।

"ऐसा है, हम पहले सदानन्द से अच्छी तरह पूछ लेते हैं। क्या पता लेने-देने के चक्कर में आपस में कोई खटपट हो गई हो और ग़ुस्से में वह कुछ कर बैठा हो! आजकल के इन लौंडे-लपाड़ों में थोड़ी-सी भी तसल्ली नहीं होती है।"

"भाई साब, विष्णु जी ठीक कह रहे हैं।" पुरुषोत्तम ने विष्णु से सहमति जताते हुए अपने बड़े भाई को धीरज बँधाया।

सज्जन सिंह ने किसी तरह की प्रतिक्रिया व्यक्त नहीं की।

"मेरे हिसाब से भी यही ठीक रहेगा। विष्णु जी, आप ऊपरवाले कमरे में चलिए...मैं भेजता हूँ उसे।" इतना कह रघुवीर सदानन्द को बुलाने चला गया।

विष्णु ने अपने अनुभव के तरकश से जितने भी नए-पुराने तीर छोड़े, एक-एक कर सब अपने निशाने से चूकते चले गए।

"मामा जी, आप मुझसे जिसकी चाहे कसम खवा लीजिए...मेरा यकीन करिए मैंने ऐसा कुछ नहीं किया जैसा आप सोच रहे हैं। आपस में हमारी कोई खटपट नहीं हुई।" सदानन्द ने रिरियाते हुए सफ़ाई दी।

"चलो मान लिया कोई खटपट नहीं हुई परऽऽऽ...इतना खून?" इतना कह विष्णु ने पहले अपने भांजे सदानन्द की आँखों में देखा और फिर मुंडी हिलाते हुए शब्दों को चुभलाते हुए बोला, "ऐसा नहीं हो सकता सदानन्द। हरकत तो तूने कोई की है। अब क्या की है, बस यही जानना रह गया है।"

"आप भी मामा जी कैसी बात कर रहे हो! क्या हरकत की है मैंने? अगर ऐसी ही बात है तो क्यों की मेरी शादी। मरने देते मुझे कुँआरा ही।" सदानन्द झल्लाते हुए एकाएक दार्शनिक हो गया।

"यही तो मैं जानना चाहता हूँ मेरे भांजे कि तूने उसके साथ ऐसी क्या हरकत की जो इतना खून..."

"मैंने ऐसा कुछ नहीं किया मामा...बस, थोड़ी-सी जबरदस्ती जरूर की थी। ऐसा करके मैंने कौन-सा जुर्म कर..."

इससे पहले कि सदानन्द अपना वाक्य पूरा करता, एक झन्नाटेदार तमाचा उसकी कनपटी पर आकर लगा। सदानन्द की आँखों के आगे छोटे-छोटे तारे तिरमिरा उठे। उसकी समझ में नहीं आया कि उसकी कनपटी पर यह तमाचा आख़िर क्यों पड़ा।

"यह थोड़ी-सी ज़बरदस्ती थी। प्यार से काम नहीं ले सकता था! जरूरी था खून-खराबा करना।" विष्णु डाँटते हुए बोला।

"मैंने क्या खून-खराबा कर दिया। थोड़ी-सी ही तो जबरदस्ती की थी...और फिर आप ने ही तो कहा था कि पहली रात ही बिल्ली मारनी चाहिए, नहीं तो वह बेकाबू हो जाएगी।"

अपने भांजे सदानन्द की बात सुन विष्णु ने अपना माथा पकड़ लिया। कुछ पल रुककर फिर दाँत पीसते हुए झल्लाया, "अबे अनाड़ी, बिल्ली मारने के लिए कहा था। घरवाली मारने के लिए नहीं कहा था!"

"पर मामा, इसमें मेरा कोई कसूर नहीं था। जबरदस्ती मैंने थोड़े ही की थी, उसने करने पर मजबूर किया था। मैंने उसे हर तरह से समझा लिया पर वह तैयार ही नहीं हो रही थी। अब आप ही बताओ मामा कि अगर मेरी जगह आप होते, तो क्या करते?" अपने मामा की उलटबाँसियों से परेशान हो सदानन्द बोला।

विष्णु को अपने अनाड़ी से नज़र आनेवाले भतीजे सदानन्द से इसकी बिलकुल उम्मीद नहीं थी। एक झटके में वह अतीत की उसी बन्द गुफ़ा में लौट गया, जिससे एक रात पहले सदानन्द गुज़रकर आया है। उसे लगा जैसे ग़लती से छूट गई किसी मोखी से सदानन्द उस गुफ़ा की दीवार पर टँगे, जगह-जगह से फट चुके मटमैले चित्रों को टकटकी लगाए देख रहा है। पहली रात उसने भी तो ऐसी ही ज़बरदस्ती की थी।

"बताओ मामा, ऐसे में आप क्या करते?" विष्णु मामा को अतीत से वर्तमान में घसीटकर लाते हुए सदानन्द ने पूछा।

"मैं समझ गया तू क्या कहना चाहता है। खैर, जो हो गया, सो हो गया। अब सच-सच बता उस रात क्या-क्या हुआ था?" विष्णु ने फिर से सदानन्द की घेरेबन्दी करते हुए पूछा।

सदानन्द ने रात को जो-जो हुआ, सब अपने मामा विष्णु को बता दिया। हारकर विष्णु को अपने भांजे पर ही यक़ीन करना पड़ा।

इधर सब जैसे विष्णु का ही इंतज़ार कर रहे थे।

"हाँ विष्णु, सदानन्द ने कुछ बताया?" इससे पहले कि विष्णु आकर दम लेता, सज्जन सिंह ने उसके आते ही पूछा।

मगर यह क्या! विष्णु किसी तरह का जवाब देने के बजाय ज़ोर से हँस पड़ा।

"क्या हुआ? तू ऐसे क्यों हँस रहा है?" सज्जन सिंह ने अचरज से पूछा।

इधर विष्णु है कि उसकी हँसी रुकने का नाम नहीं ले रही है।

"यार ऐसा क्या हुआ, जो तेरी हँसी रुकने में नहीं आ रही है?" सज्जन सिंह इस बार झल्ला उठा।

"क्या बताऊँ जीजा, बताने की कोई बात हो तो बताऊँ।" अपनी हँसी पर थोड़ा क़ाबू पा, विष्णु ने पहले थोड़ा दम-साँस लिया और फिर मुस्कराते हुए बोला, "यह सब इस सदानन्द के अनाड़ीपन के चलते हुआ है।"

"आपका मतलब है ऐसा कुछ नहीं हुआ जैसा हम सोच रहे हैं?" रघुवीर ने संतोष की साँस लेते हुए तसदीक करनी चाही।

"ना, ऐसा कुछ नहीं हुआ।" विष्णु ने हिम्मत बँधाते हुए कहा।

"फिर अब ऐसे में हमें क्या करना चाहिए?" सज्जन सिंह ने आस्तीन से माथा पोंछते हुए पूछा।

"ऐसा करते हैं भाई साब, चुपचाप दाग लगा देते हैं?"

"क्या! दाग लगा देते हैं। पागल हो गया है! किसी को यकीन नहीं होगा, तो हो जाएगा। ऐसी बेवकूफी नहीं करनी है।" विष्णु ने पुरुषोत्तम को डाँटने के बाद आगे कहा, "मुझे लगता है इस बारे में हमें किसी वकील से बात करनी चाहिए!" रास्ता इस बार भी विष्णु ने ही सुझाया।

"आप सही कह रहे हैं। वैसे भी मौत का मामला है। बगैर वकील से बात किए काम नहीं चलनेवाला। हमें उसे सही-सही सारी बात बता देनी चाहिए।"

"बता तो दें पर ऐसा वकील भी तो होना चाहिए!" सज्जन सिंह ने गहरी साँस लेते हुए चिन्ता जताई।

"एक मिनट भाई साब!" इतना कह पुरुषोत्तम ने जेब से मोबाइल निकाला और किसी से बात करने लगा। बात करते हुए अपनी हथेली पर वह किसी का नंबर भी लिखता रहा। जैसे ही बात ख़त्म हुई, वह बोला, "भाई साब, ये अपने बड़ी दुकान वाले गुप्ता जी हैं न, यह उनके दामाद का नंबर है। सेशन कोर्ट में वकालत करते हैं। हमें इनसे बात करनी चाहिए!"

"तो भले आदमी इसमें देर किस बात की। जल्दी कर इससे बात!" सज्जन सिंह ने पुरुषोत्तम को आदेश देते हुए कहा।

भाई के आदेश भरे निर्देश पर पुरुषोत्तम ने उसी समय वकील को फोन लगाया और उसे सारी बात बता दी।

"क्या कहा वकील ने?" फोन कटते ही सज्जन सिंह ने पूछा।

"कह रहे थे कि पहले तुरन्त हमें पुलिस को खबर करनी चाहिए। सीधा-सीधा यह पुलिस केस है। साथ में यह भी कह रहे थे कि कोशिश करो कि किसी तरह

थाने में ही मामला निपट जाए। वैसे अच्छा तो यही रहेगा तुम मेरे पास आ जाओ। ऐसे मामलों में लापरवाही बरतनी ठीक नहीं होती।"

"जीजा, हमें वकील साब की राय माननी चाहिए। कहीं ऐसा न हो कि इसके पीहर वाले दहेज का मामला बना दें! अगर दहेज-हत्या का मामला बन गया न, तो पूरे घर को जेल की हवा खानी पड़ जाएगी।"

"विष्णु, यार ऐसा कुबोल मत बोल!" पसीने से एकाएक सज्जन सिंह का माथा चुहचुहा आया।

"मैं सही कह रहा हूँ जीजा। ऐसे मामलों में यही होता है। मेरी मानो तो पुलिस के साथ-साथ इसकी खबर इसके पीहरवालों को भी दे देते हैं। अभी तो बहुत सारे नाते-रिश्तेदार हैं। कम-से-कम ये गवाही तो दे देंगे कि ऐसी कोई बात नहीं थी। जो हुआ, वह एक हादसा था।"

"तू सही कह रहा है विष्णु। ठीक है, मैं बात करता हूँ। रघुवीर, जरा फोन लगाना!"

रघुवीर ने सदानन्द के ससुर को फोन मिलाकर बड़े भाई सज्जन सिंह को दे दिया। सज्जन सिंह के चेहरे पर आते-जाते भावों और रह-रह कर टूटते-बिखरते शब्दों को देख व सुन, एक बार तो पुरुषोत्तम-रघुवीर ही नहीं विष्णु का भी दम फूल गया। बड़ी देर तक समझाने-बुझाने और रिरियाने के बाद सज्जन सिंह के चेहरे पर सामान्य भाव आए।

"हे भगवान, यह क्या आफत आ पड़ी!"

"भाई साब, घबराने से काम नहीं चलेगा। हम हैं न।" रघुवीर ने सज्जन सिंह के कन्धे पर हाथ रखते हुए तसल्ली दी।

"घबराऊँ नहीं तो क्या करूँ। मुझे तो डर लग रहा है कि कहीं वे पुलिस के आगे कोई बखेड़ा न खड़ा कर दें!"

"किस बात का बखेड़ा! आपने सारी बात सही-सही बता तो दी है।" पुरुषोत्तम बोला।

"हमारे बताने से क्या है। बेटी की मौत हुई है अगले की। शिकायत करने का पूरा हक है उसे।"

"पुरुषोत्तम, जीजा जी सही कह रहे हैं। जिस बाप ने बेटी की अपनी देहली से एक दिन पहले डोली विदा की हो, उसे जब उसकी मौत का पता चलेगा तब उस पर क्या गुजरेगी, थोड़ा सोचकर देख।" विष्णु के शब्द एकाएक भीगते चले गए।

प्रत्युत्तर में पुरुषोत्तम ने कुछ नहीं कहा।

"रघुवीर, तुम दोनों भाई थाने में जाओ और अपनी तरफ़ से तुरन्त रिपोर्ट दर्ज कराकर आओ! इधर पुलिस अपना काम शुरू कर देगी, उधर वे लोग भी आ जाएँगे।"

"जीजा, इनके जाने से बात नहीं बनेगी। हमें भी साथ चलना होगा। बल्कि अच्छा होगा मोहल्ले-पड़ोस के कुछ मोजज लोगों को भी साथ ले लें!" विष्णु ने सुझाव दिया।

सबको विष्णु का सुझाव उचित लगा और थाने जाने की तैयारी करने लगे।

इधर बात घर से मोहल्ले और मोहल्ले से होती हुई चारों तरफ़ आग की तरह कब फैल गई, पता ही नहीं चला। घर में छाए मातम के बीच जिज्ञासा, कौतूहल, अन्दाज़े-अनुमानों और शको-शुबहों के तीर आपस में ही टकराने लगे। बीच-बीच में कभी मातम और तनाव हास-परिहास का रूप धारण कर लेता। यह आदमी की आदिम प्रवृत्ति है कि उसके भीतर किसी अंतरे में छिपी उत्सवधर्मिता और परिहास कब फूटकर बाहर आ जाता है, इसका उसे आभास ही नहीं होता। यह उत्सवधर्मिता और हास-परिहास न मातम को देखता है, न ग़म को। न सुख को देखता है, न दुख को। न सुअवसर देखता है, न कुअवसर। कभी-कभी तो घोर विपत्ति तक में संवेदनाओं को कुचलती हुई, दुख की ज़मीन फोड़ इनकी कोंपलें खुली हवा में मुस्कराने लगती हैं।

अगर यक़ीन नहीं है तो शोक और संताप की इस घड़ी में पद्मा की भाभी, विष्णु की पत्नी, सज्जन सिंह की सलहज, सदानन्द की मामी अर्थात् चंचला, और चंचला की हमउम्र मझली बुआ रामा के बीच चल रही इस ग़ीबत को ही सुन लीजिए।

"भैन जी, आजकल की इन लौंडियों का कुछ पता नहीं। नैन-मटक्का करेंगी किसी और के संग और भुगतना पड़ता है हमारे सदानन्द जैसे भोले-भंडारियों को। पता नहीं इस बाली उमर में यह सब करने की इन्हें कैसे फुरसत मिल जाती है। अब मैं आपको क्या बताऊँ भैन जी। हमारे मुजफ्फरनगर में इत्ती ही उमर की एक लौंडिया ने पता है क्या किया?" इतना कहकर चंचला मामी ने पहले अपनी हमउम्र रामा बुआ की आँखों से टपकती कौतुकता को लपका। फिर अपने इर्द-गिर्द मुरझाए मातमी उदास चेहरों पर पुती जिज्ञासा को बाँचने की कोशिश की। जब उसे अपने चारों तरफ़ इन मातमी नम आँखों में इस लौंडिया-आख्यान के बारे में जानने की ललक अँगड़ाई लेती दिखाई दी, तब उसने पहले सलीक़े से पोज़िशन ली और फिर अपने मुजफ़्फ़रनगर की लौंडिया के करतब को चुटीले और शहद से मीठे शीरे में लपेटते हुए व्याख्या सहित विस्तार से बताने लगी।

"हुआ यह भैन जी कि वह लौंडिया पहले से ही किसी और के साथ फिट थी। जब ऐसी लौंडिया किसी और के साथ फिट हो, तो आप जानती ही हैं कि हमारे मुजफ्फरनगर में क्या हालत होती है। पर कहते हैं न कि इसक न देखे जात-पात

और भूख न देखे दाल-भात, फँस गई एक तेली के लौंडे के चक्कर में। तो जिस तिलचट्टे, मेरा मतलब है जिस तेली के लौंडे के साथ वह फिट थी, ऐन भाँवरों से पहले हो गई उसके साथ छूमंतर। आज तक उसका पता नहीं चला कि वह तिलचट्टा उस फूल-सी बाली उमर की लौंडिया को कहाँ लेकर चम्पत हो गया।"

चंचला मामी ने इस आख्यान को चटखारे लेकर जिस अन्दाज़ और भंगिमाओं की चाशनी में डुबोते हुए रस ले-लेकर सुनाया, उसने मातमी माहौल के छाये कोहरे को काफ़ी हल्का कर दिया। कई मातमी चेहरों को यही समझ में नहीं आया कि आख़िर यह 'फिट' होना होता क्या है।

रामा बुआ ने माहौल को फिर से रंज-ओ-ग़म की पटरी पर लाने की कोशिश करते हुए एक बेमानी प्रतिवाद किया, "पर हमारी यह बहू ऐसी नहीं थी। यह तो हमारे सदानन्द के ही भाग खोटे थे।"

"ऐसा मत कहो भैन जी। एक ही दिन में आपने उसको ऐसा क्या परख लिया जो इत्ते डंके की चोट पे कह रही हो? मुझे तो लगता है कि यह भी हमारे मुजफ्फरनगरवाली की तरह पहले से किसी से फिट रही होगी। यह तो इसे उड़नछू होने का मौका नहीं मिला, इसलिए कर ली खुदकसी।"

"पर मुझे यकीन नहीं है। खुदकसी या तो हाथ-पाँव की नस काटने से होती है, या फिर गले में रस्सी या दुपट्टा-साड़ी का फंदा लगाने से होती है। यहाँ तो सारा पेटीकोट ही खून से सना हुआ है। यह खुदकसी नहीं है।" रामा बुआ ने चंचला मामी के कुतर्क को अपने तर्क से काटने का प्रयास किया।

रामा बुआ ने जैसे ही यह कहा, चंचला मामी के हाथ मानो कोई सुराग लग गया।

"फिर तो भैन जी, सब इस भोले-भंडारी का किया-धरा है। इसी ने बहू के साथ जरूर कुछ उलटा-सीधा करम किया होगा। यह तो भूखे भेड़िये के हत्थे बिचारी भेंट चढ़ने वाली बात हो गई। अपनी सारी गरमी लगता है इसने हमारी मेमना-सी बहू पर ही उतार दी।"

पद्मा ने जब देखा कि चंचला सीधे-सीधे उसके बेटे के सिर तोहमत मढ़ रही है, उससे रुका नहीं गया, "भाभी, तू तो ऐसे कह रही है जैसे हमारा तो ब्याह ही नहीं हुआ। हमने तो जैसे मरद की टक्कर ही ना झेली हैं। यहाँ तो बारह बरस में भी कुछ नहीं हुआ और यह साढ़े तेरह-चौदह साल की कटिया होकर भी टक्कर नहीं झेल पाई। भली मेमना हो गई!"

"बाई जी, टक्कर मरद की झेली जाती है छुट्टे साँड़ की नहीं और फिर हमारे ननदोई सज्जन सिंह और आप बराबर के थे। यहाँ तो इन दोनों में धरती-आसमान का फरक है। कहाँ बाईस-तेईस बरस का यह छह फुटा लम्ब-तड़ंग सदानन्द, कहाँ बटुआ-सी छुईमुई बहू। फिर सबका अपना-अपना सरीर होता है। किसी का झेल जाता है, किसी का नहीं झेल पाता।"

"भाभी, अब इन बातों का कोई मतलब नहीं है। भाई साब थाने गए हैं। अब तो ऊपरवाले के हाथ में है।" रामा ने पद्मा को टोकते हुए विषय पर विराम लगा दिया।

2

"जनाब, कोई सज्जन सिंह नाम का आदमी आपसे मिलने आया है। कह रहा है कि एक जरूरी काम है!"

"ठीक है भेज दो।" थानेदार ने अपने एक सिपाही द्वारा सज्जन सिंह के मिलने की इच्छा जताने पर, भेज देने के लिए कह दिया।

"आइए सज्जन सिंह जी!" चार-पाँच लोगों के साथ सज्जन सिंह के अन्दर आते ही थानेदार ने पूछा।

"थानेदार साब, एक मुसीबत आ पड़ी है गले में।"

"क्या हुआ?"

"हुआ यह कि दो दिन पहले मैं लड़के को ब्याह कर लाया था और कल पहली ही रात को..."

"अपने किसी यार के साथ बहू भाग गई?" थानेदार ने एक पुलिसवाले की तरह अपना अतिरिक्त अनुमान लगाते हुए तपाक से कहा।

"जनाब, ऐसी कोई बात नहीं है। दरअसल बात यह है कि कल रात बहू न जाने कैसे चल बसी!" सज्जन सिंह के बजाय विष्णु ने इस बार डोर अपने हाथ में लेते हुए थानेदार से कहा।

"ओ त्तेरे की...चल बसी! वह भी पहली ही रात को!" थानेदार जैसे अपनी कुर्सी से उछला। फिर विष्णु की आँखों में पूरा उतरते हुए बोला, "कहींऽऽऽ कोई दहेज-वहेज का चक्कर तो नहीं था।"

"ऐसा कुछ भी नहीं है जनाब। मैंने लड़के से पूछा था, तो उसने यही बताया कि मामा मैंने बस थोड़ी-सी जबरदस्ती की थी।"

"अच्छाऽऽऽ तो आप लड़के के मामा हो! फिर तो जरूर आपके भांजे ने या तो शिलाजीत खाई होगी या फिर साँड़े का तेल पीया होगा।"

"थानेदार साब, मेरे लड़के में ऐसा कोई ऐब नहीं है।" सज्जन सिंह ने तिलमिलाते हुए जवाब दिया।

"अगर कोई ऐब नहीं है तो फिर वह ऐसे कैसे चल बसी? मैं तो पहली बार ऐसा सुन रहा हूँ। ठीक है, ऐसा करिए कि आप लिखकर दे दीजिए। मैं आपकी रिपोर्ट दर्ज कर लेता हूँ। यह लो कागज और उधर बैठकर आराम

से सारा वाकया लिख दो!" इतना कह थानेदार ने सज्जन सिंह को एक सादा पन्ना दे दिया।

"थानेदार साब, ले-दे कर किसी तरह इस मुसीबत से पिंड छुड़वाओ ना!" सज्जन सिंह ने सादा काग़ज़ लेते हुए फुसफुसाते हुए कहा।

"ले-दे कर! नम्बरदार साब मरवाओगे। एक ब्याहता औरत की मौत का मामला है। वह भी ऐसी मौत का जो पहली रात को हुई है।"

अभी थानेदार ने अपनी बात पूरी की ही थी कि एक सिपाही ने आकर बताया, "जनाब, दैनिक राष्ट्रवाद के प्रपंची साब आए हैं!"

"भेज दे।"

इससे पहले कि सिपाही उस प्रपंची को बुलाकर लाता दरवाज़े से एक आवाज़ आई, "त्यागी जी, मैं अन्दर आ सकता हूँ?"

"अरे आओ प्रपंची साब, आओ! आज सवेरे-सवेरे कैसे हमारे गरीबखाने पर दर्शन दिए हैं!" दरवाज़े की तरफ़ देख, थानेदार ने हँसते हुए कहा।

"क्या करें त्यागी जी, ये ससुरी पत्रकारिता भी बड़ा टुच्चा पेशा बनकर रह गई है। इलाके में कोई खबर ही नहीं मिल रही है। किसी की भैंस गड्ढे में गिर गई, तो किसी का किसी से झगड़ा हो गया–भला ये भी कोई खबरें हुईं। मजा नहीं आता ऐसी खबरों में।"

"प्रपंची साब, अब रोज-रोज तो मर्डर या डकैती पड़ेगी नहीं। कभी-कभी बड़े शिकार के बजाय छीछड़ों से ही गुजारा करना पड़ता है।"

"इसीलिए तो कह रहा हूँ कि इस पेशे में अब पहले जैसा मजा नहीं रहा। पहले जैसी पत्रकारिता नहीं रही। अब तो पत्रकारिता के नाम पर कोरी भड़ुआगिरी रह गई है। इसीलिए हमारी कोई इज्जत भी नहीं करता है। कई बार तो मन करता है कि किसी नुक्कड़ पर खोमचे का खोखा जमा लूँ। कम-से-कम इज्जत की दो रोटी तो मिलेगी। खैर छोड़ो, और सुनाओ क्या चल रहा है?"

"चल क्या रहा है, कर रहे हैं जनता की सेवा।" एक तरफ़ बैठे सज्जन सिंह, विष्णु और दोनों भाइयों पुरुषोत्तम व रघुवीर की तरफ़ इशारा करते हुए थानेदार ने कहा।

"इनकी भी अपने किसी पड़ोसी से कोई लेई-देई हो गई क्या?"

"नहीं यार, इनका कुछ अजीब-सा मामला है। बता रहे हैं कि परसों लड़के को ब्याह कर लाए थे और पहली ही रात को दुल्हन चल बसी।"

"ऐसे कैसे हो सकता है? कहीं कोई ऐसा-वैसा मामला तो नहीं है?" एकाएक प्रपंची नाम के उसी पत्रकार, जिसकी नज़र में थोड़ी देर पहले तक पत्रकारिता एक टुच्चा पेशा थी, और जिसके लिए यह इस क़दर बे-मज़ा बन चुकी थी कि वह किसी नुक्कड़ पर खोमचे का खोखा जमाने का मन बन चुका था, की आँखें विस्मय के चलते चमक उठीं।

"मामला मुझे भी कुछ जम नहीं रहा है।"

"लो थानेदार साब!" सज्जन सिंह ने थानेदार के कहे अनुसार सारा वाक़या तफ़सील से लिखकर दे दिया।

"इसे एंट्री के लिए बाहर दे दीजिए! आप जाइए, मैं लाश को कब्जे में लेने के लिए गाड़ी भेजता हूँ।"

सज्जन सिंह, विष्णु और दोनों भाइयों पुरुषोत्तम व रघुवीर के कमरे से बाहर जाते ही, थानेदार ने सज्जन सिंह द्वारा लिखी गई तहरीर अपने सामने बैठे 'दैनिक राष्ट्रवाद' के पत्रकार प्रपंची की तरफ़ यह कहते हुए बढ़ा दी, "लो, खुद ही तसल्ली से पढ़ लो!"

'दैनिक राष्ट्रवाद' के पत्रकार लालकृष्ण 'प्रपंची' जैसे-जैसे तहरीर पढ़ता गया, उसकी आँखें मारे रोमांच और कौतूहल के रह-रह कर फैलने-सिकुड़ने लगीं। पूरी तहरीर पढ़ने के बाद उसने यह कहते हुए वापस दे दी, "त्यागी जी, यह तो बड़ा ही दिलचस्प मामला है। इसे पढ़कर यकीन नहीं हो रहा है कि यह मौत सहवास की वजह से हुई होगी। सबसे बड़ी बात तो यह है कि इस तरह की मौत मैंने तो इससे पहले कभी सुनी नहीं।"

"यकीन तो मुझे भी नहीं हो रहा है। चूँकि यह एक शादीशुदा जवान औरत की मौत का मामला है, इसलिए इसे हल्के में भी नहीं लिया जा सकता। एफआईआर तो दर्ज करनी ही पड़ेगी। मौत की असली वजह पोस्टमार्टम के बाद ही पता चल पाएगी।"

"त्यागी जी, इसकी एक कॉपी मुझे भी देना। आज का अपना काम इस छिछड़े से चला लेता हूँ।"

"लेकिन एक शर्त पर दूँगा कि यह खबर आप हमारे हवाले से नहीं, वो क्या कहते हैं सूत्रों के हवाले से लगाएँगे।"

"इसकी आप चिन्ता न करें। आपकी कृपा से आज के मेरे कोटे में एक समाचार जुड़ जाएगा, और फिर आया हूँ तो आपके दर से कैसे खाली हाथ चला जाऊँ। कुछ तो लेकर जाऊँ आपके थाने से।"

"ठीक है। इधर आप चाय पीजिए, उधर मैं आपका इंतज़ाम कराता हूँ।"

3

"तो थानेदार ने ले-दे कर मामला रफ़ा-दफ़ा करने से साफ़ मना कर दिया?"

"हाँ वकील साब। बोला कि एक ब्याहता की मौत का मामला है। वह भी ऐसी मौत का जो पहली रात को हुई है।"

"कोई बात नहीं। पहले पोस्टमार्टम रिपोर्ट आने दो, फिर देखते हैं। असली बात का तो उसी से पता चलेगा।" इसके बाद वकील ने चेहरा उठाकर सज्जन सिंह की आँखों में झाँका और उसे टटोलते हुए बोला, "सज्जन सिंह जी, वैसे असल क़िस्सा क्या है? ऐसा मैं इसलिए पूछ रहा हूँ कि वकील और डॉक्टर एक दाई की तरह होते हैं। इसीलिए कहा गया है कि दाई से कभी पेट नहीं छिपाना चाहिए!"

सज्जन सिंह को जैसा उसके साले विष्णु ने बताया, हूबहू वही उसने वकील को बता दिया।

बड़ी दुकान के मालिक यानी गुप्ता किराना स्टोर के मालिक गुप्ता जी के वकील दामाद ने पहले पूरी बात बड़े ध्यान और तफ़सील से सुनी। फिर कुछ पल रुककर बड़े आत्मविश्वास के साथ हँसते हुए बोला, "घबराने की कोई बात नहीं है सज्जन सिंह जी। आप मेरे पास आ गए हैं न, अब मैं अपने आप देख लूँगा। आप बेफिक्र रहें। हो जाएगी 376 में जमानत और अगर जुर्म साबित भी हो गया तो क्या होगा...ज्यादा-से-ज्यादा जुर्माना या फिर दो साल की कैद। वैसे भी अपनी औरत के साथ सम्बन्ध बनाना कोई जुर्म नहीं है।"

"वकील साब, अब तो हमारी डोर आपके हाथ में है।" सज्जन सिंह ने दोलड़ होते हुए कहा।

"फिर भी अपने रसूख का इस्तेमाल कर कोशिश करिए कि मामला थाने में ही निपट जाए।" वकील ने चलते-चलते एक बार फिर याद दिलाया।

"जीजा, वकील साब सही कह रहे हैं।"

अपने साले विष्णु द्वारा वकील की सलाह का समर्थन करते देख सज्जन सिंह ने उसकी तरफ़ एक उम्मीदभरी नज़र से देखा।

"ठीक है वकील साब। अब हम चलते हैं!"

अपने कुर्ते के पिछले हिस्से से गर्द को झाड़ते हुए सज्जन सिंह कुर्सी से खड़ा हो गया। अपने साले विष्णु और अपने छोटे भाई पुरुषोत्तम को साथ ले वह वकील साब के चैम्बर से विदा होता, बड़ी दुकान यानी गुप्ता किराना स्टोर के मालिक गुप्ता जी के वकील दामाद ने पीछे से दबोचते हुए टोका, "सज्जन सिंह जी, वकील की फीस तो देते जाइए!"

सज्जन सिंह के पाँव जहाँ थे, वहीं थम गए। झेंपते हुए बग़ल की जेब से कुछ रुपए निकाले और उन्हें वकील की तरफ़ बढ़ा दिया। वकील ने पैसे लिए, उन्हें गिना और गिनने के बाद कहा, "यह क्या सज्जन सिंह जी, सिर्फ पाँच हजार?"

"वकील साब, इन्हें तो रखिए। जैसे-जैसे केस बढ़ेगा और हो जाएगा।"

"आप मेरी ससुराल से आए हैं इसलिए रख लेता हूँ वरना ऐसे मामले में बात शुरू करने से पहले ही मैं पूरी फीस धरवा लेता हूँ।" बड़ी दुकान के मालिक गुप्ता जी के वकील दामाद ने पहली बार एक वकील का रूप दिखाते हुए कहा।

"मैं कब मना कर रहा हूँ वकील साब।"

"मना तो नहीं कर रहे हो पर आगे से एक बात गाँठ बाँध लो कि डॉक्टर और वकील के पास जाते हुए दिल और हाथ दोनों खुले करके जाना चाहिए। वैसे भी समधिया से मिलना-बिदाई में अच्छा-ख़ासा माल मिला होगा। अभी तो उसके हवा भी नहीं लगी होगी।"

"क्या मिलना और क्या बिदाई वकील साब! सब यूँ ही भाँग के भाड़े में जाता दिखाई दे रहा है!" लम्बी साँस ले सज्जन सिंह ने डूबी आवाज़ में जवाब दिया।

"घबराने की जरूरत नहीं है। अब आप मेरे ऊपर छोड़ दो। वैसे भी आपसे रिश्ता ही ऐसा है।" सज्जन सिंह को पूरी तरह आश्वस्त करते हुए वकील ससम्मान विदा करने उन्हें अपने चैम्बर से बाहर तक आया।

बड़ी दुकान के मालिक यानी गुप्ता किराना स्टोर के मालिक गुप्ता जी के वकील दामाद के पास से लौटते हुए, घर के बजाय वे तीनों थाने चले आए। इस बार न जाने क्यों थानेदार के कमरे में घुसने पर सज्जन सिंह की धड़कनें बढ़नी शुरू हो गईं। अपने रसूख़ की चूलें उसे हिलती नज़र आने लगीं। बावजूद इसके उसने हिम्मत बटोरी। ख़ुद को हिम्मत बँधाई और चेहरे पर उभरी डर की इबारत को अपनी जबरन मुस्कान से छिपाने की कोशिश करते हुए थानेदार के कमरे में दाख़िल हो गया।

"आइए सज्जन सिंह जी, मैं आपको ही याद कर रहा था!" अपने सामने सज्जन सिंह को देख थानेदार ने मुस्कराते हुए कहा।

"देख लो थानेदार साब, आपने याद किया और बंदा हाजिर हो गया।" सज्जन सिंह की जैसे जान में जान आ गई। फिर उसने पलटकर वैसी ही मुस्कान के साथ पूछा, "पोस्टमार्टम की रिपोर्ट तो आ गई होगी थानेदार साब?"

"इतनी जल्दी कहाँ। आने में टाइम लगेगा।"

"थानेदार साब, हमारी आस तो अब आप और इस पोस्टमार्टम पर टिकी हुई है।"

"वैसे आपकी बहू कुछ पढ़ी-लिखी तो होगी सज्जन सिंह जी?" थानेदार ने सज्जन सिंह की आस पर ध्यान न देते हुए सहजता से पूछा।

"हाँ थी न। आठ जमात फेल।" सज्जन सिंह ने तपाक से उत्तर दिया।

"फिर तो स्कूल का उसके पास कोई सर्टिफिकेट वगैरह भी होगा?"

"थानेदार साब, हमें कौन-सा आपकी तरह उससे थानेदारी कराना था, जो उसके सट्टीफिकेट को उसके पीहर से मँगाकर अपने पास रखते।"

"एक काम करिए, पोस्टमार्टम की रिपोर्ट आने तक आप उसके मायके से उसके स्कूल का कोई सर्टिफिकेट वगैरह, जिस पर उसका बर्थ डे लिखा हुआ

हो, उसे मँगवा देना। ऐसे मामलों में सरकारी खानापूर्ति के लिए ऐसे कागजात की जरूरत पड़ती है।"

"यह कौन-सा बड़ा काम है थानेदार साब। मैं तुरत मँगवा लेता हूँ।" हुमकते हुए इतना कह सज्जन सिंह ने बेहद बारीक़ नज़रों से पूरे कमरे को टटोला और कुर्सी को हल्के से आगे की तरफ़ सरकाकर, लगभग फुसफुसाते हुए बोला, "थानेदार साब, आप तो घर के से आदमी हो। ऐसे में अब आप से ही नहीं कहूँगा तो किससे कहूँगा।"

"हाँ-हाँ, कहो!" थानेदार ने जिज्ञासावश इजाज़त देते हुए कहा।

"थानेदार साब, जैसे भी हो किसी तरह ले-दे कर इस मामले पर यहीं मिट्टी डाल दो।"

"उसकी चिन्ता मत करो सब कर लेंगे। बस आप वो सर्टिपफकेट मँगवा दो... और हाँ, आपका लड़का भी तो कुछ पढ़ा-लिखा होगा?" थानेदार को जैसे याद आया।

"कहाँ साब, ले-दे के सात जमात पास कर रक्खी है। बहुत कहा कि रे आगे पढ़ ले, पर ना माना। अगर तेरह-चौदह जमात पढ़ लेता तो कोई ठाडा-सा रिश्ता मिल जाता पर क्या करें। सब नसीब का खेल है। अब आप ही बताओ थानेदार साब कि एक तो निठल्ला ऊपर से तेईस-चौबीस साल के कुलंग के पल्ले कौन खाता-पीता घर अपनी लड़की बाँधता। वह तो हमारे एक पंड्डजी की किरपा होगी जो उसने एक गरीब घर बता दिया।"

"सज्जन सिंह जी, जो हो गया सो हो गया। आप तो कल अपनी बहू और लड़के की पैदाइश का कोई सबूत दे जाना!"

"इसकी चिन्ता मत करो, वो तो मैं कल दोपहर तक भिजवा दूँगा।" थानेदार को आश्वासन दे सज्जन सिंह ने निश्चिंतता की एक गहरी साँस ली और थानेदार के कमरे से बाहर चला आया।

सज्जन सिंह द्वारा उपलब्ध कराई गई जानकारी को देखते ही थानेदार का अनुमान अब पूरी तरह यक़ीन में बदल गया। उसने उसी समय अपने हेड कांस्टेबल को बुलाया और अलमारी से दूसरे दस्तावेज़ों को निकाल, उसकी तरफ़ बढ़ाते हुए मुक़दमा दर्ज करने के लिए तहरीर तैयार करने को कह, कुर्सी पर पसर गया। तहरीर तैयार होने के दौरान थानेदार अपने हेड कांस्टेबल की तरफ़ पलटा और उसकी भी राय जानने की ग़रज़ से बोला, "यार सूबेदार, तेरे हिसाब से गिरफ्तारी के लिए कब निकलना चाहिए?"

"जनाब, इस केस में मेरे हिसाब से हमें रात के नौ बजे के आसपास निकलना चाहिए।"

"मेरे हिसाब से भी यही टाइम ठीक रहेगा। अच्छा ऐसा करना, उसे यह कहकर लाना है कि साहब ने कुछ जरूरी पूछताछ के लिए बुलाया है। अगर घर से ही

गिरफ्तार करके लाओगे तो हड़कम्प मच जाएगा। बड़े आराम से पेश आना है। किसी तरह का शक नहीं होना चाहिए।"

"ठीक है जनाब।" इतना कह हेड कांस्टेबल सूबेदार अपनी तहरीर तैयार करने में जुट गया। मगर अगले ही पल अपने पेन को रोक एक आशंका भरा सवाल करते हुए बोला, "जनाब, मुझे तो यह आदमी रसूखदार के साथ-साथ कुछ भला मानस भी लगता है।"

"बात रसूख और भलमनसाहत की नहीं है। बात कानून की है। ऐसे मामलों में कानून के मुताबिक ही चलना चाहिए। अगर इन अखबार और चैनल वालों को पता चल गया, तो दो मिनट में लाइन हाजिर करवा देंगे।"

"जनाब, आप कह तो सही रहे हो। वैसे भी कानून में नया-नया बदलाव हुआ है। ऐसे में सावधानी बरतनी बहुत जरूरी है।" अपने थानेदार से सहमत होते हुए हेड कांस्टेबल सूबेदार अपने काम में लग गया।

सज्जन सिंह के घर ही नहीं, पूरे मोहल्ले में हड़कम्प मच गया। सज्जन सिंह को जैसे ही पता चला कि पुलिस आई है, वह गिरता-पड़ता बाहर आया। बाहर खड़े दो सिपाहियों और दूर खड़ी पुलिस की गाड़ी को देख, उसका माथा ठनका। उसकी समझ में नहीं आ रहा है कि इस समय पुलिस उसके दरवाज़े पर क्या करने आई है। जब तक वह सामने खड़े सिपाहियों से कुछ पूछता, तब तक आधा-से ज़्यादा मोहल्ला इकट्ठा हो गया। सज्जन सिंह और आसपास के घरों से आपस में खुसुरफुसुर करती जिज्ञासु रोशनी में भीगे आधे-अधूरे चेहरे एक-दूसरे से सवाल करने लगे कि इतनी रात को अचानक पुलिस किसलिए आई है?

"दरोगा जी, क्या हुआ जो अचानक इतनी रात को आने का कष्ट किया? खबर कर देते, मैं ही हाजिर हो जाता!" बमुश्किल सज्जन सिंह ने अपने आपको सँभालते हुए पूछा।

"ऐसी कोई बात नहीं है। साहब ने एक जरूरी पूछताछ के लिए बुलाया है।" सामने खड़े दो सिपाहियों में से एक यानी हेड कांस्टेबल सूबेदार ने अपने जनाब के निर्देश का पालन करते हुए कहा।

"ऐसी भी क्या जरूरत आ पड़ी जो इस समय बुलाया है? सवेरे आ जाते।" सज्जन सिंह ने अचकचाते हुए पूछा।

"यह तो साहब ही बता सकते हैं।" हेड कांस्टेबल सूबेदार ने चेहरे पर अनभिज्ञता का आवरण ओढ़ते हुए जवाब दिया।

"ठीक है, ऐसी बात है तो मैं अभी चलता हूँ। बस एक मिनट, कुरता डालकर अभी आता हूँ!"

इतना कह सज्जन सिंह जाने के लिए मुड़ा ही था कि पीछे से हेड कांस्टेबल ने टोका, "साहब ने आपको नहीं, आपके उस लड़के को बुलाया है जिसकी औरत की मौत हुई है।"

"सदानन्द को बुलाया है?" सुनते ही सज्जन सिंह लड़खड़ा-सा गया।

"हाँ, उसी को बुलाया है।"

"एक मिनट रुको दरोगा जी। मैं अपने वकील से बात कर लेता हूँ पहले।"

"वकील से आप बात करते रहना। हमें तो चलने दो!"

"ऐसे कैसे चलने दूँ! पहले अपने वकील...।"

"ऐसी कोई बात नहीं है। बस, थोड़ी-सी पूछताछ करनी है। आप हमारे साथ चलना चाहो तो ठीक है वरना पीछे आ जाना।" हेड कांस्टेबल सूबेदार और ज़्यादा वक़्त ज़ाया न करने की ग़रज़ से आगे बोला, "आप तो बस अपने लड़के को बुला दो!"

सामने खड़े पुलिसवालों के हाव-भाव देख सज्जन सिंह ही नहीं, वहाँ खड़े उसके दोनों भाई पुरुषोत्तम और रघुवीर समझ गए कि उनके पास सदानन्द को भेजने के सिवा और कोई रास्ता नहीं है।

"भाई साब, कोई बात नहीं। ऐसा करते हैं हम भी साथ चलते हैं। अगर कोई ऐसी-वैसी बात होगी, तो वकील साब से वहीं बात कर लेंगे।" पुरुषोत्तम ने अपने बड़े भाई को सलाह दी।

"ठीक है। रघुवीर, सदानन्द को जगाकर ला!" पुरुषोत्तम से सहमत हो, सज्जन सिंह ने रघुवीर से सदानन्द को बुलाकर लाने के लिए कहा।

बड़े भाई की आज्ञा का पालन कर रघुवीर सदानन्द को ले आया। पुलिस ने सदानन्द को साथ लिया और चली गई। पुलिस की गाड़ी सदानन्द को साथ लेकर चली तो गई, मगर अपने पीछे वह सज्जन सिंह के घर के साथ-साथ आसपास के मकानों में जलती रह गई बत्तियों और उनके उजाले में भीगी आँखों में अनगिनत अनुत्तरित सवाल छोड़ गई कि आख़िर सदानन्द का अब होगा क्या?

"आइए" थानेदार ने अपने सिपाहियों के साथ सदानन्द और सज्जन सिंह की ओर देखते हुए कहा।

"थानेदार साब, ऐसी क्या पूछताछ थी जिसके लिए सदानन्द को इस समय बुलाया है?" सज्जन सिंह ने आते ही घिघियाते हुए पूछा।

थानेदार ने कोई जवाब नहीं दिया। बस, अपने सामने खड़े सज्जन सिंह की आँखों में देखते हुए मंद-मंद मुस्कराता रहा। कुछ पल ठहरकर थानेदार अपनी कुर्सी पर सीधा हुआ और सज्जन सिंह की आँखों में लगभग उतरते हुए कहा, "सज्जन

सिंह जी, आपके लड़के ने बहुत बड़ा जुर्म किया है। ऐसा जुर्म जिसकी सजा उम्र कैद नहीं, तो कम-से-कम दस साल तो है ही।"

"य...यह आ...प क्या कह रहे हो थानेदार साब! मेरे लड़के ने ऐसा कौन-सा जुर्म कर दिया जो..."

"जी हाँ। ऐसा ही जुर्म किया है उसने। एक नाबालिग़ के साथ बलात्कार किया है और इसी बलात्कार के चलते उसकी मौत हुई है।"

"ब...बलात्कार और मे...मेरे लड़के ने! कि...किसका बलात्कार कर दिया उसने?" बल्ब की रोशनी में सज्जन सिंह की आँखों के सामने जैसे अँधेरा छा गया।

"उसी का, जिसके साथ उसका ब्याह हुआ था।"

थानेदार की बात सुन सज्जन सिंह पहले फिस्स से हँसा और फिर एक बेमानी आत्मविश्वास सहेजते हुए बोला, "थानेदार साब, आप भी कैसी बच्चोंवाली बात कर रहे हो। भला कहीं अपनी औरत के साथ भी बलात्कार किया जाता है। वह भी उसके साथ जिसे वह पूरी बिरादरी के आगे अग्नि के चारों तरफ फेरे लेके लाया हो। ब्याह के बाद तो अपनी औरत पर मरद का पूरा हक होता है।"

थानेदार ने जवाब में कुछ नहीं कहा। बस, सज्जन सिंह की तरफ़ देखता रहा। कुछ पल के बाद बोला,"मैं तुमको कैसे समझाऊँ, मेरी ही समझ में नहीं आ रहा है!"

"इसमें समझने की क्या बात है। इसे तो पूरी दुनिया जानती है। एक मिनट, मैं अभी अपने वकील से बात करता हूँ।" इतना कहकर सज्जन सिंह अपने छोटे भाई पुरुषोत्तम की तरफ़ पलटा और उसे लगभग आदेश देते हुए बोला, "जरा वकील साब को फोन लगइयो!"

पुरुषोत्तम जैसे इसके लिए पहले से तैयार था। इधर राम जैसे बड़े भाई ने आदेश दिया उधर भरत की तर्ज़ पर, आज्ञा का पालन करते हुए वकील का नंबर मिला, मोबाइल उसकी तरफ़ बढ़ा दिया।

"वकील साब, ये थानेदार साब क्या कह रहे हैं कि मेरे सदानन्द ने अपनी औरत के साथ बलात्कार किया है। कहीं अपनी औरत के साथ भी ऐसा किया जाता है...लो, आप ही समझाओ!" सज्जन सिंह ने मोबाइल अपने कान से हटा, थानेदार को थमा दिया।

"जी वकील साब...जी एकदम सही कह रहा हूँ। आप ऐसा करिए कल सवेरे थाने में आ जाओ। वैसे भी इस समय न आपके पास टाइम है न मेरे पास...करूँगा क्या, वकील साब, यह सीधा-सीधा 302 और 376 का मामला है और आप जानते ही हैं कि ऐसे में मुझे क्या करना है...इस समय जिरह का कोई फायदा नहीं है। उसके लिए अदालत पड़ी है। अभी तो इस पर मुकदमा दर्ज कर, कल इसे कोर्ट में पेश करना है। आपको तो पता ही है कि ऐसे मामलों में चौबीस घंटे के भीतर मुजरिम को कोर्ट में पेश करना होता है...। इनसे क्या कहना, यह तो आप ही

बताओ इन्हें...लो, बात करिए इनसे!" थानेदार ने मोबाइल वापस सज्जन सिंह की तरफ़ बढ़ाते हुए अपने हेड कांस्टेबल को निर्देश दिया, "सूबेदार, गिरफ्तारी का टाइम वही डालना, जब इसे घर से लेकर आए थे!"

"ठीक है जनाब।"

पता नहीं सज्जन सिंह और उनके वकील के बीच क्या बात हुई, सज्जन सिंह ने काँपते हाथों से फोन पुरुषोत्तम को थमा दिया। वकील से बात ख़त्म होते ही थानेदार सज्जन सिंह की तरफ़ मुख़ातिब हुआ और बड़ी विनम्रता के साथ लगभग आदेश देते हुए बोला, "अब आप घर जाओ!"

"जैसी आपकी मरजी थानेदार साब। हमें तो आपसे बड़ी उम्मीद थी।" इतना कह सज्जन सिंह कुर्सी से उठा और सबको सुनाते हुए बोला, "चलो रे!"

सज्जन सिंह के साथ उसके दोनों भाई और सदानन्द बाहर जाने लगे, तो थानेदार सख़्त लहजे में सदानन्द से बोला, "अरे, तू कहाँ चल दिया?"

सदानन्द के पाँव जहाँ थे ज़मीन से वहीं चिपक गए। भयातुर आँखें ठहर-सी गईं। चेहरा एकाएक ऐसे सफ़ेद पड़ गया, मानो उससे सारा रक्त निचोड़ लिया हो किसी ने।

सज्जन सिंह ने निरीह बेटे की आँखों में देखा। देखते ही उसके डर को वह तुरन्त भाँप गया। सज्जन सिंह को लगा कि या तो थानेदार को कोई ग़लतफ़हमी हुई है, या फिर उससे ही सनझने में कुछ ग़लती हुई है कि थानेदार सदानन्द को क्यों रोक रहा है। हिम्मत कर सज्जन सिंह ने जवाब दिया, "थानेदार साब, अपने घर जा रहा है।"

"अपने घर! सज्जन सिंह जी, आपका लड़का इस समय अंडर अरेस्ट है और इसे मैं अभी हवालात में बन्द कर रहा हूँ, क्योंकि कानूनन अब यह मुजरिम है। अगर यकीन नहीं है तो अपने वकील से दोबारा पूछ लो!"

सज्जन सिंह के किसी तरह के आदेश या निर्देश से पहले पुरुषोत्तम ने पुनः एक आज्ञाकारी भाई की भूमिका का निर्वाह करते हुए, एक बार फिर से वकील का मोबाइल नंबर मिलाया और मोबाइल अपने भाई की तरफ़ बढ़ा दिया।

"वकील साब, थानेदार तो सदानन्द को हवालात में बन्द करने की बात कर रहा है...तो क्या इसे यहीं छोड़ जाएँ...ठीक है। पर आप कल टाइम से पहुँच जाना।" निढाल सज्जन सिंह मोबाइल पुरुषोत्तम को थमाने के बाद थानेदार की ओर पलटा और लगभग काँपती आवाज़ में बोला, "ठीक है थानेदार साब, हम इसे आपके पास छोड़कर जा रहे हैं...पर जरा ध्यान रखना!"

"आप इसकी चिन्ता न करें। इसे कोई परेशानी नहीं होगी।"

"सदा, बेटा घबराना नहीं। रातभर की बात है। कल वकील साब आ जाएँगे, सब ठीक हो जाएगा।" बेटे की काँपती देह को अँगुलियों से सहलाते हुए सज्जन सिंह ने सदानन्द को हिम्मत बँधाते हुए कहा।

जिस वक़्त सज्जन सिंह अपने साले विष्णु और अपने दोनों भाइयों के साथ, सदानन्द को थाने में अकेला छोड़कर बाहर आया, कुनमुनाती ठंड का सकुचाया अँधेरा पहले से कहीं ज़्यादा घना हो चुका था। थाने के बाहर दूर तक फैली बल्बों की निडर और उद्दंड रोशनी में भीगे सज्जन सिंह के चेहरे से एक असहाय पिता की लाचारी को साफ़ पढ़ा जा सकता है। सज्जन सिंह ने जीप में बैठने से पहले पलटकर थाने की तरफ़ देखा। थाने के एक उजाड़ कोने में पसरे अँधेरे पर उसकी नज़र पड़ी तो थोड़ी देर के लिए उसका दिल बैठता चला गया।

थाने और जीप के बीच जैसे-जैसे दूरी बढ़ने लगी, वैसे-वैसे रात की कालिख भी गहराने लगी। हिचकोले खाती जीप की हेड लाइट्स का बे-तरतीब उजाला अपने आसपास के अँधेरे को बींधने में रह-रह कर असहाय-सा पा रहा है। एक बार न जाने कैसे जीप चला रहे रघुवीर से हेड लाइट्स ऑफ़ हो गई। इधर जीप की बत्तियाँ गुल हुईं, उधर गाढ़े अँधेरे ने उन्हें पूरी तरह अपनी गिरफ़्त में ले लिया। इससे पहले सज्जन सिंह इस रास्ते और इस पर बिछे ऐसे अँधेरे से होकर न जाने कितनी बार गुज़र चुका है। इतना डर उसे ज़िन्दगी में कभी नहीं लगा, जितना इस समय अपने चारों तरफ़ फैले इस अँधेरे, और उससे ज़्यादा अपने भीतर फैले ख़ुद के अँधेरे से लग रहा है। जीप की खिड़की से बाहर, जहाँ तक उसकी निगाह गई, उसे बस अँधेरा ही अँधेरा दिखाई दिया।

4

पद्मा ने जैसे ही सुना कि सदानन्द को थाने में ही रोक लिया गया है, सुनते ही वह ग़श खाकर गिर गई। मुँह पर छींटे मार-मार कर बड़ी मुश्किल से उसे होश में लाया गया। होश में आते ही सज्जन सिंह उसे डाँटते हुए बोला, "सदा की माँ, क्यों हमारा तमाशा बनाने पर तुली हुई है। मोहल्ले को पता चल गया तो क्या होगा। रातभर की बात है। कल सवेरे वकील साब जमानत दिलवा देंगे।"

"पर भाई साब, गिरफ्तारी की यह तो कोई वजह नहीं हुई?" रामा बुआ ने एक तरह से घर में मौजूद पूरी स्त्री जमात के मन में कुलबुला रही उत्कंठा का प्रतिनिधित्व करते हुए अपने भाई सज्जन सिंह से पूछा।

"मेरी भी समझ में नहीं आ रहा है कि थानेदार कैसे इसे बलात्कार बता रहा है। हमने तो आज तक ऐसा नहीं सुना।"

"इतना ही नहीं, वह तो यहाँ तक कह रहा है कि उसने एक नाबालिग के साथ बलात्कार किया है।" पुरुषोत्तम ने भी हैरानी जताई।

"कहीं इस थानेदार के मन में कोई खोट तो नहीं है भाई साब? उसे टटोलकर देखते। क्या पता कुछ ले-दे कर मान जाता!"

"यह तो मैं पहले ही कह चुका हूँ। समझ में नहीं आ रहा है, क्या किया जाए?" सज्जन सिंह ने एक उदासीभरी साँस लेते हुए कहा।

"यह तो अब कल ही पता चलेगा जब वकील साब आएँगे।"

"पुरुषोत्तम तू सही कह रहा है। असल बात का तो अब कल ही पता चलेगा। चलो, अब जाकर सोओ! कल की कल देखी जाएगी।"

इतना कह सज्जन सिंह बैठक की तरफ़ बढ़ गया। जबकि एक-एक कर दूसरे सदस्य और एकाध बच गए मेहमान भी सोने के लिए अपनी-अपनी दिशाओं की ओर बढ़ गए।

जिन दीवारों को मारे थकान के अब तक गहरी नींद में होना चाहिए उनकी भी मानो नींद उड़ गई। जैसे-जैसे रात बढ़ने लगी, वैसे-वैसे सज्जन सिंह के मकान के एक हिस्से में जिज्ञासा, कौतूहल, उत्सुकता, विस्मय और अचरजभरी बहस के बेचैन डैने फड़फड़ाने लगे। इस हिस्से का बहुमत एकमत से इस पर सहमत था कि यह बलात्कार हो ही नहीं सकता। कम-से-कम रामा बुआ तो इससे बिलकुल ही सहमत नहीं हैं।

"मेरी तो यही समझ में नहीं आ रहा है भाभी कि कहीं अपनी ही औरत के साथ वो क्या हैऽऽऽ...बलात्कार होता है?"

"इसका मतलब यह हुआ कि मरद को अपनी ही औरत के पास जाने से पहले अर्ज़ी लगानी पड़ेगी।" पद्मा ने तमकते हुए प्रतिक्रिया दी।

"यही तो! अगर यह बलात्कार हुआ, तो आधे से ज्यादा मरद तो हवालात में ही दिखाई देंगे।"

"और फिर सब हमारी मरजी से होने लगा तो फिर ऐसे शादी-ब्याह का क्या मतलब हुआ!"

पद्मा और रामा बुआ को एक हुआ देख, चंचला मामी से रुका नहीं गया, "भैन जी, एक बात कहूँ बुरा मत मानना! आखिर औरत की भी कोई इच्छा-विच्छा होती है कि नहीं?"

"होती है पर इसका मतलब यह नहीं है कि खसम पर बलात्कार का मुक़दमा ठुकवाकर उसे जेल भिजवा दो!" रामा बुआ ने चंचला मामी के तर्क से असहमत होते हुए उसे डाँट दिया ।

"मैं कब कह रही हूँ कि जेल भिजवा दो। मेरा मतलब यह है कि अगर औरत का मन नहीं है, तो यह काम बाद में भी तो हो सकता है।" चंचला मामी थोड़ा नरम होते हुए बोली।

"भाभी, तू तो ऐसा बोलेगी ही। तूने भी तो पहली रात खूब हुड़दंग मचाया था।"

"इसने क्या हुड़दंग मचाया था?" रामा बुआ को जैसे चंचला मामी को दबोचने का मौक़ा मिल गया।

"इसने तो वो किया कि याद करके आज भी हँसते-हँसते पेट दुखने लगता है।"

"बाई जी, आप भी कहाँ की बात कहाँ ले गईं।" चंचला चाहकर भी अपनी ननद पद्मा का विरोध नहीं कर पाई।

"बता दूँ तेरी कारस्तानी?" पद्मा ने कमरे में जल रहे बल्ब की दूधिया रोशनी में नहाई चंचला की आँखों में झाँकते हुए उसे कोंचा।

चंचला ने कुछ नहीं कहा। मारे हया के उसकी लवें तपने लगीं। वह जानती है कि अब बात चल निकली है, तो उसकी ननद पद्मा बताए बिना मानेगी नहीं।

इससे पहले कि पद्मा उस रात के बारे में बताती, चंचला की आँखों के आगे उसका एक-एक दृश्य ताज़ा हो उठा। उस रात को वह आज तक नहीं भूल पाई है, जब उसके राज़ी न होने पर विष्णु ने पूरी ताक़त से उसको दबोच उसका मुँह बन्द कर, उसके साथ ज़बरदस्ती करनी चाही थी। किस तरह अपना दम घुटने पर उसने अपने विष्णु का हाथ चबा डाला था। और किस तरह छटपटाते हुए उसकी गिरफ़्त से आज़ाद हो, वह पेटीकोट में ही शोर मचाते हुए दरवाज़ा खोल, बाहर आ गई थी। शोर सुनकर अपने-अपने कमरों से पूरा घर बाहर निकल आया। अँधेरे में खड़े लगभग एक वस्त्रहीन साये को देख कइयों की तो घिग्घी बँध गई थी। जब माज़रा समझ में आया, तब पूरे घर में ठहाकों और हँसी की निश्छल फुलझड़ियाँ छूटने लगीं। सनद के रूप में विष्णु के हाथ पर चंचला के काटे का वह निशान आज भी देखा जा सकता है।

"मजा तो तब आया जब इसने विष्णु के कमरे में जाने से साफ़ मना कर दिया। अब जब मना कर दिया तो सबके सामने बड़ी समस्या खड़ी हो गई कि कैसे इसे कमरे में भेजा जाए? सबने बहुत समझाया कि ऐसा सबके साथ होता है। मगर यह तो मानने को तैयार ही नहीं और जब नहीं मानी तब मेरी अम्मा को बड़ा गुस्सा आया। उसने हम सबको अपने पास बुलाया और कहा कि इसे उठाकर जबरदस्ती कमरे में घुसाकर आओ। इधर अम्मा का हुकम हुआ, उधर हम सबने इसे उठाया और कमरे में ले जाकर पटक दिया। पर यह चंचला भाभी भी कहाँ मानने वाली थी। इधर हम इसे भीतर धकेलकर आते, उधर यह रोते-चिल्लाते फिर बाहर आ जाती। पूरी रात यह डिरामा चलता रहा। जब किसी तरह काम नहीं बना तो हारकर बाहर से साँकल चढ़ानी पड़ी।"

पद्मा सारा वाक़या सुनाकर जैसे ही चुप हुई, रामा बुआ ने एक शोख़ नज़र चंचला मामी पर उछालते हुए पूछा,"और अब?"

"अब मत पूछो इसका हाल। देखा नहीं अपने मुजफ्फरनगर वाली लौंडिया का किस्सा यह कैसे रस ले-ले कर सुना रही थी!" पद्मा ने हँसते हुए जवाब दिया।

चंचला ने कोई प्रतिक्रिया व्यक्त नहीं की। बस, मन-ही-मन ख़ुद से कहने लगी कि उसकी ननद पद्मा ने यह बड़ी आसानी से कह दिया कि अपने मुजफ़्फ़रनगर वाली लौंडिया का क़िस्सा कैसे रस ले-ले कर सुना रही थी। मगर उसकी इस ननद को क्या मालूम कि आज भी गाहे-बगाहे जब उसका पति उसके पास आता है, और उसे सहलाता है, तब लगता है मानो किसी असहनीय दुर्गन्ध में लिपटे पिशाच के नुकीले नाख़ून उसके जिस्म पर सरसरा रहे हैं। उसकी धधकती देह पर उगी लोहे की दहकती सलाख़ पूरी बेरहमी से उसके भीतर प्रवेश कर रही है। उस दृश्य की कल्पनाभर से आज भी उसका रोआँ-रोआँ एक अप्रत्याशित लिजलिजेपन से सिहरता चला जाता है।

रात की गहराती कालिख में डूबे सज्जन सिंह के मकान के एक हिस्से के उनींदे उजाले में घुले, इस हास-परिहास ने थोड़ी देर के लिए वहाँ छाए अवसाद, निराशा बल्कि एक हद तक व्यापे डर को मानो पोंछ दिया। अगली सुबह की सुखद कल्पना में कब सबकी आँखें लग गईं, इसका किसी को जैसे पता ही नहीं चला।

5

जैसे ही यह पता चला कि गुप्ता किराना स्टोर के मालिक गुप्ता जी के वकील दामाद का फोन आया है, सज्जन सिंह की धमनियों में मानो बर्फ़ की छोटी-छोटी डलियाँ रड़कने लगीं। और जब छोटे भाई पुरुषोत्तम ने बताया कि वकील साब सीधे थने पहुँच रहे हैं, तब सुनकर सज्जन सिंह के जिस्म की खोई हुई ताक़त जैसे वापस लौट आई।

थाने में उन्हें वकील ने ज़्यादा इन्तज़ार नहीं कराया। आते ही उसने पहले से तैयार किए गए कुछ काग़ज़ात पर सज्जन सिंह और पुरुषोत्तम के दस्तख़त कराए और सबको साथ ले, थानेदार के पास पहुँच गया।

"आइए सज्जन सिंह जी!" अपने कमरे में सज्जन सिंह को दाख़िल हुआ देख, थानेदार ने मुस्कराते हुए स्वागत किया ।

"थानेदार साब, ये हमारे वकील साब हैं।" सज्जन सिंह ने अपने वकील का एकदम सादा और बेहद संक्षिप्त परिचय कराते हुए बताया।

"अच्छा-अच्छा, रात को इन्हीं से बात हुई थी?" इतना कह थानेदार ने अपने हेड कांस्टेबल को आवाज़ लगाई।

"जी जनाब?" आते ही हेड कांस्टेबल सूबेदार ने कहा।

"ऐसा कर, तुरन्त छह-सात चाय मँगा। वकील साब आए हैं।"

"इसकी कोई ज़रूरत नहीं है। ज़रा जल्दी कर दो। एक मैटर सेशन कोर्ट में भी लगा हुआ है। दो बजे तक हर हालत में वहाँ पहुँचना है।" बड़ी दुकान यानी गुप्ता किराना स्टोर के मालिक गुप्ता जी के वकील दामाद ने बड़े आत्मविश्वास के साथ, बिना किसी भूमिका के पहले से तैयार काग़ज़ात थानेदार के सामने रख दिए।

"पहले चाय तो पी लो वकील साब!" थानेदार ने पूरी मुलायमियत के साथ वकील को इज़्ज़त बख़्शते हुए इसरार किया।

"जनाब, पहले जरूरी काम निपटा लेते हैं। चाय का क्या उसे तो कभी भी पी लेंगे।"

"जैसी आपकी मरजी।" इतना कह उसने वहीं खड़े अपने हेड कांस्टेबल को पहले की तरह एक बार फिर से आदेश दिया, "सूबेदार, रहने दे। वकील साब को जरा जल्दी है।"

इसके बाद थानेदार ने अपने सामने पड़े काग़ज़ात के छोटे-से पुलिन्दे को पहले जी भरकर निहारा। फिर उन्हें उठाकर बेमन से उलट-पुलट कर देखा और फिर बड़ी निर्दयता व निर्ममता के साथ वापस पटकते वकील को निरखते हुए, बड़ी अदा से पूछा, "वकील साब, क्या है यह?"

बड़ी दुकान यानी गुप्ता किराना स्टोर के मालिक गुप्ता जी के वकील दामाद की हँसी छूटते-छूटते रह गई। मगर वह हँसा नहीं। बल्कि मन-ही-मन थानेदार की इस अज्ञानता और नासमझी पर यह सोचकर चुप्पी साध गया कि इस ठुल्ले को इतना भी पता नहीं कि ये काग़ज़ात, जिन्हें इस वक़्त दस्तावेज़ कहना मुनासिब होगा, क्या है।

"जनाब, क्यों अपना भी टाइम खराब कर रहे हो और मेरा भी कर रहे हो!"

बड़ी दुकान यानी गुप्ता किराना स्टोर के मालिक गुप्ता जी के वकील दामाद के इस तंज़ पर थानेदार की भृकुटियाँ फड़फड़ाकर रह गईं। सामने रखे पेपरवेट में नज़र आती अपनी वक्र और तिर्यक, मगर डरावनी आकृति पर ध्यान लगाते हुए बोला, "वो तो ठीक है, पर ये है क्या?"

"आपने मेरे मुवक्किल को जिस धारा के तहत अरेस्ट किया है, ये उसके जमानत के पेपर हैं।"

"यह तो मैं भी देख रहा हूँ कि ये जमानत के कागजात हैं, पर वकील साब यह तो बताओ कि मैंने आपके मुवक्किल को गिरफ्तार किया किस धारा के तहत है?"

थानेदार ने जैसे ही यह कहा, गुप्ता किराना स्टोर के मालिक गुप्ता जी के वकील दामाद का सिर भन्ना गया। यह तो उसका बस नहीं चला वरना इसी समय कह देता कि बेवकूफ़ आदमी, इस देश की राजधानी के एक नरक मसीहा टाइप के मुख्यमंत्री ने तुम्हें यूँ ही ठुल्ला नहीं कहा है। अपने ग़ुस्से पर क़ाबू पा वह बड़े ही सधे हुए लहजे में, एक-एक शब्द को चुभलाते हुए बोला, "थानेदार साहब, ये उसी धारा के जमानत के कागजात हैं जिस जमानती धारा 376 के तहत आपने मेरे मुवक्किल को गिरफ्तार किया है।"

इतना सुन थानेदार ने एक लम्बी साँस ली। फिर उसे धीरे-धीरे छोड़ने लगा। नथुने से बाहर आती साँस की आवाज़ को सुन एक पल के लिए ऐसे लगा, जैसे कोई छोटा-सा बवंडर किसी बीहड़ की दीवारों से टकरा रहा है। थानेदार ने सामने रखे पेपरवेट में नज़र आते अपने ही प्रतिबिम्ब को निहारा। निहारते-निहारते उसके भीतर का 'थानेदार' अब नाग की तरह बल खाने लगा। बावजूद इसके अपनी अतिरिक्त सदाशयता का परिचय देते हुए, उसने अपने सामने रखे उन काग़ज़ात को बड़ी इज़्ज़त के साथ उठाया और उन्हें वकील की तरफ़ बढ़ाते हुए बोला, "वकील साब, यह बात आप मजिस्ट्रेट के सामने कहना। आप जानते हैं, आपके मुवक्किल ने एक नाबालिग का बलात्कार किया है?"

"जी बिलकुल जानता हूँ।" वकील ने पूरे आत्मविश्वास के साथ जवाब दिया।

"फिर तो आप यह भी जानते होंगे कि इसमें कौन-सी दफ़ा लगती है।"

"जनाब, आप एक सेशन कोर्ट के वकील को धारा-दफ़ा समझा रहे हैं! मेरा यह रात-दिन का पेशा है और मैं जानता हूँ कि इस केस में 376 ही लगी है जो एक जमानती दफ़ा है। अगर ख़ुदा-न-ख़ास्ता मेरे मुवक्किल को सज़ा हो भी गई तो कितनी–सिर्फ़ दो साल और कुछ जुर्माना।" तमतमाते हुए इस बार गुप्ता किराना स्टोर के मालिक गुप्ता जी का वकील दामाद जैसे हत्थे से उखड़ गया।

"सिर्फ़ 376 नहीं वकील साब, 302 का भी मामला बनता है, क्योंकि बलात्कार के साथ उसकी मौत भी हुई है।"

"आप बार-बार यह बलात्कार-बलात्कार क्या कह रहे हैं। यह तो महज़ एक इत्तिफ़ाक़ था कि उस रात इंटरकोर्स के दौरान उसकी मौत हो गई।"

"इसीलिए कह रहा हूँ वकील साब कि यह बात आप मजिस्ट्रेट के सामने कहना।"

"इसका मतलब है मेरे मुवक्किल को जमानत नहीं मिलेगी?"

"फिलहाल तो नहीं वकील साब।" थानेदार ने हल्के-से मुस्कराते हुए जवाब दिया।

"ठीक है, मत दीजिए जमानत।" इसके बाद वकील सज्जन सिंह की तरफ़ पलटा, "चलिए सज्जन सिंह जी, पेश करने दो इन्हें मजिस्ट्रेट के सामने। वहीं ले लेंगे जमानत।"

इतना कह बड़ी दुकान के मालिक गुप्ता जी के वकील दामाद ने झटके के साथ मेज़ पर पड़े पुलिन्दे को उठाया और पाँव पटकते हुए थानेदार के कमरे से बाहर निकल आया। वह भूल गया कि सेशन कोर्ट में भी आज उसका कोई मैटर लगा हुआ है। इस दृश्य को देख सज्जन सिंह के हाथ-पाँव फूल गए। हलक़ जैसे सूख गया। उसकी समझ में नहीं आ रहा है कि यह हो क्या रहा है?

कमरे से बाहर आते ही सज्जन सिंह बड़ी दीनता के साथ बोला, "अब क्या होगा वकील साब? मेरे बेटे को जमानत मिल तो जाएगी न?"

"घबराइए मत सज्जन सिंह जी। यह क्या इसका मजिस्ट्रेट भी जमानत देगा। पता नहीं कैसे-कैसे लोगों को सरकार पुलिस में भर्ती कर लेती है।" इतना कह वकील ने अपनी जेब से मोबाइल निकाला और किसी को फोन करते हुए बोला, "राजू, बेटे मैं यहाँ से बस निकलने वाला हूँ...मुझे लगता है मैं उस मैटर में पेश नहीं हो पाऊँगा। ऐसा करना मेहता से कहना कि वह चला जाए और इसकी अगली डेट ले लेगा! आइए सज्जन सिंह जी, वहीं चलते हैं!"

"क...कहाँ वकील साब?" अकबकाते हुए सज्जन सिंह ने पूछा।

"वहीं कोर्ट में, जहाँ आपके लड़के को पेश किया जाना है।"

कोर्ट का नाम सुनते ही सज्जन सिंह समेत दोनों भाई और साले विष्णु का चेहरा सफ़ेद पड़ता चला गया।

"इसमें घबराने जैसी बात नहीं है। दरअसल 376 के साथ-साथ लगता है इसने 302 भी शामिल कर ली है। खाली 376 होती तो यहीं जमानत हो जाती। वैसे ऐसे केस में मुजरिम को चौबीस घंटे के भीतर कोर्ट में पेश करना होता है। आइए, इस थानेदार के बच्चे को मैं वहीं देखूँगा। जल्दी चलो, जाकर बेल एप्लीकेशन भी तैयार करनी है!" इतना कह वकील अपनी कार की तरफ़ बढ़ गया।

सज्जन सिंह, पुरुषोत्तम, रघुवीर और विष्णु भी अपनी जीप में आकर बैठ गए। उन्होंने गुप्ता किराना स्टोर के मालिक गुप्ता जी के वकील दामाद की कार के पीछे अपनी जीप लगा दी।

थानेदार द्वारा उपलब्ध कराए गए दस्तावेज़ों का देर तक बारीक़ी से अवलोकन करने के बाद, मजिस्ट्रेट ने सामने हेड कांस्टेबल के साथ हाथ बाँधकर खड़े सदानन्द की तरफ़ देखा। सदानन्द से नज़रें हटा जैसे ही मजिस्ट्रेट ने वकील की तरफ़ देखा, वकील ने पूरी तत्परता के साथ बेल एप्लीकेशन और उन्हीं काग़ज़ात को मजिस्ट्रेट की ओर बढ़ा दिया, जिन्हें थानेदार ने अपने थाने में बड़ी निर्दयता व निर्ममता के साथ अपनी मेज़ पर पटक दिया था। मजिस्ट्रेट ने वकील द्वारा पेश किए गए काग़ज़ात पर सरसरी नज़र मारी और फिर एक स्निग्ध मुस्कान बिखेरते हुए पूछा, "वकील साब, यह क्या है?"

"जनाब, जमानत के पेपर हैं।"

"आपको पता है, मरनेवाले की उम्र क्या थी?"

"जनाब, यही चौदह-पन्द्रह साल।"

"चौदह या पन्द्रह?" मजिस्ट्रेट की स्निग्ध मुस्कान थोड़ी-सी गाढ़ी हो गई इस बार।

"मेरे ख़याल सेऽऽऽ...चौदह के करीब रही होगी।"

"इसका मतलब आपको उसकी सही-सही उम्र मालूम नहीं है?"

"जी जनाब।" वकील ने झेंपते हुए उत्तर दिया।

इसके बाद मजिस्ट्रेट ने थानेदार की तरफ़ देखा।

"जनाब, इसमें दोनों की उम्र के सबूत लगे हुए हैं।" थानेदार मजिस्ट्रेट द्वारा अपनी तरफ़ इस तरह देखने का अर्थ भाँप गया।

"मैंने देख लिए हैं।" इतना कह मजिस्ट्रेट ने फिर से वकील की तरफ़ देखा, "वकील साब, मरते वक़्त मरनेवाले की उम्र तेरह साल ग्यारह महीने थी।"

"इसीलिए तो जनाब बेल एप्लीकेशन लगाई है।"

"इसका मतलब हुआ आपके मुवक्किल को बेल दे दूँ?" मजिस्ट्रेट की आँखों में आते-जाते भावार्थ को वकील नहीं बाँच पाया।

"सेक्शन 376 में साफ़ प्रोविज़न है जज साब कि अगर कोई पति, बारह से पन्द्रह की उम्र के बीच की अपनी बीवी के साथ ज़बरदस्ती भी सम्बन्ध बनाता है तो यह बेलेबल ऑफेंस है। वैसे भी हिन्दू मैरेज ऐक्ट हजबैंड-वाइफ़ के लिए एक-दूसरे के प्रति कुछ जिम्मेदारियाँ तय करता है। इनमें सहवास का अधिकार भी शामिल है। यह देखिए..."

इतना कह वकील ने एक किताब के गुलाबी फ़्लैग लगे खुले पन्ने को, मजिस्ट्रेट को दिखाने के लिए आगे किया ही था कि मजिस्ट्रेट उसे रोकते हुए बोला, "वैसे आपको पता है कि यह सेक्शन 376 है क्या?"

"जनाब, आईपीसी रेप की परिभाषा तो तय करता है मगर उसमें मैरिटल रेप का कोई ज़िक्र नहीं है। सेक्शन 376 के तहत भी सज़ा का प्रावधान तो है, मगर तब, जब पत्नी की उम्र बारह साल से कम हो।"

"बड़ी तैयारी करके आए हो वकील साब!"

"शुक्रिया जनाब।" बड़ी दुकान के मालिक यानी गुप्ता किराना स्टोर के मालिक गुप्ता जी के वकील दामाद ने लगभग कोर्निश बजाने के अन्दाज़ में मजिस्ट्रेट का आभार व्यक्त किया।

"किस बात का शुक्रिया और किस चीज़ की तैयारी करके आए हो! आपको कुछ पता भी है वकील साब कि अब 376 बेलेबल ऑफेंस नहीं रही।" इस बार मजिस्ट्रेट ने थोड़ी सख़्ती के साथ कहा।

"बेलेबल ऑफेंस नहीं रही?"

"कुछ पढ़-लिख भी लिया करो वकील साब। इसी साल क्रिमिनल लॉ अमेंडमेंट ऐक्ट 2013 लागू हुआ है। क्या हुआ है मैं बताता हूँ। दिसम्बर में दिल्ली में हुए गैंग रेप के फ़ौरन बाद जस्टिस वर्मा की सिफ़ारिश पर बारह से पन्द्रह साल की लड़की के मामले में, जो स्पेशल छूट मिलती थी, वह ख़त्म कर दी गई है। क्योंकि अब 376 के तहत दस साल से लेकर उम्र क़ैद की सज़ा का प्रोविज़न है इसलिए यह नॉन बेलेबल ऑफेंस है, कुछ समझे?"

सज्जन सिंह का वकील हक्का-बक्का सा इधर-उधर देखने लगा।

सामने अपने मुवक्किल के साथ खड़े वकील की दुविधा को अनुभवी मजिस्ट्रेट भाँप गया। इसलिए मुस्कराते हुए बोला, "अब आप ही बताइए वकील साब कि कैसे आपके मुवक्किल को जमानत दे दूँ?"

"पर जनाब, वह मेरे मुवक्किल की बीवी थी। यह ऐक्ट कैसे मेरे मुवक्किल पर लागू हो सकता है। इसे हम कैसे बलात्कार मान सकते हैं?" हिम्मत जुटाते हुए वकील ने अपना पक्ष रखा।

"क्यों, अपनी बीवी के साथ बलात्कार नहीं हो सकता?" मजिस्ट्रेट ने गुप्ता किराना स्टोर के मालिक गुप्ता जी के दामाद यानी सामने खड़े वकील की आँखों में धँसते हुए ऐसे पूछा, मानो उसी से पूछ रहा है कि क्या उसने नहीं किया अपनी बीवी के साथ बलात्कार?

जिस अन्दाज़ में मजिस्ट्रेट ने पूछा उससे वकील अचकचा गया और झेंपते हुए बोला,"होता होगा जनाब। मगर मैं यहाँ यह कहने की कोशिश कर रहा हूँ कि ऐसे केस में एक्यूज़्ड पर जुर्माना या उसे दो साल की सज़ा, या दोनों हो सकते हैं और इसीलिए मैंने बेल एप्लीकेशन लगाई है।"

इस बार मजिस्ट्रेट ने अपना सिर पकड़ लिया। बग़ल में रखे पानी के गिलास को उठाया और फिर एक हल्का घूँट लेते हुए बोला, "वकील साब, आप पुरानी बात कर रहे हैं। इसी क्रिमिनल लॉ अमेंडमेंट ऐक्ट के तहत जो उम्र बारह साल से कम थी, और जो सेक्शन 376 बेलेबल था, उसे ख़त्म कर दिया गया है। अब यह उम्र बारह से पन्द्रह के बीच कर दी गई है। चूँकि मरनेवाले की उम्र मरते वक़्त चौदह के आसपास थी। इसलिए यह नॉन बेलेबल ऑफेंस है। आप जिसकी बात कर रहे हैं उसमें उम्र की लिमिट बारह साल थी। यह तो गनीमत समझिए कि इस भले पुलिस ऑफिसर ने पोक्सो और 302 नहीं लगाया।"

"जनाब, मैरिटल रेप में पोक्सो या 302 कैसे लग जाएगा?" इसके बाद वकील ने अपने मुवक्किल का यह कहते हुए बचाव किया, "जनाब, उसका मक़सद हत्या करना नहीं था। उसे तो यह भी नहीं पता था कि ऐसा करने से उसकी मौत भी हो जाएगी।"

गुप्ता किराना स्टोर के मालिक गुप्ता जी के वकील दामाद को अकबकाता देख मजिस्ट्रेट ने जैसे उसकी बात पकड़ ली, "इसका मतलब यह हुआ वकील साब कि आप इसे रेप तो मानते ही हैं न?"

"मैंने तो ऐसा नहीं कहा जनाब।"

"अभी तो कहा है कि मैरिटल रेप में पोक्सो या 302 कैसे लग जाएगा। रही बात 302 की, तो यह पोस्टमार्टम रिपोर्ट और इन्वेस्टीगेशन के बाद पता चलेगा। फ़िलहाल आपके मुवक्किल को जमानत नहीं मिल सकती।" इतना कहकर मजिस्ट्रेट ने सामने थानेदार की तरफ़ देखते हुए कहा, "ठीक है?"

"जनाब, मुजरिम को पुलिस कस्टडी की परमिशन और दे दीजिए!"

"वह किसलिए?" मजिस्ट्रेट ने थानेदार से पूछा।

"ताकि केस की तहक़ीक़ात के लिए मरनेवाले के कपड़े, चादर, पेटीकोट को ज़ब्त कर उन्हें सीएफएसएल में भेजा जा सके!"

"वैसे वकील साब का कहना एक हद तक सही है कि उसके मुवक्किल का मक़सद हत्या करना नहीं था। यह भी सही है कि उसे पता नहीं था कि ऐसा करने से उसकी मौत भी हो जाएगी। इसलिए पुलिस कस्टडी की परमिशन नहीं दी जा सकती। ओनली ज्यूडिसियल कस्टडी इज़ ग्रांटेड।"

"शुक्रिया जनाब।" बग़ल में टोपी दबाए एकदम सावधान की मुद्रा में खड़े थानेदार ने बड़े अदब से कहा।

इसके बाद मजिस्ट्रेट ने अपने सामने रखे कैलेंडर पर नज़र मारी और चौदह दिन बाद की अगली तारीख़ दे दी।

कोर्ट से बाहर आते ही सज्जन सिंह ने पूछा, "वकील साब, मेरे सदानन्द का अब क्या होगा?" उसके होंठ काँपने लगे।

"कुछ नहीं होगा। फ़ैसला आने तक न्यायिक हिरासत में रहेगा।" वकील ने जानबूझकर यह न कहकर कि सदानन्द जेल में रहेगा, न्यायिक हिरासत शब्द का इस्तेमाल किया। थके क़दमों से बाहर आते हुए उसने सज्जन सिंह समेत उसके दोनों भाइयों और साले विष्णु को सुनाते हुए कहा, "इस जज को सदानन्द और उसकी बीवी की उम्र का कैसे पता चला?"

"यह मैं ही देकर आया था।" सज्जन सिंह ने सहज भाव से कहा।

"क्याऽऽऽ...?" वकील को जैसे करंट लगा।

"हाँ वकील साब, थानेदार ने मुझसे पूछा था कि आपके बहू-बेटे कुछ तो पढ़े-लिखे होंगे?"

"और आपने उनके बर्थ सर्टिफ़िकेट दे दिए, यही न?"

"उसी ने कहा था कि ऐसे मामलों में इनकी जरूरत पड़ती है।"

"सज्जन सिंह जी, देने से पहले एक बार आपने मुझसे पूछ तो लिया होता। यह तो आपने अपने पैरों पर खुद कुल्हाड़ी मारी है।"

"मैंने कैसे अपने पैरों पर ख़ुद कुल्हाड़ी मारी है वकील साब?"

"इसलिए कि आपने जो दस्तावेज़ थानेदार को दिए थे, उसी के आधार पर उसने यह धारा लगाई है। आपने तो उसे पक्का सबूत दे दिया कि आपकी बहू पन्द्रह साल से कम की नाबालिग़ थी। अगर यह सबूत नहीं होता तो मैं अन्दाज़े से बता देता कि उसकी उम्र पन्द्रह से ऊपर थी। यह नहीं होता तो थानेदार कुछ नहीं कर पाता। इसने 376 लगाया ही तब है जब इसे पूरा यक़ीन हो गया कि मरते समय उसकी उम्र पन्द्रह से कम थी।"

"अब क्या होगा वकील साब?"

"होगा क्या, पहले मुझे यह जाकर देखना है कि इस अमेंडमेंट ऐक्ट में बदलाव क्या हुआ है।" फिर जैसे ख़ुद पर झल्लाते हुए बोला, "यह स्साला बदलाव भी अभी होना था। सज्जन सिंह जी, जैसा मजिस्ट्रेट साब बता रहे हैं उससे लग रहा है मामला बहुत टेढ़ा है। फिर भी आप घबराइए मत। मैं सब देख लूँगा। बस, आप अगली तारीख़ का इन्तज़ार करिए। हाँ, कुछ फ़ीस-वीस का इन्तज़ाम और करते जाइए!"

फ़ीस का नाम सुन सज्जन सिंह ने अपनी जेब से कुछ रुपए निकाले और वकील की तरफ़ बढ़ा दिए। वकील ने हाथ में आए फ़ीस के रुपयों को गिना, तो गिनते ही उसकी त्योरियाँ चढ़ गईं, "सज्जन सिंह जी, ऐसे काम नहीं चलेगा। एक तो आपने अपना केस ख़ुद ख़राब कर लिया, ऊपर से फ़ीस ऐसे दे रहे हो जैसे मन्दिर में चढ़ावा चढ़ा रहे हो।"

"वकील साब, आपने तो कहा था कि थाने में ही जमानत मिल जाएगी। यह थोड़े ही पता था कि यहाँ आना पड़ेगा।"

"मुझे क्या पता था कि यह थानेदार इतना होशियार निकलेगा। मुझे तो एक डर यह है कि कहीं यह मजिस्ट्रेट ट्रायल के लिए सेशन कोर्ट न रेफ़र कर दे! ख़ैर, यह तो बाद की बात है। अभी पोस्टमार्टम रिपोर्ट और चार्जशीट का इन्तज़ार करते हैं। ठीक है मैं अब चलता हूँ। अगली तारीख़ पर टाइम से पहुँच जाना।" मजिस्ट्रेट द्वारा तय तारीख़ पर पहुँचने का निर्देश दे वकील चला गया।

जिस वक़्त गुप्ता किराना स्टोर के मालिक गुप्ता जी का वकील दामाद मजिस्ट्रेट, ट्रायल, सेशन कोर्ट, रेफ़र, पोस्टमार्टम रिपोर्ट और चार्जशीट जैसे शब्दों का इस्तेमाल कर रहा था, सज्जन सिंह ही नहीं उनमें से किसी के कुछ पल्ले नहीं पड़ा कि इन सबका मतलब क्या है। सज्जन सिंह के तो कान ही बजबजाने लगे। लगा जैसे कानों में नगाड़े की टंकार गूँज रही है। देर तक सब हतप्रभ और अकबकाए-से खड़े रहे। उनकी समझ में नहीं आ रहा है कि वे क्या करें? सवेरे घर से जो थोड़ा-बहुत नाश्ता-पानी करके चले थे, सब उसी के सहारे हैं। घर जाकर वे क्या बताएँगे। इसी दुविधा से जूझते सज्जन सिंह ने अपने साले की तरफ़ देखा और एक गहरी साँस लेते हुए बोला, "विष्णु, मुझे तो यार आसार कुछ अच्छे नजर नहीं आ रहे हैं।"

"जीजा, अब तो ऊपरवाला ही भला करेगा। चलो, ऐसे खड़े-खड़े काम थोड़े ही चलेगा। कहीं चलकर कुछ खा-पी लेते हैं।"

6

यह एक जघन्य पति के भयंकर हवस का मामला नहीं है। यह उस रात से जुड़ा मामला है। सम्भव है उसकी पत्नी बीमार रही हो, या कमज़ोरी से पीड़ित रही हो।

—बाल गंगाधर तिलक
(10 अगस्त, 1890 'द कलकत्ता चाइल्ड मर्डर केस')

सदानन्द के न्यायिक हिरासत में जाने के सप्ताहभर बाद 'दैनिक राष्ट्रवाद' के स्थानीय संस्करण में लालकृष्ण 'प्रपंची' की बाइलाइन से छपी 'सुहागरात को दुल्हन की मौत' शीर्षकवाली एक कॉलम की यह ख़बर, पता नहीं कैसे एक कुख्यात न्यूज़ चैनल के सम्पादक के हत्थे चढ़ गई। वही ख़बर जिसे अपने 'प्रपंची' एक छीछड़ा समझकर थानेदार त्यागी से बड़े बे-मन से लेकर आया था। चूँकि यह ख़बर सूत्रों के हवाले से छपी हुई थी, इसलिए न्यूज़ चैनल के समझदार और चालाक सम्पादक ने 'दैनिक राष्ट्रवाद' के कार्यालय से इस शौक़िया संवाददाता का पता किया और अपने एक खोजी पत्रकार को उसके पीछे लगा दिया। उसी शौक़िया संवाददाता अर्थात् स्ट्रिंगर का जिसे अख़बार से वेतन मिलना तो दूर रहा, किसी तरह का पारिश्रमिक तक नहीं मिलता।

कुख्यात न्यूज़ चैनल के इस खोजी पत्रकार लालकृष्ण 'प्रपंची' को ढूँढ़ने में कोई ख़ास परेशानी नहीं हुई। परेशानी इसलिए नहीं हुई कि अपना यह लालकृष्ण 'प्रपंची' अर्थात् एलकेपी जिसकी ख्याति पूरे क़स्बे में 'लेकेपी' के नाम से है, तुरन्त पकड़ में आ गया। चैनल के इस घाघ पत्रकार 'लेकेपी' की उसके ही क़स्बे की सबसे मशहूर मिठाई की दुकान में जमकर सेवा-पानी की। सेवा-पानी के दौरान उसने बड़ी सफ़ाई से इस घटना से जुड़े ज़्यादातर तथ्यों, स्रोतों और व्यक्तियों की जानकारी इकट्ठी की और भविष्य में मिलने का झूठा वायदा कर लौट गया।

ठीक चौथे रोज़ रात के सवा नौ बजे के आसपास अचानक 'दैनिक राष्ट्रवाद' के इस स्ट्रिंगर लालकृष्ण 'प्रपंची' का मोबाइल घनघनाया। उसने उसे उठाकर कान से लगाया ही था कि दूसरी तरफ़ से एक परिचित-सा स्वर सुनाई दिया।

"हाँ कहिए त्यागी जी, इस समय कैसे याद किया? क्याऽऽऽ...अभी जाकर देखता हूँ...कौन-सा बताया...ठीक है।" इतना कह पत्रकार 'लेकेपी' ने लपककर टीवी खोल दिया। जिस तेज़ी से वह टीवी की तरफ़ लपका, उसके चलते वह गिरते-गिरते बचा।

'लेकेपी' ने टीवी स्क्रीन पर नमूदार चेहरे को तुरन्त पहचान लिया। थानेदार त्यागी से प्राप्त जिस एफ़आईआर को आधार बना, उसने बे-मन से एक कॉलम

की ख़बर अपने अख़बार को भेजी थी, वही ख़बर एक राष्ट्रीय न्यूज़ चैनल पर 'सौ साल बाद एक और फूलमणि हुई पति की हवस का शिकार' शीर्षक के तहत बहस और विमर्श के रूप में प्राइम टाइम पर छाई हुई है। जिस खोजी पत्रकार ने उसकी जमकर सेवा-पानी की थी, वह किस तरह हुमक-हुमक कर अपने पैनलिस्ट्स से छोटे-छोटे बिन्दुओं और मामले की तह में उतर, इस ख़बर को नई-नई जानकारियों के साथ, सनसनीख़ेज़ बनाकर दर्शकों को परोस रहा है, उसे देख 'प्रपंची' को अपने पत्रकार होने पर शर्म आने लगी। थानेदार त्यागी से कहा गया उसी का वाक्य जैसे उसकी आँखों के सामने चरितार्थ होने लगा कि पत्रकारिता के नाम पर अब कोरी भड़ुआगिरी रह गई है। कई बार मन करता है कि किसी नुक्कड़ पर खोमचे का खोखा जमा लूँ। अभी 'दैनिक राष्ट्रवाद' का यह स्ट्रिंगर 'लेकेपी' मन-ही-मन, क़स्बे के किसी नुक्कड़ पर लगनेवाले खोखे के लिए जगह तलाश ही रहा था कि एक फ्रेंच कट दाढ़ीवाला पैनलिस्ट, जिसकी तस्वीर के नीचे जाने-माने क़ानूनविद् और स्त्री मामलों के जानकार का कैप्शन लगा हुआ है, इस बहस के दौरान एक बड़ी महत्त्वपूर्ण जानकारी देने लगा।

"दरअसल, ऐसा ही मामला पहली बार 1890 में प्रकाश में आया था, जो फूलमणि केस के नाम से मशहूर है। इन दोनों मामलों में बस फ़र्क़ इतना है कि इसकी उम्र चौदह साल के करीब थी, जबकि फूलमणि की उम्र उस समय केवल दस साल की थी। फूलमणि की मौत भी पहली रात को इंटरकोर्स के दौरान हो गई थी। इसे एक संयोग ही कहा जाएगा कि जिस समय इस देश में एज ऑफ़ कन्सेंट पर चर्चा चल रही थी, उसी समय फूलमणि की मौत चर्चा में आई थी। फूलमणि की मौत से पहले तक विवाह के लिए लड़कियों की सहमति की उम्र दस साल थी। फूलमणि की मौत के बाद एक बार फिर जगह-जगह बाल विवाह के विरोध में आन्दोलन शुरू हो गए। इन आन्दोलनकारियों का कहना था कि इसके कारण ही भारत का भौतिक और आध्यात्मिक पतन हो रहा है।"

"जैन साब का कहना एकदम सही है। फूलमणि की मौत के बाद इस मसले पर ख़ामोश रही अंग्रेज़ सरकार एकाएक हरकत में आ गई थी। इसके बाद इस पर सुधारवादियों और हिन्दू अतिवादियों के बीच बड़ी बहस हुई थी। सुधारवादी जहाँ इसे बलात्कार कर हत्या का मामला बता रहे थे, तो हिन्दू अतिवादियों, जिनकी अगुआई बाल गंगाधर तिलक कर रहे थे, उन्होंने इसे मात्र एक दुर्घटना बताया। विधि सदस्य एंड्रयू स्कॉबे ने इम्पीरियल लेजिस्लेटिव काउंसिल में बहस के लिए एज ऑफ़ कन्सेंट बिल पेश किया। इस बिल के मुताबिक़ एज ऑफ़ कन्सेंट दस की जगह बारह साल का प्रस्ताव किया गया था और सरकार ने इसे मान भी लिया था। मगर तिलक ने इसे पागलपनवाली क़वायद कहकर ख़ारिज कर दिया था। उन्होंने इसे हिन्दू समुदाय के आन्तरिक मामलों में सरकार का दख़ल बताया।

उन्होंने यहाँ तक चेतावनी दे डाली कि अगर बारह साल से पहले, पत्नी से सम्बन्ध बनाने पर क़ानून के अनुसार पति को जेल में डाला जाता है, तो सरकार वास्तव में पत्नी को ही सज़ा देगी, क्योंकि पति के जेल जाने का मतलब द सिविल डेथ ऑफ़ हिन्दू वाइफ़ होगा।"

दूसरे पैनलिस्ट और चर्चित समाजशास्त्री प्रोफ़ेसर अजय जोशी ने जैसे ही जाने-माने क़ानूनविद् व स्त्री मामलों के जानकार व अधिवक्ता अनिल जैन के समर्थन में अपनी बात कही, हिन्दू महासभा का प्रतिनिधि और तीसरा पैनलिस्ट स्वामी ज्ञानेश्वर यह कहते हुए भड़क गया, "सही तो कहा था तिलक ने। विदेशी शक्तियों के इशारों पर काम करनेवाली सरकारों के ऐसे हस्तक्षेप हिन्दू धर्म, उसके आन्तरिक मामलों और हिन्दू संस्कृति पर कुठाराघात हैं। ऐसे हस्तक्षेप को हिन्दू धर्म संसद कदापि सहन नहीं करेगा।"

मगर हिन्दू महासभा के इस प्रतिनिधि पर न तो फ्रेंच कट दाढ़ीवाले क़ानूनविद्, स्त्री मामलों के जानकार और वकील ने ध्यान दिया, न ही समाजशास्त्री ने। बल्कि समाजशास्त्री प्रोफ़ेसर जोशी ने अपनी बात को और विस्तार देते हुए कहा, "उस समय बाल गंगाधर तिलक ने फूलमणि के पति हरि का यह कहते हुए बचाव किया था कि हरि का मक़सद फूलमणि की हत्या करना नहीं था। उसे तो यह भी नहीं पता था कि ऐसा करने से फूलमणि की मौत हो जाएगी। तिलक ने कहा कि पति-पत्नी के इस मामले में बलात्कार का क़ानून लागू नहीं होता। इसीलिए उन्होंने 10 अगस्त, 1890 को एक मराठी अख़बार में 'द कलकत्ता चाइल्ड मर्डर केस' शीर्षक से अपने लेख में लिखा था–यह एक जघन्य पति के भयंकर हवस का मामला नहीं है। यह उस रात से जुड़ा मामला है। सम्भव है उसकी पत्नी बीमार रही हो, या कमज़ोरी से पीड़ित रही हो।"

"बिलकुल सही लिखा तिलक जी ने। यह सम्भव नहीं बल्कि हिन्दू महासभा के प्रतिनधि होने के नाते मैं पूरे विश्वास के साथ कहता हूँ कि फूलमणि अवश्य किसी बीमारी से ग्रस्त रही होगी और..."

"स्वामी जी, आप सवा सौ साल पुरानी घटना के बारे में बिना किसी प्रमाण के कैसे इस बात को पूरे विश्वास के साथ कह सकते हैं? क्या आपको किसी ऐसे मामले का अनुभव है?" बहस का संचालन कर रहे ऐंकर ने एक रहस्यमयी मुस्कान के साथ हिन्दू महासभा के प्रतिनिधि यानी स्वामी जी से जैसे ही पूछा, स्वामी जी के चेहरे पर हवाइयाँ उड़ने लगीं। उससे ऐंकर के इस प्रश्न का जवाब देते नहीं बना।

"स्वामी जी, आप इसकी कल्पना नहीं कर सकते कि हिन्दू परम्परा और संस्कृति के नाम पर बचपन में हुई शादी, जिसे बलात्कार ही कहना उचित होगा, हमारी बच्चियों की क्या हालत होती थी? मैं बताता हूँ। यह सही है कि कम उम्र में शादी के चलते मौत तो कम होती थीं, पर ज़बरन सहवास के कारण बच्चियाँ

अपंग हो जाती थीं। आपकी जानकारी के लिए बता दूँ कि लड़की की रज़ामन्दी की उम्र तय करने का पहला क़ानून 1860 में पास हुआ था। शादी के लिए लड़कियों की रज़ामन्दी की उम्र उस समय दस साल थी। एक तरह से बाल-विवाह को यह पहली क़ानूनी मान्यता थी। मगर जब इसके ख़िलाफ़ समाज में आवाज़ उठने लगी, तब कहीं तीस साल बाद जाकर 1891 में अंग्रेज़ी हुकूमत ने शादी की उम्र दस से बढ़ाकर बारह की थी।

"अमेरिका की एक इतिहासकार कैथरीन मायो ने अपनी पुस्तक 'मदर इंडिया' जो 1927 में प्रकाशित हुई थी, इसमें इसका बड़ा भयानक वर्णन किया है। उसके मुताबिक़ उस समय हालत यह होती थी कि जबरन सेक्स करने से बच्चियों की जाँघ की हड्डियाँ टूट जाती थीं। मांस लटक जाता था। कुछ तो अपाहिज तक हो जाती थीं, और कुछ छह-सात साल की उम्र में हुई शादी के तीन-चार महीने बाद ही तड़प-तड़प कर मर जाती थीं। इस पुस्तक को उस समय सरकार ने यह कहकर बैन कर दिया था कि यह पुस्तक भारत की छवि ख़राब करने की नीयत से लिखी गई है।"

समाजशास्त्री प्रोफ़ेसर अजय जोशी ने ज्यों ही हिन्दू महासभा के प्रतिनिधि स्वामी ज्ञानेश्वर का ज्ञानवर्द्धन करना चाहा, वह तमतमाते हुए इस जानकारी का अपने हिसाब से अर्थ निकालते हुए भड़क उठे, "सरकार ने बिलकुल सही किया। भला यह क्या बात हुई कि हिन्दू संस्कृति और सनातन परम्परा पर एक अंग्रेज पुस्तक लिखे।"

"स्वामी जी, यह आपकी हिन्दू संस्कृति ही है जिसके चलते एज ऑफ़ कन्सेंट बल्कि कहूँ सहवास के लिए सहमति की उम्र दस से बारह साल करने में पूरे तीस साल लग गए।" क़ानूनविद् और स्त्री मामलों के जानकार अनिल जैन ने बड़ी ही विनम्रता के साथ हिन्दू महासभा के प्रतिनिधि को हल्के से कोंचा।

"तो आप चाहते हैं कि हमारी सनातन परम्परा पश्चिमी सभ्यता से पुष्पित, पल्लवित और संचालित हो?"

"स्वामी जी, मेरी दिलचस्पी इसमें बिलकुल भी नहीं है कि आपकी सनातन परम्परा किस सभ्यता से पुष्पित, पल्लवित और संचालित हो। मैं तो यह कह रहा हूँ कि वैवाहिक बलात्कार, यौन हिंसा और बाल वेश्यावृत्ति को जिस तरह क़ानूनी छूट के नाम पर, हिन्दू संस्कृति का नाम दिया जा रहा है, उसे समाप्त किया जाना चाहिए।"

"वकील साब, यह आप नहीं, आपके अन्दर पाश्चात्य संस्कृति का छिपा हुआ दैत्य बोल रहा है। समय से अपनी बेटियों के विवाह को आप कैसे बाल वेश्यावृत्ति कह सकते हैं?" देखते-देखते हिन्दू महासभा का प्रतिनिधि अपना फरसा लहराते हुए जैसे परशुराम की मुद्रा में आ गया। हिन्दू संस्कृति की ध्वज पताका के साथ

हवा में मुट्ठी तानते हुए चेतावनी भरे शब्दों में बोला, "हम हिन्दू धर्म के रक्षकों को आप जैसे अधर्मी असुरों से भलीभाँति निपटना आता है!"

कुख्यात न्यूज़ चैनल के ऐंकर को जब लगा कि इस बहस ने स्टूडियो का तापमान काफ़ी बढ़ा दिया है, उसने यह कहते हुए कार्यक्रम समेटना शुरू कर दिया, "दर्शको, आपको क्या लगता है? क्या सदानन्द जैसा बलात्कारी सचमुच कठोर-से-कठोर आपराधिक दंड का अधिकारी है? बाल गंगाधर तिलक के मुताबिक़ यह सब उससे अनजाने में हुआ। या फिर हिन्दू महासभा के प्रतिनिधि के रूप में उपस्थित हमारे ख़ास मेहमान स्वामी ज्ञानेश्वर जी के अनुसार मृतका सचमुच किसी बीमारी से ग्रस्त थी। आप हमें अपनी राय...पर एसएमएस करके भेज सकते हैं। सबसे पहले एसएमएस करनेवाले भाग्यशाली विजेता को दुल्हन वही जो पाठक जी दिलवाएँ की तरफ़ से एक गिफ्ट वाउचर दिया जाएगा। इस वाउचर को दिखाकर आप पाठक जी से अपने मनपसन्द जीवनसाथी को प्राप्त करने में उनकी मदद ले सकते हैं। हमें आपकी प्रतिक्रियाओं का इन्तज़ार रहेगा–जय हिन्द!"

प्राइम टाइम की इस विशेष प्रस्तुति के समाप्त होते-होते 'दैनिक राष्ट्रवाद' का बेगार पत्रकार यानी स्ट्रिंगर लालकृष्ण 'प्रपंची' अर्थात् अपना 'लेकेपी' एक अपरिचित विषाद से इस तरह घिरता चला गया कि इस बेमुरव्वत हिन्दी पत्रकारिता से मानो उसका मोह ही भंग हो गया। उसने तय कर लिया कि चाहे कुछ हो जाए, वह इस बेगारी से पीछा छुड़ा जल्दी ही बजरंगी चौराहे पर खोमचे का खोखा जमा लेगा। लोकतंत्र के पाँचवें स्तम्भ अर्थात् हिन्दी पत्रकारिता और 'दैनिक राष्ट्रवाद' के क़स्बाई पत्रकार लालकृष्ण 'प्रपंची' को इस अवसाद के चलते पूरी रात नींद नहीं आई। बीच-बीच में नींद की एकाध झपकी आई भी, तो हर बार अपने कानों में गूँजते जय श्रीराम के उद्घोष के साथ, बजरंगी चौराहे पर खोखे के उद्घाटन के अवसर पर फूटनेवाले दढ़ियल नारियल के एक से एक भयानक सपने आते रहे।

7

बिना किसी विलम्ब के सज्जन सिंह अपने दोनों भाइयों को लेकर सीधा कोर्ट पहुँच गया। बस, अब बड़ी दुकान यानी गुप्ता किराना स्टोर के मालिक गुप्ता जी के वकील दामाद के आने की देर है।

अब इसे सज्जन सिंह के भाग्य की प्रबलता कहिए या न्यायिक हिरासत में क़ैद उसके बेटे सदानन्द की क़िस्मत कि उनका वकील सही समय पर कोर्ट पहुँच गया। वकील को देखते ही सज्जन सिंह ने एक आश्वस्तिभरा लम्बी साँस ली और तेज़ी से उसके स्वागत के लिए सब उसकी तरफ़ बढ़ गए।

अपना स्थान ग्रहण करने के बाद मजिस्ट्रेट ने सदानन्द की फ़ाइल खोली, उसे उलट-पलट कर देखा और फिर वकील की ओर देखकर मुस्कराते हुए बोला, "हाँ जी वकील साब, इस बार कुछ पढ़-लिख कर आए हो?"

"जी जनाब। आपने सही कहा था कि क्रिमिनल लॉ अमेंडमेंट ऐक्ट 2013 के मुताबिक़ 376 अब नॉन बेलेबल ऑफ़ेंस है।"

"तो फिर बताओ मैं कैसे आपके मुवक्किल को जमानत दे दूँ? कैसे क़ानून के दायरे से बाहर चला जाऊँ?"

इस बीच सामने खड़े थानेदार ने एक अख़बार मजिस्ट्रेट की तरफ़ बढ़ा दिया।

"लो, अब तो यह मामला मीडिया के हाथ और लग गया। यह देखो!" मजिस्ट्रेट ने थानेदार द्वारा दिए गए अख़बार, जो 'दैनिक राष्ट्रवाद' ही था, को दिखाते हुए कहा।

"जनाब, मीडिया की तो हर बात को बढ़ा-चढ़ा कर दिखाने की आदत है और फिर ऐसा नहीं है कि यह कोई पहला मामला है। 1890 में भी हूबहू ऐसा ही एक मामला सामने आया था, जो फूलमणि केस के नाम से जाना जाता है। उसकी मौत भी पहली रात को ही हो गई थी।"

जिस समय गुप्ता किराना स्टोर के मालिक गुप्ता जी का वकील दामाद फूलमणि प्रसंग को पूरी प्रामाणिकता और दलील के साथ अपने मुवक्किल के बचाव में सुना रहा था, उसे सुनकर सज्जन सिंह को लग गया कि आज उसके बेटे सदानन्द को दुनिया की कोई ताक़त जमानत देने से नहीं रोक सकती। जबकि सामने बैठा मजिस्ट्रेट मेज़ पर कुहनी टेक, बड़ी तल्लीनता के साथ मुस्कराते हुए, वकील की दलीलों को सुनता रहा।

"तो जनाब, मेरे मुवक्किल का मक़सद भी फूलमणि के पति की तरह अपनी बीवी की हत्या करना बिलकुल नहीं था। उसे तो यह भी पता नहीं था कि ऐसा करने से उसकी मौत भी हो जाएगी। इसलिए मेरे मुवक्किल को बेल दे दी जाए!"

वकील की दलील सुनने के बाद मजिस्ट्रेट ने पहले अपनी कुहनियों को मेज़ से हटाया। इसके बाद अपने आपको सीधा किया और फिर वकील से आँखें मिलाते हुए कहा, "वकील साब, लगता है कि कुछ दिन पहले एक न्यूज़ चैनल पर इस मामले के बहाने हो रही बहस को बड़े ध्यान से देखकर आए हो?"

"ज...जनाब कौन-सी बहस?" वकील ने एक बेमानी-सी अनभिज्ञता प्रकट करते हुए कहा।

"आप सब समझ रहे हैं मैं कौन-सी बहस की बात कर रहा हूँ। अच्छा होता जितने ध्यान से आपने न्यूज़ चैनल पर इस बहस को देखा है, उतने ध्यान से अगर आप पहले ही क्रिमिनल लॉ अमेंडमेंट ऐक्ट 2013 को देख लेते, तो इस फूलमणि

केस को कोट नहीं करते।" इतना कह मजिस्ट्रेट थानेदार की तरफ़ मुड़ा, "हाँ जी थानेदार साब, आपकी चार्ज शीट तैयार हो गई?"

"जी जनाब।" थानेदार ने पहले से तैयार कई पन्नों का एक पुलिन्दा मजिस्ट्रेट को दे दिया।

मजिस्ट्रेट ने चार्ज शीट पर सरसरी नज़र मारी और एक बार फिर थानेदार की तरफ़ पलटा, "और पोस्टमार्टम रिपोर्ट?"

"जनाब, एकाध दिन में आनेवाली है।"

"ठीक है।" इतना कह मजिस्ट्रेट ने सामने स्टैंड पर टँगे कैलेंडर पर नज़र डाली और अगली तारीख़ देकर, सम्बन्धित फ़ाइल एक तरफ़ पटक दी।

अगली तारीख़ देने के साथ जैसे ही मजिस्ट्रेट ने फ़ाइल एक तरफ़ पटकी, बड़ी दुकान के मालिक गुप्ता जी के वकील दामाद के माथे पर पसीना चू आया। मजिस्ट्रेट ने वकील को कुछ भी कहने का अवसर नहीं दिया।

कोर्ट से बाहर आते-आते सज्जन सिंह की पिंडलियों की जैसे नसें खिंच गईं। पाँवों की सारी ताक़त किसी ने मानो सोख ली। उनके आगे-आगे जाते दो सिपाहियों के साथ लगभग घिसटकर चल रहे सदानन्द ने निरीहिता के साथ पलटकर देखा, और उसकी जैसे हो पिता से नज़रें मिलीं, सज्जन सिंह किसी खोखला दरख़्त-सा भरभराकर ढह गया। इस दृश्य को देख कोर्ट का कॉरिडर अचानक थम-सा गया। पुरुषोत्तम और रघुवीर ने लपककर अपने बड़े भाई को सँभाला। दो सप्ताह में ही सदानन्द के चेहरे और आँखों में किसी मुजरिम की छवि के आते-जाते भावों ने उसे किसी पिंजर में तब्दील कर दिया।

"भाई साब, सँभालो अपने आपको! अगर आप ही इस तरह हिम्मत हारोगे तो सदानन्द का क्या होगा!" पुरुषोत्तम ने अपने भाई को हिम्मत बँधाते हुए कहा।

जब तक सज्जन सिंह अपने आपको सँभालता और अपने आगे जाते बेटे सदानन्द को जी भरकर निरखने की कोशिश करता, सदानन्द को काफ़ी आगे ले जाया जा चुका था। दोनों सिपाहियों के साथ वह कोर्ट के कॉरिडर की भीड़ में देखते-ही-देखते जैसे बिला गया। सज्जन सिंह ने कॉरिडर में मुवक्किलों और वकीलों के हरहराते सैलाब में बेटे को बहुत खोजा। मगर सदानन्द उसे कहीं नज़र नहीं आया।

इस तरह इधर एक तारीख़ ख़त्म होती, उधर दूसरी कब आ जाती, पता ही नहीं चलता। बड़ी दुकान यानी गुप्ता किराना स्टोर के मालिक गुप्ता जी के वकील दामाद की एक के बाद एक सारी दलीलें धराशायी होती चली गईं। थानेदार द्वारा मजिस्ट्रेट के समक्ष पोस्टमार्टम रिपोर्ट, दाख़िल की गई, चार्ज शीट और आरोपी के ख़िलाफ़ लगाई गई धाराओं के आधार पर मामला सेशन कोर्ट में भेज दिया गया।

8

जामयो यानि गेहानि शपन्त्यप्रतिपूजिता:।
तानि कृत्याहतानीव विनश्यन्ति समन्तत:॥

—मनुस्मृति

(जिन स्त्रियों का आदर नहीं होता, वे जिन घरों को शाप देती हैं, वे कृत्या से मारे जाने के समान सब प्रकार से नष्ट हो जाते हैं।)

जब तक इस देश में कोई कांड, घटना या दुर्घटना नहीं घटती, तब तक हमारे हृदयों के आलों में रखी ख़ामोश मोमबत्तियाँ रोशन नहीं होती हैं। हमारे रगों में बहते ख़ून में जोश नहीं भरता और हमारा अवचेतन उद्वेलित नहीं होता। यानी हर शुरुआत के लिए मानो एक शहादत ज़रूरी हो गई है।

जिस देश में एक वाहन से अनजाने में दूसरे वाहन के छूनेभर से लोग एक-दूसरे की जान लेने पर उतारू हो जाते हैं, उसी देश की राजधानी अपनी व्यस्त सड़कों पर हुए एक सामूहिक बलात्कार के कलंक को अपने माथे पर लिए दौड़ रही है। उसी कलंक को जिसने इस देश के मध्यवर्ग की धमनियों में जमी स्वार्थ और बेग़ैरत परतों को पिघला दिया। पूरा कुलीन मीडिया त्वरित हस्तक्षेप के लिए जैसे विवश-सा हो गया। सत्ता सहम गई और आम से लेकर ख़ास तबका एकजुट हो गया। पूरे देश में उग्र और शान्तिपूर्ण प्रदर्शन शुरू हो गए। पहली बार सोशल मीडिया अपनी निर्णायक भूमिका निभाता नज़र आया।

इस सबका नतीजा यह हुआ कि तुरन्त एक कमीशन का गठन कर दिया गया। महिला सुरक्षा के लिए चौबीस घंटे की एक हेल्पलाइन शुरू हो गई। इतना ही नहीं बल्कि एक महिला बैंक की शुरुआत भी हो गई। सार्वजनिक वाहनों में जीपीएस लगाने की घोषणा तक कर दी गई। मृतका की स्मृति में उसके मरणोपरान्त सरकार द्वारा 'रानी लक्ष्मीबाई पुरस्कार' शुरू करने की घोषणा कर दी गई, जिसकी देखादेखी मानवाधिकारों का अलम्बरदार अमेरिका कैसे पीछे रहता। उसने भी लगे हाथ एक इंटरनेशनल वीमेन ऑफ़ करेज अवार्ड शुरू कर दिया। सिर्फ़ इतना ही नहीं राष्ट्रीय महिला आयोग के लिए निर्भया भवन तक की आधारशिला रख दी गई। यह बात अलग है कि उसी साल राष्ट्रीय महिला आयोग को रेप, छेड़खानी और घरेलू हिंसा जैसे मामलों की दोगुनी शिकायतें मिलीं।

'दैनिक राष्ट्रवाद' का स्ट्रिंगर लालकृष्ण 'प्रपंची' अर्थात् 'लेकेपी', जिसने मारे अवसाद के इस पत्रकारिता नाम की बेगारी से पीछा छुड़ा, क़स्बे के बजरंगी चौराहे के एक कोने में खोमचे का खोखा जमाने की जगह लगभग तलाश ली

थी। जय श्रीराम के उद्घोष के साथ अपने खोखे के उद्घाटन के लिए जिसने एक स्वस्थ दढ़ियल नारियल फोड़ने का दिन भी तय कर लिया था, ठीक उससे एक दिन पहले रात के नौ बजे, उसी न्यूज़ चैनल को उसने समय बिताने की ग़रज़ से खोला ही था कि देखा, उसी प्राइम टाइम में वही पैनलिस्ट नज़र आ रहे हैं। हाँ, इस बार तीन के बजाय चार लोग हैं। चौथी पैनलिस्ट किसी स्त्री-मुक्ति नाम की स्वयंसेवी संगठन की प्रतिनिधि है।

प्राइम टाइम के ऐंकर और उस खोजी पत्रकार ने अपने कार्यक्रम की शुरुआत, पिछले कार्यक्रम के अन्त में दर्शकों से माँगी गई राय के जवाब में प्राप्त एसएमएस से की। उन्हीं एसएमएस से जिसके सह-प्रायोजक 'दुल्हन वही जो पाठक जी दिलवाएँ' हैं।

"दर्शको, पिछले कार्यक्रम में हमने आपसे पूछा था कि क्या सदानन्द जैसा बलात्कारी सचमुच कठोर-से-कठोर आपराधिक दंड का अधिकारी है। या बाल गंगाधर तिलक की राय की तरह यह सब उससे अनजाने में हुआ। या फिर हिन्दू महासभा के प्रतिनिधि के रूप में उपस्थित हमारे ख़ास मेहमान स्वामी ज्ञानेश्वर जी के अनुसार मृतका सचमुच किसी बीमारी से ग्रस्त थी। हमें खुशी है कि जिस तरह हमारे पास इस सम्बन्ध में हज़ारों की संख्या में एसएमएस प्राप्त हुए हैं, उन्हें देखकर यह कहा जा सकता है कि इस व्यभिचार, दुष्कर्म, यौन हिंसा या कहिए बलात्कार के चलते पूरा देश किस कदर उद्वेलित है। हमने इनका प्रतिशत निकाला, तो पाया कि लगभग चालीस प्रतिशत दर्शक सदानन्द को कठोर-से-कठोर दंड दिलाने के पक्ष में हैं। करीब पचपन प्रतिशत बाल गंगाधर तिलक की राय की तरह इस तर्क से सहमत हैं कि सदानन्द की मंशा या मकसद फूलमणि के पति हरि की तरह, अपनी पत्नी की हत्या करना नहीं था। जबकि पाँच प्रतिशत दर्शकों का मानना है कि मृतका सचमुच किसी बीमारी से ग्रस्त रही होगी। तो जोशी जी, एक समाजशास्त्री होने के नाते हम आपसे जानना चाहते हैं कि हमारे दर्शकों के इस प्रतिशत बल्कि कहिए रुझान को आप किस तरह देखते हैं?"

शायद समाजशास्त्री को इसकी उम्मीद नहीं थी कि यह खोजी पत्रकार सबसे पहले उसी से सवाल पूछ लेगा। मगर अब पूछ लिया तो पूछ लिया।

"मैं इसे रुझान नहीं कहूँगा क्योंकि यह किसी चुनाव का एग्ज़िट पोल या ट्रेंड नहीं है। यह दर्शकों की एक भावात्मक राय है। आपने जो प्रतिशत निकाला है उसके कई अर्थ हैं। पहला यह कि जो चालीस प्रतिशत दर्शक सदानन्द को दंड दिलवाने के पक्ष में हैं, उनमें आपके स्त्री और पुरुष दोनों तरह के दर्शक होंगे। इसी तरह जो यह मानते हैं कि उसका मकसद हत्या करना नहीं था, उनमें भी स्त्री-पुरुष दोनों तरह के दर्शक होंगे। कहने का मेरा तात्पर्य यह है कि यह मिले-जुले दर्शकों की राय है। एक तरह से यह हमारे दुविधाग्रस्त समाज का खंडित वर्डिक्ट है। इस राय

से किसी भी फ़ैसले पर पहुँचना बहुत मुश्किल है।" समाजशास्त्री जोशी ने दर्शकों समेत ऐंकर को शब्दों के जाल में उलझाकर बड़ी सफ़ाई से अपना पीछा छुड़ा लिया।

"मानुषी जी, आप इस मामले को शुरू से ही काफ़ी नज़दीक से देख रही हैं। एक जागरूक स्वयंसेवी संगठन की प्रतिनिधि, सिविल सोसाइटी के एक संवेदनशील नागरिक और स्त्री होने के नाते, हमारे दर्शकों की इस राय पर क्या कहना चाहेंगी?" ऐंकर ने पहली बार आई चौथी पैनलिस्ट से पूछा।

'स्त्री-मुक्ति' नामक स्वयंसेवी संगठन की प्रमुख मानुषी ने पहले एक दबी मुस्कान तीनों पैनलिस्ट्स पर उछाली और फिर बड़े ही नपे-तुले शब्दों में बोलने लगी ,"हमारे जोशी जी बड़ी चतुराई से अपने आपको बचा गए। इनका बचना ज़रूरी भी है। क्योंकि एक पुरुष होने के नाते ये कभी कहेंगे ही नहीं कि एक पुरुष बलात्कारी भी हो सकता है। जोशी जी ही क्यों, फूलमणि के पति को हत्यारा तो हमारे बाल गंगाधर तिलक जी ने भी नहीं माना था। क्यों मानेंगे, उन्हें तो उसका पति निष्पाप नज़र आया था। दरअसल, यह एक पुरुषवादी मानसिकता है। जहाँ तक दर्शकों की राय का सवाल है, तो मैं यही कहना चाहूँगी कि यह कोई खंडित वर्डिक्ट नहीं है। आपके दर्शक यही चाहते हैं कि इस बलात्कारी को कठोर-से-कठोर सज़ा मिले। दैट्स आल।"

जिस तरह स्वयंसेवी संगठन की प्रतिनिधि ने डंके की चोट पर अपना फ़ैसला सुना दिया, उसे सुनकर ऐंकर ने धीरे-से कुटिल मुस्कान के साथ हिन्दू महासभा के प्रतिनिधि की तरफ़ देखा। ऐंकर का इतना ही इशारा काफ़ी था। हिन्दू महासभा का प्रतिनिधि स्वामी ज्ञानेश्वर इस कुटिलता का अर्थ तुरन्त भाँप गया।

"देवी, मुझे नहीं पता आप कौन हैं। मगर इस तरह पूरे पुरुष समाज को अपमानित करना आपको शोभा नहीं देता है। हमारे वेदों में लिखा है कि नारी को हमेशा अपनी मर्यादा और शालीनता की सीमाओं में रहना चाहिए।"

हिन्दू महासभा के प्रतिनिधि ने जैसे ही यह कहा, स्त्री-मुक्ति की प्रमुख मानुषी हत्थे से उखड़ गई।

"स्वामी जी, आपके वेदों और मनुस्मृति में हमारे बारे में क्या लिखा है, मुझे समझाने की ज़रूरत नहीं है। स्वभाव एष नारीणां नराणामिह दूषणम्। इसका क्या अर्थ है आप जानते हैं? इसका अर्थ है–पुरुषों की नीयत को दूषित करना ही नारियों का स्वभाव है। यानी कहीं कोई पृथ्वीराज किसी संयोगिता को उठाकर ले जाता है, कोई अलाउद्दीन किसी पद्मिनी के पीछे पागल हो जाता है, कहीं कोई रावण किसी सीता का अपहरण करके ले जाता है, इस सबके लिए हम स्त्रियाँ ही जिम्मेदार हैं।"

"देवी, आप कुछ नहीं जानती हैं। इस तरह वेद-पुराणों के कुछ श्लोकों को रटने मात्र से कोई पंडित या विद्वान नहीं हो जाता। 'यत्र नार्यस्तु पूज्यन्ते रमन्ते तत्र देवताः / यत्रैतास्तु न पूज्यन्ते सर्वास्तत्राफलाः क्रियाः' यह तो आपने कहा नहीं।"

"यह हमारा मन रखने के लिए कहा गया है वरना आप तो यही चाहते हैं कि– बाल्येपितुवेशे तिष्ठेत्पापाणिग्राहस्य यौवने। पुत्राणांभर्तरिप्रेते न भजेत्स्त्री स्वतन्त्रतां। आपका बस चले तो आप औरत को स्वतंत्र ही न रहने दें स्वामी जी।"

"मानुषी जी, वेद-पुराणों या मनुस्मृति पर हम अलग से फिर कभी बहस कर लेंगे। हमें यहाँ मूल मुद्दे से नहीं भटकना है।" हिन्दू महासभा के प्रतिनिधि और स्त्री-मुक्ति नाम के स्वयंसेवी संगठन की प्रमुख के बीच बढ़ती तल्ख़ी पर विराम लगाते हुए, ऐंकर इस बार फ्रेंच कट दाढ़ीवाले क़ानूनविद् और स्त्री मामलों के जानकार की तरफ़ मुड़ा, "जैन साब, आपकी नज़र में दर्शकों के इस वर्डिक्ट यानी अभिमत के क्या मायने हैं?"

क़ानूनविद् व स्त्री मामलों के जानकार ने पहले इत्मीनान से अपनी लगभग सफ़ेद हो चुकी दाढ़ी खुजलाई, और फिर बड़ी गम्भीरता के साथ अपनी बात रखी, "मैं एक हद तक जोशी जी की बात से सहमत हूँ कि दर्शकों की यह राय, वास्तव में हमारे दुविधाग्रस्त समाज का खंडित वर्डिक्ट है। मैं इसे ज़रा खोलकर कहूँ तो इसका सीधा अर्थ यह है कि कुछ की नज़र में यह अनजाने में हुआ अपराध है, तो कुछ की नज़र में सचमुच का अपराध। मगर मैं इसे क़ानून की दृष्टि से देख रहा हूँ, और क़ानून की नज़र में यह एक अक्षम्य अपराध है। यहाँ इस अपराध के दो पहलू हैं। पहला यह कि यह एक मौत का मामला है। यह कैसे हुई यह अभी जाँच का विषय है। दूसरा पहलू, जो ज़्यादा महत्त्वपूर्ण है वह यह कि हाल में निर्भया कांड के बाद हुए आपराधिक क़ानून संशोधन अधिनियम, 2013 के बाद आईपीसी की धारा 376 के मुताबिक यह सीधा-सीधा एक दंडनीय अपराध की परिधि में आता है।"

"तो क्या आपको सदानन्द के बचने के कुछ आसार नज़र आते हैं?" ऐंकर ने पूछा।

"जी नहीं। वैसे मुझे नहीं पता कि किन धाराओं के तहत इस मामले में एफ़आईआर दर्ज की गई है। अगर पोक्सो और 302 जैसी धारा को इसमें शामिल किया गया है तब तो और भी मुश्किल है। वैसे पोक्सो और 302 की कोई ज़रूरत है भी नहीं। चूँकि मृतका की उम्र पन्द्रह साल से कम बताई जा रही है, इसलिए 376 में वैसे ही कम-से-कम दस साल की सज़ा से लेकर उम्रक़ैद का प्रावधान है। सारे सबूत और तथ्यों के आधार पर अगर पुलिस ने पूरी ईमानदारी से चार्जशीट तैयार की होगी, तो मेरा मानना है कि सदानन्द को कम-से-कम दस साल की सज़ा मिलनी तय है। अब यह माननीय जज साब के विवेक पर निर्भर करता है कि वे क्या निर्णय देते हैं।"

"तो यहाँ सारा पेच उम्र को लेकर फँसा हुआ है?"

"जी हाँ। धारा 375 के अपवाद में यह प्रावधान आज भी बना हुआ है कि अगर शादी के समय पत्नी की उम्र पन्द्रह साल से अधिक है, तब जबरन यौन सम्बन्ध

बलात्कार नहीं माना जाता। जबकि आपराधिक क़ानून संशोधन अधिनियम, 2013 में पन्द्रह साल से कम उम्र की पत्नी से बलात्कार के मामले में अब सज़ा में कोई विशेष छूट नहीं मिलेगी। इस ऐक्ट से पहले पति को सिर्फ़ सहवास की छूट थी।"

"इसका मतलब हुआ कि सदानन्द को धारा 376 के तहत सज़ा मिलनी लगभग तय है। अब यह कितनी मिलेगी यह माननीय न्यायाधीश को तय करना है। दर्शको, इससे पहले कि हमारी यह चर्चा आगे जारी रहे, मैं उस भाग्यशाली विजेता का नाम घोषित करना चाहता हूँ जिसका हमें सबसे पहले एसएमएस प्राप्त हुआ था। इस भाग्यशाली विजेता को इस कार्यक्रम के सह-प्रायोजक 'दुल्हन वही जो पाठक जी दिलवाएँ' की तरफ़ से एक गिफ़्ट वाउचर भेजा जाएगा। इस वाउचर को वह भाग्यशाली हमारे सह-प्रायोजक को दिखलाकर अपने जीवनसाथी को चुनने में पाठक जी की मदद ले सकते हैं। तो दिल थामकर बैठिए और सुनिए कि यह भाग्यशाली विजेता कौन है। यह भाग्यशाली विजेता हैं झुमरी तलैया के मोहम्मद बिन तुगलक। तुगलक जी, आपको बहुत-बहुत बधाई!" इतना कह ऐंकर यह कहकर स्क्रीन से ग़ायब हो गया, "कहीं मत जाइए, मिलते हैं एक छोटे-से ब्रेक के बाद!"

लालकृष्ण 'प्रपंची' को अब नींद आने लगी। उसने पत्नी की फ़रमाइश के बिना चैनल बदला और पत्नी का पसन्दीदा सीरियल लगा दिया।

सदानन्द का मामला जिस तरह दिन-ब-दिन मीडिया में छाने लगा, उसके चलते न्यायपालिका पर जैसे एक दबाव बन गया। और तो और 'दैनिक राष्ट्रवाद' की तरफ़ से लालकृष्ण 'प्रपंची' से अनुरोध किया गया कि वह इस मामले पर लगातार नज़र रखे और विस्तार से इसके बारे में ख़बरें भेजता रहे। अपने सम्पादक के इस अनुरोध को भला अपना 'प्रपंची' कैसे ठुकरा दे। मुश्किल से तो पहली बार उसके सम्पादक ने उससे इसरार किया है। इस तरह जिस 'प्रपंची' ने क़स्बे के बजरंगी चौराहे पर खोमचे का खोखा लगाने का निर्णय ले लिया था, उसने उस निर्णय को वहीं तिलांजलि दी और ख़बरें बनाने में जुट गया। एक बार फिर लालकृष्ण 'प्रपंची' को इस बेगार में आनन्द आने लगा।

मीडिया के दबाव के चलते सेशन कोर्ट ने इस मामले में जल्द-से-जल्द अपना फ़ैसला देने में समझदारी समझी। दूसरी सुनवाई के बाद ही जज ने इसे रोज़ की सुनवाई में तब्दील कर दिया। इधर एक के बाद एक बड़ी दुकान यानी गुप्ता किराना स्टोर के मालिक गुप्ता जी के वकील दामाद, अपने मुवक्किल के बचाव में जज के सामने गवाह पेश करते, उधर माननीय जज उनके तर्क और गवाहों के बयानों से असहमति जताते। इस प्रकार सारी कार्यवाही महज छह महीने में पूरी कर सेशन जज ने अपना फ़ैसला सुना दिया। इधर भरी कोर्ट में जज ने अपना फ़ैसला

सुनाया, उधर फ़ैसले को सुनते ही सज्जन सिंह बुक्का मारकर रो पड़ा। सदानन्द तड़ाक से ज़मीन पर गिर पड़ा। कोर्ट में आपाधापी मच गई। जज ने सख़्ती दिखाते हुए मुजरिम को सीधे ज़िला जेल भेजने के साथ, सज्जन सिंह को कोर्ट से बाहर भेजने का आदेश दे दिया।

इधर सदानन्द को दस साल की सज़ा की ख़बर जैसे ही पहुँची, सुनकर पूरा घर आर्तनाद और चीत्कारों से दहल गया। सदानन्द की माँ पद्मा तो ख़बर सुनते ही ग़श खाकर गिर गई। इस बार पद्मा को किसी ने नहीं सँभाला। कौन सँभालता? सँभालने वाले भी उसी की तरह गहरे शोक में डूबे हुए हैं। देखते-ही-देखते सज्जन सिंह का घर दुख और शोक का सूखा बीहड़ बन गया। एक ऐसा बीहड़ जिसकी रेतीली नंगी दीवारों से रह-रह कर माँ के रूप में जब-जब पद्मा का चीत्कार टकराता, तब-तब उनसे झरती भुरभुरी रेत को देखकर लगता, मानो उनके भीतर छिपा पानी का कोई सोता फूट पड़ा है।

9

धर्मोपदेशं दर्पेण विप्राणामस्य कुर्वत:।
तप्तमासेचयेत्तैलं वक्त्रे श्रोत्रे च पार्थिव:॥

—मनुस्मृति

(अगर कोई शूद्र ब्राह्मण को उपदेश देने की गुस्ताख़ी करे, तो उसे सख़्त से सख़्त सज़ा दी जाए।)

इस तरह मुजरिमों के क़बीले के रूप में पहले से घोषित सज्जन सिंह का घर एक मक़तल में तब्दील हो गया। वही घर जिसके आदमख़ोर मर्दों के नाख़ूनों में आज भी एक निहत्थी और निर्बल साथिन के जिस्म को नोचने के ख़ून से सने रेशे मिल जाएँगे। इस बेबस साथिन की सिसकियाँ और उसका चीत्कार आज भी रह-रह कर फ़िज़ा में गूँजता है। यह बात दूसरी है कि इस देश के मर्दवादी क़ानून के चलते इन आदमख़ोर भेड़ियों को बाइज़्ज़त रिहा कर दिया गया था। मगर इस रिहाई के बावजूद इस घर के सामने से आज भी जब कोई गुज़रता है, तो न चाहते हुए उसकी नज़र इसके खुले-अधखुले दरवाज़े-खिड़कियों को बींध भीतर चली ही जाती है। कुछ क्षणों के बाद जब यह वापस लौटती है, तब लगता मानो उसके हाथ में यहाँ हाल में सदानन्द की नवविवाहिता की हुई मौत के पुख़्ता सबूत हैं। कहने वाले तो यहाँ तक कहने लगे हैं कि यह उसी बेबस साथिन की सिसकियों का श्राप है, जिसके चलते आज इस घर की दर-ओ-दीवार ख़ून के आँसू रो रहे हैं।

चंचला को जैसे ही पता चला कि उसकी ननद के लड़के सदानन्द को एक नहीं, दो नहीं, पूरे दस साल की सज़ा हुई है, सुनते ही वह सांत्वना देने चली आई। वैसे भी ऐसी संकट की घड़ी में अपने तो अपने, दुश्मन का भी फ़र्ज़ बनता है। फिर चंचला तो ठहरी सदानन्द की मामी और पद्मा की सगी भाभी। चंचला की इस सांत्वना ने पद्मा के एकाएक हरे हो गए ज़ख़्मों पर जैसे मरहम का काम किया। चंचला के आने से मन एकदम हल्का हो गया।

शाम को चूल्हे-चौके से निपटने के बाद एक-एक कर आसपास के घरों की बत्तियाँ बुझने लगीं। रात की गहराती कालिख में डूबे सज्जन सिंह के मकान के उदासीभरे उजाले में, एक बार फिर धीरे-धीरे स्मृतियों की गाँठें खुलनी शुरू हो गईं। चंचला ने उदास रोशनी में पुते कुम्हलाए चेहरों पर बारी-बारी से एक महीन नज़र मारी। फिर अपनी पुरानी अदा के साथ पोज़िशन ली और बेहद सँभलते हुए, जिस संवेदना को प्रकट करने वह अपने मुज़फ़्फ़रनगर से चलकर यहाँ तक आई है, उसे प्रकट कर ही दिया।

"वैसे बाई जी, एक बात कहूँ बुरा मत मानियो। तुम्हारे घर पर तो उस गरीब कुम्हारी की हाय लगी है!"

पद्मा ने पलटकर अपनी भाभी की तरफ़ देखा। उसे इसी का डर था कि चंचला कहीं इस घर में दफ़न मुर्दों के ऊपर जमी गर्द को झाड़ना शुरू न कर दे। मगर चंचला ने जिस अन्दाज़ में एक अकथ कथा का सूत्र धीरे-से कमरे की ख़ामोशी में छोड़ा, उसे सुन एक बार कमरे में मौजूद ख़ुद पद्मा और मंगला ही नहीं चौंकीं, बल्कि उसकी दोनों बहुओं वसुधा और गायत्री का चौंकना भी स्वाभाविक था।

"मामी जी, आप किस गरीब कुम्हारी की बात कर रही हो...कौन है यह? हमने तो आज तक इसके बारे में सुना नहीं?" पद्मा की छोटी बहू गायत्री ने उत्सुकता से पूछा।

"ऐसा क्या कर दिया किसी ने उसके साथ, जो उसकी हाय हमारे देवर को ले बैठी?" बड़ी बहू वसुधा ने लगभग तिलमिलाते हुए कहा।

"भाभी, पता नहीं तू भी यह क्या बेकार की रामायण ले बैठी! इसमें हाय की क्या बात है। हाय तो तब मानी जाती, जब इन्हें कोई सजा हुई होती।"

"सज़ा नहीं हुई थी तो नौ म्हीने ये क्या जेल में धूलिया खेलने गए थे?"

"हुई थी पर उस मामले में नहीं जिसके बारे में तू बात कर रही है। वो सज़ा तो दूसरे मामलों में हुई थी।"

"बाई जी, यह तो जानकर अनजान बननेवाली बात है। कोर्ट में भले ही यह बात साबित नहीं हुई, पर यह असलियत किसी से छिपी हुई नहीं है कि उसके साथ किस-किस ने मुँह काला किया था।"

पद्मा से इस बार किसी तरह का प्रतिवाद करते नहीं बना। जिस चेहरे पर

कुछ क्षण पहले एक दृढ़ता पुती हुई थी, उसकी भाभी के अन्तिम शब्दों ने उसे एक झटके में पोंछ दिया।

"मामी जी, आप दोनों ननद-भाभी आपस में क्या बात कर रही हैं, हमारी तो कुछ समझ में नहीं आ रहा है!"

"बहू, यह बात अपनी सास से पूछ। वही बताएगी।" चंचला ने कहा।

"मम्मी, मामी जी यह क्या कह रही हैं। ये कौन-सी और किसकी सज़ा के बारे में बात कर रही हैं?"

"हाँ मम्मी जी, मामी किस गरीब कुम्हारी की बात कर रही हैं। ऐसा क्या हुआ था उसके साथ?" इस बार छोटी बहू गायत्री ने अपनी जेठानी के सुर में सुर मिलाते हुए कहा।

"वही तो मैं भी कह रही हूँ कि आखिर वह कौन-सी बात है जिसके बारे में हमें आज तलक पता नहीं है?" अपनी देवरानी का साथ मिलता देख वसुधा ने अपनी सास पद्मा की आँखों में आँखे डालते हुए पूछा।

वसुधा और गायत्री की ज़िद को देख, मंगला ने वहाँ से चुपचाप खिसकने में भलाई समझी। कहीं ऐसा न हो कि ये बहुएँ उसी से पूछ बैठें। यही सोचकर मंगला नींद आने का बहाना बना, उठकर जाने लगी, तो गायत्री ने पूरी तुर्शी के साथ टोक दिया, "चाची जी, आप कहाँ जा रही हैं? आपको तो पता होगा। मामी, किसकी बात कर रही हैं?"

मंगला को इसी बात का डर था।

गायत्री ने जैसे ही पूछा कि मामी किसकी बात कर रही हैं, लगभग बीस साल पहले का सारा दृश्य मंगला की आँखों के सामने कौंध गया। कानों में जानकी का आर्तनाद कानों के परदों से रह-रह कर टकराने लगा। लगा जैसे कमरे के बाहर अँधेरे में दरवाज़े से लगा कोई बदहवास साया न्याय की गुहार लगा रहा है। जबकि दूर अँधेरे में खड़े उसके जेठ सज्जन सिंह की चमकती आँखों में विजयी भाव ठहाठा मार रहा है। उस दिन को याद कर मंगला की पूरी देह से आज भी जैसे ख़ून निचुड़ने लगता है। लग रहा है उसके जिस्म पर मानो असंख्य चींटियाँ रेंग रही हैं।

जाते-जाते रुक गई मंगला। कमरे में एकाएक ख़ामोशी छा गई। बल्ब के उनींदे उजाले में भीगी पद्मा कभी अपनी देवरानी मंगला की आँखों में देखती, तो कभी मंगला अपनी जेठानी पद्मा की आँखों में। आँखों-आँखों में दोनों जैसे एक-दूसरे से पूछ रही हैं कि इस श्राप-कथा को उनमें से कौन सुनाए?

"मम्मी क्या हुआ?" छोटी बहू गायत्री ने उन दोनों के इस मौन संवाद को जैसे भाँप लिया।

कुछ नहीं बोली पद्मा। बल्कि अपनी छोटी बहू की जिज्ञासा पर लम्बा हुँकारा भर, यह कहकर सिर झुका लिया, "क्या बताऊँ बहू! तेरी मामी सही कह रही है

कि यह उस गरीब जानकी की ही हाय है, जिसके चलते मेरे बेगुनाह बेटे को आज जेल की हवा खानी पड़ रही है।"

"कहीं यह जानकी वह तो नहीं है, जो आज भी साथिन का काम करती है और घर-घर जाकर घर की साफ-सफाई, परिवार नियोजन और लड़कियों को स्कूल भेजने के फायदे बताती है?"

"सुना है यह कभी दहेज, कोख में लड़कियों को मारने और बचपन में शादी के खिलाफ घर-घर जाकर इन सामाजिक बुराइयों के बारे में कोई अभियान भी चलाती थी?" वसुधा की बात आगे बढ़ाते हुए गायत्री बोली।

"हाँ, वही है।" पद्मा ने दोनों बहुओं के अनुमान की पुष्टि की।

"जब यह इतना अच्छा काम करती है, तो इसके साथ हमने ऐसा क्या कर दिया, जो इसकी हा य से सदानन्द को जेल हो गई?"

पद्मा ने बड़ी बहू के इस सवाल का कोई जवाब नहीं दिया।

"यह अच्छा काम ही तो इसका दुश्मन हो गया था। हुआ यह कि तुम्हारे ससुर के चाचा रामकरन की सबसे छोटी लड़की गीता, जिसकी उमर उस बखत बारह-तेरह बरस की रही होगी, उसका ब्याह तय हो गया था। इस बात का पता जब जानकी को लगा, तब उसने रामकरन को आकर समझाया कि इस उमर में ब्याह करना कानूनी जुरम है।"

"इसमें जानकी ने ऐसा क्या गलत कह दिया मम्मी जी। यह तो सबको पता है कि बाल विवाह कानूनी अपराध है।"

"कानूनी अपराध तो है पर उस रामकरन को कौन समझाता। बल्कि वह तो सुनते ही चिंघाड़ा कि एक कुम्हारी मुझे समझाएगी कानून। ऐसे कानून मेरी जेब में पड़े रहते हैं।"

"इसमें चिल्लाने-चिंघाड़ने की कौन-सी बात थी? वह कौन-सा हमारे ठाकुरपने को ललकार रही थी। सही बात ही तो कह रही थी। कौन-सा वह इसकी पुलिस में रिपोर्ट लिखाने जा रही थी।"

"कम वह भी नहीं है बहू। जब उसने देख लिया कि एक आदमी उसकी बात सुनने को तैयार ही नहीं है, फिर क्यों बार-बार उसे समझाने आ रही थी।" इस बार मंगला ने तर्क दिया।

"तो कौन-सी आफत आ गई जो समझा दिया। गीता बुआ के भले की ही तो कह रही थी।" छोटी बहू गायत्री का चेहरा धीरे-धीरे लाल पड़ने लगा।

"एक दिन मैंने भी उसे समझाया कि जानकी, यह आदमी माननेवाला नहीं है। तब पता है इस पर वह क्या बोली, बोली कि बहन जी मुझे पता है यह आदमी माननेवाला नहीं है। यह अपनी नाक के लिए कुछ भी कर सकता है। यही बात मैंने अपने अफसरों को बताई कि मुझे इसके पास मत भेजो। मेरे लिए

दिक्कत खड़ी हो जाएगी। पर मेरे अफ़सर नहीं माने और बोले कि हमें हर बाल ब्याह को रोकना है।"

"और एक दिन तो वह एक पुलिसवाले को ही साथ ले आई। पुलिस को देखते ही रामकरन के तन-बदन में आग लग गई। उसने पुलिसवाले को पहले लड्डू खिलाए और जाते-जाते उसके हाथ में एक पचास का नोट धर दिया।" मंगला ने कहानी आगे बढ़ाते हुए कहा।

"अब बहू, ब्यह तो जैसे-तैसे निपट गया। पर रामकरन ने जानकी की इस हरकत को जैसे अपनी नाक का सवाल बना लिया और फिर एक दिन..."

"मम्मी जी फिर क्या हुआ एक दिन?" विस्मय से गायत्री ने पूछा।

"बल्लम-फरस ले तेरे ससुर के साथ पहुँच गया उसके खेत पर। समझ तो जानकी जभी गई थी जब इन दोनों भाइयों को उसने अपने खेत की तरफ़ आते हुए देख लिया था कि इनकी नीयत कुछ ठीक नहीं है। पर उसे इसकी उम्मीद नहीं थी कि ये दोनों उसके साथ कुछ ऊँची-नीची हरकत कर बैठेंगे। जाते ही इन दोनों ने आव देखा, न ताव और उसके घरवाले मोहनलाल को पीटना शुरू कर दिया। घरवाले को पिटता देख जानकी दौड़कर उसे बचाने आई और हाथ जोड़कर इनसे रहम की भीख माँगने लगी, पर इनके तो जैसे उस दिन सिर पर खून सवार था। पहले तो इन दोनों ने मोहनलाल को खूब मारा और फिर उसके हाथ-पाँव बाँधकर एक तरफ पटक दिया। इसके बाद तेरे ससुर और ताएसरे रामकरन जानकी की तरफ मुड़े और बारी-बारी से उसके साथ मुँह काला किया।"

जिस समय पद्मा इस वाक़ये को बता रही थी, दोनों बहुओं की आँखों से जैसे ख़ून बरसने लगा। गायत्री से तो कहे बिना नहीं रुका गया, "मम्मी, मामी जी ने एकदम सही कहा है। उसी पाप का नतीजा आज सदानन्द भुगत रहा है। सच कहूँ मम्मी, मैं तो अपने ससुर को अभी तक देवता मानती थी, पर अब पता चला कि ये तो पूरे रावण हैं। समझ में नहीं आ रहा है कि इनके पाप की सजा सदानन्द को क्यों मिल रही है। अच्छा होता उसकी बजाय हमारे ससुर जी जेल में सड़ते।"

"बहू, कुदरत के खेल का कुछ पता नहीं। कौन जाने, किसके पापों का फल किस बेकसूर को भुगतना पड़ जाए।" चंचला मामी की योजना जैसे सफल हो गई।

"और मम्मी, आप तो थोड़ी देर पहले बड़े ठसके के साथ कह रही थीं कि इसमें शाप की क्या बात हो गई। शाप तो तब माना जाता, जब इन्हें उस मामले में कोई सजा हुई होती।" बड़ी बहू वसुधा के इतना कहते ही पद्मा की अपनी ही बहुओं से नज़र मिलाने की हिम्मत नहीं हो रही है।

"इसके बाद तो बहू इस गाँव के नजारे देखनेवाले थे। पूरे गाँव को पुलिस गारद ने घेर लिया। धर-पकड़ शुरू हो गई। आस-पास के इलाके में हल्ला मच गया।

यह तो इस जानकी की हिम्मत थी, जो उसने हार नहीं मानी वरना हमारे ननदोई ने तो पुलिस को अपने कब्ज़े में कर लिया था। पुलिस ने तो सुना है जानकी का खूब मजाक उड़ाया था। तफ्तीश के बजाय लीपापोती करने लगी। और तो और उसका मेडिकल भी दो दिन बाद करवाया। अब बताओ दो दिन बाद मेडिकल में कुछ मिलेगा?"

"सारा रोना तो मामी जी यही है कि हमारी पुलिस ही किसी दीन की नहीं है।" बड़ी बहू वसुधा ने हिक़ारत के साथ कहा।

"यह तो जब अखबारों ने हल्ला मचाया तब कहीं जाके जाँच शुरू हुई और पाँच साल बाद इन दोनों को गिरफ्तार किया गया। पर हुआ क्या नौ महीने की सजा काटने के बाद दोनों भाई बड़ी शान से जेल से बरी हो गए, वह भी मामूली जुरम में।"

"क्यों, उस जुरम में सजा नहीं हुई जो इन दोनों ने किया था?" गायत्री ने हैरान होते हुए पूछा।

"ना, क्योंकि कोई गवाह ही नहीं मिला। वैसे भी गरीब और कमजोर आदमी के लिए कौन गवाही देता है। इसीलिए कहा गया है कि नंग बड़ा परमेश्वर से। आज भी तेरे ससुर अदालत के उस फैसले को बड़ी शान से पूरी दुनिया को दिखाते हुए घूमते हैं।"

"मामी जी, ऐसा क्या था वह फ़ैसला जिसे हमारे ससुर जी बड़ी शान से दिखाते फिरते हैं?" बड़ी बहू की इस बार जिज्ञासा बढ़ गई।

"मरे जज ने अपने फैसले में कहा कि इज्जतदार और बड़ा आदमी किसी का, वो क्या कहते हैं बलात्कार कर ही नहीं सकता। दूसरा, यह कहा कि कोई मरद अपने किसी सगे-सम्बन्धी के आगे ऐसा काम नहीं कर सकता। कोई अगड़ी जाति का मरद किसी छोटी जाति की औरत के साथ इसलिए ऐसा गलत काम नहीं कर सकता क्योंकि वह मैली होती है। सबसे मजेदार बात तो उस जज ने यह कही कि मोहनलाल अपनी औरत की इज्जत लुटते हुए देख नहीं सकता।"

"मामी जी, अगर वह जज्ज का बच्चा मेरे आगे पड़ जाए न, तो मारे जूतियों के उसका मुँह लाल कर दूँ और उस हरामी के बच्चे से पूछूँ, कि जब जानकी के घरवाले के इन्होंने हाथ-पाँव बाँध दिए तो वह उसे कैसे बचाता!"

गायत्री ने दाँत पीसते हुए जिस तरह प्रतिक्रिया दी, उसे देख उसकी सास पद्मा और चचिया सास मंगला सहम गईं। कुछ पल के सन्नाटे के बाद वह आगे बोली, "...और यह क्या दलील हुई कि कोई अगड़ी जाति का मरद किसी छोटी जाति की औरत के साथ इसलिए ऐसा गलत काम नहीं कर सकता क्योंकि वह मैली होती है। अरे, मरद के लिए औरत, औरत होती है। चाहे वह शुद्ध हो या अशुद्ध, मैली हो या कुचैली। अगड़ी हो या पिछड़ी। उससे कोई यह पूछे कि अगर यही काम जानकी का घरवाला इस घर की किसी ठकुरानी के साथ करता, तब वह क्या कहता? तब

ऐसी औरत अशुद्ध नहीं होती, जब उसकी मरजी से कोई अगड़ी जाति का मरद उसके साथ छिप-छिप के रँगरेलियाँ मनाता है?"

"मामी जी, मेरी बड़ी अम्मा कहती थी कि इस मरद जात का रत्तीभर भी भरोसा नहीं करना चाहिए। यह मरद पहले है–बाप, ससुर, भाई या बेटा बाद में। हम औरतों को देखकर कब इसकी नीयत डोल जाए, कुछ पता नहीं...और यह जज कह रहा है कि अगड़ी जाति का आदमी एक नीची जाति की औरत के साथ यह काम नहीं कर सकता।" वसुधा ने गायत्री का साथ देते हुए कहा।

"चुप कर बहू! पता नहीं तू भी क्या कहानी लेकर बैठ गई?"

चंचला मामी को मानो इसी पल का इन्तज़ार था।

"बाई जी, यह कहानी हो गई? जरा, बेचारी उस गरीब कुम्हारी के बारे में सोच, जिसकी सरेआम उसके घरवाले के आगे किस तरह आबरू तार-तार की थी। कोई और होती तो लोकलाज के मारे अब तक किसी कुआँ-पोखर में कूदकर अपनी जान दे चुकी होती। अब यह बात अलग है कि भले ही हमारे ननदोई जेल से छूट गए, पर ऊपरवाले के घर में देर है अन्धेर नहीं है। अच्छे-बुरे कर्मों का यहीं फल मिल जाता है।" चंचला एकाएक दार्शनिक हो गई।

"सही कह रही हो मामी, जरा सोच कि इस जानकी के भीतर का दर्द और गुस्से में डूबा हाहाकार उसकी छाती में किस तरह नश्तर की तरह कसकता होगा। जब वह अपने पेटीकोट को लेकर न्याय के लिए गुहार लगाती इधर-उधर भटकती रही होगी, तो उस पर क्या बीतती होगी। कितने दबाव डाले गए होंगे उस पर।" छोटी बहू गायत्री की देह मारे गुस्से के काँपने लगी।

"दबाव, सारे ठाकुरों ने मिलकर उस पर बहुत जोर डाला कि वह मुकदमा वापस ले ले, पर जानकी ने हिम्मत नहीं हारी।"

"भले ही जानकी ने हिम्मत नहीं हारी मामी जी, पर एक औरत का मान तो नहीं लौटा न!" कहते-कहते बड़ी बहू वसुधा के शब्द टूटने लगे।

"और अपने सदानन्द का क्या, वह तो हमारे ससुर और ताएसरे की तरह दस साल बाद जेल से छूटकर आ जाएगा। साल-छह महीने बाद उसका घर भी फिर से बस जाएगा...पर यह जानकी तो उस दिन से भीतर-ही-भीतर रोज टूटती होगी!" कहते-कहते गायत्री के जबड़े की नसें खिंच आईं।

पद्मा ने कनखियों से दोनों बहुओं को देखा। देखते ही वह समझ गई कि अगर यह चर्चा कुछ देर और चली, तो यह कमरा कहीं ग़मज़दा सिसकियों और सुबकियों में न डूब जाए। यही सोच उसने इस मिले-जुले शोक और दुख की सभा को यह कहते हुए विसर्जित करने में भलाई समझी, "भाभी, अब जो भाग में बदा है वह तो भुगतना ही पड़ेगा! बहुत रात हो गई है। चलो, सो जाओ अब नींद भी आ रही है।"

इसके बाद एक-एक कर सब सोने के लिए चली गईं। सबके जाते ही पद्मा ने अपने कमरे की बत्ती बुझा दी। बत्ती बुझते ही कमरे में एक ख़ौफ़नाक अँधेरा ठसकर बैठ गया। देर तक अँधेरे में उसे रह-रह कर चमकती दो जोड़ी निस्तेज आँखें दिखाई देती रहीं। पद्मा के लिए यह तय कर पाना मुश्किल हो गया कि इन दो जोड़ी आँखों में कौन-सी आँखें उसके सदानन्द की हैं, और कौन-सी उस ग़रीब कुम्हारी जानकी की हैं, जिसके श्राप के चलते उसका निर्दोष बेटा इस समय जेल की सलाखों के पीछे पड़ा हुआ है।

इधर बीच-बीच में अन्य रातों की तरह अँधेरे में डूबे आँगन में जब भी कोई अपरिचित आहट कानों में पड़ती, तभी वसुधा और गायत्री को लगता जैसे कोई जाना-पहचाना साया, उनके बन्द दरवाज़ों के बाहर किसी घात में गश्त लगा रहा है। अचानक कोई बिल्ली घर के आसपास आकर रोती, तो लगता यह रुदन बिल्ली का नहीं, उस जानकी का है जिसकी अस्मत खुले आकाश के नीचे उसके ही कुनबे के पिशाचों ने लूट ली थी। अपने-अपने पतियों के बग़ल में लेटे हुए इन दोनों को पहली बार लगा, जैसे वे अपने पतियों की बग़ल में नहीं, किसी जाने-पहचाने आदमख़ोर की बग़ल में लेटी हुई हैं।

10

समय कब मुट्ठियों से सूखी रेत-सा फ़िसलकर अपनी यादों के चमकीले कण छोड़ आगे बढ़ गया, किसी को पता नहीं चला। सारे मौसम अपनी गति से आए और अपनी गति से निकल गए।

सदानन्द को दो साल हो गए। ऐसा लगता है जैसे वह आज भी किसी कोने में दीवार से पीठ लगाए धीरे-धीरे सिसक रहा है। अकेली पद्मा ही है जिसकी यादों के किसी अँतरे में उसका सदानन्द चहलक़दमी करता रहता है। ऐसा कोई दिन न रहा होगा, जब एक माँ की घुटी-घुटी सिसकियाँ अपने बेटे से न बतियाई हों। खुले आँगन में अबोध स्मृतियों की किलकारियाँ न गूँजी हों। नन्हे क़दमों के चाप आँगन की निविड़ता में सरगोशियाँ न करती रही हों। पद्मा को छोड़ ज़्यादातर की स्मृतियों से उसका चेहरा काफ़ी हद तक धूमिल पड़ चुका है।

बीते इस साल में उस दिन ऐसा पहली बार हुआ जब पूरा घर आँसुओं से तर हो गया। एक-एक कर जब सब वर्तमान में लौटे, तो सज्जन सिंह ही अपने छोटे भाई को दुविधा से बाहर निकालते हुए बोला, "पुरुषोत्तम, तेरी परेशानी वाजिब है। आदमी मर जाता है, तब भी तो काम होते हैं।"

"भाई साब, मैं तो इसीलिए कहते हुए झिझक रहा था कि कहीं आप और

भाभी यह न समझ बैठें, कि हमारा तो बेटा जेल में पड़ा हुआ है और इन्हें हाथ पीले करने की पड़ी हुई है।" पुरुषोत्तम ने बड़े भाई का मान रखते हुए दबी ज़बान में कहा।

"समझें तो तब, जब साल-छह महीने की बात हो। सदा को तो जेल में पूरे दस साल रहना है। इसका मतलब हुआ कि उसकी बाट में हम अपनी जवान-जहान लड़कियों को घर में बैठाए रक्खें!" सज्जन सिंह ने एक लम्बी-गहरी साँस लेते हुए कहा।

पुरुषोत्तम कुछ नहीं बोला।

"अच्छा, जयसिंहपुरवाले वकील साब की तरफ़ से कोई जवाब आया? पंड्डजी ने कुछ बताया?" सज्जन सिंह ने अपने छोटे भाई से पूछा।

"बताना क्या, वे तो कल भी बगीची में मिले थे। कह रहे थे कि वकील साब बस हमारी हाँ-ना का इन्तजार कर रहे हैं, पर मैंने ही कोई जवाब नहीं दिया। अब आप कह रहे हैं, तो मैं शाम को पंड्डजी को यहीं बुलवा लेता हूँ!"

"ठीक है, शाम को बुलवा लेना। वैसेऽऽऽ..." सज्जन सिंह जैसे कुछ कहते-कहते रुक गया।

"क्या हुआ भाई साब?" पुरुषोत्तम ने अचकचाते हुए पूछा।

"हमारी मीनू हो कितने की गई होगी?"

अपने बड़े भाई के इस सवाल पर पुरुषोत्तम ने पलटकर मंगला की तरफ़ देखा, तो मंगला ने बिना एक पल गँवाए कहा, "सत्रह-साढ़े सत्रह की हुई है।"

"भाई साब, आप यह सब क्यों पूछ रहे हैं?" पुरुषोत्तम ने हैरानी के साथ पूछा।

"इसलिए कि कहीं कोई कानूनी बखेड़ा न खड़ा हो जाए!" सज्जन सिंह ने माथे को आस्तीन से पोंछते हुए कहा।

"लगता है आपके दिमाग से अभी तक सदानन्द का केस निकला नहीं है।"

"कैसे निकले, बिना किसी जुर्म के जवान बेटा जेल में पड़ा जो सड़ रहा है।"

सज्जन सिंह का इतना कहना था कि पद्मा की हिलकियाँ बँध गईं। मुश्किल से सबने उसे तसल्ली बँधाई।

"ठीक है भाई साब, मैं पंड्डजी को शाम को ही बुलवा लेता हूँ।" इतना कह पुरुषोत्तम खड़ा हो गया। वह समझ गया कि इससे ज़्यादा बैठने का मतलब है, जाने-अनजाने पुरानी यादों पर पड़ी गर्द का हटना।

सज्जन सिंह ने पंडित से साफ़-साफ़ कह दिया कि वकील साब से कह देना कि वे लेन-देन की चिन्ता न करें। बल्कि उनकी कोई और माँग हो, तो उसे भी बेझिझक बता दें। इतना ही नहीं पंडित से चलते-चलते

वह यह कहना नहीं भूला, "पंड्डजी, वकील होने के नाते उनसे यह जरूर दरयाफ्त कर लेना कि ऐन मौके पर किसी तरह का बखेड़ा नहीं खड़ा होना चाहिए।"

"मैं फिर एक काम करता हूँ जिजमान, उनसे एक बार आपकी आमने-सामने बात करवा देता हूँ। शास्त्र होते तो मैं ही निपट लेता, पर इन कानूनी दाँव-पेचों का मुझे भी कुछ ज्ञान नहीं है।"

"ठीक है, जैसी आपकी मरजी। अब इस काम में देर नहीं होनी चाहिए।"

"मैं कल ही जयसिंहपुर चला जाता हूँ। जैसा भी होगा, मैं आपको फोन से बता दूँगा। आप तैयार रहना!" इतना कह पंडित चला आया।

अगले दिन पंडित ने सज्जन सिंह को बता दिया कि हो सके तो वे इसी समय कोर्ट चले आएँ। यहीं इतमीनान से उनके कमरे में बात हो जाएगी। सज्जन सिंह ने उसी समय पहले से तैयार अपने दोनों भाइयों को साथ लिया और जयसिंहपुर के लिए रवाना हो गया।

सज्जन सिंह ने बिना किसी भूमिका के बात शुरू कर दी,"वकील साब, पंड्डजी ने वैसे तो सारी बातें बता दी होंगी। बस, एक बात और कहनी है कि इधर सरकार ने ब्याह-शादी को लेकर कानून कुछ जरूरत से ज्यादा कड़े कर दिए हैं, इसलिए सोचा कि यह बात आपके कान में डाल दूँ।"

"मैं आपके कहने का मतलब समझा नहीं?" पुरुषोत्तम के भावी समधी ब्रजनन्दन ठाकुर ने हैरान होते हुए पूछा।

"मेरा कहने का मतलब यह है कि हमारी मीनू अभी सत्रह-साढ़े सत्रह की हुई है। वैसे ब्याह होते-होते अट्ठारह की हो जाएगी।"

"यह तो मैं जानता हूँ। इसमें बतानेवाली ऐसी कौन-सी बात है?"

"वकील साब, जबसे इनके बेटे के साथ हादसा हुआ है, तब से ये इन कानून-कायदों को लेकर बड़े डरे-डरे से रहते हैं।" पंडित ने हस्तक्षेप करते हुए पुरुषोत्तम के भावी समधी को समझाने की कोशिश की।

"वो बात तो आपकी ठीक है पंड्डजी। मगर वह महज एक दुर्घटना थी। दरअसल, इनसे गलती यह हो गई कि ये वकील के पास चले गए और वकील ने इन्हें थाने भेज दिया वरना लड़कीवालों से बात कर उन्हें समझा-बुझा कर चुपचाप दाग लगा देते, कुछ नहीं होता। आप ही बताओ कि जब हम खुद जाकर कानून के जबड़े में अपना सिर देंगे, तो इसमें कानून क्या करेगा।"

"मैंने तो कहा था कि भाई साब चुपचाप दाग लगा देते हैं।" पुरुषोत्तम बोला।

"तो लगा देना चाहिए था। बाद में कौन पूछता।" इसके बाद वकील ब्रजनन्दन ठाकुर बेपरवाही के साथ बोला,"जब आपका अपने गाँव की उस साथिन, क्या नाम है उसकाऽऽऽ जानकी बलात्कार कांड ने कुछ नहीं बिगाड़ा, तो इसी में कौन-सा कुछ बिगड़ जाता। यह तो भला हो उस जज का जिसने यह कहकर केस रद्द कर

दिया, कि जब ऊँची जाति के लोग हरिजन-गिरिजनों को छूने में दस बार सोचते हैं तो वह रेप करेगा, यकीन नहीं होता। वैसे आप वाला केस इतना बिगड़ता नहीं। दरअसल, एक तो उन दिनों दिल्ली का वह नया-नया निर्भया कांड हुआ था। दूसरा, लगता है थानेदार कुछ ज़रूरत से ज़्यादा ईमानदार था। कभी-कभी नसीब के आगे किसी की नहीं चलती। इसकी आप चिन्ता न करें। कुछ नहीं होगा और कुछ होगा तो फिर हम वकील किस दिन काम आएँगे!" पुरुषोत्तम के भावी समधी ब्रजनन्दन ठाकुर ने हँसते हुए कहा।

"वो बात तो ठीक वकील साब...।" इसके बाद एक पल रुककर सज्जन सिंह शब्दों को जैसे चबाते हुए बोला,"हमारे उस वकील ने भी यही कहा था।"

पुरुषोत्तम के भावी समधी ब्रजनन्दन ठाकुर ने सज्जन सिंह की तरफ़ जिस तरह पलटकर देखा, उससे कुल पुरोहित समझ गया कि सज्जन सिंह की बात इस नए-नए कच्चे समधी को अच्छी नहीं लगी है। उसने तुरन्त हस्तक्षेप करते हुए विषय बदल दिया,"वैसे एक बात कहूँ वकील साब, इन मामलों में हम हिन्दुओं का सबसे ज्यादा अगर किसी ने नुकसान किया है तो इस नेहरू ने किया है!"

"पंड्डजी, बीच में अचानक यह नेहरू कहाँ से आ गया?" भावी समधी ब्रजनन्दन ठाकुर ने चौंकते हुए पूछा।

"अजी साब और क्या। ना वह हिन्दू कोड बिल नाम की इस बीमारी को हम हिन्दुओं पर थोपता, ना आज हमें ये दिन देखने पड़ते। ना इस बिल को वह अम्बेडकर से तैयार करवाता, और न हम हिन्दुओं का धरम भ्रष्ट होता।"

"लगता है आप नेहरू से कुछ ज्यादा ही नाराज हो!"

"इसमें बात ही नाराजगीवाली है। वैसे भी हम तो ठहरे खानदानी नेहरू विरोधी।"

"यह बात तो आप सही कह रहे हो पंड्डजी। इतना ही नहीं जब यह बिल पास नहीं हुआ, तो नेहरू ने यहाँ तक धमकी दे डाली थी कि अगर यह बिल क़ानून नहीं बना, तो मैं संविधान सभा से इस्तीफा दे दूँगा।"

सज्जन सिंह के कुल पुरोहित के इस तुक्के ने सही समय पर काम कर दिया। उनका यह भावी समधी भूल गया कि सज्जन सिंह ने कुछ कहा भी था।

"यह नेहरू ही तो हिन्दुओं का सबसे बड़ा दुश्मन था। एक बात बताओ वकील साब, इस नेहरू को हिन्दुओं के खिलाफ बननेवाले इस बिल को अम्बेडकर से तैयार करवाने की क्या जरूरत थी?"

"पंड्डजी, जब संसद में इस बिल को पेश किया गया था, तब हमारे हिन्दुओं ने इसकी बड़ी खिलाफत की थी। जनसंघ ही नहीं खुद इनके काँग्रेस के हिन्दूवादी नेताओं तक ने पूरे ज़ोर-शोर से संसद में इसका विरोध किया था। इधर जब यह बिल पास नहीं हुआ, तो अम्बेडकर ने कानून मंत्री के ही पद से इस्तीफा दे दिया था, क्योंकि सारे हिन्दू अम्बेडकर के विरोधी जो हो गए थे।"

"आप सही कह रहे हैं वकील साब। मुझे भी एक दिन शाखा में ही पता चला था कि अखिल भारतीय राम राज्य परिषद् के संस्थापक हरिहरानन्द सरस्वती जी, जिन्हें करपात्री महाराज के नाम से भी जाना जाता था, उसने संसद के बाहर यह कहते हुए बड़ा भारी विरोध किया था कि यह बिल हिन्दू धर्म में दखल है। यह हमारे हिन्दू रीति-रिवाजों, संस्कृति, परम्पराओं और धर्मशास्त्रों के विरुद्ध है। बताओ, यह क्या बात हुई कि एक अछूत हिन्दुओं का कानून बनाए और एक मुसलमान, जो अपने आपको पंडित कहता है, वह इसके पास न होने पर संविधान सभा छोड़ने की धमकी दे।"

चुपचाप वार्तालाप सुन रहा सज्जन सिंह समझ गया कि उनका यह कुल पुरोहित, अम्बेडकर को अछूत और पंडित जवाहरलाल नेहरू को ही मुसलमान बता रहा है।

"इतना ही नहीं, करपात्री महाराज ने नेहरू को इस बिल पर बहस करने की खुली चुनौती दी थी। आपको पता है जब इस बिल को संसद में चर्चा के लिए लाया गया था, तब करपात्री महाराज ही नहीं बल्कि आरएसएस, हिन्दू महासभा, सनातनी, आर्य समाजी और हमारे दूसरे हिन्दूवादी संगठनों ने इसके खिलाफ देशभर में प्रदर्शन किए थे।"

"आप ठीक कह रहे हैं वकील साब। अकेले हमारे आरएसएस ने दिल्ली में सुना है इसके विरोध में दर्जनों रैलियाँ निकाली थी।"

सज्जन सिंह और पुरुषोत्तम दोनों भाई बड़े ध्यान से इस बातचीत को सुनते रहे। अपने भावी समधी और कुल पुरोहित की बातों को सुन-सुन कर, सज्जन सिंह की शिराओं में जैसे ख़ून उछाल मारने लगा। एक बार तो उसे अपने आप पर हिन्दू होने पर ही सन्देह-सा होने लगा था।

"वैसे पंड्डजी, आपका नेहरू था बड़ा चालाक। जब उसे लगा कि यह हिन्दू कोड बिल पास नहीं होगा, तो उसने पहला लोकसभा चुनाव जीतते ही इसे कई हिस्सों में बाँट दिया। इसका सबसे खतरनाक हिस्सा था, 1955 में बना हिन्दू मैरेज ऐक्ट। इस ऐक्ट के तहत तलाक को दिया गया कानूनी दर्जा, जिसमें लड़के-लड़कियों को दूसरी जातियों में शादी-ब्याह करने का हक और एक से ज्यादा शादी को कानूनी जुर्म बना दिया गया था, सबसे खतरनाक था।"

"एक बात कहूँ वकील साब, बुरा मत मानना इस ससुरे लव जिहाद की असली जड़ भी यही कानून है। बच्चों को दूसरी जात में शादी-ब्याह करने का कानूनी हक, इसका क्या मतलब हुआ। चलो, थोड़ी देर के लिए दूसरी जात में शादी-ब्याह को छोड़ भी दें, पर इस तलाक का क्या किया जाए, जिसने हम हिन्दुओं की नाक में दम करके रखा हुआ है । अजी साब, यह क्या बात हुई कि ये मुसलमान तो रख लें सात-सात लुगाई, और हम हिन्दुओं पर इतनी पाबन्दी कि दूसरी रखते ही हवालात।"

"पंड्डजी, इस बिल का इसलिए भी हिन्दू विरोध कर रहे थे कि सिर्फ़ हम हिन्दुओं के लिए यह कानून क्यों लाया जा रहा है, जबकि एक से ज़्यादा शादी करने का रिवाज़ तो दूसरे धर्मों में भी है। अब तो हालत यह है कि बात-बात पर तलाक।" अपने भावी समधी के सामने ज्यादा न खुलते हुए सज्जन सिंह ने पहली बार थोड़ी हिम्मत बटोरते हुए अपनी बात कही।

"वही तो जिजमान, जो शादी-ब्याह हमारे हिन्दू धर्म में सोलह संस्कारों में से एक पवित्र संस्कार माना जाता है, इस नेहरू ने उसे मजाक बनवा दिया। अपने इस कानून में इस अम्बेडकर ने आखिर ऐसा क्या नया लिख दिया जो हमारे शास्त्रों में नहीं हैं। हाँ, इन दोनों ने मिलके एक काम जरूर कर दिया कि हमारे शास्त्रों के मुताबिक दूसरे धर्म और गैर बिरादरी में जो शादी-ब्याह नहीं होते थे, कानून बनाकर उसे पक्का और कर दिया।" सज्जन सिंह के कुल पुरोहित की मारे ग़ुस्से के साँसें उखड़ने लगीं।

"यह बात तो आप सही कह रहे हैं पंड्डजी।" सज्जन सिंह ने अपने कुल पुरोहित से सहमति जताई।

"आपको एक बात बताऊँ जिजमान!" इस बार कुल पुरोहित सज्जन सिंह की तरफ़ पलटा, "नेहरू ने इन्दिरा का फिरोज गांधी से ब्याह वैदिक रीति-रिवाज से इसीलिए करवाया था कि उसे समाज में मान्यता मिल जाए। पर उसे यह पता नहीं था कि हमारे वैदिक धर्म में दूसरे धर्म में शादी-ब्याह करने को मान्यता नहीं दी जाती है। इसीलिए इन्दिरा गांधी को मरते दम तक हम हिन्दुओं ने धर्म पत्नी का दर्जा नहीं दिया।"

"पंड्डजी, आप चिन्ता मत करो। मेरे होते हुए ऐसा कुछ नहीं होगा। अब आप असली मुद्दे पर आओ! इन्हें कैसे परेशान किया?" पुरुषोत्तम के भावी समधी ब्रजनन्दन ठाकुर ने सज्जन सिंह के कुल पुरोहित से पूछा।

"वकील साब, आपको बताया तो था कि बिटिया की उमर..."

"वो तो आप बता चुके हैं। कोई और बात हो तो उसे बताओ?"

"और क्या बात होगी वकील साब। सारी बातें तो तय हो चुकी हैं फिर भी आपकी तरफ से कोई और माँग हो तोऽऽऽ..."

"हमारी ऐसी कोई माँग नहीं है पंड्डजी। फिर भी अगर अपनी मरज़ी से ये अपनी लड़की को कुछ लेना-देना चाहें, तो हमें कोई हर्ज नहीं है।"

"यह आपका बड़प्पन है। हम तो धन्य हो गए ऐसे हीरे जैसे रिश्तेदार को पाकर।" सज्जन सिंह के हाथ आपस में जुड़ते चले गए।

"वकील साब, सही कह रहे हैं भाई साब। अगर कोई बात होगी तो अपने पंड्डजी हैं तो सही।" पुरुषोत्तम ने अपने भावी समधी से सहमत होते हुए कहा।

"जिजमान, अव चलने की आज्ञा दीजिए!" अपनी जगह से उठते हुए कुल पुरोहित ने पूछा।

अचानक सज्जन सिंह को किसी सोच में डूबा देख ब्रजनन्दन ठाकुर ने पूछा, "क्या हुआ समधी जी?"

इस आत्मीय सम्बोधन से सज्जन सिंह भीतर तक भीगता चला गया। आँखें नम हो आईं, बमुश्किल कह पाया वह, "बस, एक ही बात का दुख रहेगा वकील साब कि मेरा सदानन्द हमारी मुन्नी के हाथ पीले होते हुए नहीं देख पाएगा।"

"क्यों नहीं देख पाएगा। यह वकील किस मर्ज की दवा होती है। आखिर पैरोल नाम की भी कोई चीज होती है। घबराइए मत। वह जरूर आएगा!"

"बस, यही सोच रहा था। वकील साब, अब हमें इजाजत दीजिए!" अपनी जगह से सज्जन सिंह ने खड़े होते हुए कहा।

"मैं कैसे कह सकता हूँ।" ब्रजनन्दन ठाकुर ने औपचारिकता निभाते हुए कहा।

"चलिए पंड्डजी!" सज्जन सिंह पुरुषोत्तम और कुल पुरोहित को साथ ले वापस लौट लिया।

सज्जन सिंह अपने जिस कुल पुरोहित को आज तक महज पत्रा-पंचांग बाँचनेवाला एक तिलकधारी ब्राह्मण समझने का भ्रम पाले हुए था, वह भ्रम आज एक झटके में टूट गया। अपने हिन्दू धर्म के बारे में कुल पुरोहित की इतनी विशद जानकारी और उसका यह प्रकांड रूप देख, रास्तेभर वह मन-ही-मन उसके सम्मान में नतमस्तक होता रहा। बीच-बीच में उसने अपने सामने आँखें मूँदकर बैठे, अधमुँदी आँखों के साथ होंठों-ही-होंठों में कुछ बुदबुदाते कुल पुरोहित की तरफ़ न जाने कितनी बार देखा। रह-रह कर जीप के साथ हिचकोले खाते कुल पुरोहित को देखकर सज्जन सिंह को लगता, जैसे वह अपने हिन्दू धर्मशास्त्रों के श्लोकों का मनन कर रहा है।

सदानन्द के शादी में शामिल होने की ख़बर ने पूरे घर की फ़िज़ा ही बदल दी।

घर में तरह-तरह की कल्पनाओं ने अलग-अलग आकार लेने शुरू कर दिए। इन कल्पनाओं में एक कल्पना लगभग एकजैसी है, और वह यह कि दस साल का एक सज़ायाफ़्ता मुजरिम आख़िर देखने में लगता कैसा होगा? उसकी आँखों में किसी तरह का कोई अपराध-बोध होगा या नहीं? ख़ून से रँगे हाथोंवाले मुजरिम की आँखों में किसी तरह का ख़ौफ़ होगा या नहीं? इस तरह की कल्पनाओं में डूबा शादीवाला पूरा घर सदानन्द को एकदम नज़दीक से देखने की जुगत में जुट गया।

चंचला मामी ने भी अपनी कल्पनाओं की डायरी में सदानन्द से पूछे जानेवाले सवालों की फ़ेहरिस्त तैयार कर ली। मगर न जाने कैसे एक माँ होने के नाते पद्मा की नज़र अपनी भाभी की इस डायरी पर पड़ गई। यह डर उसे भीतर-ही-भीतर

कुतरने लगा कि उसका सदानन्द कैसे इतने सारे बर्छियों-से नुकीले सवालों का सामना कर पाएगा? उसका बस चलता तो वह सदानन्द को आने ही नहीं देती। मगर कुछ कर भी तो नहीं सकती। मुश्किल से तो पैरोल मिली है। अगर यह भी नहीं मिलती, तब क्या होता? पद्मा ने बहुत सोच-विचार कर यह फ़ैसला किया कि उसकी जितनी कोशिश होगी वह अपने सदानन्द को इन निगाहों से बचाकर रखेगी।

लगन से दो दिन पहले सदानन्द को पैरोल मिली।

पैरोल तो बारह बजे के आसपास ही मिल गई थी मगर घर उसे शाम के झुटपुटे में लाया गया। घर में उसे कब और कैसे दाख़िल किया गया, इसकी भनक किसी को नहीं लगी। यहाँ तक कि चंचला मामी को भी नहीं।

"बाई जी, यह तो कोई बात नहीं हुई। किसी ने मुझे बताया तक नहीं कि मेरा सदानन्द घर आ गया है!" सवेरे जैसे ही चंचला को पता चला उसने मेरा शब्द पर ज़ोर देते हुए पद्मा से शिकायत की।

"ऐसी कोई बात नहीं है भाभी। आया ही वह देर से था। आते ही बोला, मम्मी आज मैं खूब सोऊँगा। बहुत दिनों से ठीक से सोया नहीं हूँ।" पद्मा ने टालते हुए जवाब दिया।

"आय हाय! सोने की तो मरा ऐसे कह रहा है जैसे जेल में उसी से चौकीदारी कराई जा रही थी। वैसे वह है कहाँ? मैं अभी मिलके आती हूँ।"

"ऊपर के कमरे में सो रहा है।" चाहकर भी पद्मा ना नहीं कर पाई।

"सो रहा है! टैम देखा कित्ता हो रहा है? बाई जी तुम भी कमाल कर रही हो। घर में आए नाते-रिश्तेदारों का उससे मिलने के लिए कलेजा फटा जा रहा है और तुम उसे छिपा के बैठी हो। मैं लाती हूँ उसे अभी!"

"भाभी..."

पद्मा जब तक चंचला से कुछ कह पाती, वह तेज़ी से आगे बढ़ गई।

चंचला ने जैसे ही दरवाज़ा ठेला, वह यह देखकर हैरान रह गई कि सदानन्द सो नहीं रहा है बल्कि मीनू से बतिया रहा है। चंचला मामी को सामने देख सदानन्द सकपका गया। जिसका उसे सबसे ज़्यादा डर था, वही डर उसके सामने साक्षात् खड़ा है। यह तो अच्छा हुआ जो मीनू उसके पास है और कुशल-क्षेम के अलावा चंचला ने इससे ज़्यादा कुछ नहीं कहा, "सदानन्द, बेटा तू यहाँ बैठा है और सारे रिश्तेदार तुझसे मिलने को मरे जा रहे हैं।"

"मामी, बस मैं नीचे आने ही वाला था।"

"आ जा!" इतना कह चंचला मामी ने जिस तरह सदानन्द को आँखों-ही-आँखों में टटोला, सदानन्द की पूरी देह में झुरझुरी-सी दौड़ गई।

सदानन्द ने कुछ नहीं कहा।

"और हाँ, नीचे आने से पहले यह दाढ़ी-वाढ़ी बना लेना। कैसी हत्यारों जैसी सूरत बना रक्खी है। लग रहा है जैसे किसी का क़तल करके आया है!" जाते-जाते चंचला आख़िर अपना पहला तीर चुभो ही गई।

सुनकर सदानन्द को लगा जैसे चंचला मामी ने भी उसे अपराधी मान लिया है।

और वैसा ही हुआ जिसका अन्देशा था। जिसे नहीं पता था उसे भी पता चल गया कि सदानन्द जेल से पैरोल पर आया है। वही सज़ायाफ़्ता सदानन्द जिसे अपनी ही पत्नी के संग बलात्कार के जुर्म में दस साल की सज़ा हुई है।

इस तरह शादी सही-सलामत सम्पन्न हो गई। उजास होने से पहले अपनी खट्टी-मीठी स्मृतियों को अपनी मुट्ठियों में चावल भर-भर कर अपने पीछे बिखेर, मीनू अपने माँ-बाप के घर से विदा हो गई। दोपहर होते-होते आधे से ज़्यादा रिश्तेदार चले गए। शाम तक घर ऐसा हो गया, मानो यहाँ कुछ था ही नहीं। पद्मा ने जैसा सोचा था, वैसा कुछ नहीं हुआ।

संझा-बाती कर थकी-माँदी देह खा-पीकर सोने के जुगाड़ में जुट गईं। सोने से पहले देर तक मीनू पुराण चलता रहा और जैसे ही चंचला इस ऊब से बाहर निकली अचानक उसे कुछ याद आ गया।

"बाई जी, अपना सदानन्द कहीं दिखाई नहीं दे रहा है?"

आख़िर वही हुआ जिससे पद्मा अभी तक बचने की कोशिश कर थी। मुश्किल से कह पाई, "सो रहा है।"

"सो रहा है! उसने ऐसा कौन-सा पहाड़ तोड़ा है जो सो रहा है? बहू, अपने देवर को बुलाकर ला! उससे पूछें तो सही कि जेल में होता क्या-क्या है।" चंचला ने गायत्री को सीधे-सीधे हुक्म देते हुए कहा।

पद्मा चाहकर भी गायत्री को नहीं रोक पाई। कुछ ही देर में गायत्री सदानन्द को साथ लेकर आ गई।

"सदा, बेटा यहाँ आ जा मेरे पास!" दुलारते हुए बड़े प्यार से चंचला मामी ने कहा।

इधर सदानन्द अपनी मामी के पास बैठा और उधर चंचला की जेल डायरी शुरू हो गई।

"सदानन्द, बेटा जेल में तो तेरे जैसे और भी बहुत सारे मुलजिम होंगे?"

सदानन्द ने कुछ नहीं कहा। बस, माँ की तरफ़ कातरता के साथ देखकर नज़रें नीची कर ली।

"भाभी यह क्या कह रही हो?" पद्मा ने चंचला को टोकना चाहा।

"बाई जी, मैंने तो बस ऐसे ही अपनी नॉलेज बढ़ाने के लिए पूछ लिया। वो क्या है कि आदमी को इन जेल-अदालतों के बारे में भी पता होना चहिए न। क्या पता..."

"कल को हमारे बल्लू को भी जाना पड़ जाए।" चंचला का वाक्य पूरा होने से पहले छोटी बहू गायत्री ने कहा।

"बहू शुभ-शुभ बोल! मेरा बल्लू क्यों जाएगा?" चंचला गायत्री को डाँटते हुए बोली।

"भाभी, समय का कुछ पता नहीं। मेरे सदानन्द ने ही कौन-सा किसी का कतल किया था?"

"भले ही नहीं किया बाई जी, पर दुनिया तो यही कह रही है कि सदानन्द ने अपनी औरत का..."

"मामी, क्या किया है मैंने अपनी औरत का? मैं तो तंग आ गया हूँ मम्मी। इससे अच्छा होता मैं जेल से आता ही नहीं। कोई पूछ रहा है कि जेल में कैसा लगता है, तो कोई पूछ रहा है मैंने अपनी औरत का कैसे कतल किया है। किसी को मेरे ऊपर भरोसा ही नहीं है कि मैंने कुछ नहीं किया।" कहते-कहते सदानन्द रो पड़ा।

"मामी जी, बुरा मत मानना। इस मामले में सबसे ज्यादा आप ही मजा ले रही हैं।"

"मैं क्या मजा ले रही हूँ बहू। पूछ ही तो रही हूँ।" चंचला ने वसुधा से तुनकते हुए कहा।

"बाई जी, आप तो बुरा मान गईं। ठीक है, मैं नहीं करूँगी इस पर बात। मेरा क्या, मैं तो सवेरेवाली गाड़ी से चली जाऊँगी।"

चंचला ने विषय पर जिस तरह एक फ़िल्मी गाने के मुखड़े के साथ विराम लगाया, उससे पद्मा तिलमिलाकर रह गई।

"बहू, जाकर सोओ! थक गई होगी।" वसुधा के बहाने पद्मा ने वहाँ मौजूद पूरी सभा को सुनाते हुए सभा विसर्जित करने की घोषणा कर दी।

11

सदानन्द की पैरोल ख़त्म होते ही एक बार फिर सज्जन सिंह का घर बेनूर हो गया। कई दिनों तक पद्मा बौराई-सी अपने बेटे को घर में यहाँ-वहाँ खोजती रही। रह-रह कर जब भी सलाखों के पीछे से ताकती असहाय-निर्निमेष आँखें उसके सामने आकर ठिठकतीं, उसका कलेजा मुँह को आ-आ जाता। बाक़ी बचे आठ साल सज़ा की कल्पनाभर से उसका रोआँ-रोआँ सिहर जाता। इस तरह अच्छी-बुरी यादों और आगामी कल्पनाओं के सहारे धीरे-धीरे दिन आगे बढ़ने लगे।

बिजली न होने की वजह से पद्मा हाथ में खजूर की पंखियों से बने पंखे को

झलते हुए, बरामदे में अलसाई-सी अकेली अपने अतीत से बतिया रही थी, कि दरवाज़े पर पड़ी थाप से उसकी तन्द्रा भंग हुई।

"बहूऽऽऽ देखना इतनी दुपहरी में कौन है!" बराबरवाले बरामदे में क्रोशिये में उलझी अँगुलियों वाली बहू को आवाज़ देते हुए पद्मा बोली।

इससे पहले कि वसुधा या गायत्री दोनों में से कोई दरवाज़े तक जाती, दरवाज़े पर पड़नेवाली थाप और तेज़ हो गई। गायत्री तेज़ी से दरवाज़े की ओर लपकी और जैसे ही उसने दरवाज़ा खोला, सामने बदहवास और चेहरे पर उड़ती हवाइयों को देख हैरानी जताते हुए बोली, "मामी जी आऽऽऽप?"

"कौन है बहू?" पद्मा ने पंखे को थोड़ा आराम देते हुए पूछा।

"मामा-मामी जी आए हैं!" गायत्री ने वहीं से जवाब दिया।

'यह अब कौन-से घाव हरे करने आई है?' पद्मा लेटे-लेटे बड़बड़ाई।

"बाई जी, ननदोई जी कहाँ हैं?" आते ही चंचला ने इधर-उधर देखते हुए पूछा।

"भाभी क्या हुआ?" अपने भाई विष्णु और चंचला के सफ़ेद पड़े चेहरे को देख पद्मा ने घबराते हुए पूछा।

"बाई जी, जुलम हो गया!"

"हुआ क्या यह तो बता?"

"बताऊँगी बाई जी। पहले यह बताओ कि ननदोई जी कहाँ हैं?" चंचला की बदहवासी और बढ़ गई।

"वे तो मार्केट की तरफ गए हैं। बस आते ही होंगे।" पद्मा की जगह जवाब बड़ी बहू वसुधा ने दिया।

"ले आ गए।" इसी बीच सामने दरवाज़े से अन्दर आते सज्जन सिंह को देख पद्मा बोली।

चंचला ने सज्जन सिंह का आने का भी इन्तज़ार नहीं किया। विष्णु को अपनी बहन के पास छोड़ लगभग दौड़ते हुए दरवाज़े पर ही पहुँच गई, "ननदोई जी, अभी वकील समधी जी के पास चलना है!"

सुनते ही सज्जन सिंह का कलेजा धक् से रह गया। किसी अनिष्टता की कल्पना में माथे पर पसीना छलक आया, "क्या हुआ? क्या कर दिया वकील साब ने?" मारे घबराहट के शब्द जैसे हलक़ में अटक गए।

"ऐसा कुछ नहीं हुआ जैसा आप सोच रहे हो।"

"अगर ऐसा कुछ भी नहीं है, तो चल आराम से बात करते हैं?"

जब तक सज्जन सिंह और चंचला बरामदे तक आते, वसुधा पानी ले आई। सज्जन सिंह ने पहले आधा लोटा पानी पिया और बाक़ी बचे पानी से मुँह धोने के बाद चारपाई पर बैठते हुए बोला, "अब बता हुआ क्या?"

"ननदोई जी हुआ क्या, रात हमारे बल्लू को पुलिस उठाकर ले गई।"

"पुलिस उठाकर ले गई, पर क्यों?"

"हुआ ये कि हमारे दशहरा मैदान में हर साल कुछ घुमन्तू आते हैं। मरों का अपनी औरतों पर तो कोई कंट्रोल है नहीं, हम इज्जतदार लोगों के बच्चों पर उलटे-सीधे इलजाम लगा देते हैं।"

"किस तरह का इल्जाम भाभी?" इस बार सज्जन सिंह के बजाय पद्मा ने पूछा।

"वो क्या है बाई जी..." कहते-कहते रुक गई चंचला। उसने दरवाज़े की ओट में कान धरे खड़ी वसुधा और गायत्री दोनों बहुओं की तरफ़ देखा, और फिर उन्हें लगभग आदेश देते हुए बोली, "बहू, थोड़ी देर के लिए भीतर जाओ!" दोनों बहुओं के वहाँ से हटते ही चंचला पद्मा की तरफ़ पलटते हुए फुसफुसाई, "बाई जी, आपको तो पता ही है कि इनकी औरतें किस तरह खुलेआम धन्धा करती हैं। सारे मुजफ्फरनगर के लौंडे इन्ने बिगाड़ दिए।"

"वो तो ठीक है करती होंगी, पर उनके धन्धे से बल्लू का क्या लेना-देना?" सज्जन सिंह शब्दों को चुभलाते हुए अपने साले विष्णु की तरफ़ पलटा।

"लेना-देना क्या ननदोई जी। पुलिस में जाके झूठी रपट लिखवा दी कि बल्लू और सरजू पंड्डत के लौंडे ने उनकी लौंडिया उठा ली।"

"उठा ही ली या कुछ किया-विया भी?" सज्जन सिंह ने एक शरारतभरी मुस्कान अपनी सलहज चंचला पर उछालते हुए कोंचा।

"ननदोई जी आपको मज़ाक सूझ रही है और यहाँ जान को आफ़त आई हुई है।"

"ले, मुझे मजाक सूझ रही है। मैं यही तो पूछ रहा हूँ कि उठाया ही या कुछ और भी किया?"

"यह तो हमें नहीं पता पर थाने में उसने अपने कलमबन्द बयान में लिखवाया है कि इन्ने मेरे साथ सारी रात मुँह काला किया है।"

"अच्छा, यह बात है। यह तो हमारे सदानन्द जैसा केस हो गया।"

"ननदोई जी, सदानन्द की औरत तो बाली उमर की थी। यह तो अच्छी-खासी मुसटंडी है। खुलेआम धन्धा करती बताई जाती है।"

"अगर खुलेआम धन्धा करती है, तो बात जरूर लेने-देने पर बिगड़ी होगी।"

"अब यह तो राम जाने। मामला तो पुलिस-थाने में पहुँच ही गया न।"

"मैं इसीलिए कहती हूँ विष्णु कि भइया इससे पहले ये लौंडे-लौंडिया हाथ से निकलें, टेम से इन्हें खूँटे से बाँध देना चाहिए। अब तो आसानी से इसे कोई अपनी बेटी भी देने से रहा।" पद्मा ने बड़ी सफ़ाई से चंचला से पुराना हिसाब चुकता करते हुए कहा।

"क्या करूँ बाई जी। हमारी तो अच्छी मुसीबत में जान आई! मैंने छत्तीस बार उससे कहा है कि इन आवारा लौंडों की संगत छोड़ दे, पर मेरी माने तब न।"

"घबराने की बात नहीं है। मैं अभी वकील समधी जी से बात करता हूँ। विष्णु, मेरे साथ आ, वकील साब से बाहर चलकर बात करते हैं!"

सज्जन सिंह विष्णु को साथ लेकर बाहर एकान्त में आ गया।

"विष्णु, तेरी इस घरवाली पर तो मुझे रत्तीभर भी यकीन नहीं है। असल बात क्या है तू बता। वकील साब से उसी हिसाब से बात की जाएगी।"

"क्या बताऊँ जीजा, रिपोर्ट तो उसने सही लिखवाई है। एक बात बताओ, किसी को ज़बरदस्ती उठाकर ले जाओ और रातभर उसके साथ दुष्कर्म करो, यह कोई अच्छी बात है। अगर कोई अपनी मरजी से धन्धा-पानी कर भी रही है, तो इसका मतलब यह नहीं है कि उसकी कोई इज्जत-आबरू ही नहीं है।"

"समझ गया तेरी बात। मगर वकील साब को यह बताना पड़ेगा कि बात लेन-देन पर बिगड़ी थी।" इतना कह सज्जन सिंह ने जेब से मोबाइल निकाला और उसे विष्णु की तरफ़ बढ़ाते हुए बोला, "ले, वकील साब का नंबर मिला!"

विष्णु ने नंबर मिलाकर वापस सज्जन सिंह को दे दिया। सज्जन सिंह ने अपने समधी वकील ब्रजनन्दन ठाकुर को विस्तार से सारी बात बता दी।

"क्या कहा वकील साब ने?" फ़ोन कटते ही पूछा विष्णु ने।

"कह रहे हैं कि मामला बड़ा टेढ़ा है। मेरे पास आ जाओ। कोर्ट में जमानत के लिए अर्जी लगानी पड़ेगी। अभी जाना पड़ेगा उनके पास।"

"ठीक है। बल्लू की माँ को भी साथ लिए चलते हैं।"

"क्या कहा वकील समधी जी ने?" सज्जन सिंह और विष्णु को बाहर से आता देख दूर से पूछा चंचला ने।

"अभी उनके पास जाना होगा। तू भी चल। हम वकील साब को लेकर निकल जाएँगे। तू वहाँ से घर चली जाना।"

"अच्छा बाई जी। मैं चलती हूँ।"

"भाभी, घबरइयो मत! माता रानी सब ठीक कर देगी।"

पद्‌मा ने जैसे ही कहा, चंचला की आँखों से आँसू बह निकले। वह तेज़ी-से पलटी और पद्‌मा के गले से लिपट गई।

चंचला के आँखों से ओझल होते ही छोटी बहू गायत्री मामी का उपहास उड़ाते हँस पड़ी, "बड़ा मजाक उड़ाती थी मामी। देखा, जब अपने सिर पर आई तो कैसे मम्मी के गले से लिपट गई?"

"बहू, किसी का ऐसे मजाक नहीं उड़ाना चाहिए। समय का कुछ पता नहीं होता।" इतना कह पद्‌मा ने लम्बी साँस ली और एक बार फिर स्मृतियों की मटमैली सुरंग में ग़ायब हो गई।

कोर्ट ने बल्लू कि जमानत याचिका ख़ारिज कर दी। न केवल याचिका ख़ारिज कर दी बल्कि एक सप्ताह के लिए उसे पुलिस रिमांड पर

और भेज दिया। हताश विष्णु, सज्जन सिंह और उनका वकील समधी ब्रजनन्दन ठाकुर कोर्ट से बाहर निकल आए।

"वकील साब अब क्या होगा?" सज्जन सिंह ने हिचकते हुए पूछा।

"अभी कुछ भी कहना मुश्किल है। यह तो सुनवाई के बाद ही पता चलेगा। चलो, देखते हैं।"

वकील ब्रजनन्दन ठाकुर की बात ख़त्म होने के बाद इससे पहले कि सब अपनी-अपनी दिशाओं की ओर बढ़ते, सज्जन सिंह के वकील समधी को अचानक अपने एक वरिष्ठ का दिया यह गुरुमंत्र याद आ गया कि 'मुवक्किल से अपनी फ़ीस तभी ले लेना, जब उसकी आँखों में आँसू या हाथ में हथकड़ी पड़ी हो। आँसू सूखने और हथकड़ी खुलने के बाद कोई भला आदमी फ़ीस नहीं देता।'

गुरुमंत्र याद आते ही वकील समधी ने उसी समय सज्जन सिंह को टोका, "समधी जी, अगली बार आओ तो वकील की फ़ीस भी लेते आना। वो क्या है कि रिश्तेदारी अपनी जगह और धन्धा अपनी जगह।"

"वकील साब, यह भी कोई कहने की बात।" सज्जन सिंह के बजाय विष्णु ने खिसियाते हुए कहा।

"जज साब, यह मामला किसी तरह की ज़बरदस्ती या रेप का नहीं है। यह आपसी सहमति से बने सम्बन्ध का मामला है। मैं पीड़िता से यह जानना चाहता हूँ कि क्या इससे पहले किसी दूसरे मर्द को अपनी मर्ज़ी से इसने अपनी सेवाएँ नहीं दी है?"

वकील ब्रजनन्दन टाकुर ने जिस तरह 'सेवाएँ' शब्द पर ज़ोर दिया, उसे सुन पीड़िता सकपकाते हुए चुप हो गई।

"जज साब, यह सही है कि मेरे मुवक्किल ने ऐसा किया होगा लेकिन इसका मतलब यह नहीं है कि कोई उसे जबरन उठाकर ले जाए। अपनी मरज़ी से जाना, जबरन उठाकर ले जाना नहीं होता। जबरन उठाने का मतलब होता है जिस्म पर सबूत के तौर पर कोई चोट का निशान हो। अपने आपको उठानेवाले से छुड़ाने के दौरान खरोंच वगैरह के निशान होना।"

फिर बचाव पक्ष के वकील ब्रजनन्दन ठाकुर ने शिकायतकर्ता के वकील से कहा, "आपके मुवक्किल को देखकर ऐसा लगता नहीं है कि उसके साथ बलात्कार हुआ है।"

"इसका मतलब यह हुआ जज साब कि कोई औरत अपनी इज़्ज़त को ताक पर रख झूठा और शर्मनाक बयान देगी?"

"चलिए आपकी बात मान लेते हैं वकील साब।" पीड़िता के वकील की बात मानते हुए आरोपी का वकील ब्रजनन्दन ठाकुर एक बार फिर पीड़िता की तरफ़

पलटा, "जब ये आपको जबरन उठाकर ले जा रहे थे, तब आपने अपने बचाव में कोई विरोध क्यों नहीं किया?"

"इन दोनों ने मेरा मुँह दबा लिया था।" पीड़िता ने बताया।

"कमाल है। एक भरे-पूरे परिवार के बीच से इन दोनों ने आपको उठा लिया। इसका न तो आपके परिवारवालों को पता चला, और न आपने कोई शोर मचाया। आप सरासर झूठ बोल रही हैं। मेरे मुवक्किल पर झूठा इल्जाम लगा रही हैं। सच तो यह है कि आप इनके साथ अपनी मरज़ी से गई थीं, वह भी घंटे-दो घंटे के लिए नहीं पूरी रात के लिए! क्या यह सच नहीं है? वकील साब, आप जो यह कह रहे हैं कि कोई औरत अपनी इज्जत को ताक पर रख झूठा और शर्मनाक बयान नहीं देगी, यह बात आत्मस्वाभिमानी, प्रतिष्ठित और इज्जतदार घरों की औरतों पर लागू होती है। ऐसी पर नहीं जिन्होंने अपनी देह को इनकम का जरिया बना लिया हो।"

ब्रजनन्दन ठाकुर जिस वक़्त पीड़िता के वकील से चंचला के बेटे बल्लू को हरिश्चन्द्र साबित करने के लिए बहस कर रहा था, उसे सुनते हुए सज्जन सिंह और विष्णु की धमनियों में बर्फ़ की डलियाँ-सी घुलने लगीं।

"असल बात यह है जज साब कि यह आपसी सहमति का मामला है। सौदा पाँच हजार में तय हुआ था। मगर ऐन मौके पर यह दस हजार पर अड़ गई। जब मेरे मुवक्किल ने देने से मना कर दिया, तब इसने उस पर रेप का केस दर्ज करवा दिया। मेरे मुवक्किल को ब्लैकमेल करना चाहती थी। उससे ज्यादा रकम ऐंठना चाहती थी। मरजी से और बलात्कार में जमीन-आसमान का फर्क होता है।"

"आपका कहने का मतलब यह हुआ वकील साब कि, कपड़ों पर मिले सीमेन्स के धब्बों के बावजूद, शरीर पर किसी तरह की चोट या खरोंच न मिलने की वजह से एक शादीशुदा या सम्भोग की अनुभवी औरत के साथ हुआ बलात्कार किसी तरह का अपराध नहीं है?"

"ठीक है, ऐसा हुआ होगा लेकिन इसका फ़ैसला वकील साब न आप कर सकते हैं, न मैं। इसका फ़ैसला डॉक्टर के मेडिकल से होगा। टू फिंगर टेस्ट मेरा मतलब है वैगिनल टेस्ट की रिपोर्ट इसमें लगी हुई है।" वकील ब्रजनन्दन ठाकुर पीड़िता के वकील के तर्क को काटते हुए बोला।

सज्जन सिंह के समधी वकील ब्रजनन्दन ठाकुर ने जितने आत्मविश्वास के साथ बहस की। जिस तरह तर्क दिए, थोड़ी देर के लिए कोर्ट में सन्नाटा छा गया। ब्रजनन्दन ने इसके बाद मेडिकल रिपोर्ट का हवाला देते हुए पीड़िता के वकील की तरफ़ देखा, "वकील साब, डॉक्टर ने अपने वैगिनल टेस्ट में लिखा है कि 'विक्टिम इज़ ए हैबिचुअल ऑफ़ सेक्सुअल इंटरकोर्स'।" फिर हल्के से मुस्कराकर बोला, "वैसे इस सम्भावना से इनकार भी नहीं किया जा सकता कि ऐसी औरतें हज़ार

रुपये, जो उनके लिए एक अच्छी-खासी बड़ी रकम है, उसे हासिल करने के लिए झूठ तो बोल ही सकती हैं। जज साब, सच तो यह है कि जिसने मेरे मुवक्किल पर रेप का आरोप लगाया है, वह सम्भोग की आदी है। इनकी तुलना हम जैसे सिविल सोसाइटी, मेरा मतलब है सभ्य समाज की औरतों से कैसे की जा सकती है। जिनका घर-परिवार ऐसे ही काम से चलता हो और जिनका कैरेक्टर संदिग्ध रहा हो, उनकी बातों पर कैसे यकीन किया जा सकता है। दैट्स आल मी लार्ड।"

जज ने ब्रजनन्दन ठाकुर के तर्क सुनने के बाद सामने रखी केस फ़ाइल के पन्नों को उलटा-पलटा और थोड़ी देर तक कुछ लिखने के बाद, अपना फ़ैसला सुनाते हुए बोला,"यह सही है कि एक औरत कितनी ही दुराचारी क्यों न हो, इस तरह जबरन उठाकर ले जाने के बाद अपनी सहमति कभी नहीं देगी। मगर यह भी सही है कि उसके चरित्र को देखते हुए ऐसी कहानी मनगढ़ंत भी हो सकती है, जो उसकी बात को अविश्वसनीय बनाती है। जिसका कैरेक्टर संदिग्ध रहा हो उसकी बात पर यक़ीन करना मुश्किल है। वैसे जबरन उठाकर ले जाने और रेप करने का कोई संतोषजनक सबूत इसके पास है भी नहीं। इसलिए यह मामला पूरी तरह ब्लैकमेलिंग का ही लगता है जिसके मद्देनज़र आरोपी को बरी किया जाता है।"

जज ने जैसे ही अपना फ़ैसला सुनाया सज्जन सिंह के समधी और वकील ब्रजनन्दन ठाकुर ने बड़े अदब से झुकते हुए कहा, "शुक्रिया जनाब!"

"वकील साब, रिलीज़ आर्डर तीन बजे ले जाना।" इतना कह जज ने सम्बन्धित फ़ाइल एक तरफ़ रख, दूसरी फ़ाइल उठा ली।

वकील ब्रजनन्दन ठाकुर, सज्जन सिंह और विष्णु तीनों कोर्ट से बाहर आ गए।

"वकील साब, अब कहीं चलकर थोड़ा-सा नाश्ता-पानी कर लेते हैं!"

"मुझे तो आप चलने दीजिए। एक मैटर वहाँ भी लगा हुआ है। आप तो बस..."

"अजी साब, चले जाना। वो सामने होटल है वहीं चलकर कुछ हल्का-फुल्का ले लेते हैं।"

"अब आप इतने प्यार से इसरार कर रहे हैं तो चलिए।"

होटल में दाख़िल होते ही सज्जन सिंह ने अपने साले विष्णु को न जाने क्या इशारा किया कि विष्णु तेज़ी से एक तरफ़ बढ़ गया। वापस आया तो उसके हाथ में कुछ था। चाय-पानी समाप्त होते ही विष्णु ने अपने हाथ में पकड़ा हुआ मिठाई का डिब्बा वकील ब्रजनन्दन की तरफ़ बढ़ाते हुए कहा, "समधी जी, हमारी तरफ से बच्चों के लिए।" मिठाई का डिब्बा देने के बाद उसने जेब से एक लिफ़ाफ़ा निकाला और उसे अपने जीजा सज्जन सिंह की तरफ़ बढ़ा दिया।

लिफ़ाफ़े को ले सज्जन सिंह उसे अपने समधी ब्रजनन्दन ठाकुर को देते हुए बोला, "और यह रही आपकी फीस।"

"कितने हैं?" लिफ़ाफ़े को लेते हुए वकील ब्रजनन्दन ठाकुर ने मन-ही-मन कहा कि ब्रजनन्दन बाबू यह उस दिन के गुरुमंत्र का कमाल है।

सज्जन सिंह ने कुछ कहने के बजाय अपने साले की तरफ़ देखा।

"समधी जी, पूरे पचास हजार हैं।" विष्णु ने सज्जन सिंह के इशारे को समझते हुए कहा।

"बस पचास हज़ार! विष्णु जी यह काम पाँच लाख से कम का नहीं था। आख़िर बेटे को ज़बरन उठाने और रेप के मामले से बरी कराया है वरना सीधे दस साल की सज़ा थी।"

वकील समधी ने जिस तल्ख़ी के साथ कहा, उसे देख सज्जन सिंह ने तुरन्त बात सँभाल ली, "समधी जी, चिन्ता मत करो यह तो नजराना है। आपकी इज्जत का पूरा खयाल रखा जाएगा।"

"बात इज़्ज़त की नहीं है। वो तो जज साब हमारे जान-पहचान के निकल आए वरना इनका बेटा जेल की सलाखों के पीछे दस साल तक सड़ता। ठीक है, नज़दीक की रिश्तेदारी का मामला है वरना एक लाख तो मैं एडवांस धरवा लेता।"

"समधी जी, बिना कहे दो लाख और आपके पास तीन-चार दिन में पहुँच जाएँगे।" सज्जन सिंह ने परोक्ष रूप से अपने वकील समधी को यह बता दिया कि इससे ज़्यादा फ़ीस नहीं मिलनेवाली।

"लेकिन पहुँचवा देना।" वकील ब्रजनन्दन ठाकुर ने भी अधिक ज़ोर नहीं दिया। एक तरह से यह रिश्तेदारी की शर्म थी।

"वैसे एक बात है समधी जी, एक बार तो ऐसा लगा जैसे हमारे बल्लू को जेल हो ही जाएगी। आपने जिस तरह जिरह की उसने पासा ही पलट दिया।" सज्जन सिंह ने हुमकते हुए अपने वकील समधी की तारीफ़ करते हुए कहा।

"एक बात बताऊँ, 154 के चलते मैं कोर्ट में यह कह ही नहीं सकता था कि उसका चाल-चलन ठीक नहीं था या वह धन्धा करती थी। बात यहाँ जबरन उठाकर ले जाने और रेप की है। आईपीसी 1860 की धारा 375 में इस बात का कोई मतलब नहीं है कि किसी औरत का चरित्र या चाल-चलन कैसा है। रेप का मतलब रेप है।"

"और यह कौन-सा टेस्ट है वकील साब जिससे किसी औरत के बारे में यह पता चलता है कि इसका चाल-चलन ठीक है या नहीं?"

"आप वैगिनल टेस्ट, जिसे टू फ़िंगर टेस्ट कहते हैं उसके बारे में कह रहे हैं?"

"हाँ-हाँ, वही।"

"इस टेस्ट से यह जाना जाता है समधी जी कि जिस औरत के साथ रेप हुआ

है उसके दूसरे मर्दों से सम्बन्ध रहे हैं या नहीं। जैसे इसी मामले में हुआ। आपने जैसे ही बताया था कि ये धन्धा करती है, मैं समझ गया कि यही पेच बल्लू को बचा सकता है।"

"तो इस टेस्ट से यह पता चल गया कि इसका यह धन्धा है?"

"यह बात नहीं है। इस टेस्ट में होता यह है कि डॉक्टर इन दोनों उँगलियों को उसके भीतर डालता है। अगर उँगलियाँ आसानी से भीतर चली जाती हैं, तो इसका मतलब हुआ कि उसे सम्भोग की आदत है। और अगर उँगलियों के जाने में परेशानी या खिंचाव आता है, या फिर ब्लीडिंग होने लगे, तो इसका मतलब हुआ कि उसने पहले किसी मरद से सम्बन्ध नहीं बनाए हैं। डॉक्टर ने भी अपनी रिपोर्ट में लिखा है कि यह सम्भोग की आदी है। इससे मुझे यह साबित करने में आसानी हो गई कि इन लड़कों ने जो भी किया है, उसमें उसकी रज़ामन्दी रही है। वैसे भी मामला जब अपने किसी नज़दीकी रिश्तेदारी का हो, तब कुछ सेटिंग-वेटिंग भी तो करनी पड़ती है।"

"तो समधी जी, ऐसी ही कुछ सेटिंग अपने सदानन्द के बारे में भी करिए न!" सज्जन सिंह ने समधी शब्द पर ज़ोर देते हुए कहा। क्या पता रिश्ते की नमी ही उसके बेक़ुसूर बेटे को सलाखों से बाहर ले आए।

वकील ब्रजनन्दन ठाकुर ने किसी तरह का कोई वायदा नहीं किया। वह यह कहकर खड़ा हो गया, "आप लोग तीन बजे जज साब के यहाँ से रिहाई के ऑर्डर ले लेना। मैं अब चलता हूँ।" इतना कह वह होटल से बाहर निकल आया।

अभी डेढ़ बजा है तीन बजने में डेढ़ घंटे बाक़ी हैं। ये डेढ़ घंटे कैसे कटें यही सोच सज्जन और विष्णु दोनों वकील और मुवक्किलों से ठसाठस भरे कोर्ट के कॉरिडर में इधर-से-उधर चक्कर काटने लगे।

जीप की आवाज़ सुनते ही चंचला तेज़ी से लपककर बाहर आई।

जीप से उतरते हुए जेल से छूटकर आए एक पूर्व अपराधी यानी अपने बल्लू को देख, पहले से तैयार थाली में जलते दीए से चंचला ने अपने सपूत की आरती उतारी। जमकर उसकी बलाएँ ली और पूरे सम्मान के साथ उसे अन्दर ले आई।

शाम को चंचला ने सबसे पहला काम यह किया कि अपने सपूत के बा-इज़्ज़त बरी होने की ख़ुशी में पहले अपने घर में बने हनुमान मन्दिर के सामने बैठकर हनुमान चालीसा के सस्वर पाठ के साथ जमकर आरती उतारी। इसके बाद पूरे मोहल्ले में घर-घर जाकर मिठाई के नाम पर दो-दो लड्डू बाँटे। लड्डू बाँटने के दौरान कोर्ट में हुई ज़िरह का उसने ऐसा काल्पनिक जीवंत दृश्य प्रस्तुत किया,

मानो वह वहाँ साक्षात् मौजूद थी। जिन घरों में बड़ी तेज़ी से कुछ 'बल्लुओं' की देह निकल आई है, या निकलने के कगार पर है, उनको ध्यान में रख, उसने उन्हें यहाँ तक आश्वासन दे डाला कि भविष्य में किसी ने किसी को उठा लिया और उसके साथ दुष्कर्म किया, तो उसे बाइज़्ज़त बरी कराने की गारंटी उसकी रही। इस गारंटी का नतीजा यह हुआ कि चंचला जिस घर से वापस लौटती, बल्लू की लम्बी उम्र और सलामती के लिए वहाँ से मिली आशीषों से उसकी झोली भर-भर जाती। घर आते-आते इन आशीषों ने चंचला में इतना आत्मविश्वास भर दिया कि गाढ़े झुटपुटे में जैसे ही उसने अपनी दहलीज़ पर क़दम रखा, एक अनजानी ठोकर खाकर वह गिरते-गिरते बची।

12

घर पहुँचने पर सज्जन सिंह की पत्नी से आँखें मिलाने की हिम्मत नहीं हुई। पद्मा को लगा मानो उसका पति किसी 'जानकी' के बलात्कारी को बचाकर आ रहा है।

"कैसा जमाना आ गया है कि जिसे जेल में होना चाहिए वह आजाद घूम रहा है, और जिसे बाहर होना चहिए वह जेल में सड़ रहा है।" आते ही पद्मा ने गहरी साँस ले सज्जन सिंह को सुनाते हुए कहा।

सज्जन सिंह ने कोई प्रतिक्रिया व्यक्त नहीं की। बरामदे में खड़ी चारपाई बिछाई और चुपचाप लेट गया। छत की कड़ी में लटके रुके हुए पंखे को निहारता रहा। देर तक एक अबोली ख़ामोशी बरामदे में इधर से उधर चहलक़दमी करती रही। थकान के चलते सज्जन सिंह की कब आँखें लग गईं, उसे पता ही नहीं चलता अगर पद्मा खाने के लिए नहीं जगाती। पद्मा के कानों में पूरी रात बेक़ुसूर चीख़ें गूँजती रहीं। एक से एक बेहूदे और काल्पनिक सपने आते रहे। एक बार तो एक सपने को देख वह हड़बड़ाकर बैठ गई। सपने में उसने देखा कि सदानन्द के पीछे हाथों में पत्थर लिए कोई काफ़िला दौड़ा आ रहा है।

पद्मा को जब भी ऐसे सपने आते हैं उनमें उसे किसी अनिष्टता और अनहोनी की आहट-सी सुनाई देने लगती है। सवेरे उठी तो पाया, सिर काफ़ी भारी है। वह जानती है कि सिर का यह भारीपन रात में आए सपनों और ठीक से नींद न आने के कारण है। बावजूद इसके इन सपनों के बारे में उसने किसी को कुछ नहीं बताया।

ग्यारह बजे के क़रीब रोज़ाना की तरह सज्जन सिंह के खाने की थाली लग गई। अभी उसने मुँह में पहला कौर डाला ही था कि बग़लवाली जेब में पड़ा मोबाइल गुर्राने लगा।

"हाँ बोल...क्या हुआ...एक मिनट, ले अपनी भाभी से बात कर!" सज्जन सिंह ने यह कहते हुए फोन पद्मा की तरफ़ बढ़ा दिया, "सुनना, रामा का फोन है। कुछ घबराई-सी लग रही है!"

"हेलो, हाँ भैन जी...राम-राम...क्या...कब से...मोबाइल भी बन्द है...कोलेज से पता किया...ठीक है, मैं तुम्हारे भैया को बताती हूँ।"

"क्या हुआ?" फोन कटते ही पद्मा के बदहवास चेहरे को देख सज्जन सिंह ने घबराते हुए पूछा।

"रामा भैन जी की बड़ी लड़की अपराजिता चार-पाँच दिनों से गायब है।"

"क्याऽऽऽ? कैसे?" हलक़ से नीचे उतरता कौर जैसे बीच में अटक गया।

"किसी काम से बाहर गई थी, अभी तलक वापस नहीं आई है। कोलेजवालों से अता-पता किया, तो मालूम हुआ कि उसके संग पढ़नेवाला एक लड़का भी उसी दिन से गायब है। जीजा जी ने उनसे पूछा तो कोलेजवाले बोले कि हम तो समझ रहे थे कि वह अपने घर गई है। उसे फोन किया तो पता चला वह भी बन्द है। भैन जी का तो रो-रो कर बुरा हाल है।"

"पता नहीं यह क्या हो रहा है! एक मुसीबत से पीछा नहीं छूटता, दूसरी आ जाती है। सही कहा है कि इन लड़कियों को आजादी देना खतरे से खाली नहीं है। पढ़ने-लिखने के लिए और भेज दो शहरों में।" सज्जन सिंह का जबड़ा रह-रह कर खिंचने लगा।

"माँ-बाप तो यह सोचकर बच्चों को बाहर भेज देते हैं कि पढ़-लिख कर अपने पाँवों पर खड़े हो जाएँगे और वे हैं कि बिना सोचे-समझे उनकी इज्जत से खेलने लग जाते हैं।"

"रामा से एक बार मैं बात करता हूँ। ऐसा तो नहीं है कि जीजा ने किसी बात पर उसे डाँट-वाँट दिया हो।" इतना कह सज्जन सिंह ने तुरन्त रामा को फोन लगा दिया।

"रामा, ऐसे घबराने से काम नहीं चलेगा। अच्छा यह बता, उसके पापा ने उसे किसी बात पर डाँटा-वाँटा तो नहीं था?...तूने ही कभी कुछ कहा हो?...डाँटा-वाँटा भी नहींऽऽऽ फिर क्या बात हो सकती है...कभी कुछ और बताया हो...ठीक है मैं देखता हूँ...वैसे कोलेज से बराबर पूछते रहना...अच्छा, वहीं गए हैं। कल साँझ तलक आ जाएँगे।"

"क्या बताया भैन जी ने?" पद्मा ने फोन कटते ही उत्सुकतावश पूछा।

"वह तो मना कर रही है कि ऐसी कोई बात नहीं थी।"

"मुझे तो लग रहा है यह कोई दूसरा ही चक्कर है?"

"मेरा भी यही खयाल है।"

"बड़ी मुसीबत है। आजकल के इन बच्चों को बिलकुल भी समझ नहीं है कि कौन-सा काम कब करना चाहिए। न किसी की जात का पता, न बिरादरी का। बस, मन में आया और मुँह उठाके चल दी।"

पत्नी की बात सुन सज्जन सिंह ने कुछ नहीं कहा। बस मन-ही-मन जानी-अनजानी कल्पनाओं में डूबता-तिरता रहा।

कॉलेज से जो जानकारी मिली और अपराजिता के पिता दिगंबर सिंह ने जो बताया, उसे सुनकर सज्जन सिंह ने सिर पकड़ लिया। एक पल के लिए लगा जैसे जानकी उसके सामने खड़ी ज़ोर-ज़ोर से ठहाके मार रही है। एकाएक उसी ग़रीब कुम्हारी अर्थात् साथिन जानकी का लगभग तेईस साल पहले का दृश्य उसकी आँखों के सामने कौंध गया। लगा जैसे कानों में रह-रह कर जानकी का आर्तनाद नहीं बल्कि उसकी अपनी ही भानजी अपराजिता की कर्कश आवाज़ गूँज रही है। बाहर दरवाज़े से लगा जैसे कोई धुँधला साया खिलखिलाते हुए उसका उपहास उड़ा रहा है। सज्जन सिंह ने ऐसा तो कभी सपने में भी नहीं सोचा होगा कि उसका अतीत इतना आगे आकर उसका पीछा नहीं छोड़ेगा।

"कोलेज ने उसकी गुमशुदी की रिपोर्ट पुलिस में लिखवा तो दी है न?" अतीत की स्याह सुरंग से बाहर आ सज्जन सिंह ने पूछा।

"वो तो सब हो गई है। पुलिस जगह-जगह दबिश भी मार रही है, पर दोनों का कहीं पता नहीं चल रहा है।" दिगंबर सिंह ने हताश होते हुए बताया।

"ऐसा है मिल जाएँ तो चुपचाप दोनों के हाथ पीले कर देना।"

"आप हाथ पीले करने की बात कर रहे हो। मेरे सामने पड़ गए तो उनका वहीं सिर कलम कर दूँगा।" मारे ग़ुस्से के सज्जन सिंह के जीजा और अपराजिता के पिता दिगंबर सिंह के मुँह से झाग निकलने लगे।

"वैसे काम तो इन्ने सिर कलम कराने का ही किया है। फिर भी थोड़े ठंडे दिमाग से काम लेना।" सज्जन सिंह ने अपने जीजा दिगम्बर सिंह को समझाने की कोशिश की।

"मेरा तो यह सोच-सोच कर दम सूखा जा रहा है कि कहीं वे दोनों आपस में कोई गलत-सलत काम न कर बैठे हों! अगर ऐसा हो गया तो हम कहीं मुँह दिखाने लायक नहीं रहेंगे।" कहते-कहते रामा की रुलाई फूट गई।

"मुँह तो हम अब भी दिखाने लायक नहीं रहे। जो भी सुनेगा वह यही कहेगा कि भागी भी तो किसके साथ भागी। जात-बिरादरी का होता तब भी कुछ बात दब जाती। इस लड़की ने तो हमें कहीं का नहीं छोड़ा।" मारे हताशा के सज्जन सिंह की साँसें उखड़ने लगीं।

"दिगंबर जी, जब अपना ही सिक्का खोटा निकल जाए तो दूसरे को क्या कहें। ठीक है। थोड़ी समझदारी और तसल्ली से काम लेना। जैसे ही वे मिल जाएँ, खबर कर देना। इस बीच मैं मीनू के ससुर वकील साब से बात करता हूँ।

देखते हैं वे क्या सलाह देते हैं।" सज्जन सिंह अपनी बहन रामा को तसल्ली दे वापस लौट आया।

घर आते ही सज्जन सिंह ने पद्मा को ताकीद कर दी कि यह बात, ख़ासकर जातिवाली किसी के सामने फूटनी नहीं चाहिए। वसुधा और गायत्री को तो इसकी भनक भी नहीं लगनी चाहिए।

अगले दिन सज्जन सिंह ने जाकर सबसे पहले अपने वकील समधी ब्रजनन्दन ठाकुर को सारे मामले से अवगत कराया।

"यह तो जज के विवेक पर निर्भर करता है कि वह सबूतों और अपराजिता के बयानों के आधार पर क्या फ़ैसला करता है।" पूरी बात सुनने के बाद ब्रजनन्दन ठाकुर ने एक त्वरित टिप्पणी दी।

"पर वकील साब, सीधे-सीधे यह मामला बहला-फुसला कर भगाने का तो बनता ही है!" सज्जन सिंह ने एक वकील को समझाने का प्रयास किया।

"और अगर वह अपनी मरज़ी से उसके साथ गई हो तब? हाँ, अगर वह नाबालिग़ है, तब बहला-फुसला कर भगाने का मामला बन सकता है। मगर अभी कुछ भी कहना जल्दबाज़ी होगी। असली तो तब ही पता चलेगा जब उन्हें पुलिस बरामद करके लाती है या वे ख़ुद अपनी मरज़ी से लौटकर आते हैं।"

"आपका कहना सही है वकील साब।" फिर थोड़ा चिन्तित होते हुए सज्जन सिंह बोला, "सबसे बड़ा डर तो यह है कि कहीं वह उसकी बातों में आकर कोई ग़लत-सलत हरकत न कर बैठे। अगर ऐसा हो गया तो वे लोग जीते-जी मिट्टी ले जाएँगे।"

"समधी जी, ऐसा कुछ नहीं होगा। बच्ची पर भरोसा रखो।" वकील ब्रजनन्दन ठाकुर ने फिर सज्जन सिंह को सांत्वना देते हुए कहा, "और फिर मैं हूँ न।"

पूरी बात सुनने के बाद एक वकील और अपने अनुभवों के आधार पर ब्रजनन्दन ठाकुर भी किसी स्पष्ट निष्कर्ष पर नहीं पहुँच पाया। यानी क़ानूनीरूपी ऊँट कोई भी करवट ले सकता है।

आख़िर वही हुआ जिसका अन्देशा कम और डर ज़्यादा था। न जाने किस सूराख़ को भेद बात चंचला के कानों में जा टपकी। अब जब बात उस तक पहुँच गई ऐसे में यह सोचना कि वह चुप रहेगी, एक तरह से नगाड़े पर पड़ी चोब से निकली टंकार को नकारना जैसा है। वैसे भी ऐसे शुभ अवसर आसानी से कहाँ हाथ आते हैं।

कई दिनों तक चंचला अपनी ननद पद्मा को अलग-अलग तरीक़ों से कुरेदती रही। अपनी उस मुज़फ़्फ़रनगरवाली लौंडिया, जो ऐन भाँवरों के वक़्त एक तेली

के लौंडे के साथ छूमंतर हो गई थी और जिसका आज तक कुछ अता-पता नहीं है, घुमा-फिरा कर कई बार इस आख्यान को सुना चुकी है। मगर चंचला इससे ज़्यादा सुराग़ पाने में विफल रही कि उसकी ननद की ननद की सौभाग्यवती अपने कॉलेज के किसी सहपाठी के संग भाग गई है।

मगर चंचला ने भी मानो 'सौगन्ध राम की खाते हैं' वाले अन्दाज़ में जैसे प्रण ले लिया कि चाहे कुछ भी हो जाए, वह यह रहस्य जानकर रहेगी कि उसकी ननद की ननद की यह सौभाग्यवती अपने कॉलेज के जिस सहपाठी के संग भागकर गई है, आख़िर वह है कौन? उसकी ननद भले यह दिखाने की लाख कोशिश करे कि उसे इस बारे में अलिफ़ से बे भी पता नहीं है, लेकिन उसे पक्का यक़ीन है कि वह इसके बारे में ज़रूर जानती होगी।

अन्य दिनों की तरह एक बार फिर सोने से पहले की आख़िरी मजलिस जुट गई। जुट क्या गई चंचला मामी ने जुटा ली। घर का जो आँगन दिन में किसी व्यस्त चौराहे-सा अपने आप में मगन रहता, सोने से पहले एक जनानख़ाने में तब्दील हो गया। चाँदनी में भीगा एक ऐसा जनानख़ाना जहाँ चुहलबाज़ियों और ठिठोलियों की अलग-अलग बंदिशों में पगी, स्त्री-मन की स्वर-लहरियाँ इधर-से-उधर कुलाँचें भरने लगीं। चंचला ने सबसे पहले चौसर पर अपना-अपना स्थान ग्रहण कर चुकी, एक-एक गोटी का बेहद बारीक़ी से मुआयना किया। फिर बेहद सावधानी बरतते हुए उसी मुद्दे पर आ गई, जिसके साथ वह मुजफ़्फ़रनगर से यहाँ तक चल कर आई है।

"बाई जी, रामा भैन जी की लौंडिया ने यह बिलकुल भी अच्छा नहीं किया। कम-से-कम भागने से पहले अपनी माँ के ही कानों में यह बात डाल देती कि मम्मी मेरा एक लौंडे से चक्कर चल रहा है, तो रामा भैन जी कौन-सा मना कर देती।"

"मामी जी, एक तो आप यह लौंडा-लौंडिया कहना बन्द करो! हमें अच्छा नहीं लगता है यह।" वसुधा ने पहली बार अपना प्रतिरोध जताया।

"बहू, जब हमारे मुजफ्फरनगर में यही चलता है तो क्या करूँ। मैं कैसे बदल दूँ?"

बड़ी बहू और चंचला को आपस में उलझता देख पद्मा ने हस्तक्षेप किया, "भाभी, जब बहुओं को अच्छा नहीं लगता है, तो मत बोला कर।"

"हद है भाभी। यह कोई मुजफ़्फ़रनगर है जिसका नाम बदलकर मैं विजयनगर कर दूँ!" चंचला ने तमकते हुए तर्क दिया।

"चल छोड़। वैसे तेरा कहना एकदम सही है कि हमारे घर पर उस ग़रीब कुम्हारी की हाय लगी हुई है।"

पद्मा के मुँह से बेख़याली में अचानक निकले इस वाक्य को सुन चंचला के कान खड़े हो गए। ज़रूर उसकी ननद के इस वाक्य में वह भेद छिपा हुआ है, जिसे जानने के लिए वह इतनी दूर चलकर आई है। एक तरह से छूटे हुए सूत्र का हल्का-सा सिरा चंचला की चुटकी में आ गया।

"मैंने तो बाई जी तभी कहा था जब हमारे बेकुसूर, भोले-भाले सदानन्द को बेमतलब दस साल की सजा हो गई थी कि इस घर को जरूर उस गरीब कुम्हारी की हाय लगी है।" चंचला ने जानबूझकर एक माँ की सबसे कमज़ोर नब्ज़ को, धीरे-से उँगलियों के पोरों से टटोला।

"और क्या, हाय ही तो है, वरना उस मरी अपरा को एक कुम्हट्टे का ही लड़का मिला था। भागना ही था तो किसी बनिया-बामन के लड़के के साथ भागती।"

पद्मा के इतना कहते ही चंचला जैसे उछल पड़ी, "क्याऽऽऽ! वह कुम्हार का लौंडा है जिसके साथ हमारी रामा भैन जी की लौंडिया छूमंतर हुई है?"

"क्या कहा मम्मी, अपरा एक कुम्हार के लड़के के साथ भागी है?"

चंचला के साथ-साथ छोटी बहू गायत्री ने भी जैसे ही यह कहा, पद्मा को अपनी ग़लती का एहसास हुआ कि उसने यह क्या कर दिया। सिर पकड़ लिया उसने। बेक़ुसूर बेटे की तड़प ने उसके मुँह में जैसे सच्चाई उँडेल दी। अब क्या करे वह? कुछ पल सोचने के बाद अपने मन को यह कहकर तसल्ली दे ली कि आज नहीं तो कल, यह भेद खुलना ही था। वैसे भी इस सच्चाई से मुँह छिपाना, रेत में गरदन छिपाने जैसी बात है।

"एक बात कहूँ बाई जी, अगर ऐसा कांड हमारे मुजफ्फरनगर में किसी रजपूत की लौंडिया कर देती न, तो अब तलक उसके टुकड़े-टुकड़े हो जाते। उस कुम्हट्टे का तो ऐसा हाल होता कि उसकी सात पुश्तें भूल जातीं कि एक रजपूत की लौंडिया को फँसाने का क्या रिजल्ट होता है। अगर ऐसा ही जोबन फटा जा रहा था और कोलेज में किसी के साथ फिट होना ही था, तो ढूँढ़ लेती कोई बनिया-बामन का लौंडा। हुँ, मरी को मिला भी तो कौन मिला–कुम्हार का लौंडा।" चाँदनी में भीगी चंचला की नसें कहने को जैसे तड़कने लगीं। मगर सच्चाई यह है कि जिस मक़सद के लिए वह यहाँ आई थी, उसके पूरा होने की ख़ुशी में वह अन्दर ही अन्दर फूली नहीं समा रही है।

"पर भाभी अब क्या किया जाए। जो होना था वह तो हो गया। अब चिन्ता इस बात की है कि अगर उन दोनों के बीच में कोई ऐसा-वैसा सम्बन्ध हो गया, तो रामा को डूब मरने के लिए कोई कुआँ-पोखर भी नहीं मिलेगा। वे बिरादरी में कहीं मुँह दिखाने लायक न रहेंगे।"

"यह चिन्ता तो एकदम सोलह आने सही है बाई जी और अगर गलती से कोई बच्चा-वच्चा ठहर गया तो और मरना हो जाएगा। आखिर एक कुम्हट्टे की औलाद को वह किस मुँह से लेके दुनिया को दिखाती फिरेगी। खैर बाई जी, इस लौंडिया ने किया बहुत बुरा। इस कुलच्छनी ने तो रजपूतों की ही नाक कटवा दी।"

चंचला ने इस बार लौंडिया शब्द पर जानबूझकर ज़ोर दिया। अब चाहे इन बहुओं को यह अच्छा लगे या बुरा। उसका जो काम होना था, वह हो चुका।

इसीलिए उसने ज़ोर-से जम्हाई ली और यह कहते हुए मजलिस बर्ख़ास्त करने की घोषणा कर दी, "बहुओ, चलो सो जाओ! मुझे भी कल बखत से अपने मुजफ्फ़रनगर निकलना है।"

13

इतनी रात कौन हो सकता है?

अभी-अभी आँख लगी ही थी कि अचानक हुई दस्तक से वसुधा की नींद उचट गई। वह कुनमुनाते हुए खड़ी हुई और दरवाज़ा खोलने चली गई। दरवाज़ा खुलते ही सामने अपनी चचिया सास शारदा को खड़ा देख, वसुधा ने हैरान होते हुए पूछा, "चाची जी आऽऽऽप?"

"जीजी जाग रही हैं क्या?" शारदा ने धीरे-से पूछा।

"वे तो अभी-अभी सोई हैं।" वसुधा ने बताया।

"जगाना उन्हें!"

"सब ठीक तो है?" दरवाज़े से अलग हटते हुए वसुधा ने पूछा।

"तू जगा तो सही!" शारदा ने झल्लाते हुए कहा।

इतना सुन वसुधा अपनी सास को जगाने चली गई। शारदा भी उसके पीछे-पीछे हो ली। वसुधा ने अपनी सास को जैसे ही आवाज़ दी, पद्मा हड़बड़ाकर खड़ी हो गई। वसुधा ने बल्ब जला दिया।

"शारदा, तू इस समय! क्या हुआ?" बल्ब की रोशनी में शारदा के चेहरे पर उड़ती हवाइयों को देख पद्मा ने घबराते हुए पूछा।

"जीजी क्या बताऊँ, जया के पेट में बड़ा दर्द है। अजवायन का पानी देने से लेकर सारे इलाज-टोटके कर लिए, पर दर्द है कि रुकने का नाम नहीं ले रहा है।"

"पेट में दर्द है? चल, मैं चलती हूँ।" पद्मा ने जल्दी-जल्दी धोती लपेटी और शारदा के साथ हो ली।

घर से बाहर आते ही शारदा अकबकाते हुए बोली, "जीजी, मुझे तो यह दर्द नहीं, कुछ और ही बला लग रही है!"

"यह तू क्या कह रही है शारदा? कुछ तो सोच-समझ के बोल!" पद्मा के पूरे जिस्म को जैसे बिजली के नंगे तार ने छू लिया।

"हाँ जीजी।" इस बार रुआँसी हो गई शारदा।

"घबरा मत। ऐसा कुछ नहीं है जैसा तू सोच रही है। अच्छा ऐसा कर, तू घर चल, मैं रुखसत बी को बुलाकर लाती हूँ।" इतना कह पद्मा बीच रास्ते में मज़ार की तरफ़ मुड़ गई।

"जीजी, ध्यान से जइयो! किसी को पता नहीं चलना चाहिए।" शारदा ने काँपती आवाज़ में कहा।

कुछ ही देर में पद्मा रुख़सत बी को लेकर आ गई। आते ही रुख़सत बी दर्द से छटपटाती जया का मुआयना करने लगी। अनुभवी रुख़सत बी ने कुछ ही पलों में मर्ज़ पकड़ लिया।

"ठकुराइन, थोड़ा-सा उधर चलना!"

धड़कते दिल के साथ पद्मा ही नहीं, शारदा भी एक तरफ़ चली गई। अकेले में एक तरफ़ ले जाकर रुख़सत बी ने उन दोनों को जो बताया, उसे सुन शारदा की चीख़ निकलते-निकलते रह गई।

"बी, कुछ वहम हुआ होगा। दुबारा ढंग से देख। हमारी जया ऐसी नहीं है।"

"ठकुराइन, दाई हूँ। पेट पर हाथ धरते ही पता लगा लेती हूँ कि कौन-सा महीना है।"

"अ...अब क्या होगा बी?" इस बार पद्मा के हलक़ में शब्द जैसे कंचे बन रड़कने लगे।

"अब मुश्किल है क्योंकि बच्चे में जान पड़नी शुरू हो गई है।"

"हे राम! ये कैसी माँ है जिसे यह नहीं पता कि बेटी क्या गुल खिला रही है।" इस बार पद्मा रघुवीर की तरफ़ पलटी और तमकते हुए बोली, "और तू बाप है? और पढ़ा ले अंग्रेजी इस्कूल में। बना दे इसे मेम साब।"

रघुवीर-शारदा दोनों मियाँ-बीवी चुप।

"ठकुराइन, जल्दी से इसे किसी अस्पताल में ले जाओ। अभी तो बात सँभल भी जाएगी।"

"ना जीजी मरने दे इसे। मैं नहीं ले जानेवाली इसे। इसने हमें कहीं मुँह दिखाने लायक नहीं छोड़ा।" रोते हुए शारदा बिफरी।

"ऐसा मत कह ठकुराइन। बेटी है। कोख से जनी है।" रुख़सत बी घायल हिरनी-सी चीत्कार करते हुए बोली।

पद्मा ने कनखियों से रुख़सत बी की आँखों में झाँका।

"शारदा, बी सही कह रही है। इसे मरना है या जीना है यह बाद में देखेंगे।" इसके बाद पद्मा रघुवीर को आदेश देते हुए बोली, "रघु, फटाफट जीप निकाल!"

इससे पहले कि अपनी भाभी का आदेश सुन रघुवीर जीप निकालने आगे बढ़ता, पीछे से पद्मा आवाज़ देती हुई बोली, "और सुन, अपने दोनों भाइयों को भी जगा ला!"

रघुवीर सिर झुकाए चुपचाप चला गया।

पता नहीं रघुवीर जीप जानबूझकर तेज़ चला रहा था या किसी अनिष्टता या अनहोनी के भय के चलते अँधेरे को चीरती हुई, वह इधर-

उधर हिचकोले खाती अपने आप भागी जा रही है—यह रघुवीर ही बता सकता है।

दर्द से कराहती जया को सीधे इमरजेंसी में ले जाया गया। डॉक्टर ने हल्की-फुल्की जाँच करने के बाद उसे इमरजेंसी से लेबर रूम में ले जाने के लिए कह दिया। लगभग आधे घंटे के बाद हाथ से रबर के दस्तानों को उतारते हुए डॉक्टर बाहर आई और मुस्कराते हुए बोली, "घबराने की बात नहीं है। अब सब ठीक है!"

"पर डाक्टरनी साब इसे हुआ क्या?" शारदा ने हिचकते हुए पूछा।

"क्या हुआ? आपको पता नहीं है? अरे भई, तीसरा महीना लग रहा है और आप पूछ रही हैं कि क्या हुआ!"

डॉक्टर द्वारा रुख़सत बी के कहे की पुष्टि करते ही शारदा पद्मा के कन्धे से लग फूटकर रो पड़ी, "जीजी, हम तो कहीं के नहीं रहे!"

"क्या हुआ?" डाक्टर ने विस्मय से पूछा।

"क...कुछ नहीं डॉक्टर साब।" इतना कह पद्मा तेज़ी-से सामने बैठे सज्जन सिंह, पुरुषोत्तम और रघुवीर की तरफ़ बढ़ गई।

"ओह! तो यह मामला है?" अनुभवी डॉक्टर सारा माज़रा समझ गई और सामने अस्पताल के लैंडलाइन से किसी को फोन करने लगी।

इधर जितनी तेज़ी से पद्मा उन तीनों की तरफ़ गई थी, उतनी ही तेज़ी से उन्हें साथ ले, वह वापस डॉक्टर के पास आई।

"डॉक्टर साब, कुछ हो नहीं सकता?" आते ही सज्जन सिंह ने डॉक्टर से पूछा।

"मतलब?" डॉक्टर ने उलटा सज्जन सिंह से पूछा।

"मतलब वही डाक्टर साब जैसा आप समझ रही हैं।"

"जानते हैं यह आप क्या कह रहे हैं? यह तो ग़नीमत समझो कि आप इसे टाइम से यहाँ ले आए वरना इसकी जान को ख़तरा भी हो सकता था।"

"मैं तो पहले ही कह रही थी कि मरने दो इसे। इसने हमें..."

"ऐसे कैसे मरने देते।" डॉक्टर ने परोक्ष रूप से शारदा को डाँटते हुए कहा।

"तो फिर इसकी सफाई कर दो। रकम कितनी ही लग जाए उसकी चिन्ता मत करो!" सज्जन सिंह हिम्मत जुटाते हुए बोला।

"इस स्टेज में एबॉर्शन ख़तरे से खाली नहीं होगा। इस बच्ची की जान भी जा सकती है!"

"जाए तो चली जाए, बदनामी से तो बच जाएँगे।" शारदा ने तमतमाते हुए कहा।

"डाक्टर साब, जान जा सकती है, जाएगी तो नहीं न?" सज्जन सिंह पूरी विनम्रता से बोला।

"नहीं, ऐसा हरगिज़ नहीं हो सकता। इतना बड़ा ख़तरा मैं मोल नहीं ले सकती। यह तो एक साथ दो-दो जीवों की जान से खेलना होगा। एक उसकी जान से जो

ज़िन्दा है और दूसरा उसकी, जो इसकी कोख में पल रहा है।" डॉक्टर ने साफ़ इनकार कर दिया।

"भाई साब, अब क्या किया जाए?" रघुवीर ने पहली बार प्रतिक्रिया व्यक्त करते हुए कहा।

"यह तो तुझे क्रिस्टानों के इस्कूल में डालने से पहले सोचना था।" सज्जन सिंह के बजाय जवाब पद्मा ने दिया।

"भाभी, आप भी कैसी बात कर रही हो। अच्छे स्कूल में पढ़ाना-लिखाना कोई बुरी बात है क्या। ठीक है, बच्चों से गलती हो जाती है। इसका मतलब यह नहीं है कि इसे ऐसे जीते-जी मरने दें।"

"नहीं मरने दो तो अब भुगतो इस कलंक को जिन्दगीभर।" पद्मा दाँत पीसते हुए बोली।

"यार पुरुषोत्तम, यह समय इन बातों का नहीं है। पहले यह सोचो कि इस आफ़त से पीछा कैसे छुड़ाया जाए।" सज्जन सिंह ने पद्मा और पुरुषोत्तम को आपस में उलझता देख उन्हें रोका।

"वैसे इसकी उम्र क्या है?" काफ़ी देर चुप खड़ी डॉक्टर ने पूछा।

डॉक्टर द्वारा जया की उम्र पूछने पर सज्जन सिंह के पूरे बदन में सिहरन दौड़ गई। एक झटके में सदानन्द प्रकरण आँखों के सामने घूम गया।

"बारहवीं में पढ़ती है। आप ही अन्दाजा लगा लो कितनी होगी।" रघुवीर ने बताया।

"एकाध बार फ़ेल भी हुई है?"

"फेल तो तब हो जब पढ़ने-लिखने में कमजोर हो।"

"इसका मतलब हुआ यह अभी सत्रह में चल रही होगी!" फिर कुछ पल सोचने के बाद डॉक्टर सबको सुनाते हुए बोली, "मगरऽऽऽ लगती नहीं है कि यह बारहवीं में पढ़ती होगी। देखने में बाईस-तेईस से कम की नहीं लगती है।"

"हमें क्या पता था इसमें इतनी आग भरी हुई है।"

"शारदा, कुछ तो सोच-समझ कर बोल!" रघुवीर ने पत्नी को डाँटते हुए चुप करा दिया।

"अब आप ही बताओ डाक्टर साब, हम क्या करें?" हताश सज्जन सिंह ने जैसे डॉक्टर से गुहार लगाई।

"वैसे मैंने पुलिस को सूचना दे दी है कि...!"

"पुलिस को सूचना! यह आपने क्या किया डाक्टर साब?" सज्जन सिंह अकबकाते हुए बोला।

"मेरी यह ड्यूटी थी। क्योंकि मामला सीधा-सीधा एक नाबालिग़ का है। बस कुछ देर में पुलिस आती होगी।"

"अब क्या होगा भाई साब?" पुरुषोत्तम के हाथ-पाँव फूल गए।

"कुछ नहीं होगा। बस पुलिस आएगी और जिसने इसके साथ यह दुष्कर्म किया है, उसके बारे में पूछताछ कर उसके खिलाफ रिपोर्ट दर्ज कर देगी। क्योंकि इसके साथ जिसने भी यह किया है ऐसा इसे बहला-फुसला कर किया होगा।"

"यह हम कैसे कह दें डाक्टर कि ऐसा किसी ने इसके साथ बहला-फुसला कर ही किया होगा? इसमें इसकी रजामन्दी भी तो हो सकती है।"

"आप सही कह रहे हैं। अगर यह कोई जोर-जबरदस्ती का मामला होता न, तो यह जरूर अपनी माँ को बताती।" पद्मा अपने पति सज्जन सिंह से सहमत होते हुए बोली।

"आपका कहना अपनी जगह सही हो सकता है लेकिन कोर्ट इसे रज़ामन्दी का मामला नहीं स्वीकार करेगा। कोर्ट इसे रेप ही मानेगा क्योंकि क़ानूनन अठारह साल से कम उम्र की लड़की, अगर अपनी सहमति से भी शारीरिक सम्बन्ध बनाती है, तब भी यह नाबालिग़ के साथ जबरन सम्बन्ध बनाने की श्रेणी में आता है। वैसे इसमें आपका ही फ़ायदा है क्योंकि बच्ची के साथ जबरन दुष्कर्म का मामला बनने पर, आप उस बदनामी से बच जाएँगे जिसके डर से आप इसकी हत्या की बात सोच रहे हैं।"

"भाई साब, इनकी बात में दम तो है।" पुरुषोत्तम डॉक्टर से सहमत होते हुए बोला।

"बात तो आप दोनों की सही है पर यह तो समस्या का हल नहीं हुआ।" सज्जन सिंह ने माथे से पसीना पोंछते हुए कहा।

"कौन-सी समस्या?" पुरुषोत्तम ने अपने बड़े भाई की तरफ़ ध्यान से देखते हुए पूछा।

"यही कि इस पाप को कहाँ तलक और कब तलक छिपाते फिरेंगे? आज नहीं तो कल जब लोगों को पता चलेगा तब क्या करोगे?"

"इस लड़की ने हमें अच्छा मरवाया!" पुरुषोत्तम गहरी साँस लेते हुए बोला।

"भाई साब, मैं कुछ बोलूँ?"

"तू तो चुप रह! इस सारी फसाद की जड़ ही तुम दोनों मियाँ-बीवी हो! लड़की ने इतना बड़ा कदम उठा लिया और तुम दोनों आँखों पर पट्टी बाँधकर पता नहीं किस दुनिया में खोए रहे!" सज्जन सिंह ने रघुवीर के साथ-साथ शारदा को भी लपेटे में ले लिया।

"मुझे तो पहले ही डर लग रहा था कि ये क्रिस्टानों के इस्कूल में लड़की को पढ़ाने भेज तो रहे हैं, पर ऐसा न हो कहीं यह वहाँ जाकर कोई गुल..."

"भाई साब, यह कैसी बात कर रही है। हमारी मीनू भी तो इसी स्कूल में पढ़ी है। ठीक है बच्ची है, उसके कदम बहक गए। अब इसका मतलब यह थोड़े ही है कि एक की वजह से हम अपनी लड़कियों को पढ़ाना-लिखाना छोड़ दें!" पुरुषोत्तम ने शारदा की बात को बीच में काटते हुए कहा।

"हाँ रघुवीर, तू कुछ कह रहा था?" सज्जन सिंह वापस मुद्दे पर आते हुए बोला।

"ऐसा है आप लोग आपस में सलाह कर लीजिए कि क्या करना है। मगर जैसा आप चाह रहे हैं वैसा कुछ नहीं होगा। एक डॉक्टर होने के नाते यह पाप मैं बिलकुल नहीं करूँगी। और हाँ, अभी इसे महीना-बीस दिन आराम की सख़्त ज़रूरत है। ज़्यादा पूछताछ नहीं करनी है। लो, पुलिस भी आ गई।" सामने से दो सिपाहियों को आता देख डॉक्टर बोली।

पुलिस ने आते ही पूछताछ शुरू कर दी।

"सर, आप पहले बच्ची के माँ-बाप से बयान ले लीजिए। उसके बाद उससे ले लेना क्योंकि उसकी तबीयत अभी ठीक नहीं है।" इतना कहकर डॉक्टर चली गई।

डॉक्टर के जाने के बाद पुलिस ने अपनी कार्रवाई की और कुछ ही देर में लौट गई।

पुलिस के जाते ही रघुवीर ने इधर-उधर देखा और फिर पास आते हुए बोला, "ऐसा करते हैं भाई साब, इसे साल-छह महीने के लिए कहीं बाहर भेज देते हैं। कोई पूछेगा तो कह देंगे कि पढ़ने के लिए बाहर गई है। जब यह निपट जाएगी तब बच्चे को या तो चुपचाप किसी अनाथाश्रम में पटक देंगे, या फिर पैदा होते ही उसका..."

सुनते ही पद्मा का कलेजा जैसे फटने को हुआ। वह समझ गई कि रघुवीर आगे क्या कहना चाहता है। तमतमाते हुएं उसने रघुवीर को डाँटते हुए कहा,"रघुवीर, तू यह क्या कह रहा है? मरे, जिस पाप को डाक्टरनी तक ने करने से मना कर दिया, तू उसे उसके पैदा होने पर करेगा! अभी तो चलो वह कोख में ही पल रहा है। पैदा होने के बाद तू उस मासूम की जान लेगा। ऐसा है, न मैं उसे किसी अनाथालय में पटकने दूँगी और न वैसा होने दूँगी जैसा तू सोच रहा है।"

"तो फिर मैं कहाँ जाके मरूँ भाभी!" रघुवीर कहते-कहते फफक पड़ा।

"वैसे मरने में अब कसर भी क्या बची है। पुलिस ने मामला दर्ज कर ही लिया है। बस, लोगों को पता चलना बाकी रह गया है।" पद्मा ने डूबती आवाज़ में कहा।

"लोगों को पता चलेगा तो समझा देंगे कि बच्चों से गलती हो जाती है। वैसे मेरे हिसाब से अदालत में यह तो साबित हो जाना चाहिए कि लड़के ने इसके साथ जोर-जबरदस्ती की है। इसलिए अदालत से हम इसकी सफाई की इजाजत माँग लेंगे। इजाजत मिलते ही समझा-बुझा कर इसकी सफाई करवा देंगे।"

"जैसा आपको ठीक लगे भाई साब।" अन्ततः पुरुषोत्तम ने अपने बड़े भाई की राय पर अपनी सहमति दे दी।

"इस बारे में एक बार वकील समधी जी से भी राय ले लेते हैं?"

"पागल हो गई है क्या! समधी जी से राय लेकर मरना है।" सज्जन सिंह ने पद्मा को टोकते हुए डाँट दिया।

"और अगर उन्हें बाद में पता चल गया तो?"

"जब तलक उन्हें पता चलेगा तब तलक अदालत से कोई-न-कोई फैसला आ ही जाएगा।"

"रघुवीर, अपनी औरत से कह कि वह जया से पूछकर आए कि वह कौन है जिसने उसके साथ जबरदस्ती की है?"

अपने जेठ का आदेश सुन शारदा लेबर रूम की तरफ़ बढ़ती, पीछे से सज्जन सिंह ने टोका, "जरा प्यार से पूछना। डाँटना-वाँटना मत। थोड़ा समझदारी से काम लेना!"

शारदा समझ गई कि उसे किस तरह की समझदारी से काम लेना है।

कुछ ही देर बाद शारदा लौटकर आई, तो चेहरे के भावों को देख सब समझ गए कि शारदा अपने मिशन में कामयाब हो गई है। बाहर आकर उसने सारी बात बता दी।

14

अपने सामने सम्बन्धित फ़ाइल के पन्नों को देर तक जज उलटता-पलटता रहा। इसके बाद उसने धीरे-से नज़र उठाई और अपने सामने तथाकथित मुजरिम और कथित पीड़िता पर सरसरी निगाह मारी।

"आप इसे जानती हैं?" पीड़िता के वकील ने पब्लिक प्रॉसिक्यूटर की मौजूदगी में पीड़िता से पूछा।

पीड़िता अर्थात् जया ने कुछ भी जवाब देने के बजाय धीरे-से नज़रें झुका ली।

"ठीक है। वैसे आपके साथ यह कितने दिनों से ज़बरदस्ती कर रहा था?"

इस बार भी जया ने कोई जवाब नहीं दिया।

"देखिए, इसने आपके साथ ज़बरदस्ती की और किसी लड़की के साथ इस उम्र में ज़बरदस्ती करना जुर्म है। इसके जुर्म के लिए इसे दस साल की सज़ा और जुर्माना दोनों हो सकते हैं। इसलिए सोच-समझ कर जवाब देना कि यह कितने दिनों से ज़बरदस्ती कर रहा था?"

"इसने कोई...जबरदस्ती नहीं की।" जया ने पहली बार मुँह खोला।

"फिर?"

"सब मेरी मरजी से हुआ।"

"मरज़ी से यानी..."

"हाँ, क्योंकि मैं इससे प्यार करती हूँ।"

"तेरे इस प्यार में आग लगे, तूने हमें..."

"बहन जी, एक मिनट के लिए चुप रहिए! यह अदालत है।" जज ने जया की माँ शारदा को टोकते हुए कहा।

"वो तो ठीक है बेटा, पर प्यार-व्यार की भी एक उम्र होती है। अभी क्या उम्र होगी आपकी?" पब्लिक प्रॉसिक्यूटर ने पूरी विनम्रता से पूछा।

"अठारह साल दो महीने।"

"इतनी छोटी उम्र में पता है आप कितनी बड़ी ग़लती कर बैठीं?"

जया ने कोई जवाब नहीं दिया।

"हाँ जी वकील साब, आपको कुछ पूछना है?" जज ने तथाकथित मुजरिम लड़के यानी बचाव पक्ष के वकील से कहा।

"आप दोनों एक-दूसरे को कितने दिनों से जानते हो?" बचाव पक्ष के वकील ने जया से पूछा।

"एक साल से।"

"और यह चक्कर कितने दिनों से चल रहा है?" वकील ने जया के पेट पर बड़ी रहस्यमयी-सी नज़र गड़ाते हुए पूछा।

"वकील साब, इन बातों का कोई मतलब नहीं है। जब दुष्कर्म अठारह साल से कम उम्र में हुआ है, तब यह सवाल करने का क्या मतलब है!" जज ने बचाव पक्ष के वकील को हल्के-से झिड़क दिया।

"अच्छा, अभी आपने कहा है कि यह सब आपकी मरज़ी से हुआ है। मगर आपको पता है आप्की मरज़ी ने एक बेकसूर को जेल भिजवा दिया।"

"मैंने थोड़े ही कहा है इसे जेल में भिजवाने के लिए।" जया ने हिम्मत जुटाते हुए कहा।

"चलो आपकी बात मान लेते हैं, पर आपके साथ दुष्कर्म तो हुआ है न?" इसके बाद पब्लिक प्रॉसिक्यूटर जज की तरफ़ मुख़ातिब हुआ, "जज साब, एक बार इसके माँ-बाप के बयान भी ले लेते हैं।"

इतना सुन शारदा और रघुवीर आगे आ गए।

"आप लोग क्या चाहते हैं?" पब्लिक प्रॉसिक्यूटर ने पूछा।

"वकील साब, चाहना क्या, दोषी को सजा दी जाए और हमें अपनी बच्ची की सफाई की इजाजत दे दी जाए।" रघुवीर ने बड़े ही बेचारगीवाले भाव के साथ कहा।

"आपके पिता ठीक कह रहे हैं?" पब्लिक प्रॉसिक्यूटर इस बार जया की तरफ़ पलटा।

"मैं नहीं कराऊँगी सफाई।" जया ने दृढ़ता से कहा।

"मतलब?"

"मतलब मेरी मरजी। क्योंकि मैं अब अठारह साल की हो गई हूँ।"

"अजीब लड़की है! पहले कह रही थी कि मैंने थोड़े ही कहा है इसे जेल भिजवाने के लिए, और अब कह रही है मैं सफ़ाई नहीं कराऊँगी।"

जया की बात सुनते ही जज का माथा घूम गया। उसने सवालिया निगाह से पब्लिक प्रॉसिक्यूटर की तरफ़ देखा।

"मगर आपके साथ गलत काम तो अठारह साल से पहले हुआ है। इसलिए..."

"मैंने कहा न मेरे साथ कोई गलत काम नहीं हुआ है। सब मेरी मरजी से हुआ है।"

"लेकिन क़ानूनन..."

"आपके किस कानून में लिखा है कि अठारह साल की लड़की की मरजी के बिना उसकी सफाई करा दी जाए।"

जया ने जज की बात को काटते हुए जैसे ही यह कहा, पूरी अदालत सन्न रह गई।

'यह लड़की सनकी तो नहीं है?' पब्लिक प्रॉसिक्यूटर ने दबी ज़बान में कहा।

"और अगर मेरे साथ जबरदस्ती की तो आप सबकी ऊपर शिकायत कर दूँगी क्योंकि मैं इस समय बालिग हूँ।"

जज ने जया को उसके माँ-बाप के घर भेजने के बजाय यह कहते हुए नारी निकेतन में भेजने के आदेश दे दिए कि घर में इसके साथ कोई भी हादसा हो सकता है। जबकि अगली तारीख़ देते हुए तथाकथित आरोपी को लॉकअप में भेजने के आदेश दे दिए।

सारे जतन कर लिए। शारदा-रघुवीर ने एक माँ-बाप होने के नाते बेटी को हर तरह से, अच्छे-बुरे का वास्ता देकर समझा लिया। मगर जया ने भी जैसे क़सम खा ली कि जैसा वे कह रहे हैं, वैसा वह बिलकुल नहीं करेगी।

जैसे-जैसे जया के दिन चढ़ने लगे, वैसे-वैसे पूरे परिवार की पेशानी पर चिन्ता की लकीरें और गहराने लगीं। उधर जज की भी समझ में नहीं आ रहा है कि वह इस मामले में क्या फ़ैसला दे। पता नहीं उसे किसने यह समझा दिया कि अठारह साल की बालिग़ की इच्छा के बिना, उसके माँ बनने के अधिकार को कोई क़ानून नहीं छीन सकता। यह है भी सही। मगर उसका क्या किया जाए जब कोई नाबालिग़ अवस्था में सहवास के चलते, बालिग़ होते-होते गर्भवती हो जाए और यह कह दे कि मेरे माँ बनने के हक़ को कोई नहीं छीन सकता। शारदा-रघुवीर रात-दिन इस चिन्ता में घुले रहते कि इसका अन्त और हल आख़िर होगा क्या?

हारकर एक बार फिर रघुवीर अपने बड़े भाई के पास आया।

"भाई साब, हमारी तो मति ने जैसे काम ही करना बन्द कर दिया है। कुछ समझ में नहीं आ रहा है। घर होते हुए बेटी नारी निकेतन में रहे, इससे बुरी और शर्मनाक बात किसी माँ-बाप के लिए क्या हो सकती है।" आते ही रघुवीर बड़े भाई के सामने धराशायी हो गया।

"रघुवीर, मैं समझ रहा हूँ तेरे दुख को पर क्या किया जाए? कानून की भी अपनी मर्यादा होती है। एक तरफ जज साब भी अपनी जगह ठीक हैं कि यह नाबालिग के साथ दुष्कर्म का मामला है, तो दूसरी तरफ़ जया का भी कहना सही है कि एक बालिग की इच्छा के बिना सफाई करना किस कानून में लिखा है।"

"मेरी तो यही समझ में नहीं आ रहा है भाई साब कि इसे यह सारी वकालत सिखाई किसने?" रघुत्रीर की बत्तीसी खिंचने लगी।

जब तक सज्जन सिंह और रघुवीर दोनों भाई किसी निष्कर्ष पर पहुँचते, पद्मा भी वहाँ आ गई।

"कुछ बात बनी?" पद्मा ने आते ही रघुवीर से पूछा। वह समझ गई कि रघुवीर अपने बड़े भाई के पास किस काम से आया होगा।

"भाभी, मेरी तो कुछ समझ में नहीं आ रहा है।" रघुवीर ने निराश होते हुए कहा।

"समझ में नहीं आ रहा है कि हमारे घर में किस बैरी ने सेह का काँटा खुबो रक्खा है। एक के बाद एक नुसीबत रुकने का नाम नहीं ले रही है।" फिर कुछ पल सोचने के बाद पद्मा दोनों भाइयों को सलाह देती हुई बोली, "मेरी मानो तो एक बार अपने वकील समधी जी से बात कर ही लो। इतने बड़े वकील हैं कुछ तो रास्ता बताएँगे!"

"भाई साब, भाभी सही कह रही है।" रघुवीर अपनी भाभी पद्मा से सहमत होते हुए बोला।

"लगता है अब तो बात करनी ही पड़ेगी। ले जरा फोन लगा उन्हें! अभी घर पर ही होंगे।" जेब से अपना मोबाइल निकाल उसे रघुवीर की तरफ़ बढ़ाते हुए सज्जन सिंह बोला।

रघुवीर ने तुरन्त ब्रजनन्दन ठाकुर का नंबर लगा, मोबाइल अपने बड़े भाई को पकड़ा दिया।

"क्या हुआ?" काफ़ी देर तक मोबाइल को कान से चिपका देख रघुवीर ने पूछा।

"घंटी जा तो रही है...हाँ हेलो...वकील साब राम-राम...बस, आपकी कृपा है साब...वो क्या है कि एक मसले में आपसे एक जरूरी सलाह लेनी है...ऐसा करता हूँ मैं आपसे आकर मिलता हूँ...ऐसी कोई खास बात नहीं है...आकर बताता हूँ...ठीक है साब कल ही आ जाता हूँ।" फोन कटने के बाद सज्जन सिंह ने पहले गही साँस लिया, फिर रघुवीर की तरफ़ मुड़ते हुए बोला, "कल ही चलते हैं!"

"मैं भी चलूँ?" रघुवीर ने सहमते हुए पूछा।

"तो अकेला जाकर मैं वहाँ झाँझ बजाऊँगा! बेअकली की भी हद है यार!"

सज्जन सिंह की इस झल्लाहट पर रघुवीर कुछ नहीं बोला। उसे मन-ही-मन अपनी बेवकूफ़ी का एहसास हुआ कि उसे ऐसा सवाल करना ही नहीं चाहिए था।

ब्रजनन्दन ठाकुर ने एक वकील की तरह अपने नए-नए समधियों की बात बड़े ध्यान से सुनी। सुनने के बाद देर तक सोचने के बाद बोला, "समधी जी, आपकी बातों से मुझे ऐसा लगता है

कि जया उस लड़के के सम्पर्क में 2013 के आख़िर में आई है। आपको पता चला है अब से तीन-साढ़े तीन महीने पहले?"

"जी समधी जी।" सज्जन सिंह ने स्वीकृति में सिर हिलाते हुए कहा।

"फिर तो लड़की अपनी जगह सही है। दरअसल उसे किसी ने यह बता दिया है कि जब वह उस लड़के के सम्पर्क में आई थी, उन दिनों एज ऑफ़ कन्सेंट सोलह साल थी।"

"हम कुछ समझे नहीं वकील साब?" सज्जन सिंह समधी से अचानक 'वकील साब' पर आ गया।

"बात यह है कि दिल्ली में जो हादसा हुआ था और जिसे हम निर्भया केस के नाम से जानते हैं, उससे पहले क़ानूनन लड़की के लिए किसी लड़के के साथ अपनी रज़ामन्दी से सम्बन्ध बनाने की उम्र सोलह साल थी। दरअसल, दिल्लीवाले इस केस के बाद इस क़ानून में बदलाव करके यह उम्र अठारह साल कर दी गई। यानी अठारह से पहले अब किसी भी नाबालिग़ लड़की से उसकी रज़ामन्दी के बावजूद इसे बलात्कार माना जाने लगा है। आईपीसी के अलावा इसके साथ पोक्सो और जोड़ दिया गया। पोक्सो के तहत अठारह से पहले, भले ही वह शादी करके लाई गई हो, उसके साथ सम्बन्ध बनाना क़ानून की नज़र में बलात्कार माना जाता है। आपके सदानन्द को भी इसी क़ानून के तहत सज़ा हुई थी।"

"आपके कहने का मतलब यह है कि जया तब यह जानती थी कि वह जो कुछ उस लड़के के साथ कर रही है, कानून उसकी इजाजत देता है।"

"आप एकदम सही कह रहे हैं।" सज्जन सिंह से सहमति जताते हुए वकील ब्रजनन्दन ठाकुर आगे बोला, "यह सही है कि 2013 से पहले सोलह साल के बाद किसी लड़के से बनाया जानेवाला सम्बन्ध जायज़ था, जो आज की तारीख़ में जायज़ नहीं है। इसीलिए जया की उम्र अठारह साल से कम होने की वजह से पुलिस ने जो धाराएँ लगाई है, उनमें पोक्सो भी शामिल है और इसके मुताबिक़ लड़का मुजरिम माना जाएगा। दूसरी तरफ़ जया भी अपनी जगह सही है कि क़ानून में ऐसा कोई नियम नहीं है जो एक बालिग़ की मरज़ी के बिना कोई कोर्ट उसकी सफ़ाई करने का हुक़्म दे दे।"

"फिर इसमें क्या होगा समधी जी?"

"होगा क्या अपील हो जाएगी।"

"अपील हो जाएगी, मतलब?" रघुवीर ने उत्सुकतावश पूछा।

"मतलब लड़का बरी हो जाएगा और क्या।"

इतना सुन सज्जन सिंह और रघुवीर दोनों भाई एक-दूसरे की तरफ़ टकटकी लगाकर देखने लगे।

"अब हमें क्या करना चाहिए वकील साब?"

"देखो समधी जी, न तो अब उसकी सफ़ाई हो सकती है, न ही वह कराना

चाहती है। इसलिए भलाई इसी में है कि उन दोनों को शादी के बन्धन में बाँध दो। इसमें किसी तरह की कोताही मत बरतो। इससे पहले कि इसका वितंडा बने, यह काम जल्दी कर दो। जो कालिख पुतनी थी, वह तो पुत चुकी। पूरी तरह तो वह पुँछने से रही। हाँ, कुछ कम ज़रूर हो जाएगी।"

सज्जन सिंह ने इसके बाद अपना सिर पकड़ लिया, "तो फिर अदालत से यह कहकर मामला वापस ले लें कि हम दोनों की शादी करा देंगे?"

"चूँकि मामला अदालत में है इसलिए यह जज पर निर्भर करता है कि वह क्या फ़ैसला लेता है। अगर इसे जल्दी निपटाना है तो यही करना होगा। लम्बा खींचने का कोई फ़ायदा नहीं है।"

"ठीक है समधी जी। आपका बहुत-बहुत धन्यवाद। अब जाने की इजाज़त दीजिए!" सज्जन सिंह ने हाथ जोड़कर उठते हुए कहा।

"ऐसे कैसे इजाज़त दे दूँ। घर चलिए, भोजन करके जाइएगा।"

"आपको तो पता ही है समधी जी कि बेटी के घर का खाना पाप होता है।"

"आप भी किस ज़माने की बात कर रहे हो। समय बदल चुका है समधी साहब। समय के साथ अब हमें भी बदलना चाहिए।"

"अगली बार आऊँगा तो जरूर खाऊँगा। आपको शिकायत का बिलकुल भी मौका नहीं दूँगा। अब बस इजाजत दीजिए!"

"मैं कैसे कहूँ समधी जी।"

इसके बाद वकील ब्रजनन्दन ठाकुर से दोनों भाइयों ने विदा ली और चैम्बर से बाहर निकल आए।

अगली तारीख़ पर सरकारी वकील ने एक बार फिर जया से सवाल करते हुए पूछा, "तो आपके साथ जो कुछ हुआ उसे आप अपराध नहीं मानती हैं?"

"जब मैंने अपनी मरजी से सम्बन्ध बनाए थे तब अपराध कहाँ से हुआ?" जया ने दलील दी।

"इसलिए कि इसने एक नाबालिग़ के साथ दुष्कर्म किया है।"

"वो तो इसलिए कि मामला बाद में दर्ज हुआ है। पहले तो अपराध नहीं था। अब कानून बदल गया है तो मैं क्या करूँ?"

इस बीच सज्जन सिंह जब अपने वकील के कानों में फुसफुसाकर कुछ कहने की कोशिश कर रहा था, जज की उन दोनों पर नज़र पड़ गई।

"हाँ जी वकील साब, आप कुछ कहना चाहते हैं?" जज ने बीच में सरकारी वकील को रोकते हुए सज्जन सिंह के वकील से पूछा।

"जज साब, मामला काफ़ी पेचीदा बन गया है। ऐसे तो यह मामला कभी निपटेगा ही नहीं। क़ानून की नज़र में जो पहले जुर्म नहीं था, वह अब जुर्म बन गया है। दूसरा, लड़की किसी हालत में मानने को तैयार नहीं है। इसलिए अपने मुवक्किल की तरफ़ से मेरी एक सबमिशन है।"

"हाँ कहिए!"

"अगर इन दोनों की सहमति हो तो इनका विवाह कर दिया जाए। लड़कीवाले भी इसके लिए तैयार हैं।"

इसके बाद जज ने मुस्कराते हुए जया की तरफ़ देखा, "आप तैयार हैं?"

जया ने किसी तरह का जवाब देने के बजाय स्वीकृति में धीरे-से सिर हिला दिया।

"ठीक है, अगर दोनों पार्टी राज़ी हैं तो मैं केस को अक्विट कर देता हूँ।"

"शुक्रिया जनाब!"

सज्जन सिंह के वकील के इतना कहते ही जज अपना फ़ैसला लिखवाने लगा।

अदालत का फ़ैसला सिर्फ़ काग़ज़ों पर लिखी इबारत बनकर रह गया। अभी महीना भी ख़त्म नहीं हुआ था कि एक दिन रुख़सत बी से ही पता चला कि जया के पेट में इस बार भी कोई दर्द हुआ। ऐसा दर्द जिसका किसी को पता नहीं चला। इस बार उसे न किसी डॉक्टर के पास ले जाया गया। न किसी हकीम के पास। भला, जिसकी पहले से मौत तय हो उसे बार-बार उपचार के लिए किसी के पास ले जाने का क्या फ़ायदा। जिसे पता चला भी, उसे बस इतना चला कि सुबह की नारंगी धूप में लिपटे, आसमानी धुएँ में श्मशान घाट से एक जानी-पहचानी चिरायंध के साथ उठती लपटों के बीच कोई चिरनिद्रा में लीन है। सुबह-सुबह आसमान में उठते नारंगी धुएँ में लिपटी लपटों को देख किसी को हैरानी नहीं हुई। हैरानी इसलिए नहीं हुई क्योंकि सबको जैसे पहले से पता था कि ऐसी जयाओं का एक दिन यही अन्त होना है।

15

ख़ुदा के रजिस्टर में जिसके भाग्य में जो लिखा है, उसे मान लेना ही फ़र्ज़ है।

—मकसूदुल मो मेनीन

जया की अचानक हुई मौत की ख़बर मोहल्ले से होती हुई जैसे-जैसे फैलने लगी, सबने दबी ज़बान से कहना शुरू कर दिया कि पक्का

यह उसी ग़रीब कुम्हारी साथिन की श्राप का नतीजा है। इस वंश का विनाश करने में उसी की हाय लगी हुई है। अब तो रह-रह कर सबको यही डर सताने लगा है कि पता नहीं आगे और क्या बुरा हो जाए। इसी डर के चलते उन्हें जो जैसी सलाह देता, वे उसी का पालन करना शुरू कर देते।

यह भी किसी ने सलाह ही दी थी कि अगर इस घर की कोई औरत बारह जुमेरात अर्थात् तीन महीने तक किसी मज़ार पर चादर चढ़ाए, तो इस जानकी की हाय से मुक्ति मिल जाएगी। सलाह मिलते ही पद्मा अपनी देवरानी मंगला के साथ उसी दिन शाम को पहुँच गई शिव मन्दिर के पिछवाड़े बनी मज़ार पर।

पीपलवाली मज़ार।

मज़ार पर झाड़ू लगाती रुख़सत बी की नज़र जैसे ही सामने से आती पद्मा और मंगला पर पड़ी, वह झाड़ू छोड़ तेज़ी से उनकी तरफ़ लपककर आई।

"बी, रहमत है क्या?" इससे पहले कि रुख़सत पूछती पद्मा ने पूछ लिया।

"वे तो समीना के ससुराल गए हैं ठकुराइन।"

"कैसे, कोई बाल-बच्चा हुआ है जो...?" मंगला ने मुस्कराते हुए पूछा।

"कहाँ। बाल-बच्चा तो तब हो जब ऐसी नौबत आई हो। उसे तो तीन बरस से ऊपर हो गए घर बैठे।" रुख़सत बी ने उदासीभरे स्वर में जवाब दिया।

"ऐसा क्या हुआ, जो घर बैठी हुई है और इससे पहले कभी तूने इसका जिकर भी नहीं किया?" पद्मा ने हैरानी से पूछा।

"क्या करूँ ठकुराइन, हमारे तो नसीब ही खोटे हैं। पता नहीं क्यों, हमें तो हालात कुछ ठीक नहीं लग रहे हैं।"

"पर रिश्ता तो तुमने किसी ठीक-ठाक घर में किया था न?"

"ठकुराइन कैसा रिश्ता और कैसा ठीक-ठाक घर। यही सोचकर कि खाता-पीता-सा घर है इसलिए उस घर में बेटी ब्याह दी।"

"मैंने सुना तो था कि निकाह के बाद दामाद समीना को कई महीने तक लेने नहीं आया। पर अब पता चला कि वह तो उसके बाद से ही घर पर बैठी है।" कहते-कहते मंगला के चेहरे पर उदासी पुतती चली गई।

"अब क्या आएगा। सुना है जहाँ कमाने गया है, वहाँ दूसरा निकाह कर लिया है। अब तो हमने भी आस छोड़ दी है ठकुराइन।"

"पर रुखसत बी उसे ऐसे कब तलक घर बैठाए रखेगी। एक-न-एक दिन तो कुछ फैसला लेना ही पड़ेगा। जब तक इसका कोई फैसला नहीं होगा, तब तक छोटी लड़की के लिए परेशानी बनी रहेगी।" पद्मा के भीतर जैसे कुछ चटकने लगा।

"सोच तो हम भी यही रहे हैं कि समीना कहीं ठिकाने लग जाए तो नसीम के बारे में सोचें।" रुख़सत बी ने एक उदासीभरी साँस लेते हुए अपनी चिन्ता जताई।

"सही है, ऐसे कब तलक घर में बैठाए रखोगे। उम्र भी तो नहीं है कुछ।

बेमतलब आते-जाते लोगों की निगाह में और चढ़ेगी। वैसे जिसने इतने सालों तक पलटकर नहीं देखा, अब क्या देखेगा।"

"और अब तो उसने दूसरा घर भी बसा लिया है। आने की वैसे ही उम्मीद नहीं है।" मंगला ने अपनी जिठानी पद्मा का समर्थन किया।

"ठकुराइन, मैं भी पता नहीं क्या खटराग लेकर बैठ गई। यह सब तो चलता रहेगा। आप बताओ, कैसे दोनों देवरानी-जिठानी इस परवरदिगार के दर पर आई हो?" रुख़सत बी ने रूखी मुस्कान के साथ पूछा।

"क्या बताएँ रुखसत बी, हमारे ऊपर भी कुछ-न-कुछ आफ़त आई रहती है। किसी ने बताया कि हर बृहस्पति को किसी मजार पर चादर चढ़ाओ, तो इन बलाओं से छुटकारा मिल जाएगा। इसलिए यही पूछने आई हैं कि इसमें क्या-क्या होता है?"

"यह तो मैं ही बता दूँगी। इसमें लोबान, धूप...।" रुख़सत बी ने मज़ार पर चादर चढ़ाने की रस्म और उसके साथ लानेवाली सारी सामग्री बता दी।

"ठीक है। कल बृहस्पति है, सोच रही हूँ कल से ही चढ़ाना शुरू कर दूँ।"

"जबसे मन करे आ जाना। कल समीना के अब्बा भी आ जाएँगे।" रुख़सत बी ने कहा।

हर जुमेरात यानी बृहस्पति को चादर चढ़ाने कभी पद्मा, तो कभी मंगला पीपलवाली मज़ार पर आने लगी। डेढ़ महीने में ही पद्मा और मंगला जैसे रुख़सत बी के हर सुख-दुख की साझेदार बन गईं।

उस दिन चादर चढ़वाने रहमत के बजाय रुख़सत बी आईं। पिछले पौने दो महीने में ऐसा पहली बार हुआ है जब रहमत के बजाय मज़ार पर रुख़सत बी आई है। पद्मा ने रुख़सत बी से जिज्ञासावश रहमत के बारे में यूँ ही पूछ लिया,"समीना के अब्बा आज भी समीना के ससुराल गए हैं क्या?"

"ना, घर पर ही हैं। वो क्या है ठकुराइन कि उनकी फूफी का लड़का अपनी समीना के लिए एक रिश्ता लेकर आया है। दोनों उसी में उलझे हुए हैं।"

"कौन है?"

"खुद फूफी का भतीजा है।"

"यह तो और भी अच्छी बात है। कम-से-कम जानी-पहचानी रिश्तेदारी तो है।"

"वो तो ठीक है परऽऽऽ...एक उलझन है।"

"इसमें उलझन की क्या बात है। इससे अच्छी बात और क्या हो सकती है।" पद्मा ने तुरन्त कहा।

रुख़सत बी की पेशानी पर एक साथ चिन्ता की कई लकीरें खिंच आईं।

"क्या हुआ बी?" रुख़सत बी की तरफ़ से तुरन्त कोई जवाब न मिलता देख पद्मा ने पूछा।

"क्या है लड़का दूजबर है। चलो, दूजबर भी देख लिया जाए, पर वह तो तलाक़नामा माँग रहा है। अब बताओ ठकुराइन, मैं कहाँ से तलाक़नामा लाऊँ। लाऊँ तो तब जब कोई तलाक़ हुआ हो। कह रहा है कि कल को अगर पहलेवाला शौहर आ गया और उसने अपना दावा पेश कर दिया, तो मैं कहीं का नहीं रहूँगा।"

"उसे बताया नहीं कि जिसका इतने दिनों से कोई अता-पता नहीं है, वह क्या खाक दावा पेश करेगा!"

"सब बता दिय। वैसे उसका डर भी अपनी जगह सही है ठकुराइन। हम भी तो अन्दाजे से ही कह रहे हैं कि उसने दूसरा निकाह कर लिया। पक्का हमें भी पता नहीं है। हमें भी किसी ने उड़ती-उड़ती-सी खबर दी है।"

"देख बी, जिसने भी यह खबर दी है भले ही उड़ती-उड़ती-सी है, इसमें कुछ-न-कुछ तो सच्चाई होगी।" मंगला ने रुख़सत बी को हौसला बँधाते हुए कहा।

"तो क्या इस दावे के डर से बेटी को जिन्दगीभर छाती पर धर कर बैठे रहोगे। अगर वह बीस साल नहीं आया तो उसकी बीस साल बाट देखोगे?" पद्मा का चेहरा खिंचता चला गया। फिर कुछ पल सोचने के बाद बोली, "वैसे मेरी मानो तो तुम एक बार अपने किसी मुल्ला-मौलवी से और सलाह ले लो। क्या पता वही कोई रास्ता बता दे।"

"ठकुराइन, यह तो हमने सोचा ही नहीं। मैं समीना के अब्बा से कहती हूँ कि एक बार वे इन्दिरा कलोनी की बड़ी मस्जिद, जिसमें ये ईद की नमाज पढ़ने जाते हैं, उसके मौलवी से जाके मिल लें।" इसके बाद एक ठंडी साँस लेते हुए रुख़सत बी बोली, "आपने तो ठकुराइन हमारी बहुत बड़ी सिरदर्दी दूर कर दी।"

पद्मा ने रुख़सत बी के चेहरे को ग़ौर से देखा, तो पाया कि एक अनजान हताशा की वजह से जिस चेहरे से थोड़ी देर पहले रक्त निचुड़-सा गया था, उसी चेहरे की सूखी नसों में उम्मीदों का सुर्ख़ ख़ून दौड़ने लगा है।

16

इन्दिरा कॉलोनी की बड़ी मस्जिद।

इस कॉलोनी के बसने का क़िस्सा भी बड़ा दिलचस्प है। यह कॉलोनी 1984 में प्रधानमंत्री इन्दिरा गांधी की हत्या के बाद हुए सिख विरोधी दंगों के बाद अस्तित्व में आई थी। आज़ाद मुल्क में यह पहला ऐसा दंगा था, जिससे उपजे भय ने बड़े शहरों के आसपास की ज़मीनों पर लहलहाती फ़सलों की बड़ी

तेज़ी से हत्याएँ करनी शुरू कर दीं। इन हत्याओं में असली उछाल तब आया, जब 1992 में अपने भीतर आपस में उपजे एक अनजाने डर से हिन्दू बाहुल्य इलाक़ों से मुसलमानों ने, और मुस्लिम बाहुल्य इलाक़ों से हिन्दुओं ने आनन-फ़ानन में पलायन कर यहाँ आकर पनाह ली। चूँकि इन्दिरा एक ऐसा नाम था जो अपनी-अपनी ज़मीन से उखड़े लोगों के भीतर पनपे डर को कुछ कम कर सकता था, इसलिए चतुर और सयाने भू-माफ़िओं ने इस कॉलोनी का नाम रख दिया—इन्दिरा कॉलोनी।

इसी कॉलोनी में पश्चिमी उत्तर प्रदेश के शामली ज़िले का थाना भवन, जो आज एक विधान सभा है और जहाँ आज भी ज़्यादातर आबादी मुसलमानों की है, वहाँ से विस्थापित होकर आए ग़रीब मुसलमानों की बड़ी आबादी है। जो डर 1992 में पूरी तरह सच साबित नहीं हो पाया था, वह इसके बीस साल बाद यानी 2013 में साबित हो गया। अगर यक़ीन नहीं है तो मुज़फ़्फ़रनगर के शरणार्थी कैम्पों में शरण लिए दर-ब-दर दंगा पीड़ितों की आँखों में डूबती-तिरती पनीली इबारतों में इसे बाँचा जा सकता है। आज भी लगता है जैसे थाना भवन और इसके आसपास के गाँव-क़स्बों की धमनियों में अन्दर-ही-अन्दर कोई अलाव धधक रहा है। इन्दिरा कॉलोनी की इस बड़ी मस्जिद का इमाम या कहिए मौलवी इसी थाना भवन का है, जिसे कॉलोनी के लोग मौलवी इरशाद अली थानवी के नाम से भी पुकारते हैं।

ज़ुह की नमाज़ अदा कर मौलवी इरशाद अली थानवी अभी कमर सीधी करने की ग़रज़ से लेटा ही था कि मस्जिद के दरवाज़े पर उसे कुछ अपरिचित चेहरे दिखाई दिए।

"आइए!" करवट लेते हुए मौलवी ने सबको अन्दर बुला लिया। सबके आने के बाद बड़े अदब से मौलवी ने उनसे बैठने का आग्रह करते हुए पूछा, "जी कहिए, कैसे इस वक़्त आना हुआ?"

"मौलवी साब, मेरा नाम रहमत है। बिरादरी से फ़क़ीर हूँ और एक मज़ार की ख़िदमत करके गुज़र-बसर करता हूँ।" रहमत ने अपना छोटा-सा परिचय दिया।

"अच्छा तो ख़ादिम हो। जी कहिए, कैसे आना हुआ?" मौलवी ने उठते हुए पूछा।

"आपसे एक सलाह लेनी है। हुआ यह कि मेरी बेटी का..."

रहमत की पूरी बात सुनने के बावजूद मौलवी इरशाद अली थानवी ने पुन: पुष्टि करते हुए, रहमत के कहे को फिर से दोहराया, "निकाह को तीन साल से ऊपर हो गए, मगर उसका शौहर उसे लेने नहीं आ रहा है?"

"लेने ही नहीं आ रहा है बल्कि निकाह के बाद आज तक पलटकर झाँका भी नहीं है।"

"तो अब आप क्या चाहते हैं?" मौलवी ने लगभग पूरी पक चुकी दाढ़ी पर हाथ फेरते हुए पूछा।

"मौलवी साब, हम चाहते हैं कि उसका दूसरा निकाह कर दें। आख़िर कब तलक हम उसे ऐसे घर में बैठाए रखेंगे।"

"क्यों, घर बैठाने में क्या दिक़्क़त है?"

"दिक़्क़त यह है कि जब अगले ने पिछले तीन साल में एक बार भी पलटकर नहीं देखा, तो अब क्या देखेगा।" इस बार रुख़सत बी ने बात को आगे बढ़ाते हुए कहा।

"ठीक है, कोई होगी उसकी परेशानी। जब इतने साल रख लिया है, कुछ साल और रख लो। जब आएगा, ले जाएगा। बीवी है आख़िर उसकी।"

"वो तो ठीक है मौलवी साब, पर अगले ने जब दूसरा घर ही बसा लिया है, तो हमारी समीना के पास अब कौन-सा रास्ता बचा है।"

"घर बसा लिया है! इसका मतलब है उसने अपनी पहली बीवी को तलाक़ दे दिया है?"

"ना।"

"आपको पक्का यक़ीन है कि उसने घर बसा लिया है?" मौलवी ने रहमत के चेहरे पर जैसे आँखें गड़ाते हुए पूछा।

"ऐसा हमें किसी ने बताया है।" रहमत ने कहा।

इतना सुन मौलवी ख़ामोश हो गया। कुछ देर सोचने के बाद बोला,"देखिए, वैसे तो क़ुरान मजीद में लापता के बारे में कोई साफ़-साफ़ हुक़्म नहीं है, और ना ही हदीसों में कोई भरोसे लायक़ हुक़्म है। फिर भी मैं देखता हूँ कि इस मुआमले में क्या हो सकता है।" इतना कह मौलवी इरशाद अली थानवी अपनी जगह से उठा, और एक तरफ़ कोने में रेहल पर रखी जुज़दान में लिपटी एक किताब को रेहल समेत उठा लाया।

एक भारी-भरकम किताब के सफ़े-दर-सफ़े पलटने के बाद एक सफ़े पर मौलवी इरशाद अली थानवी की नज़र रुक गई। इसके बाद उसने धीरे-से गरदन उठाई और शब्दों को चुभलाते हुए बड़ी संजीदगी से बोला, "देखिए, मेरी मानो तो आप उसे घर पर ही बैठाए रखो!"

"और कितना बिठाएँ मौलवी साब?" इस बार रुख़सत बी मन-ही-मन खिन्न हो उठी।

"जब तलक उसके शौहर का इन्तक़ाल न हो जाए।" मौलवी ने बड़े ही सधे हुए अन्दाज़ में कहा।

"उसके शौहर का इन्तक़ाल ना हो जाएऽऽऽ...! हम कुछ समझे नहीं मौलवी साब?" रहमत हकलाते हुए बोला।

"देखो, हमारे इस्लाम के एक बहुत बड़े आलिम हैं मौलाना अशरफ़ अली थानवी। उनकी यह किताब है बहिश्ती ज़ेवर। इस किताब की अहमियत इसी से

समझी जा सकती है कि हमारे कुछ मुसलमान भाइयों में बेटी के निकाह के बाद, उसे विदा करते वक़्त अगर उसके एक हाथ में क़ुरान रखी जाती है, तो दूसरे हाथ में यह बहिश्ती ज़ेवर रखी जाती है।" मौलवी इरशाद अली थानवी ने रेहल पर रखी खुली किताब की तरफ़ इशारा करते हुए बताया।

"मौलवी साब, इसीलिए तो हम भी आप जैसे आलिम के पास आए हैं।" रहमत थोड़ा आगे सरकते हुए बोला।

"आपको पता है अगर किसी जवान औरत का शौहर ग़ायब हो जाए, तो उस सूरत में उसे क्या करना चाहिए, मालूम है?"

"ना मौलवी साब।" रुख़सत बी की धड़कनें एकाएक बढ़ती चली गईं।

"मौलाना साब ने इसमें ऐसी औरत को हुक़्म दिया है कि अगर किसी जवान मुसलमान औरत का शौहर ग़ायब हो जाए, तो उसको अपने शौहर का तब तलक इन्तज़ार करना होगा, जब तलक उसकी उम्र नब्बे बरस की हो जाए।"

"क्याऽऽऽ!" एक साथ रहमत और रुख़सत बी के मुँह से निकला।

"जी। इसीलिए कह रहा हूँ कि उससे कहो कि वह अपने शौहर का इन्तज़ार करती रहे।"

"प...पर मौलवी साब इन्तजार तो हमारी समीना तब करेगी जब वह नब्बे बरस तक जिन्दा रहेगी। और खुदा-न-खास्ता जिन्दा रह भी गई और उसके शौहर का इन्तकाल हो गया, तो उसे कौन बताएगा कि उसकी उम्र नब्बे की हो गई है?"

"मुल्ला बताएगा, और कौन बताएगा। वही बताएगा कि उसकी मौत हो गई है। उसके इस ऐलान के बाद ही कोई औरत दूसरा निकाह कर सकती है। ध्यान रहे, इसके साथ एक शर्त भी है!"

"क...कौन-सी शर्त?" रुख़सत बी अकबका गई।

"यह कि वह किसी और से इसी शर्त पर निकाह कर सकती है अगर वह औरत जवान हो।"

मौलवी इरशाद अली थानवी के इतना कहते ही रुख़सत बी ने तमतमाते हुए कहा, "कोई उस थानेदार से यह पूछे कि नब्बे तक आते-आते किसी में जवानी बचेगी भी?" मारे ग़ुस्से के रुख़सत बी के लिए मौलाना अशरफ़ अली थानवी साहब, थानेदार में तब्दील हो गया।

"यह मैंने नहीं मौलाना अशरफ़ अली थानवी साहब ने कहा है।"

"समीना के अब्बा, ऐसे तो बस गया हमारी समीना का घर। चल, हमें ही निकालना पड़ेगा कोई रास्ता। इनके इस थानेदार के भरोसे रहे तो हमारी बेटी उसकी बाट देखते-देखते बूढ़ी हो जाएगी।"

"मौलवी साब, इसके अलावा और कोई आसान रास्ता नहीं है?"

"रहमत मियाँ, मौलाना साहब ने तो यही फ़रमाया है। बाक़ी आपकी मरज़ी।

पर हाँ, एक बात और सुन लो कि आपने अपनी बेटी के पहले शौहर के बिना तलाक़ दिए दूसरा निकाह करवा दिया, और ख़ुदा-न-ख़ास्ता दस, पन्द्रह, बीस साल बाद कभी वह लौट आया और उसने अपनी इस बीवी पर हक़ जमा दिया, तो दुनिया की कोई ताक़त नहीं जो उसे अपनी पहली बीवी को ले जाने से रोक दे। जो भी फ़ैसला लेना हो बहुत सोच-समझ कर लेना! क्योंकि हुज़ूर सल्लाहे-वलाहे-असल्लम ने फ़रमाया है कि लापता की बीवी उसकी बीवी है, जब तक उसका हाल मालूम न हो जाए।"

इन्दिरा कॉलोनी की बड़ी मस्जिद के इमाम मौलवी इरशाद अली थानवी ने इस हिदायत के बाद, इस्लाम के बहुत बड़े आलिम यानी हज़रत-अल-उम्मत मौलाना अशरफ़ अली थानवी की बहिश्ती ज़ेवर को वापस जुज़दान में लपेटा और उसे उसकी जगह पर रखने चला गया। वह वापस लौटकर अपनी जगह पर आया, तो उसे यह देखकर बेहद हैरानी हुई कि एक मज़ार का ख़ादिम रहमत और उसकी बीवी रुख़सत बी अब वहाँ नहीं हैं। उसे पता ही नहीं चला कि वे दोनों कब बड़ी मस्जिद से चले गए।

17

नस्ते मृते प्रवृजिते किल्बे च पतितेपुनह पञ्चवपस्तु नारिनम पतिरणयो विधियते ।

—बृहस्पति स्मृति

(अगर पति कहीं खो जाए और उसका कोई अता-पता न चले, या फिर पति की अचानक मौत हो जाती है...या वह घर छोड़कर संन्यासी हो जाए...या फिर नामर्द साबित होता है, तभी एक औरत पति का त्याग कर सकती है।)

अपनी आफ़तों और परेशानियों के चक्कर में पद्मा भूल गई कि पिछली बार वह जब मज़ार पर चादर चढ़ाने आई थी, तब उसने रुख़सत बी को कोई सलाह भी दी थी। चादर चढ़ाने के बाद यह तो उसने उस दिन रुख़सत बी के बुझे हुए चेहरे को देखकर यूँ ही पूछ लिया।

"बी, तबीयत तो ठीक है?"

"काहे की तबीयत ठकुराइन। एक परेशानी से पीछा छूटता नहीं है, दूसरी तैयार धरी रहती है।"

"अब कौन-सी परेशानी आ गई?"

"पिछली बार आपने कहा था न कि हम एक बार अपने किसी मुल्ला-मौलवी से सलाह ले लें। क्या पता वही कोई रास्ता बता दे।"

"हाँ, मैंने कहा तो था।"

"अगले दिन हम गए थे एक मौलवी के पास...।"

"कोई रास्ता बताया उसने?" उत्सुकता में पद्मा ने रुख़सत बी की बात पूरी होने से पहले पूछा।

"बताया क्या, उसने तो उलटा हमें चक्कर में फँसा दिया। बोला कि अगर किसी का शौहर गुम हो जाए तो उसका तब तलक इन्तज़ार करना होगा, जब तलक उसकी उम्र नब्बे बरस की ना हो जाए।"

"नब्बे बरस की हो जाए! यह क्या बात है?"

"उसने तो चलते-चलते यहाँ तलक कह दिया कि अगर पहले शौहर के बिना तलाक़ दिए उसका दूसरा निकाह करवा दिया, और ख़ुदा-न-ख़ास्ता कभी वह लौट आया तो दुनिया की कोई ताक़त नहीं, जो उसे अपनी बीवी को ले जाने से रोक दे।" रुख़सत बी की आवाज़ जैसे डूबने लगी।

"हे मेरे भगवान! यह क्या मुसीबत है।" इस बार पद्मा ने माथे पर हाथ मार लिया। फिर कुछ रुककर बोली, "एक बात कहूँ बी, इस औरत जात के सबसे बड़े बैरी हमारे ये धरम और मजहब ही हैं। मेरी मानो इन मुल्ला-मौलवियों को मारो गोली और तुम्हारा मन अगर इसके लिए गवाही दे रहा है, तो समीना का घर बसा दो।"

"चाह तो हम भी यही रहे हैं ठकुराइन, पर उस मौलवी की बात सुनके डर लग रहा है कि कहीं दूसरे निकाह के बाद, वह आ गया और समीना को ले जाने के लिए कहने लगा तो हम क्या करेंगे?"

"ऐसा कुछ नहीं होगा। पीर बाबा सब ठीक कर देगा। दुनिया की चादर चढ़वाते-चढ़वाते यह तुम्हारी भी तो कुछ सुनेगा। सारी अनहोनियाँ तुम्हारे ही भाग में लिखी हुई हैं क्या। इस डर से कि पता नहीं वह कब आ जाए, बेटी को ऐसे ही बैठाकर रखोगे? कुछ नहीं होनेवाला। मेरी मानो तो चुपचाप, बिना किसी तामझाम के समीना का घर बसा दो। जो अब तक नहीं फटका, अब क्या आएगा। बस, किसी तरह उसे मना लो, जो तलाकनामा माँग रहा है।" पद्मा ने रुख़सत बी की हिम्मत बढ़ाते हुए कहा।

"आप सही कह रही हैं ठकुराइन।"

पद्मा की इस हिम्मत से रुख़सत बी के बुझे चेहरे पर हल्की-सी चमक लौट आई। बुज़ुर्ग पीपल की छाया तले, हरी चादर ओढ़े गहरी नींद में लीन पीर की मज़ार पर जल रही अगरबत्तियों और लोबान की आसपास बिखरी सुगन्ध को, धीरे-से आँख बन्द कर रुख़सत बी ने गहरी साँस के साथ अपने फेफड़ों में भर लिया। नथुनों से होती हुई लोबान और अगरबत्तियों की गन्ध जब दिल और

दिमाग़ तक पहुँची, तो रुख़सत बी को लगा जैसे उसके बेजान जिस्म में खोई हुई ताक़त लौट आई है।

मज़ार से लौटने से पहले पद्मा ने रुख़सत बी की आँखों में झाँका। जिस आश्वस्तिभरे अन्दाज़ में पद्मा ने रुख़सत बी की आँखों में झाँका था, रुख़सत बी की आँखें भर आईं। लगा कुछ पल के लिए सब कुछ जैसे ठिठक गया है। इसके बाद मज़ार के चारों तरफ़ गन्ध में लिपटे साँझ के सुरमयी सन्नाटे को अकेला छोड़, वे दोनों अपनी-अपनी दिशाओं में बढ़ गईं।

मज़ार से लौटते हुए रास्ते में कुल पुरोहित टकरा गया। इस समय पद्मा को आता देख कुल पुरोहित से पूछे बिना नहीं रहा गया।

"ठकुराइन, इस समय कहाँ से?"

"मजार पर चादर चढ़ाने आई थी पंड्डीजी।" पद्मा ने सहज भाव से कहा।

"इन पीर-मजारों के चक्कर में आप कब से पड़ गईं। हम हिन्दुओं के देवी-देवता क्या कम हैं, जो इनके चक्कर काट रही हो।"

"पंड्डीजी, कभी-कभी अपने ही नहीं दूसरे भी काम आ जाते हैं। फिर मुसीबत-परेशानी कोई धरम-मजहब या अमीर-गरीब देखके थोड़े ही आती हैं। अब देखो, रहमत की बड़ी लड़की को उसका पति निकाह के बाद लेने ही नहीं आया है। पेरशान माँ-बाप एक मौलवी के पास गए, तो उलटा उसने कुछ और ही बता दिया।" पद्मा ने मुस्कराते हुए जवाब दिया।

"क्या बता दिया?" कुल पुरोहित ने विस्मय से पूछा।

"यही कि अगर किसी का पति गायब हो जाए, तो उसको उसका तब तक इन्तज़ार करना होगा जब तलक उसकी उम्र नब्बे बरस की ना हो जाए। यह तो एक तरह से जिन्दगीभर उसकी बाट में बैठे रहनेवाली बात हो गई। और तो और दूसरा घर भी वह तब तलक नहीं कर सकती, जब तलक पहलेवाला तलाक न दे दे।"

"यह तो अपने-अपने मजहब और धर्म की बात है ठकुराइन। हमारे हिन्दू शास्त्रों में भी तो मुनि याज्ञवल्क्य ने ऐसा ही कहा है कि पति परदेस चला जाए तो ब्राह्मण पत्नी को आठ बरस राह देखनी चाहिए और कोई औलाद न हुई हो तो तीन बरस। उसके पीछे वह दूसरा मरद कर ले। क्षत्राणी छह साल और अगर औलाद पैदा न हो तो तीन साल।" इतना कह पुरोहित ने पहले एक कुटिल मुस्कान उछाली और फिर दबी ज़बान में बोला, "शूद्राणी को इन्तजार करने की कोई हद मुकर्रर नहीं है, वह तो जब चाहे दूसरा खसम कर ले। एक बात बताऊँ ठकुराइन अगर एक हिन्दू औरत अपने मरद को छोड़ना चाहे, तो वह इन पाँच हालातों में अपने मरद को छोड़ सकती है। हमारे बृहस्पति स्मृति में कहा गया है कि 'नस्ते मृते प्रव्रजिते

किल्बे च पतितेपुनह पञ्चवपस्तु नारिनम पतिरणयो विधियते।' इसका मतलब है कि अगर पति कहीं खो जाए और उसका कोई अता-पता न चले, या फिर पति की अचानक मौत हो जाती है...या वह घर छोड़कर संन्यासी हो जाए...या फिर नामर्द साबित होता है, तभी एक औरत पति का त्याग कर सकती है। नारद और हमारे पाराशर ऋषि ने भी यही पाँच वजह बताई हैं, जिनमें एक औरत अपने आदमी को छोड़ दूसरा ब्याह कर सकती है। वैसे ठीक है, आ जाएगा, कौन-सा भागा जा रहा है।" कुल पुरोहित ने बेपरवाही के साथ कहा।

"पंड्डीजी, मरद के लिए यह सब कहना आसान है, औरत के लिए नहीं।" .

"बात मरद-औरत की नहीं है ठकुराइन, बात शास्त्रसम्मत चलने की है। अगर हमारे इन धर्म-ग्रंथों में कुछ कायदे-कानून बनाए हैं, तो कुछ-न-कुछ सोचकर ही बनाए होंगे न।"

"आपके ये सारे कायदे-कानून हम औरतों पर ही चलते हैं पंड्डीजी। ख़ैर छोड़ो!" इतना कहकर पद्मा आगे बढ़ गई।

मज़ार पर चादर चढ़ाने की नौवीं जुमेरात।

रुख़सत बी ने पद्मा और मंगला दोनों देवरानी-जेठानी को दूर से आता देख लिया। जब तक वे दोनों मज़ार पर पहुँचतीं, रुख़सत बी उनसे पहले पहुँच गई। रुख़सत बी के खिले हुए चेहरे को देख पद्मा ने शरारतभरे अन्दाज़ में कोंचा, "बी, आज तो बड़ी खुश है। क्या बात है?"

"ठकुराइन, आपकी सलाह मान हमने वह काम कर दिया।"

"कौन-सा काम?" एकदम चौंकते हुए पूछा पद्मा ने?

"वही समीना के निकाहवाला।"

"कब?"

"परसों चाँद दिखने के अगले दिन।"

"और हमें बताया भी नहीं!" शिकायतभरे लहजे में मंगला ने कहा।

"मैंने ही मना किया था मंगला कि चुपचाप बिना किसी को बताए यह काम कर दो। तू तो जानती ही है कि बनानेवाले कम, बिगाड़नेवाले ज्यादा होते हैं।" फिर पद्मा रुख़सत बी की तरफ़ पलटी, "यह तो बी तूने बहुत अच्छी खबर सुनाई। सिर से बहुत बड़ा भार उतर गया।"

"आप हिम्मत नहीं बँधातीं तो हमसे नहीं होता यह। हम तो हिम्मत ही हार गए थे। सब इस पीर की मेहरबानी है ठकुराइन। सही कहा था आपने कि अपने ऊपर चादर चढ़वाते-चढ़वाते क्या यह हमारी इतनी भी नहीं सुनेगा।"

"और उस तलाकनामा का क्या हुआ जिसे ये नया दामाद माँग रहा था?"

"मैंने अपनी इज़्ज़त का वास्ता दे उसके पाँवों में ओढ़नी डाल दी थी, तब कहीं जाके माना।"

"बी, अगर यही काम पहले निकाह में हो जाता, तो आज यह दिन देखना नहीं पड़ता। मिली-जुली रिश्तेदारी में इसीलिए ब्याह-शादी के लिए लोग कहते हैं कि कोई ऊँची-नीची बात हो जाए, तो कम-से-कम हम कह तो सकते हैं। उसका क्या करें जिसका कुछ अता-पता ही ना हो।"

"अब आपसे क्या छुपाना ठकुराइन, हमने बेटी को ब्याहा नहीं था, उसे कुएँ में धकेला था। हमारी ही अकल पर पत्थर पड़ गए थे। थोड़े-से लालच में अपनी बच्ची की ज़िन्दगी ख़राब कर दी। समीना से ज़्यादा उमर होने पर भी हमने यही सोचा कि कोई बात नहीं अच्छा खाता-पीता घर है। कम-से-कम बेटी तो ज़िन्दगीभर सुखी रहेगी।" रुख़सत बी रुआँसी हो उठी।

"बी, तूने एकदम सही सोचा। उमर का क्या, छोटा हो या बड़ा। है तो मरद ही न।"

रुख़सत बी ने पहले एक निश्चिंतताभरी साँस ली और फिर दबी आवाज़ में कहा,"ऐसे मरद का क्या फ़ायदा ठकुराइन जिसकी मर्दानगी टैम पर काम ना आए।" फिर कुछ देर रुककर सहमती हुई बोली, "वैसे एक बात कहूँ ठकुराइन, पता नहीं क्यों मुझे अब भी डर लग रहा है। उस माटी मिले मौलवी की बात अब भी कानों में खदबदा रही है।"

"तेरा डर जाइज है बी। इन मरे धरम-करम का सबसे ज्यादा जोर गरीब-गुरबों पर ही चलता है। ताक़तवर के आगे ये भी पानी भरे हैं।"

"मंगला, तेरी बात भी सही है। कमजोर आदमी ही इन चक्करों में आता है और फिर अगर ये मुल्ला-मौलवी और साधू-संत ऐसा न करें, तो इनका भी कैसे गुज़ारा हो।"

ऐसा कहते हुए पद्मा जैसे भूल गई कि वह भी तो इसी कमज़ोरी का शिकार है। वरना बक़ौल उनके कुल पुरोहित उनके देवी-देवता क्या कम हैं, जो वह इन पीर-मज़ारों के चक्कर काट रही है?

रुख़सत बी चादर चढ़ाने के बाद मज़ार के सामने बैठ देर तक दरूद पढ़ती रही। जब तक रुख़सत बी दरूद पढ़ती रही ऐसा लगता रहा मानो उसने मज़ार पर चादर पद्मा-मंगला की चढ़ाई है, मगर सलामती की दुआएँ वह अपनी समीना के लिए माँग रही है। रुख़सत बी ही क्यों, सच तो यह है कि जो पद्मा इससे पहले पीर से अपने कल्याण और सुरक्षा के लिए दुआएँ माँगती थी, वह भी आज समीना की सलामती के लिए दुआएँ माँग रही है।

चादर चढ़ाने के बाद पद्मा और मंगला लौटने लगीं, तो पद्मा एक पल के लिए रुकी। धीरे-से उसने अपने ब्लाउज़ में हाथ डाल, उसमें से कुछ निकाला

और जैसे ही रुख़सत बी की तरफ़ उसे बढ़ाया, रुख़सत बी ने ठिठकते हुए पूछा, "ठकुराइन, यह क्या?"

"कुछ नहीं। समीना बेटी के लिए मेरी तरफ़ से छोटा-सा सगुन है। रख ले मना मत करियो।"

पद्मा ने जिस आत्मीयता के साथ आग्रह किया, उसके चलते रुख़सत बी सचमुच मना नहीं कर पाई। कब शगुन पद्मा की मुलायम अँगुलियों से सरसराता हुआ, रुख़सत बी की कसमसाती खुरदरी अँगुलियों में फँस गया, इसका दोनों में से किसी को आभास नहीं हुआ। शायद यह एक दुख द्वारा दूसरे दुख को महसूस करने की ही गरमाहट थी कि रुख़सत बी की आँखों से आँसुओं की तपती धारा बह निकली। शगुन पर रुख़सत बी की मुट्ठी की पकड़ अपने आप मज़बूत होती चली गई। रुख़सत बी ने यह भी नहीं देखा कि यह शगुन है कितने का। पद्मा, रुख़सत बी और मंगला के बीच घटित इस प्रहसन को पीर भी अपनी मज़ार में दम साधे चुपचाप निरखता रहा।

घर आकर रुख़सत बी ने मुट्ठी खोलकर देखा, तो इतने बड़े शगुन को मुस्कराता देख वह भी भौचक रह गई। समीना के नाम पर मिले इस शगुन को रुख़सत बी ने एक कपड़े में लपेटा और संदूक में रखे कपड़ों के बीच सँभालकर रख दिया। अगली बार समीना आएगी तो पद्मा द्वारा दिए गए इस शगुन को वह उसे दे देगी।

18

"हेलो! हाँ बोल भाभी...क्या हुआ...क्याऽऽऽ...फिर कांड कर दिया...कब...कौन है...हे राम, भाभी यह लड़का तुम्हें कहीं का नहीं छोड़ेगा...ठीक है मैं बात करती हूँ।"

फोन कटते ही पास में बैठे सज्जन सिंह ने मुस्कराते हुए पूछा, "लगता है फिर कोई नया कांड हो गया है?"

"हो क्या गया, हो चुका।" पद्मा ने बताया।

"इस बार फिर किसी को उठा लिया?"

"उठा नहीं लिया बल्कि भगाके ले गया।"

"यह अच्छा किया, पट्ठा सबूत को ही भगाके ले गया। वैसे इस बार कौन है?"

"वहीं किसी दूसरे मोहल्ले की कोई मुसलमान लड़की बताई!"

"यह लड़का जरूर मुजफ्फरनगर में दंगा कराके मानेगा। कब की बात है?"

"हो गए कोई आठ-दस दिन। दोनों का अब तक कुछ अता-पता नहीं है।"

"तुम्हारा यह पीर भी लगता है फेल हो गया!" सज्जन सिंह ने पद्मा को कोंचते हुए कहा।

सुनते ही पद्मा हत्थे से उखड़ गई,"हमारे पीर ने मुजफ्फरनगर तक का ठेका नहीं ले रक्खा है। मैंने तभी जेल से छूटने पर कहा था कि भाभी जैसी भी बुरी-बावली मिले, इसके पल्ले बाँध दो। पर ना! उसे तो परिस्तान की शहजादी चाहिए। अब भुगतो!"

"उसके कौन-सा हाथ में है। नहीं मिला होगा कोई ढंग का परिवार।"

"जिनके करम ऐसे हों, उन्हें यूँ ही ढंग के परिवार मिल जाएँगे? कोई लूट मची है जो अपनी बेटी को ऐसे उठाईगीर के पल्ले बाँध देगा।"

"जब कोई नहीं मिलेगी तो अगला यही करेगा। जो मिलेगी उसे ही तो लेके भागेगा।"

"तुम्हें मेरी कसम जो मीनू के ससुर से इस बार उसे बचाने के लिए कहा तो। एक बार उसे क्या बचा दिया, उसके तो खून ही मुँह लग गया।" पद्मा ने अपने पति सज्जन सिंह से साफ़ मना कर दिया।

सज्जन सिंह को पद्मा का तर्क तो सही लगा लेकिन फिर भी कुछ नैतिक-अनैतिक दबावों और दुनियादारी का हवाला देते हुए बोला, "अगर उन्होंने एक वकील के नाते उसकी राय लेने के लिए कहा तो?"

"वो बात दूसरी है पर उन पर सीधे मुकदमा लड़ने का दबाव नहीं डालोगे।"

"और अगर तेरे भाई-भाभी वकील समधी की मुँहमाँगी फीस देने को तैयार हो गए, तब क्या होगा?"

"यह भाई-भाभी जानें और वकील समधी जानें। यह उनके बीच का मामला है। आप बिलकुल बीच में नहीं पड़ोगे! कहें, तो कह देना कर लेंगे अपने वहीं से कोई वकील। मुजफ्फरनगर में दुनियाभर के वकील होंगे। मुझे तो चंचला पर रत्तीभर यकीन नहीं है। भाभी भले ही है मेरी पर मैं उसकी नस-नस से वाकिफ हूँ। अँगुलीभर बात को बित्ताभर बताने की आदत है उसकी।"

"ठीक है। मैं इस मामले में तभी हाथ डालूँगा जब विष्णु कहेगा। वैसे भी चंचला का ही फोन आया है। असल बात क्या है, उसका भी पता नहीं है।"

आदमख़ोर।

यह ज़रूरी नहीं है कि कोई जानवर ही नरभक्षी हो या किसी आदमी का शिकार करे। वह भी आदमख़ोर है जिसे एक बार किसी ज़िन्दा देह का ताप मुँह लग जाए। ऐसा आदमख़ोर तो और भी हिंसक हो जाता

है, जिसे एक बार यह एहसास हो जाए कि बचानेवाला उसके पीछे खड़ा है। ऐसा ही नरभक्षी बन चुका है बलविन्दर। ज़िन्दा देह की ताप का ख़ून मुँह लग चुका है उसके।

अगले दिन उम्मीद के मुताबिक़ विष्णु और चंचला सवेरे-सवेरे आ धमके। चंचला ने माँ होने के नाते अपने ननदोई सज्जन सिंह के आगे ख़ूब गुहार लगाई। अपने बेटे को बचाने के लिए लाख दुहाई दी। मगर उसकी हर गुहार और दुहाई को एक बेगुनाह बेटे की दूसरी माँ पद्मा ने भोथरा कर दिया। चंचला ने जब देखा कि उसकी हर गुहार बेमानी साबित हो रही है, तब उसने बड़ी कातरता के साथ अपने पति विष्णु की आँखों में देखा। मगर विष्णु ने अपने बहन-बहनोई के सामने यह कहते हुए हाथ खड़े कर दिए, "जीजा, मेरे लिए तो वह उसी दिन मर गया था, जिस दिन वह उन घुमन्तुओं की लड़की को उठाकर ले गया था और उसके साथ मुँह काला किया था। वह तो हमारे वकील समधी ने बचा लिया वरना वह भी आज सदानन्द की तरह जेल में सड़ रहा होता।"

विष्णु के कहने का आशय वह नहीं था, जैसा उसकी बहन पद्मा ने समझ लिया। पद्मा तमतमाते हुए बोली, "भैया, सदानन्द की तरह जेल में सड़ रहा होता इसका क्या मतलब है? मेरे सदानन्द ने ना तो किसी की लड़की उठाई, ना ही किसी मुसलमानिन को भगाकर ले गया। समझे!"

विष्णु को तुरन्त बेख़याली में हुई अपनी ग़लती का एहसास हुआ, "मेरा मतलब है जैसे बेक़सूर सदानन्द जेल में है, वैसे ही आज यह होता।"

इधर अपनी ननद पद्मा के इस तरह आक्रामक होने पर चंचला की आँखों में जैसे ख़ून उतर आया। अगर उसे अपने बेटे को बचाने का स्वार्थ नहीं होता, तो वह अभी बता देती कि उसका सदानन्द कितना बेक़ुसूर है। किसी की फूल-सी बल्कि कच्ची कली-सी बेटी को लील गया और कह रही है जेल में सड़ने का क्या मतलब है।

"विष्णु, यार मुझे तो यह मामला पहले से कहीं ज्यादा पेचीदा लग रहा है। तब तो वकील समधी ने यह दलील देके उसे बरी करवा दिया कि बात लेन-देन पर बिगड़ी थी, पर वे अब क्या दलील देंगे। अगला इस बार किसी की लड़की को ही लेकर भाग गया। वह भी एक मुसलमान की लड़की को लेकर।"

"ननदोई जी, बल्लू उसे नहीं लेके भागा बल्कि वह लौंडिया उसे लेके भागी है।"

"और उसके माँ-बाप ने पुलिस में भगाने की जो रिपोर्ट लिखवाई है, उसका क्या होगा?" विष्णु ने ग़ुस्से में चंचला की आँखों में झाँकते हुए कहा।

"हमारे वकील समधी को अदालत में पिछली बार की तरह यही तो दलील देनी है कि हमारा लौंडा बेकुसूर है।"

“फिर ऐसा कर, वकील समधी की जगह तू ही करले उसकी वकालत! तेरा लाड़ला जब चाहे किसी को उठाकर ले जाए। जब चाहे किसी को भगाके ले जाए और बेकुसूरी की दलील देता फिरे वकील साब।” विष्णु ने बड़ी शालीनता के साथ चंचला को डपट दिया।

“अगर आप जैसे पत्थर बाप इस दुनिया में हो जाएँ न, तो सबकी औलाद जेल में पड़ी सड़े। आप उसके बाप नहीं हो, दुश्मन हो।” इतना कह चंचला फफककर रो पड़ी।

“रो मत, कुछ-न-कुछ रास्ता निकालेंगे।” माहौल को एकाएक अश्रुपूर्ण होता देख सज्जन सिंह चंचला के रुदन का शिकार हो गया। अबकी बार वह विष्णु की तरफ़ पलटा, “मेरी तो सलाह यह है कि आप कोई वहीं का अच्छा-सा वकील कर लो! वकील सम्धी को इस बार बीच में लाना ठीक नहीं रहेगा वरना वे यही सोचेंगे कि यह तो इसका धन्धा है।”

“मैं भी यही सोच रहा हूँ। हाँ, अगर उनकी सलाह की जरूरत पड़ेगी, तो उनसे बात कर लेंगे।” विष्णु सज्जन सिंह से सहमत होते हुए बोला।

“वैसे कोशिश करो कि मामला आपस में मिल-बैठ के सुलट जाए।” सज्जन सिंह ने विषय पर एक तरह से विराम लगाते हुए कहा।

बल्लू उर्फ़ बलविन्दर, जो एक बार आईपीसी 1860 की धारा 375 के बावजूद सज़ा पाने से अदालत से साफ़ बच गया था, वही आदमख़ोर बलविन्दर जेल की सलाखों के पीछे जाने से इस बार कैसे बच पाता है? बच पाता है या फिर सदानन्द की तरह वह भी जेल में सड़ेगा? यह तो वक़्त ही बताएगा।

अपने बलविन्दर उर्फ़ बल्लू को कहाँ-कहाँ नहीं ढूँढ़ा गया। कौन-सी ऐसी रिश्तेदारी थी जहाँ उसकी ढूँढ़ नहीं हुई। मगर सारी कोशिशें बेकार साबित हुईं। अचानक एक दिन हमारा यह आदमख़ोर और वह ‘मुसलमान’ लड़की, चलिए उसका नाम भी बता देते हैं—रूबीना, जिसे यह भगाकर ले गया था, वापस आ गए। इशा की नमाज़ के वक़्त अँधेरे में रूबीना को वापस आया देख, बिना किसी देर के उसी समय उसके माँ-बाप उसे लेकर पहुँच गए थाने में। उसी थाने में जहाँ उन्होंने अपनी बेटी के अपहरण की रिपोर्ट दर्ज करवा रखी थी।

इधर चंचला अपने लाड़ले को डाँटने-धमकाने के बाद अभी अपनी किसी भावी योजना को मूर्त रूप दे ही रही थी कि एकाएक उसे बन्द दरवाज़े के बाहर किसी की आहट सुनाई दी। जब तक वह कुछ अनुमान लगा पाती, दरवाज़े पर एक ज़ोरदार दस्तक हुई।

"देखना कौन है जो इतनी जोर से दरवाजा पीट रहा है?" विष्णु ने चंचला से कहा।

चंचला ने जाकर दरवाज़ा खोला। बाहर आपस में घुले अँधेरे-उजाले में कुछ अपरिचित परछाइयों को वह अभी पहचानने की कोशिश करती, एक साथ कई ख़ाकी वर्दियाँ अधखुले दरवाज़े को भीतर धकेल धड़धड़ाती हुई अन्दर घुस आईं। जब तक चंचला कुछ समझ पाती, ख़ाकी वर्दियों ने सामने पलंग पर मज़े से पैर पसारकर अपनी थकान उतारते आदमख़ोर को धर दबोचा। विष्णु और चंचला दोनों को समझते हुए देर नहीं लगी कि बल्लू को पुलिस ने गिरफ़्तार कर लिया है। चाहकर भी वे दोनों कुछ नहीं कर पाए। यहाँ तक कि चंचला चीख़ी-चिल्लाई भी नहीं। कहीं ऐसा न हो मोहल्लेवालों को पता चल जाए। बस एक बेमानी-सा प्रतिरोध ज़रूर किया उसने। जब तक आसपास के लोगों को अचानक घटी इस अप्रत्याशित घटना की कुछ भनक लग पाती, पुलिस की गाड़ी अपने पीछे धुएँ का गुबार छोड़ती हुई ग़ायब हो गई।

जैसाकि सबको उम्मीद थी, इस बार अपना आदमख़ोर सचमुच नहीं बच पाया। रूबीना के माँ-बाप के बयान के आधार पर रूबीना को बहला-फुसला कर भगाने और बलात्कार के आरोप में लोअर कोर्ट ने बल्लू को अपराधी करार दे, भारतीय दंड संहिता की धारा 366 और 376 के तहत अपने सदानन्द की तरह दस साल की सज़ा सुना दी।

चंचला ने जैसे ही सुना कि उसके बेटे को दस साल की सज़ा हो गई है, उसकी देह ठंडी पड़ती चली गई। जबकि विष्णु ने अपने आपको यह कहते हुए समझा लिया कि यह तो एक दिन होना ही था। अगर दार्शनिकताभरे अन्दाज़ में कहा जाए, तो इसका सीधा-सीधा अर्थ यही है कि जैसी करनी वैसी भरनी। या थोड़ा अध्यात्म का सहारा लिया जाए, तो यह कहा जा सकता है कि जो भाग्य में लिखा हुआ है, उसे कोई मिटा नहीं सकता।

19

सर्दियों में लम्बे होते सायों और छोटे होते दिनों के चलते शाम का झुटपुटा जल्दी फैलने लगा।

मग़रिब की नमाज़ से कुछ देर पहले रुख़सत बी मज़ार पर चादर चढ़वाकर घर लौटी ही थी। जबकि मग़रिब की अज़ान लगने के दौरान रहमत ने वज़ू कर अभी जानमाज़ बिछाया ही था कि बाहर दरवाज़े पर एक दस्तक हुई। रुख़सत बी दरवाज़े पर आई तो देखा, साँझ के झुटपुटे में लिपटा एक अजनबी साया खड़ा है।

रुख़सत बी जब तक उसे पहचानने की कोशिश करती, साये में हल्की-सी हरकत हुई। फिर बेहद नफ़ासतभरे अन्दाज़ में धीरे-से एक दबी हुई आवाज़ उछली, "अम्मी अस्सलामअलैकुम!"

"वा...वालैकुम्अस्सलाम ।" अचकचाते हुए रुख़सत बी ने अस्सलामअलैकुम ले तो लिया, मगर अगले पल वह सोचने लगी कि इस वक़्त अम्मी अस्सलामअलैकुम कहनेवाला यह कौन आ गया? वह तेज़ी-से धुँधले पड़ते इस साये को पहचान अब भी नहीं पाई। रुख़सत बी दरवाज़े से थोड़ी पीछे हट गई।

तेज़ी से अँधेरे में तब्दील हो चुके झुटपुटे में खड़े अजनबी की तरफ़ से इस बार दूसरा वाक्य उछला, "आपने मुझे पहचाना नहीं ?"

"ना।" रुख़सत बी ने बल्ब की रोशनी में पहली बार नज़र आई हल्की दाढ़ी के पीछे छिपे चेहरे की शिनाख़्त करते हुए बेरुख़ी के साथ कहा।

"मैं आसिफ़।"

"क...कौन आसेफ़ ?"

"आसिफ़, इस घर का दामाद और कौन!"

इतना सुनते ही रुख़सत बी की आँखों के आगे छाया धुँधलका घने अँधेरे में बदल गया। गिरते-गिरते बची वह। बमुश्किल सँभाल पाई अपने आपको। पलक झपकते ही लगभग साढ़े तीन साल पहले के मटमैले पड़ चुके दृश्य, आँखों के सामने एकाएक कौंधते चले गए। वह झटके से पीछे पलटी और तेज़ी-से रहमत की तरफ़ दौड़कर गई। जानमाज़ पर सिजदे करते रहमत को उसने लगभग झिंझोड़ते हुए कहा, "स...समीना के अब्बू, यह तो क़यामत आ गई!"

बदहवास रुख़सत बी की घिग्घी बँधी देख रहमत ने नमाज़ को बीच में छोड़ घबराते हुए पूछा, "क्या हुआ?"

"व...वहाँ जाकर देख!"

रहमत समझ गया कि रुख़सत दरवाज़े की ओर इशारा कर रही है। जब तक रहमत दरवाज़े के पास आता, हल्की दाढ़ीवाला यानी आसिफ़ अन्दर आ चुका था।

"जी कहिए?" रहमत ने बड़े अदब से पूछा।

"लगता है आपने भी मुझे नहीं पहचाना?" किसी तरह का जवाब देने के बजाय आसिफ़ ने मुस्कराते हुए उलटा सवाल किया।

"माफ़ करना। मैंने सही में आपको पहचाना नहीं।"

इस बार आसिफ़ धीरे-से हँसा, "इसमें आपका कोई क़ुसूर नहीं। क़ुसूर मेरा है जो इतने सालों तक आपकी कोई ख़ैर-ख़बर नहीं ली।"

इतना सुन रहमत के जिस्म पर जैसे चींटियाँ रेंगने लगीं। कुछ-कुछ समझ में आने लगा उसके। इस बीच रुख़सत बी भी उन दोनों के पास आ गई।

"या ख़ुदा, तूने हमसे यह क्या करा दिया!" आते ही रुख़सत बी अपनी चीख़ को अपने भीतर दफ़न करते हुए बोली। उसका पूरा जिस्म ज़र्द पत्ते-सा काँपने लगा।

माँ की घुटी-घुटी चीख़ सुन नसीम क़ुरआन की तिलावत छोड़ लपककर आई, "अम्मी क्या हुआ?"

रुख़सत बी ने बेटी को कोई जवाब नहीं दिया। बस, पथराई आँखों से कुछ क़दम दूर खड़े आपस में बतियाते दो सायों को टकटकी लगाए देखती रही। नसीम सहमे हुए क़दमों से धीरे-से उधर गई। वह जैसे ही उनके पास गई आसिफ़ ने मुस्कराते हुए कहा, "कैसी हो नसीम?"

नसीम को अधपकी रोशनी में भीगी इस आवाज़ और चेहरे को पहचानने में ज़्यादा वक़्त नहीं लगा। जैसे ही आवाज़ और चेहरा उसकी पहचान में आया, उसके मुँह से निकला, "जीजू आऽऽऽप...!"

"चलो, किसी ने पहचाना तो सही।" आसिफ़ ने मुस्कराते हुए सामने जल रहे बल्ब की तरफ़ बढ़ते हुए कहा।

नसीम द्वारा आसिफ़ को पहचानते ही रहमत जैसे तड़ाक से ज़मीन पर आकर गिरा। आसिफ़ का बल्ब की रोशनी की तरफ़ बढ़ता हर क़दम ऐसा लग रहा है, जैसे उसके क़दम ज़मीन पर नहीं, रहमत की देह को कुचलते हुए आगे बढ़ रहे हैं। आसिफ़ के बल्ब की पूरी रोशनी में आते ही, एक नज़र में रुख़सत बी उसको ऊपर से नीचे तक उतार गई। नसीम ने लपककर एक तरफ़ खड़ी चारपाई बिछाई और तेज़ी से मटके के पास गई। मटके से गिलास में पानी भर नसीम चारपाई पर बैठ चुके आसिफ़ की ओर आ ही रही थी कि पता नहीं किस बेख़याली और हड़बड़ी के चलते वह ऐसी गिरी कि पानी से भरा गिलास उसके हाथ से छूटकर दूर जा गिरा। आसिफ़ ने दौड़कर नसीम को उठाया।

वापस अपनी जगह पर आते हुए आसिफ़ ने आँखों-ही-आँखों में बेहद बारीक़ निगाहों से अपने आसपास से लेकर खुले-अधखुले दरवाज़ों की ओट तक को खँगाल मारा। मगर उसकी आँखें जिसे तलाश रही हैं, वह उसे कहीं नज़र नहीं आई। देर तक टोहने के बाद आसिफ़ को उसका नज़र आना तो दूर रहा, उसकी आहट तक कानों में सुनाई नहीं दी। उसकी बेसब्री और बेताबी ने जब उसका साथ देना छोड़ दिया, तब उसने पूछ ही लिया, "समीना कहीं नज़र नहीं आ रही है। कहीं गई है क्या?"

"हाँ, अपनी फूफी के घर गई है।" इस बीच अपने आपको सँभाल चुकी रुख़सत बी ने तुरन्त जवाब दिया।

"उफ़!" रुख़सत बी के इतना कहते ही आसिफ़ का चेहरा उतरता चला गया। बल्ब के उजाले में थोड़ी देर पहले दमकता चेहरा एकाएक उदासी और नैराश्य से

पुत गया। अपनी उदासी को छिपाने की एक बेमानी कोशिश करते हुए फिर बोला, "कब तक लौट आएगी?"

"पता नहीं कब तक आएगी। आएगी भी या..."

"नसीम, बेटी, रोटी-पानी का सलीका लगा।" रहमत ने रुख़सत बी की बात बीच में काटते हुए नसीम से कहा।

दस्तरख़्वान पर बैठे आसिफ़ को अपने हलक़ से उतरते निवाले ऐसे लग रहे थे, मानो रुई के छोटे-छोटे गोले उतर रहे हैं। जब से उसे पता चला है कि समीना यहाँ नहीं है, तभी से उसकी भूख और प्यास दोनों जैसे किसी ने छीन ली। बावजूद इसके सोने से पहले देर तक वह नसीम से चुहल करता रहा।

आसिफ़ तो एक उम्मीदभरी सुबह की आस लेकर सो गया। मगर रहमत और रुख़सत बी के लिए यह एक क़यामत वाली रात थी। देर तक दोनों इसी उधेड़बुन में उलझे रहे कि कैसे आसिफ़ को असलियत बताई जाए? आख़िर कब तक आसिफ़ से वे इस बात को छिपाकर रखेंगे। दोनों मियाँ-बीवी ने हालात के मद्देनज़र हारकर यही फ़ैसला लेना मुनासिब समझा कि आसिफ़ को सारी बात बता दी जाए।

"आसिफ़ मियाँ!"

इतनी रात गए अचानक कानों में अपने नाम की पुकार सुन आसिफ़ की नींद उचट गई। एक बार उसे लगा शायद यह उसका भ्रम है। मगर दूसरी बार उसके कानों में फिर से दबी ज़बान में उसका नाम गूँजा, तो वह हड़बड़ाकर खड़ा हो गया। आँख मलते हुए उसने देखा, तो पाया यह कोई भ्रम नहीं सच्चाई है। उसका ससुर रहमत वहाँ खड़ा है।

"अरे अब्बू आप, क्या हुआ? सब ठीक तो है?" आसिफ़ ने हैरानी से पूछा।

"कुछ नहीं। नींद नहीं आ रही थी, तो यहाँ चला आया।"

"आ जाएगी। आपको भी यह सोच-सोच कर हैरानी हो रही होगी कि जिस दामाद ने सालों तक उसकी बेटी की खोज-ख़बर नहीं ली, आज वह बिना बताए कहाँ से आ गया। इसीलिए नींद नहीं आ रही होगी। आप फ़िक्र न करें, इस बार मैं समीना को अपने साथ ही लेके जाऊँगा और बड़ी धूमधाम से लेके जाऊँगा। जाइए, आप बेफ़िक्र होकर सोइए!"

"वो बात तो ठीक है, पर हमसे एक बहुत बड़ा कुफ़्र हो गया।" हिम्मत कर रहमत ने बात शुरू करने का आधार बनाया।

"ऐसा क्या हो गया अब्बू, जिसे बताने आप इतनी रात को मेरे पास आए हैं। इसे तो सुबह भी बताया जा सकता है।"

"बात ही कुछ ऐसी है। आइए, मेरे साथ भीतर चलिए थोड़ी देर के लिए!"

रहमत ने आसिफ़ की तरफ़ से उठनेवाले सवाल का इन्तज़ार भी नहीं किया और वापस जाने के लिए मुड़ गया।

पीछे-पीछे आसिफ़ भी हो लिया। मगर यह क्या? उसका ससुर रहमत तो कह रहा था कि उसे नींद नहीं आ रही थी और यहाँ तो सारा घर जागा हुआ है! आसिफ़ का मन किसी अनहोनी की आशंका और डर से बैठने लगा। अचानक उसे रहमत की बात याद आ गई कि हमसे एक बहुत बड़ा कुफ़्र हो गया। आख़िर इनसे ऐसा क्या हो गया जिसे ये इतनी रात में यहाँ चुपचाप बताना चाहते हैं। आसिफ़ की धड़कनें एकाएक बढ़नी शुरू हो गईं।

रात के सन्नाटे में छायी एक उदास ख़ामोशी के बीच पहली बार रुख़सत बी की लरज़ती-सी आवाज़ निकली, "आसिफ़ बेटा, तूने निकाह के बाद साढ़े तीन साल में आज शकल दिखाई है।"

"हाँ अम्मी, यह मेरी ग़लती थी।" आसिफ़ ने अचकचाते हुए अपनी ग़लती स्वीकारते हुए कहा।

"पर बेटा, तेरी इस ग़लती ने हमें तो कहीं का ना छोड़ा।"

"अम्मी, साफ़-साफ़ बताओ बात क्या है?" एकाएक आसिफ़ के शब्द उखड़ने लगे।

"बात क्या, बेटा, यह बताओ जिस औरत के शौहर का कुछ अता-पता ना हो, ऐसे में उसके माँ-बाप क्या करेंगे? कब तलक उसका इन्तज़ार करेंगे?" इस बार रहमत बोला।

"म...मतलब क...कब तक इन्ज़ार करेंगे! क्या कहना चाहते हैं आप?" आसिफ़ का चेहरा धीरे-धीरे स्याह पड़ने लगा। अपने कानों में पड़ते रहमत के शब्द उसे शब्द नहीं, शीशे की पिघली गोलियाँ-सी लगने लगे।

"दुनिया और बिरादरी को हमें जवाब देना मुश्किल हो गया कि क्या बेटी को दो-चार दिन के मज़े के लिए भेजा था। ऐसे निकाह का क्या फ़ायदा जिसके बाद उसके शौहर ने उसकी तरफ़ देखना ही बन्द कर दिया।"

"यह बात आपकी ठीक है, पर वो बात बताओ जिसके लिए मुझे जगाकर यहाँ लाया गया है?" आसिफ़ के दिमाग़ की नसें तड़कने लगीं। साँसें तेज़-तेज़ चलने लगीं।

"क्या बताएँ बेटा, तेरी बाट देखते-देखते हमने समीना का दूसरा घर बसा दिया।"

रुख़सत बी के इतना कहते ही आसिफ़ की चीख़ निकल गई। आँखों के आगे जलते बल्ब के बावजूद अँधेरा छा गया। पूरा शरीर जैसे सुन्न पड़ गया। लगा उसकी जान ही निकल गई है। मुट्ठियाँ भिंचती चली गईं।

"अम्मी, यह आप लोगों ने क्या कर दियाऽऽऽ!" कहते-कहते आसिफ़ का जबड़ा खिंचता चला गया।

जिस समय आसपास के घरों में लोग गहरी नींद के आगोश में समाए हुए थे, उस समय रहमत के घर में कुहराम मच गया। एक ऐसा कुहराम जिसका दम घर की दीवारों के बीच घुटकर रह गया।

"आपने यह अच्छा नहीं किया। मैं अपनी समीना को ऐसे नहीं छोड़ूँगा। उसके लिए चाहे मुझे किसी भी अदालत में जाना पड़ जाए, जाऊँगा। शरई अदालत से लेकर सरकारी अदालत, जहाँ भी जाना होगा, जाऊँगा।"

आसिफ़ ने जैसे ही शरई अदालत का नाम लिया, रुख़सत बी को बड़ी मस्जिद के मौलवी की वह चेतावनी याद आ गई, जो उसने उन्हें चलते-चलते दी थी कि 'आपने अपनी बेटी के पहले शौहर के बिना तलाक़ दिए दूसरा निकाह करवा दिया, और ख़ुदा-न-ख़ास्ता दस, पन्द्रह, बीस साल बाद कभी वह लौट आया और उसने अपनी इस बीवी पर हक़ जमा दिया तो दुनिया की कोई ताक़त नहीं, जो उसे अपनी पहली बीवी को ले जाने से रोक दे। जो भी फ़ैसला लेना हो बहुत सोच-समझ कर लेना! वैसे भी हुज़ूर सल्लाहे-वलाहे-असल्लम ने फ़रमाया है कि लापता की बीवी उसकी बीवी है, जब तक उसका हाल मालूम न हो जाए।' रुख़सत बी ने दोनों हाथों से सिर पकड़ लिया।

आसिफ़ अपनी जगह से उठा और लड़खड़ाता-सा वापस आ गया। रातभर उसे नींद नहीं आई। वह बीच-बीच में उठता और पास रखे बक्से को धीरे से खोलता। एक-एक कर वह उन नए जोड़ों को निकालकर बड़ी मुलायमियत के साथ उन पर हाथ फेरता, जिन्हें वह बड़े शौक और चाव से समीना के लिए लाया था। जब-जब आसिफ़ इन जोड़ों को सहलाता, तब-तब उसे लगता मानो वह किसी लिबास पर नहीं, समीना की देह को सहला रहा है।

रहमत, रुख़सत बी, नसीम, आसिफ़ सब अपने-अपने भीतर चल रहे, अपने-अपने द्वंद्वों से पूरी रात जूझते रहे। आगे क्या होगा, रहमत और रुख़सत बी तो इसी फ़िक्र में रातभर एक-दूसरे का हाथ पकड़े बैठे रहे। रह-रह कर उनके कानों में बड़े मस्जिद के मौलवी की हिदायत, माफ़ करना उसका शाप खदबदाता रहा।

सुबह दूर मस्जिद से आती फ़ज्र की अज़ान सुनकर रहमत नमाज़ पढ़ने के लिए खड़ा हो गया। वह नमाज़ के लिए जा-नमाज़ लेने गया, मगर बिना जानमाज़ लिए वह तेज़ी से उलटे पाँव रुख़सत बी के पास आया और आते ही हाँफते हुए फुसफुसाकर बोला, "स...समीना की माँ, वो...वो आसिफ़..."

"क्या हुआ आसिफ़ को?" चीख़ निकलते-निकलते रह गई रुख़सत बी की।

"अपने बिस्तर पर नहीं है।"

"क्या! हाय अल्लाह! अब यह कौन-सा नया अजाप आ गया हमारे ऊपर!"

"लगता है चुपचाप चला गया है।" रहमत ने राहत की साँस लेते हुए कहा।

रुख़सत बी कुछ नहीं बोली। धीरे-से उठी और वज़ू करने चली गई। घर में

एक बार फिर ख़ामोशी छा गई। बाहर तेज़ी से आसमान में फैलते उजाले के बीच इस ख़ामोशी को या तो परिन्दे तोड़ते, या फिर आसपास के घरों की चहल-पहल। मगर इतना ज़रूर है कि यह ख़ामोशी, ख़ामोशी नहीं है बल्कि किसी आनेवाले प्रलय की आहट है जिसे महसूस तो रहमत से लेकर रुख़सत बी दोनों कर रहे हैं, पर वह अभी सुनाई इनमें से किसी को नहीं दे रही है।

20

पिछले तीन महीने में ऐसा पहली बार हुआ है जब मज़ार पर चादर चढ़वाने न तो रहमत आया है, न रुख़सत बी। पद्मा और मंगला दोनों देवरानी-जेठानी देर तक उनका इन्तज़ार करती रहीं कि उनमें से कोई तो आएगा। मगर जब दूर-दूर तक उनमें से किसी के आने के आसार नज़र नहीं आए, तब हारकर दोनों उनके घर चली आईं।

रुख़सत बी को जैसे ही पता चला कि पद्मा और मंगला उसके घर आई हैं, उसे एकाएक याद आया कि आज तो जुमेरात है। उसे जहाँ इस वक़्त मज़ार पर होना चाहिए, वह अपने आपमें उलझी हुई है। अपनी उलझनों में वह यह भी भूल गई कि आज मज़ार पर चादर भी चढ़वानी है। वह उसी समय यह कहते हुए उन दोनों के साथ चल पड़ी, "ठकुराइन, बस मैं आने ही वाली थी।"

मज़ार पर चादर चढ़ाने के दौरान पद्मा ने महसूस किया कि रुख़सत बी कुछ असहज है। लगता है जैसे कोई द्वंद्व उसे भीतर-ही-भीतर मथ रहा है। उसके हाथों में आज वह चपलता भी नहीं है, जो इससे पहले देखने को मिलती थी। एक बार तो अगरबत्ती जलाते हुए वह अपना हाथ ही झुलसा बैठी। बमुश्किल चादर चढ़ा पाई रुख़सत बी।

चादर चढ़ाने के बाद पद्मा पूछे बिना नहीं रह पाई, "बी, सब ठीक तो है?"

रुख़सत बी ने कोई जवाब नहीं दिया।

"जीजी, कुछ तो बात है जिसे बी बताना नहीं चाहती है। कहीं नए ससुराल में समीना को लेकर तो कोई परेशानी नहीं है?" मंगला ने रुख़सत बी को सुनाते हुए अपनी जेठानी से कहा।

"बी क्या बात है, बता तो सही?"

पद्मा ने ज़ोर डाला तो रुख़सत बी किसी भुरभुरी दीवार-सी भरभराकर बिखर गई। हिलकियाँ बँध गईं उसकी, "ठकुराइन, हमारी तो समीना के ही नसीब में पड़े हुए हैं सारे पत्थर। वही हो गया जिसका डर था। माटी मिले उस मौलवी की बात सही साबित हो गई।"

"बी, कहीं समीना का पहला पति तो नहीं आ गया?" पद्मा को अचानक जैसे याद आया।

"हाँ ठकुराइन। आते ही बोला कि समीना कहाँ है। मैंने पहले तो कह दिया कि वह अपनी फूफी के घर गई हुई है, पर पीछे सोचा कि इससे अच्छा है उसे कहीं और से पता चले, क्यों न हम ही बता दें।"

"और तुमने उसे बता दिया?"

"और क्या करते।"

"फिर क्या कहा उसने?"

"जैसे ही उसे पता चला कि हमने उसका दूसरा निकाह कर दिया है, वह धमकी देके गया है कि चाहे मुझे शरई अदालत से लेके सरकारी अदालत में जाना पड़ जाए, पर समीना को लेके रहूँगा।"

"कहा नहीं कि समीना की अगर इतनी चिन्ता होती तो आज शकल दिखाता।"

"सारी बात कह दी। बोला, मुझसे ग़लती हो गई।"

"अब क्या होगा?"

"यही सोच-सोच के हमारा ख़ून सूखा जा रहा है ठकुराइन, कि पता नहीं वह अब क्या करेगा।"

"जीजी, यह तो इनके लिए आगे कुआँ और पीछे खाई वाली बात हो गई।" मंगला रुख़सत बी की चिन्ता में शामिल होते हुए बोली।

"इनका तो पता नहीं कुछ होगा या नहीं, पर असली मरना समीना का हो गया। क्या बीतेगी उस पर जब उसे पता चलेगा कि पहलेवाला भी आ गया है।"

रुख़सत बी की निस्तेज आँखों से रह-रह कर आँसू बहते रहे।

"सब ठीक हो जाएगा बी। हिम्मत से काम ले! वैसे हो सके तो उससे एक बार मिल लो। तसल्ली से बात करो उससे!" रुख़सत बी को एक बेमानी तसल्ली दे पद्मा, मंगला को साथ लेकर चल दी।

जिस बात का डर था, वही हो गई।

हाँफते हुए नाज़िम ने आते ही रजिस्टर्ड डाक से आया एक लिफ़ाफ़ा रहमत के सामने लाकर पटक दिया, "मामा, वही बात हो गई, जिसका डर था!"

"क्या है यह?" रहमत ने लिफ़ाफ़े को उठा उसे उलट-पलट कर देखते हुए पूछा।

"है क्या, पढ़कर देखो!"

"मियाँ, अगर मुझे पढ़ना-लिखना आता तो मैं तुझसे ही पूछता।"

"शामली की ज़िला अदालत के किसी अनवर अंसारी वकील ने भेजा है।"

"वकील ने भेजा है? क्या लिखा है इसमें?"

नाज़िम लिफ़ाफ़ा खोल उसमें रखे काग़ज़ के पुर्ज़े को निकाल जैसे-जैसे उस पर हिन्दी में लिखे मज़मून को पढ़ता गया, वैसे-वैसे रहमत ही नहीं तब तक आ चुकी रुख़सत बी का ख़ून निचुड़ने लगा।

"वकील ने आख़िर में यह भी लिखा है कि अगर पन्द्रह दिन के अन्दर इसका जवाब नहीं मिला, तो मेरा मुवक्किल आसिफ़ अदालती कार्रवाई के लिए आज़ाद है।" इतना कह नाज़िम ने मय पुर्ज़ा लिफ़ाफ़े में डाला और वापस रहमत को यह कहते हुए थमा दिया, "बताओ मैं अब क्या करूँ?"

वकील द्वारा भिजवाया गया लिफ़ाफ़ा देर तक रहमत के हाथों में झूलता रहा। जब तक वह झूलता रहा, रहमत और रुख़सत बी उसे एकटक देखते रहे।

"बेटा, इस चिट्ठी के बारे में समीना को तो नहीं बताया है?" रुख़सत बी ने घबराते हुए पूछा।

"ना, उसे तो इसका इल्म भी नहीं है कि ऐसी कोई चिट्ठी आई है।"

"अल्लाह मियाँ का शुक्र है जो उसे पता नहीं चला। अच्छा सुनो, मेरी मानो तो तुम दोनों मामा-भानजा इस वकील से एक बार जाकर मिल लो!" रुख़सत बी ने काँपती आवाज़ में रहमत से कहा।

"यह बात सही है। अगर कोई रास्ता है तो उसे यही बता सकता है। हम कल ही ज़िला अदालत चले जाते हैं।"

नोटिस पर लिखे पते को ढूँढ़ने में रहमत और नाज़िम को कोई परेशानी नहीं हुई।

"जनाब, मैं भीतर आ जाऊँ?" रहमत ने सहमते हुए इजाज़त लेते हुए पूछा।

"हाँ आइए!"

"जनाब, आपने यह चिट्ठी भिजवाई है!" जाते ही रहमत ने लिफ़ाफ़े को मेज़ के दूसरी ओर बैठे आदमी की तरफ़ बढ़ा दिया।

'जनाब' ने रहमत द्वारा दिए गए लिफ़ाफ़े से काग़ज़ का पुर्ज़ा निकाल, उस पर एक सरसरी नज़र मारी। नज़र मारने के बाद 'जनाब' ने पहले दूसरी तरफ़ खड़े रहमत और नाज़िम को ग़ौर से देखा, और फिर अपने सामने कुर्सियों पर बैठने के लिए कह दिया।

"हाँ, यह मैंने ही अपने मुवक्किल आसिफ़ की तरफ़ से नाज़िम और आपको भेजी है।"

"पर मुझे तो अभी तलक मिली नहीं है।" रहमत की आवाज़ लरज़ने लगी।

"मिली नहीं है तो एकाध दिन में मिल जाएगी।" इसके बाद उसने एक फ़ाइल

में डूबे किशोर से कहा, "इक़बाल, वह आदमी कहाँ है जो थोड़ी देर पहले यहाँ बैठा था? कहीं चाय-वाय पीने गया होगा, ज़रा उसे ढूँढ़कर ला!"

इस बीच रहमत और नाज़िम जान गए कि यही 'जनाब' वकील अनवर अंसारी है। इक़बाल के जाने के बाद चैम्बर में रहमत, नाज़िम और वकील रह गए।

"आप?" वकील ने नाज़िम को ध्यान से देखते हुए पूछा।

"जनाब, यही नाज़िम है। इसी के साथ मेरी बेटी समीना का निकाह हुआ है।"

"अच्छा तो आप हैं।" इसके बाद वकील अनवर अंसारी रहमत की तरफ़ पलटा, "मियाँ, यह मसला क्या है?"

रहमत ने तफ़सील से सारा क़िस्सा वकील को बता दिया।

"मगर आसिफ़ ने असली बात तो बताई नहीं।"

"वकील साब, अब आप ही बताओ कि ऐसे में एक माँ-बाप क्या करते? जिस आदमी की न मरने की ख़बर है, न जीने की वह एक दिन आके कह रहा है कि मेरी बीवी कहाँ है।" जनाब से उतरकर वकील पर आ गए रहमत की साँसें चढ़ने लगीं।

"यह बात तो आपकी सही है मगर क़ानून तो इस बात को नहीं मानेगा। हमारी शरीयत में तो चलो औरत को चार साल तक इन्तज़ार करने का हुक़्म दिया गया है। मगर सरकारी क़ानून के एविडेंस ऐक्ट के मुताबिक़ तो उसे सात साल तक इन्तज़ार करने के लिए हिदायत दी गई है। बिना तलाक़ बेटी का दूसरा निकाह कर आपने सचमुच बहुत बड़ा गुनाह किया है। अब अगर आसिफ़ आपसे बिना तलाक़ दिए अपनी बीवी माँग रहा है, तो उसकी यह माँग जायज़ ही नहीं क़ानूनन भी सही है।"

"पर वकील साब तलाक़ की बात तो तब हो जब अगले ने दिया हो।"

"फिर तो और भी मुश्किल है रहमत मियाँ। सरकारी क़ानून ही नहीं हमारी शरई अदालत भी इस बात को नहीं मानेगी। यह तो शुक्र मनाइए कि सुप्रीम कोर्ट ने दफ़ा 497 को ख़त्म कर दिया। वह होती तो एडल्ट्री मेरा मतलब है ज़िनाह के जुर्म में आसिफ़ इस नाज़िम को जेल भिजवा सकता था। इसे ही एडल्ट्री यानी ज़िनाह कहा जाता था। वही एडल्ट्री जिसमें दफ़ा 497 के तहत किसी दूसरे की बीवी से सम्बन्ध बनाने के जुर्म में आपके इस दामाद को पाँच साल तक की क़ैद या जुर्माना ही नहीं, बल्कि दोनों भी भुगतने पड़ सकते थे।" वकील ने रहमत को सुनाते हुए परोक्ष रूप से नाज़िम को चेतावनी देते हुए कहा।

"ऐ...ऐसे कैसे हो सकता है वकील साब?" अपना नाम आते ही नाज़िम की ज़बान लड़खड़ाने लगी।

"इसलिए नाज़िम मियाँ कि इस धारा के मुताबिक़ जो भी मर्द किसी ऐसी औरत के साथ जिस्मानी सम्बन्ध बनाता था, जिसके बारे में वह जानता था या उसके पास यह मानने की वजह थी कि वह किसी दूसरे मर्द की बीवी है, बिना उसके शौहर की रज़ामन्दी या किसी नाराज़गी के चलते उसके साथ सम्बन्ध बनाता था,

तो वह बलात्कार की कैटेगरी में नहीं आता था बल्कि वह ज़िनाह का गुनहगार भी होता था।" वकील अनवर अंसारी ने अपने सामने बैठे नाज़िम की आँखों में अपनी आँखें धँसाते हुए कहा।

"मगर वकील साब, मैंने समीना की रज़ामन्दी से बाक़ायदा उससे निकाह किया है। मेरी बीवी है वह और अपनी बीवी के साथ...?"

"बीवी है आपकी! आपके पास उसके पहले शौहर का तलाक़नामा है? मियाँ नाज़िम, क़ानूनन समीना आज भी आसिफ़ की बीवी है। हाँ, अगर आसिफ़ सात साल बाद आता तो समीना पर आपका हक़ होता। जहाँ तक क़ानून का सवाल है तो कान खोलकर सुन लो आप दोनों। मुस्लिम विवाह विच्छेद अधिनियम 1939 की धारा 2 (VII) के अलावा, किसी भी हालत में मुस्लिम विवाह रद्द नहीं किया जा सकता। कोई भी बीवी अकेले एकतरफ़ा तलाक़ का फ़ैसला नहीं ले सकती। इसके लिए अदालत का फ़ैसला ज़रूरी है। अदालत से तलाक़ का फ़ैसला लिए बिना दूसरा निकाह जुर्म है।" वकील ने नाज़िम की बात काटते हुए तर्क दिया।

वकील की इस दलील पर नाज़िम के चेहरे पर हवाइयाँ उड़ने लगीं। फिर भी हिम्मत जुटाते हुए बोला, "यह तो क़ानून की मनमरज़ी हो गई वकील साब। इसमें एक औरत की मरज़ी या नामरज़ी का कोई मतलब ही नहीं रह गया। सब मर्द के अख़्तियार हो गया। औरत, औरत ना रहके जैसे अपने शौहर की जायदाद हो गई।"

"नाज़िम मियाँ, यहाँ औरत के शौहर की जायदाद का मामला नहीं है। यहाँ मामला है हालात से पैदा हुई दुश्वारियों का। औरत की जिस मरज़ी की बात आप कर रहे हैं, उसे सुप्रीम कोर्ट ख़त्म कर चुका है। वैसेऽऽऽ दफ़ा 497 के ख़त्म होने से आप जैसे मर्दों के मज़े आ गए।"

"वकील साब, इसमें मज़े की क्या बात है? समीना से निकाह हुआ है मेरा। बीवी है वह मेरी। मैं उसके साथ चाहे..."

"यही तो कहने की कोशिश कर रहा हूँ मियाँ कि पहले जहाँ कोई औरत अपने शौहर की रज़ामन्दी के बिना, किसी ग़ैर-मर्द के साथ हमबिस्तर होने की हिमाक़त करती थी, और इस बात का पता उसके शौहर को लग जाता था, तो उस ग़ैर-मर्द को इस दफ़ा के तहत सीधे पाँच साल की सज़ा होती थी। मगर सुप्रीम कोर्ट ने यह कहकर इसको ही ख़त्म कर दिया कि ज़िनाह अपने आपमें कोई जुर्म नहीं है, क्योंकि औरत मर्द की जायदाद नहीं है। दफ़ा 497 औरत की आज़ादी को ख़त्म करती है। हाँ, शौहर चाहे तो इस बिना पर बीवी से तलाक़ ले सकता है अगर उसे यह पता चल जाए कि उसके ग़ैर-मर्द से जिस्मानी ताल्लुक़ हैं। इसका सीधा-सीधा मतलब यह है कि अब औरत अपने शौहर के अलावा किसी ग़ैर-मर्द के साथ अपनी मरज़ी से हमबिस्तर हो सकती है। बहरहाल, मेरा काम आपको समझाना था, बाक़ी आपकी मरज़ी।" वकील अनवर अंसारी ने नाज़िम को घेरते हुए कहा।

"फि...फिर वकील साब हम क्या करें?" रहमत की आवाज़ बैठने लगी।

"आपको क्या करना है। अब तो जो करना है आसिफ़ को करना है। अगर इस मामले को वह कोर्ट में ले जाता है, तो क़ानूनन अदालत आसिफ़ के हक़ में ही फ़ैसला देगी। क्योंकि वह सात साल से पहले लौट आया है।"

"वकील साब, समीना की ज़िन्दगी का वास्ता देकर आप ही आसिफ़ को समझाओ न कि, वह इस अदालत-वदालत के चक्कर में न पड़े!" रहमत के काँपते हाथ आपस में जुड़ते चले गए।

"मुझे नहीं लगता आसिफ़ मानेगा। वह तो किसी भी हद तक जाने को तैयार है।"

"चलो थोड़ी देर के लिए नाज़िम मान जाता है, पर समीना आसिफ़ के पास वापस जाने को राज़ी नहीं हुई तब?"

"राज़ी नहीं हुई तो तैयार रहे कोर्ट-कचहरी में धक्के खाने के लिए। थोड़ी देर के लिए मान लीजिए रहमत, कि आपका पहला दामाद आसिफ़ मुक़दमा जीत जाता है, तब समीना क्या करेगी? देखिए, आसिफ़ अपनी बीवी को हासिल करना चाहता है, तो यह उसका हक़ है। यहाँ तक कि अगर आज की तारीख़ में आसिफ़ समीना को जबरन उठाकर ले जाए, तब भी 366 के तहत यह किडनैपिंग का जुर्म नहीं माना जाएगा। मुझे याद पड़ता है मध्य प्रदेश हाई कोर्ट का पीर मोहम्मद कुकाजी बनाम राज्य सरकार का एक मामला। इस मामले में भी लड़की का दूसरा निकाह बिना तलाक़ लिए कर दिया गया था। बाद में एक दिन पहला शौहर अपनी बीवी को ज़बरदस्ती उठाकर ले गया। तो साब, जब उठाकर ले गया तो पुलिस ने उसे दफ़ा 366 के तहत गिरफ़्तार कर उस पर मुक़दमा ठोंक दिया। मामला जब हाई कोर्ट में गया तो कोर्ट ने अपने फ़ैसले में कहा, चूँकि औरत ने अपने पहले शौहर से तलाक़ नहीं लिया है, इसलिए वह क़ानूनन पहले शौहर की बीवी है और अपनी ही बीवी को ले जाना इस सेक्शन के तहत कोई जुर्म नहीं है। इसलिए अब वही रास्ता बचा है, जो मैंने बताया है। अच्छा है आपस में मिलकर इस मसले को सुलझा लो!" वकील अनवर अंसारी इसके बाद नाज़िम की तरफ़ झुका और एक कुटिल मुस्कान बिखेरते हुए बोला, "नाज़िम मियाँ, समीना के संग बहुत मज़े ले लिए। अब भलाई इसी में है कि जिसकी बीवी है उसे उसके हवाले कर दो!...लो आसिफ़ भी आ गया" सामने से इक़बाल के साथ आसिफ़ को आता देख वकील अनवर अंसारी ने अपनी बात बीच में रोक दी।

रहमत को चैम्बर में बैठा देख आसिफ़ को जैसे यक़ीन नहीं हुआ कि वकील के नोटिस का इतनी जल्दी असर हो जाएगा।

"अस्सलामअलैकुम अब्बू!"

रहमत ने आसिफ़ के अस्सलामअलैकुम का कोई जवाब नहीं दिया।

"आसिफ़ मियाँ, आपने मुझे असली बात तो बताई नहीं।" आते ही वकील ने आसिफ़ से कहा।

आसिफ़ समझ गया कि उसके वकील को असलियत का पता लग चुका है। इसलिए तुरन्त अपनी ग़लती स्वीकारते हुए बोला, "हाँ वकील साब, यह ग़लती मुझसे हो गई थी।"

"कमाल है! ग़लती करो आप और उसकी सज़ा भुगतनी पड़े किसी और को। मेरी मानो तो आप इस मसले को यहीं ख़त्म करो और समीना को उसके इस दूसरे शौहर के साथ नई ज़िन्दगी जीने दो।" वकील ने आसिफ़ को टटोलते हुए कहा।

"वकील साब, कैसे ख़त्म कर दूँ। निकाह हुआ है मेरा समीना के साथ। मैंने उसे कोई तलाक़ दिया है जो मसले को ख़त्म कर दूँ? और फिर यही बात उसके दूसरे शौहर से भी तो कही जा सकती है।" आसिफ़ तमतमाते हुए बोला।

"अरे हाँ आसिफ़ मियाँ, मैं आपसे इनका तआरुफ़ कराना तो भूल ही गया। ये नाज़िम मियाँ हैं, समीना के दूसरे शौहर!" वकील अनवर अंसारी ने अपने मुवक्किल से नाज़िम का परिचय कराते हुए कहा।

आसिफ़ ने नाज़िम को ऊपर से नीचे तक ऐसे देखा मानो वह उसकी ताक़त को तौल रहा है।

"रहमत मियाँ, मैंने तो आपसे पहले ही कहा था कि आसिफ़ माननेवाला नहीं है।" वकील अनवर अंसारी ने बेहद मुलायमियत के साथ कहा।

रहमत ने जवाब में कुछ नहीं कहा। बस, दाढ़ी को धीरे-धीरे सहलाता रहा।

"ठीक है वकील साब, जब कुदरत को यही मंजूर है तो यही सही।"

इतना कहकर रहमत जाने के लिए खड़ा हो गया और जाने लगा, तो पीछे से आसिफ़ ने उसे धीरे-से टोका, "अब्बू , एक मिनट! मुझे आपसे अकेले में कुछ बात करनी है!"

रहमत जाते-जाते रुक गया।

"वकील साब, आप भी आइए!" आसिफ़ ने रहमत और अपने वकील से गुज़ारिश की।

वकील अनवर अंसारी, रहमत और आसिफ़ चैम्बर से निकल एक तरफ़ चले गए।

"अब्बू, मेरी एक छोटी-सी गुज़ारिश है! बस, ए...एक बार समीना से मेरी मुलाक़ात करवा दीजिए!"

आसिफ़ की इस गुज़ारिश पर जिस तरह रहमत ने उसे देखा, आसिफ़ सहम गया। नज़रें झुकती चली गईं उसकी।

"क्या कहा, समीना से मुलाक़ात करवा दूँ! एक तरफ़ तुम हमें कोर्ट-कचहरी में खींचते घूम रहे हो, और दूसरी तरफ़ समीना से मिलने की बात कर रहे हो!"

"रहमत जी, आसिफ़ कह रहा है, तो उसे उससे एक बार मिलवा ही दो!"

"वकील साब, आप भी कैसी बात कर रहे हो!"

"इसमें बुराई क्या है? क़ानूनन वह अब भी इसकी बीवी है और फिर बाद में, कोर्ट में भी तो आमना-सामना होगा इन दोनों का। तब क्या करोगे? मेरी नज़र में समीना का आसिफ़ से मिलना न तो कोई गुनाह है, न ही इसमें कोई हर्ज़ है।"

रहमत से तुरन्त कुछ भी जवाब देते नहीं बना। कुछ पल सोचने के बाद वह जाते-जाते बोला, "आप सही कह रहे हैं वकील साब। मैं कोशिश करता हूँ। जैसे ही मिलवाने का कोई मीज़ान बनता है, मैं आसिफ़ को इत्तला कर दूँगा।"

रुख़सत बी ने जैसे ही आसिफ़ और समीना के मिलनेवाली बात सुनी, उसके जिस्म पर असंख्य चींटियाँ रेंगने लगीं।

"अ...आप यह कैसा वादा कर आए? आपको पता है, आप यह क्या करने जा रहे हैं?" रुख़सत बी ने पति को डाँटते हुए कहा।

"फिर बता मैं क्या करता? पता है क़ानूनन समीना अब भी आसिफ़ की बीवी है। वकील ने भी यही सलाह दी है कि आसिफ़ से समीना को मिलवाने में कोई हर्ज़ नहीं है।"

क़ानून का हवाला सुन रुख़सत बी यह कहते हुए चुप हो गई, "ऐ मेरे मालिक, अब यह क्या नई मुसीबत आ गई। मैं कैसे समीना से कहूँगी कि वह अपने पहले शौहर से मिल ले।"

"ऐसा करता हूँ, ईद पर उसे लेने जाऊँगा तो किसी बहाने उसे रास्ते में मिलवा दूँगा। वैसे बेगमपुर के एक ढाबे पर सवारियों को खाना खिलवाने के लिए तक़रीबन आधा घंटा बस रुकती है। मेरे हिसाब से यह जगह ठीक रहेगी।"

"सोच लो। कहीं ऐसा न हो कि नाज़िम को पता चल जाए और हमें लेने के देने पड़ जाएँ। बड़ी सावधानी बरतनी पड़ेगी।"

"आसिफ़ को कोर्ट-कचहरी से रोकने के लिए यह ख़तरा तो उठाना ही पड़ेगा। चल अब सो जा, बहुत रात हो गई है।" रहमत ने इतना कहा और करवट ले ली।

दिनभर की थकान के चलते रहमत का पूरा जिस्म खपच्ची-सा ऐंठ गया। रहमत तो गहरी नींद के आगोश में समा गया, मगर रुख़सत बी देर तक अच्छी-बुरी कल्पनाओं से जूझती रही। इन कल्पनाओं के चलते उसे यह भी पता नहीं चला कि रात का कौन-सा पहर चल रहा है।

21

बड़े मनौअल के बाद मीनू की शादी के बाद पहली बार उसके ससुर और पुरुषोत्तम के समधी ब्रजनन्दन ठाकुर अपने समधियाने आए हैं। अगले दिन सुबह का नाश्ता सज्जन सिंह के घर रखा गया। सज्जन सिंह और पद्मा ने नाश्ते-पानी में किसी तरह की कोताही नहीं बरती। नाश्ता समाप्त होने के बाद पद्मा ने जब देखा कि माहौल काफ़ी ख़ुशनुमा है, उसने सज्जन सिंह को इशारे से बुलाया।

"सुनो, एक बार वकील समधी जी से रहमत की लड़की के बारे में बात करके देखो न? इतने बड़े वकील हैं क्या पता ये ही कोई रास्ता बता दें! बेचारे बहुत दुखी हैं।" पद्मा ने पति से गुहार लगाते हुए कहा।

"ठीक है, बात करके देखता हूँ।" पत्नी को आश्वासन दे सज्जन सिंह वापस बैठक में आ गया। कुछ पल के बाद सज्जन सिंह ने चर्चा छेड़ दी, "वकील साब, हमारे यहाँ एक गरीब फकीर है। बेचारे मजार के सहारे जैसे-तैसे गुजारा कर रहे हैं। वो क्या है कि आपकी समधिनें मजार पर चादर चढ़ाने जाती हैं, तो वहीं इन्हें पता चला कि उसकी किसी लड़की का कोई केस फँसा हुआ है।"

"केस क्या है?" ब्रजनन्दन ठाकुर ने दिलचस्पी लेते हुए पूछा।

"वो तो सदा की माँ को ही पता है। मैं अभी बुलाता हूँ।"

पद्मा जैसे इसी का इन्तज़ार कर रही थी। सज्जन सिंह के बुलाने पर वह तुरन्त आ गई। उसने जितना सुना और देखा उसी के आधार पर सारी बात वकील ब्रजनन्दन ठाकुर को बता दी।

"वैसे घर ज्यादा दूर नहीं है। आप कहें तो दोनों मियाँ-बीवी को यहीं बुलवा लूँ?"

"बुलवाने की ज़रूरत नहीं है। दूर नहीं है तो मैं ही वहाँ चल देता हूँ।"

"इसकी तो कोई होड़ ही नहीं है अगर आप उनके घर चल दें।" सज्जन सिंह ने ख़ुश होते हुए कहा।

बिना किसी पूर्व सूचना और योजना के सज्जन सिंह अपने वकील समधी को साथ ले जैसे ही रहमत के घर पहुँचा, वहाँ हड़कंप मच गया। रुख़सत बी की समझ में नहीं आ रहा है कि वह क्या करे। दोनों मियाँ-बीवी को परेशान होता देख ब्रजनन्दन ठाकुर बोले, "समधी जी, इनसे कहिए ज़्यादा परेशान न हों।"

"रहमत, परेशान होने की ज़रूरत नहीं।"

सज्जन सिंह के इतना कहते ही रहमत ने आँगन में चारपाई बिछा दी।

"रहमत, ये हमारे नएवाले समधी जी हैं। बहुत बड़े वकील हैं। आपकी लड़की का क्या मामला है जरा इन्हें भी बताना!" सज्जन सिंह बिना समय गँवाए मुद्दे पर आ गया।

रहमत और रुख़सत बी ने विस्तार से सारा मामला बता दिया। पूरी बात सुनने के बाद वकील ब्रजनन्दन ठाकुर देर तक विचार करता रहा। जब तक

ख़ामोशी के साथ विचार मंथन चलता रहा, रहमत और रुख़सत बी दोनों की साँसें अटकी-अटकी रहीं।

''दरअसल है क्या कि मुस्लिम विवाह विच्छेद अधिनियम, 1939 की धारा 2 (VII) में कहा गया है कि अगर लड़की का निकाह उसके माँ-बाप ने 15 साल से पहले कर दिया है, तो 15 साल की होने के बाद, मगर 18 साल यानी बालिग़ होने से पहले वह ऐसी शादी को मानने से मना कर सकती है, और इस आधार पर वह कोर्ट में पिटीशन दायर करके तलाक़ ले सकती है। अब मुझे यह नहीं पता कि आपने अपनी लड़की का उस समय निकाह कितनी उम्र में किया होगा, और इस वक़्त उसकी क्या उम्र होगी।"

ब्रजनन्दन ठाकुर की बात को सुन रहमत और रुख़सत बी की समझ में सिर्फ़ आख़िरी बात समझ में आई।

"ठाकुर साब, अब तो उसकी उमर उन्नीस बरस के क़रीब होगी। पहला निकाह, अब आप गिन लो पन्द्रह बरस के आसपास हुआ होगा क्योंकि निकाह के बाद पिछले कई सालों के बाद अगला अब पलटकर आया है।" रहमत के पास जैसी भी कच्ची-पक्की जानकारी थी, अनुमान से बता दिया।

इतना सुन वकील ब्रजनन्दन ठाकुर ने पहले गहरी साँस ली और फिर पेशानी पर अँगुलियाँ फेरते हुए बोला, "फिर तो मुश्किल है क्योंकि अगर लड़की की उम्र दूसरे निकाह के वक़्त अठारह साल से कम होती, तो कुछ मामला बन जाता और उसे तलाक़ मिल जाता। अब आप बता रहे हैं कि वह उन्नीस साल के आसपास की है और उसका निकाह पन्द्रह के आसपास यानी थोड़ी देर के लिए मान लें पन्द्रह के बाद हुआ है, तब तो और भी मुश्किल है। क़ानूनन अगर इसका निकाह पन्द्रह साल के बाद हुआ है, तो इस आधार पर तलाक़ भी नहीं ले सकती।"

सज्जन सिंह के वकील समधी के इतना कहते ही रुख़सत बी खच्च से ज़मीन पर बैठ गई।

"मुझे याद है केरल के सी. मोइन बनाम नफ़ीसा के मुक़दमे में एविडेंस ऐक्ट का हवाला देते हुए जज ख़ालिद फ़ैसला दे चुके हैं कि कोई भी बीवी अकेले इस तरह एकतरफ़ा फ़ैसला नहीं ले सकती। हाँ, अगर पहले शौहर ने तलाक़ दे दिया होता, तब अलग बात है। आप वाले मामले की तरह नफ़ीसा ने पहले शौहर से बिना तलाक़ लिए दूसरा निकाह कर लिया था। जिसके ख़िलाफ़ पहले शौहर ने आईपीसी की धारा 494 के तहत मुक़दमा दायर कर दिया था। वैसे, जहाँ तक मैं जानता हूँ आपके शरई क़ानून के मुताबिक़ शौहर के ग़ायब होने पर बीवी को चार साल तक तो इन्तज़ार करना ही पड़ता है। जबकि सरकारी क़ानून के मुताबिक़ बीवी को सात साल तक इन्तज़ार करना होता है। मगर यहाँ आपकी बातों से ऐसा लग रहा है कि इसका पहला शौहर चार साल से पहले ही आ गया है।"

"फिर अब हम क्या करें वकील साब?" रहमत ने कातरता से पूछा।

"बस, किसी तरह इसके दूसरे शौहर को मना लो और अगर वह नहीं माने, तो पहले वाले को मनाने की कोशिश करो। वैसे वकील होने के नाते मेरी एक सलाह है कि कोर्ट-कचहरी में लुटने से अच्छा है अपने किसी मुफ़्ती से सलाह-मशविरा करके मामले को निपटा लो। क़ानूनी पचड़े में पड़ने की तो मैं आपको बिलकुल भी सलाह नहीं दूँगा। मुझे पता है कोर्ट-कचहरी में धक्के खाने के बाद रिजल्ट वही निकलना है, जो मैं बता रहा हूँ।"

"बी, हमारे वकील समधी साहब सही सलाह दे रहे हैं।" पद्मा ने रुख़सत बी को समझाते हुए कहा।

"आप सही कह रही हैं ठकुराइन।" रुख़सत बी निराशा के साथ बोली।

"समधी जी चलें?" सज्जन सिंह ने ब्रजनन्दन ठाकुर से वापस चलने के लिए आग्रह किया।

"ठाकुर साब, आपने ठंडा-गरम तो कुछ लिया ही नहीं।" रहमत ने औपचारिकता निभाते हुए कहा।

"सब आपका ही लेते हैं रहमत।" हँसते हुए सज्जन सिंह बोला।

"मैं तो ऐसे ही कह रहा हूँ। वैसे भी आप ठाकुर लोग हम मुसलमानों का कहाँ खाते हैं।" अनजाने में रहमत समाज की एक कड़वी सच्चाई कह गया।

"ऐसी कोई बात नहीं है। आप लोग पहले ही बहुत परेशान हैं। अगली बार आऊँगा तो ज़रूर लूँगा। अच्छा आदाब!" ब्रजनन्दन ठाकुर ने विदा लेते हुए कहा।

"ठाकुर साब, आपकी बड़ी मेहरबानी जो इस ग़रीब फ़क़ीर के घर तक चलकर आए।"

जैसा-सा रीता बर्तन रहमत और रुख़सत बी के घर पहले था। वैसा ही एक अनुभवी वकील के आने के बाद रहा। रहमत और रुख़सत बी दोनों देर तक मानो किसी निर्जन रेगिस्तान में भाँय-भाँय करते सन्नाटे में निस्पृह से खड़े रहे। झुलसती रेत की सतह पर काँपती मरीचिका में दूर तलक जहाँ तक उनकी नज़र जाती, बस उन्हें एक धुँधला-सा काँपता साया दिखाई देता। कभी-कभी उन्हें लगता जैसे यह साया समीना का है, और इस सन्नाटे की यह भाँय-भाँय किसी मरुस्थल की नहीं उनकी अपनी समीना की है।

घर आने के बाद न जाने किस प्रसंग के चलते विष्णु की चर्चा शुरू हो गई। इसी दौरान सज्जन सिंह ने ब्रजनन्दन ठाकुर से यूँ ही पूछ लिया, "वकील साब, अपना बल्लू सदानन्द की तरह ऐसे ही जेल में पड़ा रहेगा?"

"समधी जी, कोर्ट ने जो फ़ैसला दिया उससे तो यही लग रहा है। वैसे आपके साले साहब और सलहज के कई फोन आ चुके हैं कि कुछ भी करो वकील साब, हमारा

बच्चा आपको बरी कराना है। एक बार तो मैंने टालने के लिए यहाँ तक कह दिया कि इसमें कम-से-कम दस लाख का खर्चा आएगा। वे इसके लिए भी तैयार हो गए हैं।"

"तो क्या बल्लू बच जाएगा?" सज्जन सिंह ने हैरानी से पूछा।

"अभी कुछ भी कहना मुश्किल है। लोअर कोर्ट के इस फ़ैसले के ख़िलाफ़ सेशन कोर्ट में अपील लगानी पड़ेगी। वैसे समधी जी, जब एक क्लाइंट वकील को मुँहमाँगी रक़म देने को तैयार है, तो ना करने का उसके पास कोई रास्ता नहीं बचता है। वापस लौटने पर केस को ध्यान से देखूँगा। अगर बचने की कोई उम्मीद होगी, तभी पूरी तरह हाँ करूँगा।" एक अनुभवी और पेशेवर वकील की भाषा बोलते हुए बोला ब्रजनन्दन ठाकुर।

जब ब्रजनन्दन ठाकुर यह सब कह रहा था, तब सज्जन सिंह का मन अन्दर-ही-अन्दर न जाने क्यों इस बात की गवाही दे रहा था कि इस बार भी इस आदमख़ोर बलविन्दर उर्फ़ बल्लू को उनका यह वकील समधी ज़रूर बरी करा देगा।

वकील ब्रजनन्दन ठाकुर ने पूरे केस को बड़े ध्यान से देखा। देखने के बाद देर तक उसके, विष्णु और चंचला के बीच सन्नाटा छाया रहा। इस सन्नाटे का कुहासा वकील ब्रजनन्दन ठाकुर के इस सवाल से छँटा, "विष्णु जी, वैसे इस लड़की की उम्र कितनी होगी?"

"मेरे ख्याल से यही होगी पन्द्रह-सोलह साल की।" विष्णु ने अनुमान लगाते हुए बताया।

"औऽऽऽर उनका यह चक्कर कितने दिनों से चल रहा था?"

"यह तो हमें पता नहीं है समधी जी पर आपस में वे एक-दूसरे को बहुत दिनों से जानते थे। सुना है छिप-छिप के भी मिलते थे। मैंने अपने बल्लू को कित्ती बार डाँटा भी कि तू इस लौंडिया से मत मिला कर, पर मेरी सुनी हो तब न।" चंचला ने सफ़ाई देते हुए संक्षेप में बता दिया।

"इसका मतलब यह हुआ कि इस मुक़दमे की असली कुंजी रूबीना के बयानों में है। ठीक है, मैं पूरी कोशिश करता हूँ बाक़ी आपके और आपके बेटे के भाग।" इतना कह वकील ब्रजनन्दन ठाकुर ने पुराने वकील से ली गई फ़ाइल एक तरफ़ यह कहते हुए रख दी, "आप बेफ़िक्र होकर घर जाइए! बस, एक बार अपील तैयार करने से पहले मुझे बलविन्दर से मिलना होगा।" वकील ब्रजनन्दन ठाकुर उन दोनों को आश्वासन देते हुए बोला।

सेशन कोर्ट में आदमख़ोर बलविन्दर उर्फ़ बल्लू की तरफ़ से ब्रजनन्दन ठाकुर द्वारा अपील दायर करने के बाद, तय तारीख़ पर सुनवाई के लिए सब कोर्ट में पहुँच गए।

माननीय जज ने मामले को पूरी बारीक़ी से देखा और देखने के बाद सवालिया नज़रों से सज़ायाफ़्ता मुज़रिम बलविन्दर उर्फ़ बल्लू के वकील की तरफ़ देखा।

"जज साब, जैसा कि मेरे मुवक्किल बलविन्दर को आईपीसी की धारा 366 और 365 के तहत दस साल की सज़ा सुनाई गई है। अगर आपकी इजाज़त हो तो मैं इस मुक़दमे की अहम् कड़ी और विक्टिम रूबीना से कुछ सवाल करना चाहता हूँ!"

जज की तरफ़ से स्वीकृति मिलने के बाद ब्रजनन्दन ठाकुर धीरे-से रूबीना की तरफ़ पलटा, "रूबीना जी, बलविन्दर के साथ भागने से पहले आप उसे कितने दिनों से जानती थीं?"

"जनाब, यह नहीं भागी थी बल्कि वह इसे भगाकर ले गया था।" सरकारी वकील ने प्रतिवाद किया।

"चलिए, वकील साब आपकी बात मान लेते हैं।" इतना कह ब्रजनन्दन ठाकुर पुन: रूबीना की तरफ़ मुड़ा, "आपने बताया नहीं, आप, मेरा मतलब है आप दोनों एक-दूसरे को कितने दिनों से जानते थे?"

"बहुत दिनों से।" रूबीना ने धीरे-से उत्तर दिया।

"फिर तो बलविन्दर के साथ आपके अच्छे दोस्ताना सम्बन्ध रहे होंगे?"

"हाँ।"

"सुना है आप उसके साथ जमुना के किनारे, होटल-रेस्टोरेंट और, और भी कई जगह घूमती रही हैं।"

रूबीना ने कोई जवाब नहीं दिया।

"अच्छा, भगानेवाले दिन आप बलविन्दर से गोरखनाथ आश्रम पर मिली थी और वहाँ से तुम दोनों बलरामपुर की गाड़ी पकड़ने के लिए रेलवे स्टेशन गए थे? गए थे कि नहीं?"

जिस तरह ब्रजनन्दन ठाकुर ने रूबीना की आँखों में देखते हुए ज़ोर देकर पूछा, रूबीना ने अकबकाते हुए स्वीकृति में सिर हिला दिया।

"...और गाड़ी में तुम दोनों ने पूरे एक दिन और एक रात सफ़र भी किया था? बलरामपुर जाकर आप दोनों जगदीश के कमरे पर रुके थे, वहाँ क्या हुआ? जिस कमरे में आप दोनों एक साथ सोये थे और रातभर एक-दूसरे के साथ..."

"पर वकील साब इसमें मेरी रज़ामन्दी नहीं थी। मैंने इसकी ख़िलाफ़त की थी और रोती भी रही, पर मेरी एक ना चली। मैंने तो तब भी ख़िलाफ़त की थी जब यह जगदीश को मुझे अपनी बीवी बता रहा था।" रूबीना ने पहली बार सलीक़े से प्रतिवाद किया।

"चलो ठीक है, मान लिया कि आपने इसका विरोध किया था। मगर बलविन्दर जब टिकट लेने गया। इसके बाद डिब्बे में इतनी सारी सवारियों के साथ घंटों सफ़र

किया। बलरामपुर रेलवे स्टेशन से ताँगे में बैठकर जगदीश के घर तक गई। ऐसा भी नहीं है कि ताँगे में आप दोनों रहे होंगे और भी सवारियाँ रही होंगी, तब भी आपने न तो शोर मचाया और न ही भागने की कोशिश की। जबकि टिकट लेने से लेकर जगदीश के कमरे पर आने तक आपके पास बहुत समय था।"

"वकील साब, आप कहना क्या चाहते हैं?" जज ने ब्रजनन्दन ठाकुर से पूछा।

"जज साब, मैं कहना यह चाहता हूँ कि रूबीना की भागने से लेकर जगदीश के घर कई रात ठहरने में पूरी सहमति थी।"

"जनाब सहमति से क्या होता है। अगर रूबीना की सहमति रही भी होगी, तब भी इसकी उम्र अठारह साल से कम थी। इसलिए इसकी सहमति का कोई मतलब नहीं है।" सरकारी वकील ने सज़ायाफ़्ता मुजरिम के वकील के तर्क को काटा।

"यह आप किस आधार पर कह रहे हैं कि इसकी उम्र अठारह साल से कम थी? इसका कोई जन्म प्रमाणपत्र या स्कूल का सर्टिफ़िकेट पेश किया गया है?"

"वह तो नहीं है मगर फ़ाइल में डॉक्टर चड्ढा की ओपिनियन तो मौजूद है। उसके मुताबिक़ रूबीना की उम्र क़रीब सोलह साल है, मगर अठारह साल से कम है। इसलिए इस केस में सहमति के कोई मायने नहीं हैं।"

"जज साब, आसिफिकेशन टेस्ट के आधार पर डॉक्टर की रिपोर्ट महज़ एक सलाह या विचार है, जिसमें डेढ़ से दो साल इधर-उधर होना मुमकिन है। चलो, डॉक्टर की ओपिनियन को थोड़ी देर के लिए मान भी लिया जाए, तब रूबीना और इसकी माँ के उन बयानों का क्या होगा, जिनमें ख़ुद रूबीना ने अपनी उम्र अठारह साल बताई थी और इसकी माँ ने भी इतनी ही बताई थी? अगर ऐसा ही है, तो गणना के दिन ज़रूर ही यह अठारह को पार कर चुकी थी और इससे सिद्ध होता है कि शुरू से आख़िर तक इसकी सहमति थी।

"इतना ही नहीं ख़ुद जगदीश ने यह क़बूल किया है कि उसके कमरे पर रहने के दौरान, वहाँ कभी विरोध की कोई आहट तक सुनाई नहीं दी। ऐसे में जज साब, यह यक़ीन करना असम्भव है कि इस पूरे 'खेल' में रूबीना शामिल नहीं रही होगी। बल्कि सारे सबूत और गवाहों के बयान यह साबित करते हैं कि इस खेल में मेरे मुवक्किल की इसने भरपूर मदद कर अपना पूरा योगदान दिया। अकेले कमरे में दोनों ने भरी उम्र का पूरा सुख उठाया, और दोनों एक-दूसरे को अपनी मांसल देह का ताप बाँटते रहे। वह भी कभी रात में दो बार, तो कभी-कभी तीन बार भी।"

जिस वक़्त आदमख़ोर बलविन्दर उर्फ़ बल्लू का वकील ब्रजनन्दन ठाकुर खेल, भरपूर मदद, भरी उम्र का सुख, मांसल देह का ताप और रति-क्रियाओं की संख्या गिना रहा था; तब सिर के पीछे दीवार पर टँगे धूमिल हो चुके पीतल के राष्ट्रीय

चिह्न, जिसे कहीं से भी देखो तो सिर्फ़ तीन ही शेर दिखाई देते हैं, उसके नीचे, दीवार से सटी काठ की पुरानी कुर्सी पर विराजे धवलकेशी न्यायाधीश की आँखें एक अनजानी कल्पना में गोते लगा रही थीं। उसकी नज़र कभी रूबीना के कसे हुए स्तनों पर जाकर टिक जाती, तो कभी सुर्ख़ गालों पर फिसलने लगती। जब ब्रजनन्दन ठाकुर यह दलील दे रहा था कि इस पूरे 'खेल' में रूबीना शामिल रही होगी, तब ऐसा लग रहा था मानो सामने बैठी न्याय की मूर्ति के वृद्ध अवचेतन में यौन कुंठाओं की लीला चल रही है। ब्रजनन्दन ठाकुर जब कह रहा था कि अकेले कमरे में कभी रात में दो बार, तो कभी-कभी तीन बार दोनों ने भरी उम्र का पूरा सुख उठाया और दोनों एक-दूसरे को अपनी मांसल देह का ताप बाँटते रहे; तब ऐसा लग रहा था मानो रूबीना के साथ मांसल देह का ताप बाँटने वाला बलविन्दर नहीं, ख़ुद एक न्याय देनेवाला आबाल वृद्धाधीश था। जबकि अपने सामने खड़े आदमख़ोर में उसे एक ऐसे सच्चरित्र पुरुष की छवि नज़र आने लगी, जिसने कभी किसी स्त्री की तरफ़ नज़र उठाकर भी नहीं देखा होगा। उसे पूरा विश्वास हो गया कि बिना स्त्री की सहमति के कोई पुरुष उसकी भरी उम्र की मांसल देह को छू भी नहीं सकता। रूबीना से नज़र हटने के बाद अपने सामने डायस पर रखी सम्बन्धित फ़ाइल पर, धवलकेशी न्यायाधीश ने अपनी क़लम से पहले कुछ लिखा और फिर अगली तारीख़ दे दी।

"समधी जी, मेरा बल्लू रिहा तो हो जाएगा न?" जज के कोर्ट से बाहर आते ही चंचला ने काँपती आवाज़ में पूछा।

"मैंने अपनी तरफ़ से पूरी कोशिश की है समधिन। फिर भी कुछ भी कहना मुश्किल है।" ब्रजनन्दन ठाकुर ने अर्द्ध निराशाभरे भाव से जवाब दिया।

"और फैसला कब तक आ जाएगा?"

"यह तो जज साब पर निर्भर करता है। आ जाए तो अगली तारीख़ पर आ जाए और ना आए तो सालों लग जाएँ। मुझे याद है दिल्ली हाई कोर्ट में ऐसे ही एक मुक़दमे में क़रीब सत्रह साल लग गए थे। वैसे कोर्ट-कचहरी में ऐसी देर-सवेर कोई नई बात नहीं है।"

"इसका मतलब है मेरा बलविन्दर भी सदानन्द की तरह ऐसे ही जेल में पड़ा सड़ता रहेगा?" चंचला के शब्द बेचारगी और कातरता में भीगते चले गए।

"होइहिं सोइ जो राम रचि राखा, को करि तर्क बढ़ावै साखा। समधिन, होगा तो वही जो भगवान श्रीराम चाहेंगे। सब कर्मों का फल है। पिछले जनम में अगर आपके बलविन्दर ने मोती दान किए होंगे, तो वह बाइज़्ज़त बरी हो जाएगा।" अपने पूर्वज राम का उपासक ब्रजनन्दन ठाकुर एकाएक वकील से दार्शनिक हो गया। इसके बाद उसने कुछ नहीं कहा और विष्णु को अगली तारीख़ पर हाज़िर होने की हिदायत दे, लौट गया।

22

गंगनहर के समान्तर पूरी रफ़्तार से दौड़ती बस की खिड़की से, जब-जब समीना की नज़र शान्त भाव से बहते नहर के पानी पर पड़ती, तो भीतर-ही-भीतर मानो कुछ चटककर रह जाता। नहर के किनारे खड़े नए-पुराने पेड़-पौधे तेज़ी से पीछे छूटते जा रहे हैं। यह वही नहर है जिसके समान्तर दौड़ती बसों में बैठ, न जाने कितनी बार वह अपनी फूफी के घर आ चुकी है। कई बार फूफी के संग, तो एकाध बार रिश्ते में भाई से बने शौहर नाज़िम के संग। तब समीना को यह नहर, नहर नहीं फुदकती-कूदती, कुलाँचें भरती कोई चंचल हिरनी नज़र आती थी। नई-पुरानी स्मृतियों में डूबती-तिरती जब-जब उसकी निगाह पानी की सतह से बाहर साँस लेने के लिए निकलनेवाली मछलियों पर पड़ती, तो वह गहरी साँस लेकर रह जाती। जबकि धारा के विरुद्ध आपस में अठखेलियाँ करती कुछ मछलियाँ जब एकाएक पानी से बाहर निकल, हवा में कलाबाज़ियाँ मार वापस पानी में ग़ायब हो जातीं, तब लगता ये मछलियाँ पानी से निकल हवा में नहीं, मानो उसकी साँसों के भीतर कलाबाज़ियाँ मार रही हैं।

"बेगमपुर...बेगमपुर!" गंगनहर के ऊपर बने पुल को पार कर जैसे ही बस बाएँ तरफ़ मुड़ी, समीना के कानों में बस के ख़लासी की आवाज़ गूँजी। पानी में खेलती मछलियों को छोड़, वह वर्तमान में लौट आई।

"बस यहाँ आधे घंटे रुकेगी। जब तक आराम से सब खा-पी लो।" बस के एकदम धीमा पड़ने पर ख़लासी ने सारे मुसाफ़िरों को सुनाते हुए मुनादी की।

बग़ल में बैठा रहमत समीना से यह कहते हुए सीट से खड़ा हो गया, "जब तलक मैं नमाज़ पढ़के आऊँ, नीचे चलके तू कुछ खा-पी ले!"

समीना अब्बू के पीछे-पीछे बस से नीचे उतर आई। नज़र उठाकर उसने आसमान की तरफ़ देखा। ढलते सूरज को देख उसे अन्दाज़ा हो गया कि जुह का वक़्त हो गया है। अपने आसपास के सायों को अपने बराबर हुआ देख, वह समझ गई कि यह जुह का आख़िरी और अस्त्र का पहला समय है। गुनगुनी ठंड के चलते ज़्यादातर मुसाफ़िर ढाबे के बाहर खुले में पड़ी, धूप में नहाई कुर्सियों पर ही बैठ गए। रहमत समीना को लेकर अन्दर ढाबे में सूने पड़े कोने में आया और उसे एक मेज़ पर बिठा, यह कहकर बाहर निकल गया, "जो खाना है मँगा लेना। मैं अभी आया नमाज़ पढ़कर।"

समीना ने कुछ नहीं मँगाया। अन्दर लगभग ख़ाली पड़े ढाबे में दूर पहले से बैठे एक अनजान मुसाफ़िर के अलावा उसे और कोई नज़र नहीं आया। वह चुपचाप बैठी रही। ढाबे के पश्चिमी कोने की फट चुकी तिरपाल से अन्दर आती धूप का एक चकत्ता, धीरे-से समीना के चेहरे पर आकर पसर गया। धूप के चकत्ते में भीगे

समीना के चेहरे से उसके मन में चल रही हलचल की एक-एक इबारत को अब साफ़ पढ़ा जा सकता था।

सामने बैठे अनजान मुसाफ़िर ने समीना को तो घुसते ही देख लिया था, मगर अपनी कल्पनाओं की जो आड़ी-तिरछी तस्वीर वह बनाकर लाया था, उससे मिलान करना अब थोड़ा आसान हो गया। तक़रीबन साढ़े तीन साल पहले की तस्वीर की उसने सामने बैठी सूरत से मिलान किया, तो बरबस ही उसकी आँखें छलछला आईं। बेतरतीब उलझे हुए बाल, अन्दर धँसी आँखें, लगभग पपड़ाए होंठ और पिचके गालों को देख उसका कलेजा जैसे मुँह को आने लगा। बमुश्किल अपने आप पर क़ाबू पाया उसने। उसने चुपचाप आँखों को आस्तीन से पोंछा। अपने आपको सामान्य कर वह धीरे-से उठा और धूप के चकत्ते से रोशन हुए ख़ाली कोने की तरफ़ बढ़ गया।

"अस्सलामअलैकुम!"

गुमसुम बैठी समीना ने पलट कर देखा। शायद ढाबे का कोई कारिन्दा उससे आर्डर लेने आया है।

"वालैकुमअस्सलाम।" समीना ने दबी ज़बान में उत्तर दिया।

मगर यह क्या अनजान मुसाफ़िर या कहिए ढाबे का कारिन्दा, कुछ पूछने के बजाय समीना के बग़ल में ख़ाली पड़ी दूसरी कुर्सी पर बैठ गया।

"जी...जी कहिए!" समीना ने अकबकाते हुए पूछा। उसने गर्दन घुमाकर आसपास देखा। मगर सिवाय उस मुसाफ़िर के उसे और कोई नज़र नहीं आया। यहाँ तक कि उसका अब्बू भी। एक बार तो उसने चीख़ना चाहा मगर नहीं चीख़ पाई।

"नहीं पहचाना?"

इस बार जिस तरह मुसाफ़िर ने समीना से साधिकार पूछा उससे उसकी घिग्घी बँध गई। गंगनहर के किनारे इस एकान्त में यह कौन है, जो उससे पहचानने के लिए कह रहा है। माथे पर छलक आए पसीने को पोंछते हुए समीना ने ना में सिर हिला दिया।

"कौन पहचानेगा! इतने सालों में तो कोई भी भूल जाएगा।" मुसाफ़िर ने सूखे गले से कहा।

समीना ने अपने बाएँ तरफ़ बग़ल में बैठे मुसाफ़िर को अब भी ठीक से नज़र उठाकर नहीं देखा।

"मैं आ...आसिफ़।"

"क...कौन आसिफ़?" समीना अपनी कुर्सी से उछलकर खड़ी हो गई।

"वही आपका शौहर आसिफ़ जिसके साथ आपका निकाह हुआ था।"

अजनबी मुसाफ़िर यानी आसिफ़ का इतना कहना था कि समीना बदहवास ढाबे से बाहर की तरफ़ दौड़ी। सामने से रहमत को आता देख वह लगभग हाँफते हुए बोली, "अब्बू, वह आदमी अपने आपको मेरा शौहर बता रहा है!" ढाबे की तरफ़ हाथ से इशारा किया समीना ने।

रहमत ने पहले इधर-उधर बैठे मुसाफ़िरों पर एक बारीक़ नज़र डाली, और फिर समीना को एक तरफ़ ले जाते हुए बोला, "समीना, बेटी वह ठीक कह रहा है।"

"हाय अल्लाह! यह क्या हुआ और यह यहाँ कैसे आ गया?" समीना का जैसे हलक़ सूख गया।

"परेशान मत हो। मैंने ही बुलाया है उसे।"

"आपने बुलाया? आपने कहाँ से बुलाया? आपको यह कहाँ मिल गया?" एक साथ कई सवाल कर बैठी समीना।

"बाद में बताऊँगा। पहले उससे इत्मीनान से जाकर बात कर!"

"यह आप क्या कह रहे हैं अब्बू? एक पराए मरद से मैं कैसे मिलूँ। वह भी अकेले में? आख़िर मुझे इससे मिलने की क्या ज़रूरत है?"

"मिल तो ले! तेरे सारे सवालों के जवाब वहीं मिल जाएँगे।"

"और अगर इसकी ख़बर नाज़िम को मिल गई न, तो अब्बू मैं कहीं की नहीं रहूँगी। ना दीन की, ना दुनिया की। आप मुझसे यह कैसा कुफ्र करा रहे हैं?" घिघियाते हुए समीना बोली।

"कोई कुफ्र नहीं है बेटा। जा, मैं कह रहा हूँ! जहाँ तक नाज़िम का सवाल है उसे नहीं पता चलेगा। मुझ पर और अपने अल्लाहताला पर भरोसा रख। जा मेरी बच्ची! क्या पता इसी में तेरी कुछ भलाई हो!"

निरुत्तर समीना अपने अब्बू की बात मान जाने लगी, तो जाते-जाते उसने पलटकर देखा। रहमत ने इशारे ने उसे एक बार फिर जैसे यक़ीन दिलाया कि जा कुछ नहीं होगा।

समीना धीमे-धीने क़दमों से ढाबे के उसी सूने कोने में, जहाँ वह अनजान मुसाफ़िर यानी आसिफ़ अब भी बैठा हुआ है, आ गई। समीना को वापस आता देख आसिफ़ कुर्सी से खड़ा हो गया। समीना ने काँपती निगाहों से पहली बार अनजान मुसाफ़िर को ग़ौर से देखा। उसे सचमुच अब यक़ीन हो गया कि यह आसिफ़ ही है।

"बैठिए!" आसिफ़ ने धीरे-से कहा।

समीना चुपचाप आसिफ़ के बराबर पड़ी कुर्सी पर बैठ गई। उसका पूरा जिस्म थर्राने लगा। इस बीच न जाने कब तिरपाल से बने ढाबे की छत में रह गए सूराख़ को भेदकर धूप का चकत्ता, उन दोनों के सामने बिछी मेज़ पर चुपचाप आकर बैठ गया।

रुँधे गले से लरज़ती आवाज़ में बोली, "अब आए हो, जब सब कुछ उजड़ गया?"

सुनते ही आसिफ़ का गला भर आया। बमुश्किल अपने को सँभाला उसने।

"समीना, मुझसे बहुत बड़ी ग़लती हो गई।"

"इसे ग़लती कहते हो। निकाह के बाद एक बार भी पलटकर नहीं देखा।"

"मैं मानता हूँ मगर मेरी ऐसी कोई मंशा नहीं थी, जैसा आप सब समझ रहे हैं।"

"अगर मंशा नहीं थी तो इतने दिनों तक सुध क्यों नहीं ली? मैं मर रही हूँ या जी रही हूँ, एक बार पूछते तो सही!"

"तुम सही कह रही हो। मैं दरअसल..." कहते-कहते रुक गया आसिफ़। मुश्किल से शब्दों को आपस में जोड़ते हुए बोला, "मैं कैसे समझाऊँ समीना? कुछ कहते नहीं बन रहा है। बात यह है कि मैं तुझे बहुत सुख देना चाहता था और इस सुख की सबसे बड़ी ज़रूरत थी पैसा। इसलिए मैं कमाने दुबई चला गया। मैं चाहता था कि बिना तुम्हें बताए अचानक एक दिन मैं लेने आऊँ और अपने साथ ले जाऊँ।"

"अगर ऐसी बात थी तो एक बार मुझसे कहा तो होता। मैं इतने साल तो क्या ज़िन्दगीभर आपका इन्तज़ार करती।" कहते-कहते समीना को पता ही नहीं चला कि सुबकते हुए कब उसका सिर आसिफ़ के कन्धे से जा लगा। ढाबे की छत में रह गए सूराख़ को भेदकर धूप का चकत्ता टकटकी लगाए उन दोनों को सुनता रहा।

समीना के आँसुओं के गुनगुने ताप ने आसिफ़ को भीतर तक झिंझोड़ दिया। थोड़ी देर के लिए लगा जैसे समीना के आँसुओं में भीगा कन्धा उसके जिस्म से अलग हो गया। इस बार वह ख़ुद को नहीं रोक पाया। उसकी भी हिलकियाँ बँध गईं। इन हिलकियों और सुबकियों में यह पता करना मुश्किल हो गया कि इनमें कौन-सी आसिफ़ की हैं, और कौन-सी समीना की।

उधर रहमत की नज़र ढाबे की बाँस की टट्टी में रह गई छोटी-सी जगह से होकर आसिफ़ के कन्धे पर पड़े बेटी के सिर पर पड़ी, तो उसकी आँखें भी अपने आपको नहीं रोक पाईं। दाँतों के बीच होंठों को दबा उसने दूसरी तरफ़ से मुँह फेर लिया।

दोनों का मन कुछ हल्का हुआ तो समीना ने धीरे-से आसिफ़ के कन्धे से सिर हटाया और आँसुओं को पोंछते हुए कहा, "पर अब इन बातों का कोई मतलब नहीं है। न उस पैसे की कोई क़ीमत है जिसे कमाकर लाए हो, न उस सुख की अब कोई चाह है जिसे देने के लिए इतने बरस बाद लौटकर आए हो।"

"तुम सही कह रही हो मगर चाहो तो अब भी इसका बहुत मतलब है।"

जिस तरह आसिफ़ ने शब्दों को चुभलाते हुए कहा, उसे सुन समीना चौंकते हुए बोली, "बहुत मतलब है! क्या कहना चाहते हो?"

"वही जो तुम समझ रही हो।"

"पागल हो गए हो। आप जानते हैं क्या कह रहे हैं। मैं अब किसी और की बीवी हूँ? ऐसा सोचना भी कुफ़्र है मेरे लिए।"

"यह तुम कह रही हो। तुम्हारे लिए कुफ़्र हो सकता है यह, मगर ध्यान रहे तुम अब भी मेरी बीवी हो। मैंने तलाक़ नहीं दिया है तुम्हें और बिना तलाक़ लिए कोई औरत किसी दूसरे की बीवी हरगिज़ नहीं हो सकती। ऐसा सरकारी क़ानून

भी कहता है और शरई क़ानून भी कहता है। मैं चाहूँ तो तुम्हें जबरन उठाकर ले जा सकता हूँ और दुनिया का कोई क़ानून मुझे ऐसा करने से नहीं रोक सकता।"

समीना ने आसिफ़ की आँखों में तैरते दृढ़ता और हिम्मत के डोरों को देखा, तो वह भीतर तक सहमती चली गई। अपने बग़ल में बैठे आसिफ़ के अंग-प्रत्यंग को उसने पहली बार ऊपर से नीचे तक निहारकर देखा। कुछ पल के लिए उसकी आँखों के आगे छोटे-छोटे जुगनू तिरमिराने लगे।

"एक बात बताऊँ, मैंने अपनी बीवी को हासिल करने के लिए अंग्रेज़ी अदालत में अपील लगा दी है। अल्लाहताला ने चाहा तो यह आसिफ़ अपनी बीवी को हासिल करके रहेगा और इस बात का अब्बू ही नहीं अम्मी को भी पता है।"

"क्याऽऽऽ इस बात का अब्बू-अम्मी को भी पता है?"

"जी हाँ।"

आसिफ़ ने जैसे ही इस रहस्य की पुष्टि की, समीना उसे अपलक देखती रह गई।

"ऐसे क्या देख रही हो?" आसिफ़ ने पूछा।

आसिफ़ के पूछने पर एक बार समीना के मन में आया कि वह यहीं से वापस नाज़िम के पास लौट जाए। वह कुछ नहीं बोली। आसिफ़ भी ख़ामोशी से उसे बीच-बीच में निहारता रहा।

"चलो भई चलो! टैम हो गया। बस में बैठो!"

ख़लासी की आवाज़ सुन समीना कुर्सी से उठी और चुपचाप बस में आकर बैठ गई। उसने खिड़की से बाहर देखा तो पाया अब्बू आसिफ़ से बात कर रहे हैं। ख़लासी ने दोबारा मुसाफ़िरों को आवाज़ लगाई, तब जाकर रहमत आया। बेगमपुर से बस के रवाना होने के बाद पूरे रास्ते बाप-बेटी में कोई संवाद नहीं हुआ। समीना खिड़की से सिर लगाए बैठी रही। कुछ देर पहले तक जिस गंगनहर के समान्तर बस दौड़ी आ रही थी, अब बस और नहर के बीच का फ़ासला बढ़ने लगा। धीरे-धीरे बस दूसरी दिशा में बढ़ने लगी। देखते-ही-देखते नहर अब एक मटमैली लकीर में तब्दील हो गई। रास्तेभर समीना को लगता रहा मानो वह बस में नहीं हवा में उड़ी जा रही है। शाम का झुटपुटा घिरते-घिरते कब बस अपनी मंज़िल पर पहुँच गई। कब दोनों बाप-बेटी उससे उतरे और कब घर पहुँच गए, इसका एहसास तभी हुआ जब अम्मी के ज़ोर-ज़ोर से रोने की आवाज़ उसके कानों में पड़ी। अम्मी को देखते ही वह उससे लिपट गई और उसे अपने अंक में भर फूट-फूट कर रोने लगी।

समीना के आते ही पूरा घर एक अबोले बियाबान में बदल गया। निर्निमेष आँखों से घर की दर-ओ-दीवार को निहारती बेटी को जब भी रुख़सत बी देखती, वह अकेले में जाकर हूक मार-मार कर रोने लगती। दस्तरख़्वान पर भी उनके बीच कोई बात नहीं हुई। दिनभर की भूखी समीना ने कुछ ख़ास नहीं खाया। अधबीच ही वह दस्तरख़्वान से उठकर चली गई।

रुख़सत बी ने बग़ल में बिछी चारपाई पर लेटी समीना की तरफ़ करवट ले, उसे अपनी नर्म-मुलायम अँगुलियों से सहलाते हुए धीरे-से पुकारा, "समीना, बेटी सो गई?"

"अम्मी, ऐसे अन्धड़ में भला किसे नींद आएगी।" समीना ने आह भरते हुए जवाब दिया।

"बेटी, आसिफ़ की बातों से तुझे क्या लग रहा है?" रुख़सत बी ने हिम्मत जुटा समीना के बालों में अँगुलियाँ पिरोते हुए बेटी का मन टटोलना चाहा।

इतना सुन समीना चारपाई से उठी और माँ की चारपाई पर आ उसकी छाती से चिपक गई। बेटी के आँसुओं से रुख़सत बी की पूरी छाती भीतर तक भीग गई।

"अम्मी, मैं तो अच्छी दलदल में फँस गई। क्या करूँ कुछ समझ में नहीं आ रहा है।"

"हम भी तो यही सोच-सोच कर मरे जा रहे हैं कि अगर फ़ैसला आसिफ़ के हक़ में चला गया, तो हम क्या करेंगे? नाज़िम और तेरी फूफी को तो हम मुँह दिखाने लायक़ भी नहीं रहेंगे। क्या जवाब देंगे उन्हें। नाज़िम तो पहले ही बग़ैर तलाक़नामा राज़ी नहीं हो रहा था। पर हमारी ही अकल पर पत्थर पड़ गए थे। समझ में नहीं आ रहा है इस अजाप से कैसे पीछा छूटेगा।" रुख़सत बी जब यह कह रही थी तब ऐसा लग रहा था मानो अँधेरे में डूबी घर की ख़ामोश दीवारें उनकी बातों को कान लगाकर बड़े ध्यान से सुन रही हैं।

इस बीच रुख़सत बी धीरे-से उठकर बैठ गई। उसने अँधेरे में बेटी की देह को टटोला और एक बार फिर हिम्मत बटोरते हुए बोली, "समीना, बेटी अगर आसिफ़ तुझे रखने के लिए राज़ी हो गया तो तू क्या करेगी?"

"अम्मी, मेरे लिए तो आगे कुआँ और पीछे खाई वाली बात हो गई। मैं मरूँ भी तो कहाँ जाकर मरूँ?"

"ठीक है, हम ही कोई रास्ता निकालते हैं। ठकुरानी के वकील समधी ने सही सलाह दी है कि कोर्ट-कचहरी में लुटने से अच्छा है इस मसले को अपने मुफ़्तियों की सलाह से सुलझा लें। मैं ऐसा करती हूँ कि तेरी फूफी और नाज़िम को भी ख़बर कर देती हूँ। बिना उन्हें बताए अब काम नहीं चलेगा। बताना तो उन्हें पड़ेगा ही। पर एक मुश्किल है, किसी भी फ़ैसले से पहले आसिफ़ से खुलकर बात करनी पड़ेगी। कहीं ऐसा न हो वह फिर तुझे छोड़कर लापता हो जाए।"

माँ के कहे के जवाब में समीना कुछ नहीं बोली। धीरे-से उठकर वापस अपनी चारपाई पर चली आई। पूरी रात घुप्प अँधेरे में समीना को जैसे बाबा अमीर ख़ुसरो की धुँधली रूह चहलक़दमी करती नज़र आती रही। रह-रह कर कानों में बस ख़ुसरो के शब्द गूँजते रहे। इस क़दर गूँजते रहे कि जब भी समीना की नींद उचटती, होंठों पर चुपके से बाबा ख़ुसरो आकर बैठ जाता। हिलकियों और सिसकियों के बीच आँसुओं में लिपटी समीना तब तक करवटें बदलती रही, जब तक ख़ुसरो के भीगे

शब्द धीरे-धीरे कानों से दूर नहीं हो गए। सवेरे आँखें खुलीं तो लगा कानों में रह-रह कर अब भी अमीर ख़ुसरो की ये पंक्तियाँ गूँज रही हैं–

हम तो बाबुल तोरे खूँटे की गैया
जित हाँके हँक जाए
अरे, लखिय बाबुल मोरे...।

23

यह दुनिया ज़िन्दगी गुज़ारने का सामान है और इसका बेहतरीन सामान है भली औरत।

—इब्ने माजा (किताबुन्निकाह)

रुख़सत बी ने अपनी ननद यानी समीना की फूफी और नाज़िम दोनों माँ-बेटे को अपने ही घर पर बुलवा लिया।

रुख़सत बी की बात सुन समीना की फूफी पर तो जो गुज़री सो गुज़री, सुनकर नाज़िम जैसे लड़खड़ाता हुआ तड़ाक से ज़मीन पर आकर गिरा।

"मामी, मैंने तो पहले ही तलाक़नामा माँगा था। तब मेरी किसी ने नहीं सुनी। अब जब मुश्किल से मेरी गृहस्थी की गाड़ी पटरी पर आई है, तो तुमने उसे फिर से बेपटरी कर दिया। मुझे तो न रँडुआ छोड़ा, न ब्याहता।" रुआँसा हो गया नाज़िम।

"तेरी सारी बात सही है नाज़िम, पर बेटा, उस आसिफ़ को कौन समझाए। तुझे तो पता ही है कि वह पहले ही कोर्ट-कचहरी की धमकी दे चुका है। अगला यहाँ तक कह चुका है कि भले ही हमने समीना का तुझसे निकाह करवा दिया है, पर बिना तलाक़ यह ग़ैरक़ानूनी है।"

"उसका ही नहीं हमारे यहाँ के ठाकुर साब के वकील समधी का भी यही कहना है। हाँ, उसने एक सलाह ज़रूर दी है कि कोर्ट-कचहरी में लुटने-पिटने से अच्छा है, मामले को किसी मुफ़्ती-मौलवी से सलाह कर निपटा लो। मैंने तुम दोनों माँ-बेटे को इसीलिए बुलाया है।" रुख़सत बी ने रहमत की बात को पूरा करते हुए कहा।

रुख़सत बी की बात सुन उसकी ननद और नाज़िम से कुछ भी कहते नहीं बना।

"नाज़िम बेटा, आसिफ़ की बातों से लग रहा है कि वह पीछे हटनेवाला नहीं है। कह रहा है चाहे उसे किसी भी अदालत में जाना पड़ जाए, वह जाएगा। अब तुम दोनों माँ-बेटा बताओ कि हमें क्या करना चाहिए?"

"मामा, करना क्या है। ग़लती तो मेरी है जो मैंने आपकी बातों पर भरोसा कर लिया।"

"बेटा, बात भरोसे की नहीं है। हम तो उसके आने की उम्मीद ही छोड़ बैठे थे। हमें क्या पता था वह निकाह होते ही आ जाएगा। वैसे हमने निकाह से पहले बड़ी मस्जिद के मुफ़्ती से भी सलाह ली थी। उसने भी यही कहा था कि शौहर के लापता होने पर बीवी को नब्बे साल तक इन्तज़ार करना चाहिए।"

"मामा, यह तो तुम हमें बताओ कि अब हमें क्या करना है?" नाज़िम ने फ़ैसला अपने मामा रहमत पर छोड़ते हुए पूछा।

"मेरी सलाह है कि क्यों न हम एक बार अकबरपुर के सदर दारुल क़ज़ा में जाकर इस मसले पर वहाँ के मुफ़्ती से सलाह-मशविरा ले लें। वे जैसी हिदायत देंगे वैसा ही कर लेंगे। क्या पता इस मसले का वे ही कोई ऐसा हल बता दें, जिससे आसिफ़ के पास समीना के जाने की नौबत ही ना आए।"

"बेटा, मेरी भी यही सलाह है। जब सारे वकील और उलेमा एक ही बात कह रहे हैं, तो इससे अच्छा है पहले हम अपने मुफ़्ती से सलाह ले लें। आसिफ़ के पास दो पैसे आ गए हैं, वह तो झटका झेल जाएगा पर तुम्हारे पास क्या है। तू और तेरी बेवा माँ तो रीते बदने हो। बेमतलब की जगहँसाई से अच्छा है कि मामला आपस में चुपचाप निपट जाए।" रुख़सत बी ने रहमत के मंतव्य को विस्तार देते हुए कहा।

"जैसी आपकी मरज़ी मामी।" नाज़िम ने अन्तत: समर्पण कर दिया।

"ठीक है। फिर कल सवेरे चलते हैं सदर दारुल क़ज़ा।" रहमत ने ख़ुद ही दिन तय कर दिया।

सदर दारुल क़ज़ा।

क़ज़ा के मुफ़्ती ने सारी बात बड़े धैर्य के साथ सुनी। सुनने के बाद मुफ़्ती ने अपने सामने बैठे रहमत, रुख़सत बी, नाज़िम और उसकी माँ पर एक सरसरी निगाह मारी। फिर सँभलते हुए बोला, "देखिए, वैसे तो शौहर के लापता होने पर न तो क़ुरआन मजीद में कोई साफ़ हुक़्म दिया गया है और न ही हदीसों में कोई भरोसे लायक़ हुक़्म है। हाँ, एक भरोसे लायक़ राय ज़रूर है और यही राय सईद बिन मुसय्यिब, ज़ोहरी, नख़ई, अता, मक्हूल और शाबी की है। इमाम मलिक रह. ने भी इसी राय को अपनाया है, जो यह है कि शौहर के लापता होने पर बीवी को चार साल तक इन्तिज़ार का हुक़्म दिया जाए।"

"और अगर लापता शौहर इस तय की गई इन्तज़ार की मुद्दत ख़त्म होने के बाद वापस आ जाए, तो इसका क्या हुक़्म है?" नाज़िम ने जिज्ञासावश पूछा।

"इसमें हज़रत उमर रजि. का फ़ैसला यह है कि अगर औरत के दूसरे निकाह से पहले उसका शौहर वापस आ गया, तो उस औरत पर उसी का हक़ रहेगा। मगर, अगर वह निकाह कर चुकी है, तो चाहे दूसरे शौहर के साथ वह हमबिस्तर हो चुकी

है, दोनों सूरतों में पहले शौहर का उस पर उसका कोई हक़ नहीं रहा। हाँ, दस्तूरुल मुत्तक़ी में हज़रत उमर रज़ि. के एक फ़तवे के हवाले से कहा गया है कि जिस औरत का शौहर गुम हो जाए यानी न जाने मर गया या ज़िन्दा है, तो वह औरत चार साल तक अपने शौहर का इन्तज़ार करे। चार साल के बाद चार महीने दस दिन इद्दत गुज़ारे फिर निकाह करे।" पहले मुफ़्ती ने बात और साफ़ करते हुए बताया।"

मुफ़्ती की इस राय पर नाज़िम का चेहरा बुझता चला गया। उम्मीद की सतरें धुँधली पड़ती चली गईं। क्योंकि समीना का लापता शौहर आसिफ़ चार साल से पहले ही लौट आया है।

"हज़रत अली रज़ि का फ़ैसला भी यही है कि औरत हर हाल में पहले शौहर को मिलेगी, भले ही दूसरे शौहर के साथ वह हमबिस्तर हो चुकी हो और बच्चे पैदा हो चुके हों। इस सूरत में दूसरे शौहर से उस औरत को मह्र भी दिलाया जाएगा।" दूसरे मुफ़्ती ने एक और हवाला देते हुए कहा।

"आपका मसला भी ऐसा ही है। क्या नाम बताया आपने अपना?" दूसरे मुफ़्ती ने याद करने की कोशिश करते हुए पूछा।

"जी नाज़िम।" नाज़िम ने धीमी आवाज़ में जवाब दिया।

"हाँ नाज़िम मियाँ। चूँकि आपकी बीवी का पहला शौहर तय मुद्दत ख़त्म होने से, मेरा मतलब है चार साल से पहले वापस लौट आया है, तो इस सूरत में उसका अपनी बीवी पर हक़ बनता है। यह निकाह शरीअत की नज़र में पूरी तरह नाजायज़ है। रही बात मह्र की तो यह उसकी बीवी के अख़्तियार में है कि वह उसे लेना चाहती है या नहीं। इसलिए यह आप उससे पूछिए।"

"मगर जनाब जब यह निकाह जायज़ ही नहीं है, तो इसमें कहाँ से तो तलाक़ की नौबत आ गई, कैसे इसमें मह्र आ गया और कहाँ से इस पर इद्दत लागू होगा?"

"पर रहमत मियाँ निकाह तो आपने करवाया है न? यह नौबत तभी पैदा होती है जब निकाह हुआ हो। बाक़ी आपकी मरज़ी।"

मुफ़्ती के इस फ़ैसले के बाद एकाएक वहाँ ख़ामोशी छा गई। नाज़िम समेत रुख़सत बी, रहमत और नाज़िम की माँ ने अब वहाँ से चलना ही मुनासिब समझा। सब सदर दारुल क़ज़ा से बाहर आ गए। क़ज़ा से बाहर आने के बाद रुख़सत बी की जैसे ही अपनी ननद यानी नाज़िम की माँ, या कहिए समीना की फूफी और अभी तक समीना की सास से नज़र मिली, वह कच्ची दीवार-सी भरभराकर ढह गई, "भावज, हम तो कहीं के नहीं रहे। मुश्किल से इस बेवा का घर आबाद हुआ था, वह फिर से उजड़ गया!"

कोई जवाब देते नहीं बना रुख़सत बी से। नाज़िम की माँ अपनी भाभी रुख़सत बी के कन्धे से लगी ऐसे सुबकती रही, जैसे वह अपने पीहर से ससुराल के लिए विदा होते समय सुबकती रहती थी। दोनों माँ-बेटे रास्ते से ही अपने घर लौट गए।

वे दोनों सोचकर तो यह आए थे कि जब वापस लौटेंगे तो समीना उनके साथ होगी। मगर हो गया ठीक उनकी सोच के विपरीत। उन्होंने इसकी तो कल्पना ही नहीं की थी कि उन्हें इस तरह ख़ाली हाथ लौटना पड़ेगा। रुख़सत बी की उनसे घर चलने के लिए कहने की हिम्मत नहीं हुई। रहमत के घर से जो चार आदिमियों का छोटा-सा काफ़िला दारुल क़ज़ा के लिए रवाना हुआ था, लौटते हुए बीच रास्ते में वह दो छोटे-छोटे अनजान क़बीलों में बदल गया। क़ज़ा से लौटते हुए इन दोनों क़बीलों के भीतर किस तरह का तूफ़ान उठ रहा होगा, इसका अनुमान सिर्फ़ और सिर्फ़ ये दोनों क़बीले ही लगा सकते हैं।

घर पहुँचते-पहुँचते मग़रिब की नमाज़ का वक़्त हो गया। जाकर देखा तो पाया समीना नमाज़ पढ़ रही है। रहमत भी वज़ू करने के लिए बढ़ गया। हारी-थकी रुख़सत बी को अचानक याद आया कि आज तो उसे मज़ार पर चादर चढ़वाने के लिए भी जाना है। ठकुराइन कभी भी पहुँच सकती है। वैसे भी आज के बाद बस एक और जुमेरात बचा है। उसने जल्दी-जल्दी हाथ-मुँह धोये और समीना को नमाज़ पढ़ता छोड़, मज़ार की तरफ़ बढ़ गई।

रुख़सत बी का अनुमान सही निकला। पद्मा उसे रास्ते में ही मिल गई। इससे पहले कि पद्मा उससे कुछ पूछती, उसके हाथों से चादर ले, वह उसे चढ़ाने की प्रक्रिया में जुट गई। एक बार फिर अगरबत्तियों की भीनी ख़ुशबू से मज़ार के आसपास का पूरा वातावरण महक उठा। पश्चिम में क्षितिज की मुँडेर पर बैठा ज़र्द सूरज जैसे थोड़ी देर के लिए रुक गया। चादर चढ़ाने के बाद रुख़सत बी और पद्मा वापस लौटने लगी कि पद्मा ने आख़िर पूछ ही लिया।

"बी, कुछ बात बनी?"

"इसी के लिए आज समीना की फूफी और दूसरे शौहर को लेके मुफ़्तियों के पास गए थे ठकुराइन। उन्ने भी वही कहा जैसा आपके वकील समधी साब ने समझाया था। हम तो अब हार लिए हैं ठकुराइन। कुछ समझ में नहीं आ रहा है कि इस अजाप से कैसे पार पाया जाए?" कहते-कहते रुख़सत बी की हिलकियाँ बँध गईं।

"बी, सब ठीक हो जाएगा। ऐसे घबराने से काम नहीं चलेगा। वैसे आज हुआ क्या?" तसल्ली देते हुए पद्मा ने पूछा।

"कह रहे हैं कि समीना पर हक़ तो इसके पहले शौहर का ही है।"

"इस पर समीना की फूफी और तुम्हारे दामाद ने क्या कहा?"

"वे क्या कहेंगे। वे भी लाचार हैं।"

"वैसे इस बारे में एक बार समीना को भी तो टटोलकर देखो? क्या पता वही पहलेवाले के पास जाने से मना कर दे।"

"समीना तो यहीं आई हुई है। ईद पर उसके अब्बू ले आए थे। वकील की सलाह पर रास्ते में उसके अब्बू ने इसको चुपचाप आसिफ़ से मिलवा भी दिया था। आधेक घंटा दोनों में बात भी हुई थी। समीना के अब्बू बता रहे थे कि समीना उसके कन्धे पर सिर रखके खूब रोई। घर आने के बाद मैंने भी समीना से जब कहा कि उसने आसिफ़ से यह क्यों नहीं पूछा कि इत्ते दिनों तक वह आया क्यों नहीं, तो बोली दुबई कमाने के लिए चला गया था।"

"चला गया थ तो मरा इस बात का ज़िक्र हमारी लड़की से भी तो कर सकता था।"

"समीना ने यह बात भी पूछी थी ठकुराइन। बोला मुझसे ग़लती हो गई।"

"कहा नहीं कि तेरी इस गलती ने मुझे कहीं का नहीं छोड़ा।" पद्मा का चेहरा मारे ग़ुस्से के सुर्ख होता चला गया, "फिर अब क्या सोचा?" अगले ही पल पद्मा एकदम सहज हो गई।

"सोचना क्या ठकुराइन, अगर समीना की फूफी का लड़का मान जाता है और जिसकी उम्मीद है, तो समीना को उसके पहले शौहर के पास भेजने के सिवाय और कोई रास्ता नहीं है। बेमतलब कोर्ट-कचहरी के धक्का खाने से अच्छा है मामला घर में ही निपट जाए। अगर आसिफ़ सचमुच अदालत चला गया और उसने वहाँ कुछ उलटा-सीधा इल्ज़ाम लगा दिया तो लेने के देने पड़ जाएँगे।"

"ऐसा है बी, अगर कोई ऐसी बात बनती है तो मुझे बुला लेना। मैं उसे धमकाऊँगी कि हमारी लड़की के साथ दुबारा ऐसा किया, तो हमसे बुरा कोई नहीं होगा।"

"अभी तो समीना से पूछना पड़ेगा कि वह क्या चाहती है। मैं तो उससे मिलकर भी नहीं आई हूँ। दारुल क़ज़ा से सीधे यहीं चली आई।"

"ठीक है जैसी भी बात हो मुझे खबर जरूर करना!" इतना कह पद्मा तेज़ी से घर की तरफ़ हो ली।

मज़ार से लौटने पर समीना ने पहले रुख़सत बी के आगे-पीछे, इधर उधर देखा और जब उसे उसके अलावा कोई और नज़र नहीं आया, तो उसने हैरानी के साथ पूछा, "अम्मी, नाज़िम और फूफी कहाँ हैं?"

"वे तो रास्ते से ही लौट गए। बोले घर पहुँचते-पहुँचते देर हो जाएगी।" रुख़सत बी ने बेटी से नज़र चुराते हुए जवाब दिया।

समीना को माँ की भंगिमा पर शक हुआ,"अम्मी, सच-सच बता मुफ़्तियों ने क्या कहा है?" उसने घबराते हुए पूछा।

"कुछ नहीं।"

"कुछ तो कहा है वरना वे दोनों बीच रास्ते से ऐसे नहीं चले जाते?"

रुख़सत बी ने बेटी के इस सवाल का कोई जवाब नहीं दिया।

"ठीक है, नहीं बताना है तो मत बता। मैं कल जाकर ख़ुद पूछ लेती हूँ।"

समीना की इस धमकी ने सही काम किया। रुख़सत बी तुरन्त बाहर से रहमत को बुलाकर लाई और आते ही रहमत से बोली, "आप ही जवाब दो इसे कि मुफ़्तियों ने क्या कहा है!"

रहमत चुप।

कुछ क्षण की ख़ामोशी के बाद आख़िरकार रहमत ने सब बयान कर दिया। बाप के मुँह से सारी हिदायतों और फ़तवों को सुन समीना का जिस्म जैसे ऐंठता चला गया। लगा मानो उसकी देह से धीरे-धीरे रक्त निचुड़ता जा रहा है। कुछ भी कहते नहीं बना उससे।

"बेटी, तुझे आसिफ़ के हवाले करने के सिवाय हमारे पास कोई रास्ता भी तो नहीं है। अगर उसने सचमुच अदालत में केस डाल दिया तो बड़ी मुश्किल हो जाएगी। आसिफ़ का वकील पहले ही धमकी दे चुका है, और फिर हम जो कर रहे हैं वह शरीअत के दायरे में ही कर रहे हैं। वही कर रहे हैं जो हमारे मज़हब में है।"

"अब्बू , मज़हब और शरीअत तो तब भी था जब नाज़िम से मेरा दूसरा निकाह हुआ था।" समीना लगभग चीख़ते हुए बोली।

"था, मगर वह तो नहीं था जिसकी वजह से यह सब हुआ।" रहमत बेटी पर झल्ला गया।

"तो अब नाज़िम का क्या होगा?"

"इस सारे मसले की गिरह असल में नाज़िम के ही हाथ में है क्योंकि आसिफ़ तो मानने से रहा। इसलिए कुरबानी नाज़िम को ही देनी पड़ेगी। अगर वह ऐसा नहीं करता है तो हम सब भारी मुसीबत में फँस जाएँगे।"

"या मेरे ख़ुदा, तूने मुझे यह कहाँ ला पटका!" समीना चीत्कार करते हुए बोली।

देर तक तीनों में से कोई नहीं बोला। रुख़सत बी को जब लगा कि समीना का मन कुछ हल्का हो गया है, तब उसने धीरे-से उसके सिर में अपनी अँगुलियाँ पिरोयीं और हिम्मत जुटाते हुए पूछा, "समीना, बेटी तेरे मन में क्या है? तेरी रज़ा क्या है?"

"इसमें इसकी रज़ा क्या करेगी। अदालत और शरीअत से बढ़कर थोड़े ही है इसकी रज़ा। ऐसा करता हूँ मैं आसिफ़ को इत्तिला कर देता हूँ कि वह ईद पर आ जाए।"

"और नाज़िम, उसे नहीं बुलाओगे?" रुख़सत बी ने बीच में टोका।

"वह आकर क्या करेगा?" रहमत ने पलटकर बीवी से पूछा।

"क्यों, तलाक़ नहीं दिलवाना है उससे?"

"ख़ुदा की बन्दी, इसे इतना बड़ा तूफ़ान मत बना। जब उसके साथ हुआ निकाह जायज़ ही नहीं रहा, तो तलाक़ का क्या मतलब हुआ?"

"पर उसकी रज़ामन्दी लेनी तो पड़ेगी। ऐसे कैसे समीना को आसिफ़ के साथ

चलता कर दें? कहीं ऐसा ना हो कि इधर हम समीना को आसिफ़ के साथ विदा कर दें और उधर कोई नया बखेड़ा खड़ा हो जाए!"

"बात तो समीना की माँ तेरी सोलह आने सही है। क्या किया जाए, कुछ समझ में नहीं आ रहा है।" कुछ पल सोचने के बाद रहमत ने ही तजवीज़ सुझाई, "फिर तो एक काम हो सकता है कि नाज़िम से फोन पर ही तलाक़ ले लें।"

"देख लो, जो करना है सोच-समझ के करना। कुछ ग़लत-सलत हो गया तो इस बार लोगों को जवाब देना मुश्किल हो जाएगा।"

जब तक रहमत और रुख़सत बी के बीच बातें होती रहीं, समीना बुत बनी उनकी बातें सुनती रही। बीच-बीच में ऐसा लगता रहा जैसे उसके कानों में धूल के बड़े-बड़े बगूले साँय-साँय करते हुए चक्कर काट रहे हैं। इस बीच घर में जल चुके बल्बों के उजाले में भीगे अम्मी-अब्बू के साये उसे धीरे-धीरे धुँधले नज़र आने लगे।

इसी धुँधलके भरे सन्नाटे में समीना ने पूरी सख़्ती से कहा, "अब्बू, किसी भी तरह का फ़ैसला लेने से पहले मैं एक बार आसिफ़ से मिलना चाहूँगी।"

समीना की बात सुन रहमत और रुख़सत बी की आपस में नज़र मिली। रुख़सत बी ने आँखों-ही-आँखों में जैसे रहमत से पूछा, कि आप तो कह रहे थे कि समीना आसिफ़ के कन्धे पर सिर रखकर खूब रोई थी?

"ठीक है, मैं उसे ख़बर कर देता हूँ।" रहमत ने दबी ज़बान से कहा।

इसके बाद समीना इशा की नमाज़ पढ़ने चली गई। नमाज़ पढ़ने के बाद वह बिस्तर पर आ पड़ी। कब उसकी आँखें लग गईं, नहीं पता। रातभर वह अजीब-अजीब सपनों से घिरी रही। एक सपने में उसने देखा कि अचानक कहीं से कटकर आई हवा में उड़ती आवारा पतंग के पीछे, आसिफ़ और नाज़िम दोनों गिरते-पड़ते उसे लूटने के लिए भागे जा रहे हैं। और संयोग देखिए कि हवा में उड़ती पतंग जैसे ही ज़मीन पर आई, दोनों उस पर एक साथ इस तरह टूट पड़े कि पतंग उनके हाथों में आते ही चिंदियों में बदल गई। दोनों के हाथों में बस फटे हुए पतंगी काग़ज़ के कुछ टुकड़े और कंकाल बन चुकी बाँस की दो पतली खपच्चियाँ रह गईं। उसमें डाले गए कन्ने की वही डोर, जो कुछ देर पहले आसमान में उड़ती पतंग को सहारा दे रही थी, उसका कटा हुआ सिरा आसिफ़ और नाज़िम की अँगुलियों में फँसी हुई है। समीना की नींद टूटी तो उसे लगा, जैसे वह इस पतंग का बन चुका कंकाल है। एक ऐसा कंकाल जिसके मांस-मज्जा को इन दोनों पतंग-लुटेरों ने आपस में बाँट लिया है।

नाज़िम के पास इसके सिवाय दूसरा रास्ता नहीं बचा। उसने आसिफ़ और पहले से वहाँ मौजूद पद्मा और मंगला की मौजूदगी में, बिना किसी हुज्जत समीना को मोबाइल पर तलाक़ दे दिया। मोबाइल

के ऑन कर दिए गए स्पीकर से जिस समय नाज़िम भर्राई आवाज़ में तलाक़ दे रहा था, तीसरी तलाक़ तक आते-आते समीना की रुलाई फूट गई। तीसरी तलाक़ नाज़िम और समीना की रुलाई में डूबकर रह गई। समीना को तो यह भी नहीं सुनाई दिया कि नाज़िम ने तीसरी तलाक़ बोली भी है या नहीं। चालू मोबाइल को वहीं रख समीना तेज़ी से घर में चली गई। आज वह पहली बार इस तरह हूक मार-मार कर रोई है। इतनी रोई है कि इतनी तो वह तब भी नहीं रोई, जब दूसरे निकाह के बाद उसने अपने अब्बू-अम्मी का घर छोड़ा था। रह-रह उसकी हिलकियाँ जब-जब बाहर बैठी पद्मा और मंगला के कानों में पड़ रही थीं, तब उन दोनों को ऐसा लग रहा था, मानो उनके कानों में खदकते शीशे की बूँदें टपक रही हैं। पद्मा की मुट्ठियाँ तो रह-रह कर बन्द होतीं और खुल रही हैं। उसकी नज़र बीच-बीच में जब भी आसिफ़ पर पड़ती, उसका ख़ून खौलने लगता। आँखों से जैसे ख़ून टपकने लगा।

छोटे-से सन्नाटे के बाद जैसे ही माहौल थोड़ा नरम हुआ, तो आसिफ़ ने एक उचटती-सी नज़र अपने आसपास मारी और फिर रहमत की तरफ़ पलटते हुए बोला, "ठीक है अब्बू, मैं ईद पर समीना को लेने आ जाता हूँ।" इतना कह उसने अपने बग़ल में रखा छोटा-सा संदूक उठाया। अपनी जाँघों पर रख उसे खोला। उसमें से कुछ कपड़े निकाले और उन्हें रुख़सत बी की तरफ़ बढ़ाते हुए बोला, "अम्मी, ये कुछ जोड़े कपड़े हैं। समीना को दे देना पहन लेगी।"

रुख़सत बी ने कपड़ों को लेने के लिए हाथ बढ़ाया ही था कि पद्मा ने उसे बीच में रोकते हुए कहा, "बी, एक मिनट!" इसके बाद वह आसिफ़ की तरफ़ मुड़ी, "बेटा, करवा दिया समीना का तलाक?"

"जी।" आसिफ़ ने मुस्कराते हुए धीमी आवाज़ में सिर हिलाते हुए जवाब दिया।

"तो ऐसा कर अपनी यह संदूकची उठा और चुपचाप यहाँ से चलता बन! हो गई तेरी ईद-वीद।"

पद्मा की बात सुन आसिफ़ के हाथों से जैसे तोते उड़ गए। पद्मा ने जिस तल्ख़ी के साथ यह सब कहा, उसे सुन किसी की समझ में नहीं आया कि पद्मा ने यह क्या कर दिया।

"ठ...ठकुराइन, यह क्या कह रही हैं आप?"

"बी, थोड़ी देर चुप रह! मुझे बात करने दे आज इससे।" रुख़सत बी को डाँटने के बाद पद्मा फिर से आसिफ़ की तरफ़ मुख़ातिब हुई, "ऐसा है कोई जरूरत नहीं है ईद के दिन आने की! तुम मर्दों ने आखिर हम औरतों को समझ क्या रक्खा है। सब जगह तुम लोगों की ही चलेगी?"

पद्मा क्या कह रही है आसिफ़ के कुछ पल्ले नहीं पड़ रहा है। किसी अनजाने ख़ौफ़ के चलते उसका चेहरा बुझता चला गया। उसने जैसे कपड़ों को संदूक से निकाला था, वैसे ही उसमें चुपचाप वापस रख लिया।

रहमत समझ गया। उसे जब लगा कि बात बनने के बजाय कहीं फिर से न बिगड़ जाए, उसने दख़ल देते कहा, "ठकुराइन का कहने का मतलब यह है कि तलाक़ के बाद इतनी जल्दी समीना को आपके साथ नहीं भेजा जा सकता।"

"मैं कुछ समझा नहीं अब्बू?" आसिफ़ ने पहली बार हिम्मत जुटाते हुए पूछा।

"इनका इशारा इद्‌दत की तरफ़ है। तलाक़ के बाद चार महीने दस दिन की इद्‌दत तो पूरी करनी पड़ेगी न?"

"इद्‌दत! अब्बू जब दूसरा निकाह ही जायज़ नहीं रहा, तो अब इद्‌दत की क्या ज़रूरत है?"

"बेटा, ज़रूरत तो नाज़िम से तलाक़ लेने की भी नहीं थी। मगर जब तलाक़ को अमल में लाया गया है, तो इद्‌दत को भी अमल में लाना पड़ेगा ही। जब मज़हब और शरीअत को बीच में लाओगे, उनके हुक़्म की तामील भी तो ज़रूरी है?" रहमत ने पद्‌मा की बात को सँभालते हुए कहा।

आसिफ़ चुपचाप सुनता रहा। कोई प्रतिक्रिया व्यक्त नहीं की। एक आसान लड़ाई जीतने के बावजूद जैसे वह फिर से मात खा गया। एक हारे हुए योद्धा की तरह धीरे-से उठा और यह कहकर जाने के लिए खड़ा हो गया, "ठीक है, मैं इद्‌दत पूरी होने के बाद आता हूँ।"

इससे पहले कि आसिफ़ के क़दम आगे बढ़ते रुख़सत बी ने रहमत की तरफ़ देखकर हिचकिचाते हुए पूछा, "और उसका क्या होगा?"

"किसका?" रहमत ने प्रतिप्रश्न किया।

"महर का। मुफ़्ती साब ने कहा था न कि रही बात महर की तो यह उसकी बीवी के अख़्तियार पर है कि वह उसे लेना चाहती है या नहीं।" रुख़सत बी ने याद दिलाते हुआ कहा।

"तू भी कैसी बच्चों जैसी बात कर रही है! नाज़िम से निकाह के वक़्त कोई महर लिखा गया था, जो उससे इसकी माँग की जाए? और फिर आज तलक किसी को महर देते हुए सुना है। ये सब लिखत-पढ़त की बातें हैं, लेता-देता कोई नहीं है।" रहमत ने रुख़सत बी को हल्की-सी डाँट मारते हुए कहा।

"बी, तो इस महर को कोई देता नहीं है?" पद्‌मा ने आश्चर्य से पूछा।

"एक बात बता ठकुराइन कि औरत तलाक़ के वक़्त अपनी आफ़त से निपटे या इस महर को माँगे। फ़र्ज़ करो वह महर ले भी ले, तो उससे ज़िन्दगी कट जाएगी?"

"हमारी समीना का घर बस जाए यही बहुत है। ज़िन्दगी की सुख-शान्ति बनी रहे बस। महर का क्या, वह तो हाथ का मैल है।" पद्‌मा ने एक तरह से विषय का पटाक्षेप कर दिया।

"अच्छा अम्मी, अल्लाह हाफ़िज़!"

सबसे विदा ले आसिफ़ जैसे ही जाने लगा, पीछे से पद्‌मा ने टोका, "अरे ओ

अल्ला हाफिज के बच्चे, उन कपड़ों को तो देता जा, जो तूने वापस अपनी इस संदूकची में रख लिए हैं!"

जाते-जाते रुक गया आसिफ़। वह धीरे-से पलटा और संदूक को खोल उसमें से कपड़े निकाल, इस बार उन्हें पद्मा की तरफ़ बढ़ा दिया। पद्मा ने उन्हें मुस्कराते हुए ग्रहण किया और यह कहते हुए रुख़सत बी को दे दिए, "बी, पकड़ और इन्हें समीना को दे देना!"

तनाव का जो धागा कुछ देर पहले टूटने को हो रहा था, पद्मा की मुस्कराहट ने एक झटके में उसे ढीला छोड़ दिया। रुख़सत बी ने चेहरे पर छलछला आए पसीने को दुपट्टे से पोंछा और आसिफ़ द्वारा दिए गए कपड़ों को समीना को देने के लिए चली गई। मंगला ने आसिफ़ को चलते-चलते कोंचा, "दामाद जी, हमारी बेटी के साथ इस बार मत करना कोई दगा!"

आसिफ़ ने कुछ नहीं कहा। इस बीच अन्दर से वापस आ गई रुख़सत बी समेत सबको अलविदा कह वह जाने लगा, तो अचानक उसकी नज़र चौखट से लगे एक लरज़ते साये पर पड़ी। पलक झपकते ही साये से आसिफ़ का न जाने ऐसा कौन-सा अबोला संवाद हुआ कि आसिफ़ का चेहरा सुबह की धूप-सा खिलता चला गया।

"बी, समीना की चिन्ता छोड़ अब कहीं इस नसीम का जुगत लगाओ।"

"ठकुराइन, एक जगह चल तो रही है बात। बस, इसी झंझट की वजह से बात रुकी हुई है। सब कुछ ठीक रहा तो इसी बैसाख में इसका भी निकाह कर दूँगी।"

"जो हो गया उसे भूल, बस अब नसीम के निकाह में लग जा। कहते हैं कि अन्त भला तो सब भला।" इतना कह पद्मा और मंगला दोनों उठकर चली आईं।

24

कोर्ट पहुँचते ही चंचला की धड़कनें तेज़ होती चली गईं।

जज के आने पर वहाँ मौजूद वकीलों और कुछ मुवक्किलों ने उसका अभिवादन किया और जज के बैठते ही सब अपनी-अपनी जगहों पर बैठ गए। जैसे-जैसे केस-दर-केस पुकार होने लगी, अदालती कार्यवाही आगे बढ़ने लगी। जैसे ही स्टेट वर्सेज़ बलविन्दर की पुकार हुई, इधर ब्रजनन्दन ठाकुर अपने सज़ायाफ़्ता मुवक्किल बलविन्दर, और उधर पीड़िता रूबीना अपने सरकारी वकील अर्थात् पब्लिक प्रॉसिक्यूटर के साथ जज के सामने आ गई।

दीवार पर टँगे मटमैले हो चुके पीतल के पत्तर पर उकेरे राष्ट्रीय चिह्न के नीचे, काठ की पुरानी कुर्सी पर विराजे धवलकेशी न्यायाधीश ने पूरे मामले का एक बार फिर से अवलोकन किया। कुछ पल फ़ाइल में डूबे रहने के बाद उसने धीरे-से गरदन

उठाई और नज़र सीधे रूबीना पर जाकर टिक गई। रूबीना सकपकाते हुए अपने आप में सिमटती चली गई। थोड़ी देर के लिए ऐसा लगा जैसे रूबीना के जिस्म पर चस्पां निगाह किसी इनसान की नहीं, बल्कि पीछे दीवार पर टँगे राष्ट्रीय चिह्न के रूप में उकेरे किसी आदमख़ोर शेर की है। जज ने इसके बाद अपने सामने खड़े सज़ायाफ़्ता अपराधी के वकील की तरफ़ देखा।

"पिछली दलीलों को सुनने और सबूतों को देखने के बाद कई बातें ग़ौर करने वाली हैं। इनमें न तो रूबीना का बर्थ सर्टिफ़िकेट है और न ही स्कूल का कोई सर्टिफ़िकेट है, जिससे इसकी उम्र का सही-सही पता लग सके। बस, डॉक्टर की आसिफ़िकेशन टेस्ट रिपोर्ट है। इस रिपोर्ट के मुताबिक़ रूबीना की उम्र क़रीब सोलह साल है और अठारह से कम है। डॉक्टर की यह रिपोर्ट उम्र का कोई पक्का सबूत नहीं है बल्कि महज़ एक ओपिनियन है। इससे रूबीना की उम्र डेढ़ से दो साल इधर से उधर होना मुमकिन है। अगर ऐसा है तो इस रिपोर्ट का कोई मतलब नहीं है और इस पर हम जाते ही क्यों हैं?" ऐसा कह जज ने एक प्रश्नभरी निगाह से पब्लिक प्रॉसिक्यूटर को तरफ़ देखा।

"अब आते हैं रूबीना और इसकी माँ के बयान पर। निचली अदालत की सुनवाई के दौरान, जिसमें अपराधी को सज़ा हुई है, उसमें रूबीना ने एक दिन पहले अपनी और अगले दिन रूबीना की माँ ने उम्र अठारह साल बताई है। थोड़ी देर के लिए इनके बयानों को ही सही मान लें, तो निश्चित रूप से गणनावाले दिन रूबीना अठारह साल पूरे कर चुकी थी। ऐसे में एक बालिग़ को यह पूरा अधिकार है कि वह किसी के साथ अपनी मरज़ी से कहीं भी आ-जा सकती है। साथ में कुछ तथ्य इसकी रज़ामन्दी को भी पुख्ता बनाते हैं। जब पूरे मामले में इसकी रज़ामन्दी के सबूत मौजूद हैं, तो ऐसे में बलविन्दर को अपराधी कैसे माना जा सकता है?"

इतना कह न्यायाधीश ने मुस्कराते हुए जैसे ही पब्लिक प्रॉसिक्यूटर की आँखों में झाँका, पब्लिक प्रॉसिक्यूटर प्रतिवाद करते हुए बोला, "मगर जज साब इसमें इसकी कोई रज़ामन्दी नहीं थी।"

"अगर नहीं थी तो इतने मौक़े आए, इसने शोर क्यों नहीं मचाया? अगर रज़ामन्दी नहीं थी तो जब डिब्बे में इतनी सारी सवारियों के साथ घंटों सफ़र किया, बलरामपुर रेलवे स्टेशन से ताँगे में बैठकर घर गई। यहाँ तक कि टिकट लेने से लेकर जगदीश के कमरे पर आने तक, इसके पास काफ़ी वक़्त था। बल्कि यह जगदीश के घर कई रात ठहरी, मगर रूबीना ने कोई शोर नहीं मचाया। इससे साफ़ है कि इसके भागने से लेकर जगदीश के घर कई रात ठहरने में इसकी पूरी सहमति थी।" सज़ायाफ़्ता मुजरिम बल्लू के वकील ब्रजनन्दन ठाकुर ने पब्लिक प्रॉसिक्यूटर की दलील को काटते हुए एक बार फिर पूरे आत्मविश्वास के साथ अपना तर्क दिया।

जिस समय वकील ब्रजनन्दन ठाकुर अपनी दलील पेश कर रहा था, धवलकेशी न्यायाधीश की क़लम पूरी गति से सम्बन्धित फ़ाइल के ऊपर रखे काग़ज़ पर दौड़ रही थी। उसने एक बार भी नज़र उठाकर पब्लिक प्रॉसिक्यूटर की तरफ़ नहीं देखा। उसने आगे बिना कोई दलील सुने, अपने दायें तरफ़ कम्प्यूटर के की-बोर्ड पर पूरी मुस्तैदी के साथ तैयार स्टेनोग्राफ़र की अँगुलियों की तरफ़ देखा। इधर न्याय की मूर्ति अपना फ़ैसला बोलती रही, उधर पहले से तैयार अँगुलियाँ की-बोर्ड पर पूरी चपलता के साथ उठक-बैठक करने लगीं। वे जब रुकीं, तो इस घोषणा के साथ रुकीं, "एंड बलविन्दर विन्स द अपील!"

जैसे ही पब्लिक प्रॉसिक्यूटर ने जज की इस घोषणा का, अपने मुवक्किल रूबीना और उसकी माँ को उनकी भाषा में बुझे हुए स्वर में अंग्रेज़ी का तरजुमा करते हुए बताया कि बलविन्दर अपील जीत गया है, रूबीना की माँ फफककर रो पड़ी। एक पल के लिए उसे लगा जैसे न्यायाधीश की यह घोषणा, उसकी बेटी के साथ-साथ उसकी देह पर हुई विजय की मर्दवादी उद्घोषणा है।

कोर्ट से बाहर आते समय कई वकीलों को न्यायाधीश के इस फ़ैसले पर बड़ी हैरानी हुई। ख़ुद ब्रजनन्दन ठाकुर को भी इस पर थोड़ी देर के लिए आश्चर्य हुआ। आश्चर्य इसलिए कि उसने यह तो अक्सर सुना है कि न्यायाधीश अर्थात् न्यायमूर्ति अपील को या तो स्वीकार करता है या मंज़ूर। यहाँ तो निचली अदालत के एक सज़ायाफ़्ता मुजरिम को 'विजयी' ही घोषित कर दिया गया। पर उसे क्या। वह तो इसी में ख़ुश है कि उसका मुवक्किल जीत गया है।

कोर्ट से बाहर आने के बाद ब्रजनन्दन ठाकुर एक पल के लिए ठिठका और अपने पीछे आते चंचला और विष्णु की ओर देखकर मुस्कराते हुए बोला, "विष्णु जी, बुरा मत मानना एक बात कहूँ, अति की भी एक सीमा होती है। अगर आपको यह लगता है कि आपका बेटा एक के बाद एक जुर्म करता जाएगा और वह हर बार ऐसे ही छूटता चला जाएगा, तो ऐसा सोचना आप लोगों की बहुत बड़ी भूल है। मेरी मानो तो जैसी भी लड़की मिलती है, इस बार उसे इसके पल्ले बाँध दो। घर-गृहस्थी की बेड़ियाँ पड़ जाएँगी तो अपने आप अक्ल ठिकाने आ जाएगी।"

"मैंने तो पिछली दफे भी कही थी पर इसने सुनी हो तब न। अब यह चाहती है कि अच्छा खानदान भी हो। लड़की भी सुशील हो। ऐसा तो नहीं हो सकता समधी जी। अरे, हमें अपना सिक्का और उसके करम भी तो देखने चाहिए। आप सही कह रहे हैं। जैसी भी मिलेगी चार-छह महीने में मैं इसके पल्ले बाँध दूँगा।" विष्णु ने चंचला को सुनाते हुए, अन्तत: वकील ब्रजनन्दन ठाकुर की सलाह पर अपनी सहमति की मुहर लगा दी। चंचला ने प्रत्युत्तर में कुछ नहीं कहा। बस, चुपचाप पीठ फेरकर दोनों की बात सुनती रही।

25

बलविन्दर उर्फ़ बल्लू जैसे आदमख़ोर के दूसरी बार बाइज़्ज़त बरी होने की ख़बर सुनकर, पद्मा का अपने ही देवी-देवताओं से नहीं बल्कि पीर-पैग़म्बरों से भी भरोसा उठ गया। रह-रह कर चंचला के विष-बुझे बोल उसे अपने कानों में गूँजते हुए सुनाई देने लगे।

इधर जैसे ही पुरुषोत्तम को बल्लू की रिहाई की सूचना मिली, वह लपकते हुए सज्जन सिंह के पास आया।

"भाई साब, आप भी वकील समधी जी से अपने सदा के लिए बात करो न!" पुरुषोत्तम ने बड़े भाई से हिचकते हुए कहा।

"पुरुषोत्तम सही कह रहा है। जब बल्लू जैसा मुजरिम, जिसका जुरम तक साबित हो गया हो, वह छूट सकता है तो मेरा सदा क्यों नहीं छूट सकता। एक बार समधी जी को टटोलो तो सही। ज्यादा-से-ज्यादा रक़म ही तो लगेगी।"

पद्मा ने जिस कातरता के साथ पति से गुहार लगाई, उसे सुन सज्जन सिंह का कलेजा चाक होता चला गया।

"हाँ भाई साब। सुना है कभी-कभी मुजरिम का अच्छा चाल-चलन भी उसे बरी करवा देता है। वैसे भी हमारे सदा ने कौन-सा जानबूझकर कतल किया है। बस हो गई कोई चूक।"

"तुम दोनों देवर-भाभी सही कह रहे हो। मैं मौका देखकर उनसे बात करता हूँ।" सज्जन सिंह ने गहरी साँस लेते हुए कहा।

सज्जन सिंह अपने वकील समधी ब्रजनन्दन ठाकुर से बात करने का मौक़ा ढूँढ़ ही रहा था कि अगले दिन शाम को मीनू का फोन आ गया। बातों-बातों में सज्जन सिंह ने यूँ ही पूछ लिया, "मीनू बेटी, हमारे वकील समधी साहब के क्या हाल हैं?...क्या, सामने ही बैठे हैं...ठीक है, तू कहती है तो खुद ही पूछ लेता हूँ, चल करा बात!" इतना कह सज्जन सिंह दूसरी तरफ़ से आनेवाली आवाज़ का इन्तज़ार करने लगा। कुछ ही पलों में उनके कानों में ब्रजनन्दन ठाकुर की आवाज़ गूँजी, जिसके जवाब में सज्जन सिंह ने जवाब दिया, "हम तो ठीक हैं वक़ील बाबू, आप सुनाओ...अच्छा पहले तो हमारी तरफ से आपको बहुत-बहुत बधाई कि आपने एक सजायाफ्ता संगीन मुजरिम को बाइज्जत बरी करवा दिया।" सज्जन सिंह ने जानबूझकर 'सज़ायाफ़्ता संगीन मुजरिम' इस्तेमाल किया। इस पर दूसरी तरफ़ से न जाने क्या कहा गया कि सज्जन सिंह ठठाकर हँस पड़ा।

"इनसे अपने सदा के बारे में भी बात करो न!" सामने खड़ी पद्मा ने फुसफुसाते हुए पति को याद दिलाया।

पत्नी को हाथ से रोकते हुए सज्जन सिंह बातों में लगा रहा।

"कुछ अपने सदानन्द के बारे में भी सोचो न वकील बाबू...चार साल हो गए। आपकी समधिन कह रही है कि क्या हमारा सदानन्द ज़िन्दगीभर जेल में पड़ा रहेगा...जब आप कहो मैं आ जाऊँगा...ठीक है दो हफ्ते बाद हाजिर होता हूँ... हाँ-हाँ, उनसे लेता आऊँगा...अच्छा वकील बाबू राम-राम!"

"क्या कहा समधी जी ने?" फोन कटते ही पद्मा ने उत्सुकतावश पूछा।

"कह रहे थे कि दो हफ्ते बाद अदालत की छुट्टियाँ पड़ रही हैं। तब तसल्ली से केस को देखता हूँ।"

इतना सुन पद्मा ने आँखें बन्द की और हवा में हाथ जोड़ते हुए बोली, "हे पीर बाबा, लगता है तूने मेरी अरज सुन ली!"

पूरा केस ध्यान से देखने के बाद वकील ब्रजनन्दन ठाकुर सज्जन सिंह द्वारा उपलब्ध कराए गए दस्तावेज़ों का पुलिन्दा एक तरफ़ पटक, किसी गहन चिन्तन में डूब गया। सामने बैठे वकील ब्रजनन्दन ठाकुर के चेहरे पर जिस तरह एक के बाद एक भाव आ-जा रहे थे, उन्हें देख सज्जन सिंह की धड़कनें बढ़ गईं। जब तक ब्रजनन्दन ठाकुर कुछ नहीं बोले, तब तक दोनों के बीच ख़ामोशी थरथराती रही।

"समधी जी, ऐसा है इस केस में कई पेच हैं। एक तो यह है कि पोक्सो की जिस धारा के तहत सदानन्द को सज़ा सुनाई गई है, उसकी कम-से-कम सज़ा ही दस साल है।" वकील ब्रजनन्दन ठाकुर ने पेच शब्द को चुभलाते हुए प्रतिक्रिया दी।

"मैं कुछ समझा नहीं वकील बाबू।" ब्रजनन्दन ठाकुर की तरफ़ से इतनी ठंडी प्रतिक्रिया सुन, सज्जन सिंह का चेहरा उतर गया।

"दरअसल, यह सज़ा पत्नी के साथ किए गए बलात्कार के जुर्म में नहीं, बल्कि एक नाबालिग़ के साथ हुए बलात्कार के जुर्म में सुनाई गई है। इसमें जुर्म साबित होने पर कम-से-कम दस साल की सज़ा है।"

"इसमें मुजरिम का चाल-चलन काम नहीं आ सकता?" सज्जन सिंह ने भी जैसे अब मान लिया कि उनका बेटा सचमुच मुजरिम है।

"ना, क्योंकि अदालत ने कम-से-कम सज़ा सुनाई है। हाँ, अगर उसे दस साल से ज़्यादा की सज़ा सुनाई गई होती, तो हम उसे उससे कम की सज़ा में बदलने की अपील कर सकते थे।"

"आपका कहने का मतलब यह है कि दस साल से पहले हमारे सदा के बाहर आने की कोई उम्मीद नहीं है?" निराशा और नाउम्मीदी के भँवर में उतरते हुए बोला सज्जन सिंह।

"फ़िलहाल तो नहीं है समधी जी। फिर भी एक काम हो सकता है..."

"क्या?" अचानक उम्मीद का एक छोटा-सा दीया टिमटिमाता देख, सज्जन सिंह ने ब्रजनन्दन ठाकुर का वाक्य पूरा होने से पहले बीच में टोकते हुए पूछा।

"यही कि इसके ख़िलाफ़ हाई कोर्ट में अपील की जाए।"

"जब यह सजा कम हो ही नहीं सकती तो हाई कोर्ट इसमें क्या करेगा?"

"इसलिए कि सेशन कोर्ट के फ़ैसले को हाई कोर्ट ही बदल सकता है और फिर यह तो कोर्ट-कोर्ट पर निर्भर करता है। यह ज़रूरी नहीं है कि जिस बात से निचली अदालत सहमत हो, उससे ऊपर की अदालत भी सहमत हो।"

"ठीक है वकील बाबू। जो आपको अच्छा लगे वैसा करो। सदा की माँ ने आपके पास मुझे बड़ी उम्मीद के साथ भेजा है।"

"मैं समझ सकता हूँ एक माँ के दर्द को।"

"बात दर्द की नहीं है वकील बाबू। दस साल की सजा काटने के बाद जब वह जेल से बाहर आएगा, तो किसी लायक नहीं रहेगा। ना वह कुँवारों में रहेगा, ना ब्याहतों में।" सज्जन सिंह ने असली चिन्ता व्यक्त की।

"इसके अलावा और कोई चारा भी तो नहीं है।"

"अच्छा वकील बाबू, मैं चलता हूँ। जरा मीनू को बुलवा दो!" इतना कह सज्जन सिंह चलने के लिए खड़ा हो गया। कुछ ही देर में मीनू आ गई। सज्जन सिंह ने जेब से पाँच सौ का नोट निकाला और उसे मीनू को दे चला आया।

इधर वकील ब्रजनन्दन ठाकुर ने सदानन्द की रिहाई के लिए हाई कोर्ट में अपील लगाई और उधर न जाने कैसे इसकी भनक, 'दैनिक राष्ट्रवाद' के शौकिया संवाददाता अपने लालकृष्ण 'प्रपंची' अर्थात् 'लेकेपी' को लग गई। उसी 'लेकेपी' को, जिसे आज भी इस तथाकथित राष्ट्रवादी अख़बार से वेतन मिलना तो दूर रहा, किसी तरह का पारिश्रमिक तक नहीं मिलता है। उसी 'लेकेपी' को भनक लग गई जिसकी बाइलाइन से छपी 'सुहागरात को दुल्हन की मौत' शीर्षकवाली छोटी-सी ख़बर से एक कुख्यात न्यूज़ चैनल की टीआरपी में ऐसा उछाल आया कि वह रातभर में देश का सर्वश्रेष्ठ न्यूज़ चैनल बन गया। यह वही ख़बर थी जिसे 'लेकेपी' थानेदार त्यागी से बड़े बेमन से लेकर आया था। मगर इसी ख़बर ने देखते-ही-देखते प्राइम टाइम के दर्शकों को उद्वेलित कर दिया था।

'लेकेपी' ने बड़ी बारीक़ी और सावधानी के साथ सबसे पहले इस अपील से जुड़े तथ्यों को इकट्ठा किया। इसके बाद हाई कोर्ट में सुनवाई की तारीख़ का पता लगाया। जब उसे पूरी तसल्ली हो गई कि अब कुछ बात बन जाएगी, तब उसने अख़बार के समाचार सम्पादक से सम्पर्क साध, उसे पूरे मामले से अवगत करा

दिया। समाचार सम्पादक के इस आश्वासन के बाद 'लेकेपी' ने डिस्पैच भेज दिया कि ख़बर 'दैनिक राष्ट्रवाद' के मुखपृष्ठ पर न केवल प्रमुखता से प्रकाशित होगी बल्कि यह भी तय हो गया कि समाचार किस दिन प्रकाशित होगा।

वकील ब्रजनन्दन ठाकुर के घर अंग्रेज़ी और हिन्दी के जिन दो अख़बारों में, हिन्दी का अख़बार आता है, वह यही 'दैनिक राष्ट्रवाद' है। यह अख़बार ब्रजनन्दन ठाकुर को इतना प्रिय है कि इसके बिना जैसे उसकी सुबह ही नहीं होती है। घर हो या बाहर एक तरह से यह उसकी ज़रूरतों में शामिल हो गया है। उस दिन भी हाई कोर्ट जाने से पहले नाश्ता करते हुए अपने प्रिय अख़बार की ख़बरों पर नज़र मार रहा था, कि अचानक उसकी निगाह बॉटम में चार कॉलम में फैली इस शीर्षक से छपी ख़बर पर अटक गई–'बालिका वधू के हत्यारे ने की हाई कोर्ट में रिहाई की अपील'।

काँटे में फँसा टोस्ट का टुकड़ा मुँह में जाते-जाते रुक गया। वकील ब्रजनन्दन ठाकुर की आश्चर्यभरी नज़र जैसे ही इस ख़बर के मुख्य किरदार यानी बालिका वधू के हत्यारे के नाम पर जाकर रुकी, काँटे में फँसा टोस्ट उसके हाथ से छिटककर नीचे आ गिरा और बेसाख़्ता मुँह से निकला—सदाऽऽऽनन्द! इसके बाद ब्रजनन्दन ठाकुर एक ही साँस में आधी मुखपृष्ठ पर और शेष पृष्ठ छह पर छपी पूरी ख़बर को बाँच गया।

'इस ख़बर ने तो सारा खेल ही ख़राब कर दिया।' वकील ब्रजनन्दन ठाकुर ने ख़ुद से कहा और कोर्ट जाने की तैयारी करने लगा।

इधर सवेरे-सवेरे कुख्यात न्यूज़ चैनल का सम्पादक कम्पनी की तरफ़ से उपलब्ध कराए जानेवाले अख़बारों के ढेर में छपी ख़बरों को एक-एक कर खँगाल रहा था, कि 'दैनिक राष्ट्रवाद' के बॉटम में छपी ख़बर को देख वह ठिठक गया। वह इस ख़बर को एक साँस में पढ़ गया। ख़बर ख़त्म करते ही उसने उसी समय अपने सहयोगी को फोन लगाया, "दिवाकर, कहाँ हो...तुम्हारे पास 'दैनिक राष्ट्रवाद' तो आता है न?...उसके फ़र्स्ट पेज पर सबसे नीचे एक ख़बर छपी है। उसे पढ़कर मुझे तुरन्त बता कि इस पर कुछ हो सकता है?"

दस मिनट बाद ही दिवाकर का फोन आ गया।

"हाँ बोल दिवाकर!...क्याऽऽऽ वही ख़बर है?" कुख्यात न्यूज़ चैनल का सम्पादक लगभग उछलते हुए आगे बोला, "ऐसा कर, तू तुरन्त मेरे पास चला आ...हाँ-हाँ, घर पर ही।"

दिवाकर आधे घंटे में अपने सम्पादक के घर पहुँच गया।

दिवाकर के आने पर सम्पादक ने एक बार फिर अपनी तसल्ली करते हुए पूछा, "पक्का, वही ख़बर है न?"

"हाँ सर, एकदम वही ख़बर है। मैं ही तो इस अख़बार के उस लेकेपी, मेरा मतलब है लालकृष्ण 'प्रपंची' नाम के उस संवाददाता से जाकर मिला था।"

"ऐसा कर, इसी समय उन्हीं पैनलिस्ट्स को फोन कर, जिन्हें तब बुलाया था और आज के प्राइम टाइम के लिए उन्हें एंगेज्ड कर ले!"

"मगर सर, आज का तो 'पोल खोल' पहले से तय है और..."

"दिवाकर, हाई कोर्ट में आज इस पर सुनवाई है। यह पोल तो किसी और दिन भी खुल जाएगी। तुझे पता नहीं यह कितनी बड़ी ख़बर है। ध्यान रहे हिन्दू महासभा के स्वामी जी को तो हर हालत में बुलवाना है। ऐसा करते हैं छह-सात दिन पहले हाई कोर्ट में वैवाहिक दुष्कर्म को अपराध की श्रेणी में लाने की माँग का जो विरोध किया है, उसको भी आज के पीटी में शामिल कर लेते हैं!"

"अच्छा-अच्छा सर, वही जिसमें स्त्री मुक्ति नाम के एनजीओ ने इसके ख़िलाफ़ अपील लगाई है?"

"हाँ वही।"

"फिर तो सर, स्त्री-मुक्ति एनजीओ की मानुषी को भी बुलाना पड़ेगा।"

"बिना मानुषी और हिन्दू महासभा के स्वामी जी के टीआरपी कैसे बढ़ेगी? इनके बिना मज़ा ही नहीं आएगा।"

"सर, पिछली बार हमने इसके कॉरेस्पोंसर के रूप में पाठक जी को जोड़ा था।"

"कौन पाठक जी?" सम्पादक ने हैरानी से पूछा।

"सर, अपने 'दुल्हन वही जो पाठक जी दिलवाएँ' वाले।"

"इसके बारे में उनसे अगली बार बात कर लेंगे। इतनी जल्दी कॉरेस्पोंसर मिलना मुश्किल है।"

"ठीक है सर, मैं अपने काम में लग जाता हूँ।" इतना कह दिवाकर अपने सम्पादक के पास से उठकर चला गया।

26

बलात्कार, पुरुषों द्वारा औरतों को लगातार बलात्कार से भयभीत रखकर, समस्त स्त्री जाति पर पूर्ण नियंत्रण बनाए रखने का षड्यंत्र है।

—सुसन ब्राउनमिलर

जैसाकि ब्रजनन्दन ठाकुर को आशंका कम विश्वास ज़्यादा था, हाई कोर्ट द्वारा निर्भया केस के बाद भारतीय दंड संहिता, 1860 की धारा 375 में संशोधन को नज़ीर मानते हुए, सदानन्द की अपील पहली ही सुनवाई में ख़ारिज कर दी गई।

रात का खाना खाने के बाद नौ बजे की ख़बर देखने की ग़रज़ से ब्रजनन्दन

ठाकुर टेलीविज़न के सामने आकर बैठ गया। हाथ में थामे रिमोट से चैनल्स की अदला-बदली चल रही थी, कि उसी कुख्यात ख़बरिया चैनल के अभी-अभी शुरू हुए प्राइम टाइम पर मोटे-मोटे अक्षरों में उभरे 'हाई कोर्ट ने ख़ारिज की बालिका वधू के हत्यारे की अपील' को पढ़, एकाएक उसका रिमोट थम गया। बालिका वधू से अचानक उसे याद आया कि ऐसी ही एक ख़बर आज सुबह वह 'दैनिक राष्ट्रवाद' में भी पढ़ चुका है। वकील ब्रजनन्दन ठाकुर की नज़र टीवी स्क्रीन पर चिपक गई। जैसे-जैसे ऐंकर इस केस के इतिहास में अपने श्रोताओं को ले जाते हुए विस्तार से पूरी घटना को बता रहा था, वैसे-वैसे ब्रजनन्दन ठाकुर की साँसें चढ़ने लगीं।

"तो प्राइम टाइम में आज हम चर्चा करेंगे कि 2013 में नृशंस निर्भया बलात्कार हत्या के बाद क़ानून में हुए संशोधन को दरकिनार कर, सुहागरात को हुई पहली नाबालिग़ पत्नी की मौत के अपराधी सदानन्द को सुनाई गई सज़ा को क्या हाई कोर्ट माफ़ कर सकता है? इससे पहले कि हम अपनी चर्चा शुरू करें स्टूडियो में मौजूद अपने पैनलिस्ट्स से मैं आपका परिचय करा दूँ।" अपनी प्रस्तावना को अन्तिम रूप दे, ऐंकर यह कहते हुए स्टूडियो में मौजूद पैनलिस्ट्स की ओर घूम गया, "ये हैं हिन्दू महासभा के प्रतिनिधि स्वामी ज्ञानेश्वर जी। स्वामी जी के बगल में बैठे हुए हैं जाने-माने समाजशास्त्री प्रोफ़ेसर अजय जोशी। जोशी जी के साथ बैठी हैं देशभर में स्त्री अधिकारों के लिए काम करनेवाली एनजीओ स्त्री-मुक्ति की प्रमुख मानुषी जी। और सबसे आख़िर में मेरे दाहिनी ओर बैठे हुए हैं स्त्री मामलों के जानकार और क़ानूनविद् अनिल जैन। जैन साब, स्त्री मामलों के जानकार और एक क़ानूनविद् होने के नाते सबसे पहला सवाल आपसे ही है कि क्या हाई कोर्ट सदानन्द की इस सज़ा को माफ़ कर सकता है?"

लगभग पूरी हो चुकी सफ़ेद फ्रेंच कट दाढ़ीवाले जाने-माने क़ानूनविद् व स्त्री मामलों के जानकार जैन साहब ने पहले हल्के से अपनी दाढ़ी खुजलाई। इसके बाद कुछ क्षोभ और कुछ हैरतभरे अन्दाज़ में बोलना शुरू किया, "मेरी तो यही समझ में नहीं आ रहा है कि जब मेरे साथी वकील को यह पता था कि आईपीसी की धारा 375 में 2013 के संशोधन द्वारा सहमति से सहवास की उम्र सोलह से बढ़ाकर अठारह साल कर दी गई है, तब उसने यह अपील लगाई क्यों? क्या उसे यह मालूम नहीं था कि इस संशोधित अध्यादेश के बाद यदि पीड़िता भले ही शादीशुदा है, उसकी उम्र सोलह साल से कम है तो ऐसे मामले में अभियुक्त को चाहे वह उसका पति ही क्यों न हो, उसे अग्रिम जमानत नहीं मिलेगी? ऐसे मामले में अपराध सिद्ध होने पर दस से बीस साल तक सज़ा का प्रावधान भी है। अब सवाल यह है कि यह सब जानते हुए मेरे उस विद्वान् वकील ने यह अपील लगाई ही क्यों?"

"हो सकता है इसलिए लगा दी कि हाई कोर्ट अपने विवेक का इस्तेमाल कर इस सज़ा में कुछ रियायत दे दे?" ऐंकर ने एक सहज और जिज्ञासाभरा सवाल उछालते हुए पूछा।

"आपका सवाल एकदम सही है कि निचली अदालत के किसी फ़ैसले के ख़िलाफ़ ऊपर की अदालत में अपील की जा सकती है। मगर यहाँ तो इस धारा में सज़ा का कम-से-कम प्रावधान ही दस साल का है।"

"आपका कहने का तात्पर्य यह है कि मुजरिम के वकील ने हाई कोर्ट में जाकर अपना समय व्यर्थ किया?"

"नहीं, आपको अगर लगता है कि आपके साथ न्याय नहीं हुआ है, तो संविधान और क़ानून आपको आगे अपील करने का पूरा हक़ देता है? थोड़ी देर के लिए मान लीजिए, जैसा आपने अभी कहा कि हाई कोर्ट अपने विवेक का इस्तेमाल कर इस सज़ा में कुछ रियायत दे देता, तब। लेकिन मुझे लगता नहीं हाई कोर्ट ऐसा करता।"

"मानुषी जी, आप जैन साब की बात से सहमत हैं?" इस बार ऐंकर देशभर में स्त्री अधिकारों के लिए काम करनेवाला एनजीओ स्त्री-मुक्ति की प्रमुख मानुषी की तरफ़ पलटा।

"देखिए, जैन साब ने एक क़ानूनविद् होने के नाते अपनी राय रखी है। इनकी एक बात से मैं पूरी तरह सहमत हूँ कि अपराधी सदानन्द के वकील को यह अपील करनी ही नहीं चाहिए थी। दरअसल, बात यहाँ क़ानूनी अधिकारों की नहीं है। बात यहाँ उस बच्ची की मौत का है जो एक वहशी पति की हवस का शिकार हुई है।"

"देवी, आप कैसी बातें कर रही हैं। इसमें पति की हवस का प्रश्न कहाँ से आ गया। अग्नि को साक्षी मानकर वह उसकी ब्याहता पत्नी थी। मैं, इसी स्टूडियो में इस केस पर जव बहस हो रही थी, कह चुका हूँ कि शादी एक पवित्र बन्धन है। पति-पत्नी का सम्बन्ध एक-दूसरे के प्रति एक समर्पण भाव का रिश्ता है। आप इस समर्पण को हवस का नाम दे रही हैं। यह भी तो हो सकता है कि वह पहले से किसी बीमारी से ग्रस्त रही हो।" हिन्दू महासभा के प्रतिनिधि स्वामी ज्ञानेश्वर की रौद्रता धीरे-धीरे अपना रूप धारण करने लगी।

"लेकिन स्वामी जी, इस समर्पण भाव की एक उम्र और अवस्था होती है। जो बच्ची मानसिक और शारीरिक रूप से परिपक्व ही नहीं है, उससे आप पवित्रता और समर्पण की अपेक्षा करते हैं? सच तो यह है कि यह सीधे-सीधे एक नाबालिग़ के साथ बलात्कार का मामला है और मैं हाई कोर्ट के इस फ़ैसले का तहेदिल से सम्मान करती हूँ, जिसने एक हत्यारे पति की अपील पहली सुनवाई में ख़ारिज कर दी।" स्त्री-मुक्ति की मुखिया ने हिन्दू महासभा के प्रतिनिधि की रौद्रता पर जैसे ठंडा पानी उँडेल दिया।

"आपकी बात से मैं पूरी तरह सहमत हूँ मानुषी जी। इसीलिए इस संशोधन में यह उम्र जो पहले चौदह साल थी, उसे बढ़ाकर सोलह कर दिया गया है। मेरी नज़र में इस संशोधन से बाल विवाहों में कुछ कमी भी आएगी।" क़ानूनविद् अनिल जैन ने मानुषी से सहमति जताते हुए कहा।

"आपके कहने का मतलब यह कि एक तरह से यह वैवाहिक बलात्कार से जुड़ा हुआ मुद्दा है?" ऐंकर ने बड़ी सफ़ाई से चर्चा को दूसरी दिशा दे दी।

"बिलकुल है, और हमारे एनजीओ ने वैवाहिक दुष्कर्म को अपराध की श्रेणी में रखने की माँग की याचिका दाख़िल की हुई है।" इससे पहले कि स्त्री मामलों के जानकार व क़ानूनविद् अर्थात् सफ़ेद दाढ़ी कुछ कह पाती, स्त्री-मुक्ति की मुखिया ने कार्यक्रम की नकेल अपने हाथ में ले ली।

"लेकिन मानुषी जी, केन्द्र सरकार ने दिल्ली हाई कोर्ट में जो हलफ़नामा पेश किया है उसमें कहा गया है कि वैवाहिक बलात्कार यानी पत्नी की इच्छा के विरुद्ध, किए गए ज़बरदस्ती सहवास को बलात्कार नहीं माना जा सकता। क्योंकि ऐसा करने से विवाह संस्था ख़तरे में पड़ जाएगी। इसी बात का विरोध करते हुए कलकत्ता के एक एनजीओ ने भी आपकी यह माँग, यह कहते हुए ख़ारिज करने की अपील की है, कि यदि आईपीसी की धारा 375 के अपवाद को ख़त्म कर दिया जाता है, तो इस क़ानून का बड़े पैमाने पर दुरुपयोग होगा। जोशी जी, इस पूरे मामले को एक समाजशास्त्री होने के नाते आप किस तरह देखते हैं?" काफ़ी देर से अपनी बारी का इन्तज़ार करते-करते उकता गए, अपने तीसरे पैनलिस्ट की तरफ़ मुख़ातिब होते हुए ऐंकर ने पूछा।

"देखिए, विवाह, विवाह संस्था और इन दिनों अब वैवाहिक बलात्कार पर एकाएक शुरू हुआ विमर्श, दरअसल हमारे भारतीय समाज की दुविधाओं और उसके रिफ़ॉर्मेटिव आचरण का बहुत अच्छा उदाहरण है। अगर हम विवाह संस्था को उसकी पारम्परिक परिभाषा के आलोक में देखें, तो इसका सीधा-सीधा आशय यह है कि विवाह केवल एक सामाजिक संस्था है। इसके अन्तर्गत आनेवाले पति-पत्नी के दैहिक सम्बन्ध दो स्वतंत्र व्यक्तियों के बीच समानता पर आधारित स्वैच्छिक सम्बन्ध नहीं है। इसे ऐसे भी समझा जा सकता है कि विवाह एक अपरिवर्तनशील सामाजिक संस्था है जिसके पितृसत्तात्मक स्वरूप, उसके नियमों और मान्यताओं में बदलाव नहीं किया जा सकता। इसमें पति की इच्छा ही सर्वोपरि होगी, पत्नी की इच्छा का कोई महत्त्व नहीं है।"

समाजशास्त्री प्रोफ़ेसर अजय जोशी ने जैसे ही अपनी बात रखी, हिन्दू महासभा के प्रतिनिधि स्वामी ज्ञानेश्वर अपनी जगह से उचकते हुए बोला, "आपने बिलकुल सही कहा है। हमारे शास्त्रों और हिन्दू दर्शन में पति को परमेश्वर ऐसे ही नहीं माना गया है। जहाँ पति को परमेश्वर माना जाएगा, वहाँ इच्छा तो सर्वोपरि पति की ही होगी न। विवाह जैसी पवित्र सामाजिक संस्था को कुछ अधर्मी और हिन्दू विरोधी आज पूरी तरह नष्ट करने पर तुले हुए हैं।"

"मैं आपकी बात से एक हद तक सहमत हूँ स्वामी जी। मगर हमें सबसे पहले उन सामाजिक विरोधाभासों, कारणों और उन, स्थितियों पर नज़र डालनी होगी

जिनके चलते विवाह संस्था अस्तित्व में आई। इस संस्था का अस्तित्व में आने का मुख्य कारण रहा है स्त्री को, वह भी अपने ही परिवार के पुरुषों की कामुकता से बचाकर, स्त्री-पुरुष सम्बन्धों को मर्यादा की परिधि में लाना।"

"जोशी जी, हमारे ये हिन्दूवादी ध्वजवाहक यदि अपने ही ग्रंथों को सलीक़े से पढ़ लें, तो आज इस पति नाम के परमेश्वर की मनमर्ज़ी का पक्ष नहीं लेते। इनकी नज़र में विवाह पति-पत्नी के बीच समानता, आदर और प्रेम नहीं, बल्कि पुरुष प्रधान समाज के मुखिया पति द्वारा एकच्छत्र सत्ता व शासन क़ायम करना है। स्वामी जी, आपको पता है अपने हिन्दुओं में एक ज़माने में ऐसी रीति थी, कि अगर घर पर कोई पराया मर्द, कोई दोस्त या कोई मेहमान आता था, तो घर के मर्द अपनी औरतों को बड़े ख़ुश होकर उसके साथ रात में सोने के लिए भेज देते थे।"

"देवी, आप यह अनर्गल उदाहरण किस ग्रंथ से दे रही हैं?" हिन्दू महासभा के प्रतिनिधि स्वामी ज्ञानेश्वर ने तमतमाते हुए प्रश्न किया।

"स्वामी जी, हिम्मत है तो सुनिए! वशिष्ठ प्रजापति की लड़की शतरूपा जवान होते ही अपने पिता के संग उसकी पत्नी की तरह रही थी। मनु ने अपनी कन्या तक को नहीं छोड़ा और तो और जाह्नवी ने अपने पिता को ही अपना पति बना लिया। दक्ष और दक्षा भाई-बहन का आपस में वैसा ही सम्बन्ध था, जैसा पति-पत्नी के बीच होता है। कहने का तात्पर्य यह है कि प्राचीन आर्ष प्रथाओं के अनुसार आर्ष समाज में पुरुषों के अपनी सगी बहन, चचेरी बहन, नातिन, सगी लड़की या बुआ की लड़की से वैसे ही सम्बन्ध हुआ करते थे, जैसे आज पत्नी से हुआ करते हैं। यह किसी ग्रंथ से नहीं बल्कि संस्कृत के उद्‌भट विद्वान् विश्वनाथ काशीनाथ राजवाड़े की पुस्तक भारतीय विवाह संस्था का इतिहास से उद्धृत है।"

"मानुषी जी, आपका कहना एकदम सही है। वैसे विवाह संस्था के अस्तित्व में आने की पहली कथा महाभारत के आदि पर्व में कही गई है। इस कथा के अनुसार पांडु कुंती को ऋषि उद्‌दालक के पुत्र श्वेतकेतु की कथा सुनाते हैं जिसने बलपूर्वक विवाह संस्था के नियम लागू किए। इस कथा के अनुसार एक अपरिचित उसकी माँ को, उसकी इच्छा के विरुद्ध खींचकर ले जा रहा था और उसके पिता चुपचाप देख रहे थे। श्वेतकेतु ने जब इसका कारण पूछा तो पिता ने उत्तर दिया—'अनावृता हि सर्वेषां वर्णानामंगना भुवि' अर्थात् इस भूमंडल में सभी स्त्रियाँ बिना रोक-टोक के सभी से मिल सकती हैं। इसके पश्चात् श्वेतकेतु ने पति द्वारा पत्नी के अलावा किसी अन्य स्त्री के साथ, और पत्नी द्वारा पति के अतिरिक्त किसी अन्य पुरुष के साथ सम्बन्ध स्थापित करने पर रोक लगा दी।

राजवाड़े की इसी पुस्तक के अनुसार महाभारत के शान्ति पर्व में भीष्म बताते हैं कि कृतयुग के स्त्री-पुरुषों के बीच जब मन हुआ, तब समागम हो जाया करता था। जबकि त्रेता युग में पसन्द-नापसन्द करने की व्यवस्था थी। महाभारत के अनुशासन

पर्व के 20वें अध्याय में एक प्रसंग है कि एक बार अश्विनीकुमार सुदर्शन घर से बाहर गया हुआ था। इसी बीच उनके पीछे से एक ब्राह्मण आ जाता है। वह ब्राह्मण सुदर्शन की पत्नी से कहता है—

यदि प्रमाणं धर्मस्ते गृहस्थाश्रमसम्मत:।
प्रदानेनात्मनो राशि कर्तुमर्हसि मे प्रियं॥

इसका अर्थ यह है कि यदि तुम गृहस्थ धर्म को मानती हो तो मुझे अपना शरीर देकर प्रसन्न करो। जब ब्राह्मण के कहने पर सुदर्शन की पत्नी अन्दर चली जाती है, तो उसी समय सुदर्शन वापस लौट आता है। सुदर्शन उन दोनों को सहवास करता देख सिर्फ़ इतना कहता है—सुरतं ते अस्तु विप्राग्रय प्रीतिहि परमा मम। यानी तुम सहवास करो और यह मुझे भी पसन्द है। दरअसल, इसके मूल में एक धारणा छिपी हुई है, और वह यह है—नास्ति स्वतंत्रता स्त्रीणां अस्वतंत्रताहि योषित। अर्थात् स्त्री स्वतंत्र नहीं होनी चाहिए। वह तो पराधीन रहने के लिए बनी हुई है। द्वापर युग तक आते-आते स्त्री-पुरुष अपनी-अपनी टोलियाँ बनाकर रहने तो लगे, मगर इन जोड़ियों को स्थिर अवस्था प्राप्त नहीं हुई थी। कलयुग में ये जोड़ियाँ स्थाई होने लगीं जिनके चलते विवाह संस्था का उदय हुआ।"

"जोशी जी, आपकी बातों से ऐसा लगता है कि विवाह नाम की संस्था का अस्तित्व में आने का एक मुख्य कारण व्यभिचार को रोकना, बल्कि कहिए पुरुषों द्वारा स्त्रियों से जबरन यौन-सम्बन्ध बनाना रहा है, जिसे आधुनिक परिभाषा में बलात्कार भी कहा जा सकता है?" ऐंकर ने समाजशास्त्री प्रोफ़ेसर अजय जोशी के कहे को पुख़्ता बनाते हुए विषय को आगे बढ़ाया।

"और इसमें सबसे आश्चर्य की बात यह है कि सरकार द्वारा पेश किए गए इस हलफ़नामे और सरकार के इस रुख़ का किसी भी राजनीतिक दल की तरफ़ से कोई ख़ास विरोध नहीं हुआ। जो राजनीतिक दल अपने आपको राममनोहर लोहिया का अनुयायी बताते हैं, उनकी तरफ़ से भी नहीं। जबकि उसी राममनोहर लोहिया का वैवाहिक बलात्कार के बारे में यह कथन, जो बहुत प्रसिद्ध है, इस तरह है– बलात्कार और वादाख़िलाफ़ी के अलावा स्त्री और पुरुष का हर रिश्ता जायज़ है।" स्त्री मामलों के जानकार और क़ानूनविद् यानी फ्रेंचकट दाढ़ी ने विषय को एक ऊँचाई पर लाते हुए अपनी बात जारी रखी, "हम सब जानते हैं कि बलात्कार के पीछे यौन-इच्छा कम, दूसरे पक्ष यानी स्त्री के ख़िलाफ़ हिंसा और उस पर अपना वर्चस्व स्थापित करने की इच्छा अधिक होती है। इसीलिए मशहूर स्त्रीवादी चिन्तक सुसन ब्राउन मिलर ने बहुत सही कहा है कि 'बलात्कार, पुरुषों द्वारा औरतों को लगातार बलात्कार से भयभीत रखकर, समस्त स्त्री जाति पर पूर्ण नियंत्रण बनाए रखने का षड्यंत्र है।' इसी कड़ी में वे आगे कहती हैं–मैन डू नॉट कैच वीमेन, दे विन देम।"

"इसीलिए हमारी यह माँग है कि सिर्फ़ विवाह पूर्व जबरन स्थापित किए गए यौन-सम्बन्धों को ही बलात्कार की परिधि में न रखा जाए, बल्कि विवाह के बाद भी पत्नी की सहमति के बिना स्थापित किए जानेवाले यौन-सम्बन्धों को भी इस परिधि में लाना चाहिए। फिर चाहे पत्नी की कितनी भी उम्र क्यों ना हो। अगर कोई ब्याहता यह कहती है कि उसके पति ने उसकी सहमति के बिना उससे ज़बरदस्ती की है, तो उसे इसकी पुलिस में शिकायत करने का अधिकार होना चाहिए।"

"मानुषी जी, यह बिलकुल भी सम्भव नहीं है और अगर आपके कहने से किसी ने ऐसा कर भी दिया, तो उसकी न कोई कोर्ट सुनेगा, न पुलिस।" क़ानूनविद् अनिल जैन ने मुस्कराते हुए कहा।

"फिर तो देवी वह विवाह, जिसे हिन्दू मायथोलॉजी में जन्म-जन्मान्तर का सम्बन्ध कहा गया है, उसका कोई मतलब नहीं रह जाएगा। एक बार फिर भारतीय संस्कृति और मानव-सभ्यता उसी आदिम युग में प्रवेश कर जाएगा, जहाँ से उसे निकालकर लाया गया है।"

"और स्वामी जी, जिस स्त्री के साथ उसका पति उसकी इच्छा और सहमति के विरुद्ध उसके साथ रोज़ बलात्कार करता है, वह क्या है?"

"आप जैसी पश्चिमी सभ्यता की शिकार स्त्रियों ने हिन्दू समाज का मस्तक नीचा किया हुआ है। आपकी जैसी सोच के चलते भारतीय समाज में आए दिन तलाक हो रहे हैं।"

"स्वामी जी, तलाक़ किसी पश्चिमी सभ्यता से प्रभावित सोच के चलते नहीं, बल्कि आपसी मतभेदों, असमान मानसिक स्तर, बढ़ती हुई घरेलू हिंसा और दूसरे कारणों के चलते बढ़ रहे हैं। अगर आपके शास्त्रों में तलाक़ के पक्ष में भी कोई तर्क है, तो लगे हाथ उसे भी बता दीजिए!" स्त्री-मुक्ति की प्रमुख मानुषी ने हिन्दू महासभा के प्रतिनिधि स्वामी ज्ञानेश्वर को चुनौतीभरे अन्दाज़ में कोंचा।

"मानुषी जी, तलाक़ पर किसी और दिन बहस कर लेंगे फ़िलहाल..."

"एक मिनट, मुझे इन देवी जी को इस मुद्दे पर जवाब देने दीजिए!" हिन्दू महासभा के प्रतिनिधि ने ऐंकर को बीच में रोकते हुए एक तरह से मानुषी की चुनौती को स्वीकारते हुए कहा,"हिन्दू धर्मशास्त्रों के अनुसार एक ब्याहता को कब तलाक मिल सकता है, आप जानती हैं? नहीं जानती हैं तो मैं बताता हूँ। वृहद यमसंहिता में कहा गया है कि 'गर्भे जाते प्रित्या गोननयथा यम भाषितम' यानी यम के अनुसार अगर पत्नी किसी अन्य से प्रेम-प्रसंग के चलते गर्भ धारण करती है, तो उससे सम्बन्ध खत्म कर देने चाहिए। जबकि बृहद्रिता स्मृति में लिखा है कि 'अग्निदं गर्दम चन्दीम भर्तृघनीम लोकघातिनीम हिंसविहरमवनितम त्यक्तवा पापं ना विन्दन्ति।' इसका मतलब यह है देवी जी कि उस मरद को ऐसी औरत का पाप नहीं लगेगा, जो घर में आग लगाने की दोषी हो। जिसने बच्चे

और पति को जहर देने की कोशिश की हो, जो अव्वल दरजे की कर्कशा हो। जिसने अकेले या अपने प्रेमी, या फिर किसी और की मदद से पति पर जानलेवा आक्रमण किया हो। जो समाज को डराए या भयभीत करे, या जो इतनी दुष्ट हो कि उसके कारण उसके पति के समाज से सम्बन्ध खराब हों। जो शादी-विवाह हमारे हिन्दू धर्म में सोलह संस्कारों में से एक पवित्र संस्कार माना जाता था, उसका आप जैसों ने मजाक बना दिया है।" हिन्दू महासभा के प्रतिनिधि की मारे ग़ुस्से के साँसें उखड़ने लगीं।

"स्वामी जी प्लीज़! मैं आपको आश्वासन देता हूँ कि अगली बार जब भी तलाक़ पर कोई डिबेट होगी, उस पर आपका पक्ष जानने के लिए आपको ज़रूर आमंत्रित किया जाएगा। फ़िलहाल हम मुद्दे पर आते हैं।" इतना कह ऐंकर स्त्री मामलों के जानकार और क़ानूनविद् अर्थात् लगभग सफ़ेद हो चुकी फ्रेंचकट दाढ़ी की तरफ़ मुड़ा, "आपकी नज़र में इसका क्या हल है जैन साब?"

"मेरा मानना है कि स्त्री से सम्बधिन्त हमारी इन सारी धाराओं और हिन्दू विवाह अधिनियम की पुन: समीक्षा होनी चाहिए। हालाँकि 2013 में निर्भया केस के बाद 375 में संशोधन ज़रूर हुआ है लेकिन उसको सख़्ती से अमल में लाने की ज़रूरत है। जिस दिन से इस पर सख़्ती से अमल होना शुरू हो जाएगा, इस देश में बाल विवाह अपने आप कम हो जाएँगे। सरकार ने पोक्सो के तहत अठारह साल से कम उम्र की बच्चियों को नाबालिग़ की श्रेणी में ला तो दिया है, लेकिन उससे अठारह साल से कम उम्र की लड़कियों के विवाह होने कम तो नहीं हुए हैं न। यह कहना बहुत आसान है कि पन्द्रह से अठारह के बीच की कम उम्र की लड़कियों की भले ही शादी हो जाए मगर सहवास अट्ठारह के बाद ही हो। अगर कोई इस अधिनियम का उल्लंघन करता है तो इसकी शिकायत की जा सकती है। ऐसे में सवाल यह उठता है कि शादी के बाद यह शिकायत करेगा कौन? वह नाबालिग़ लड़की जिसकी सहमति-असहमति और इच्छा-अनिच्छा का समाज में कोई अर्थ नहीं है?"

"इधर धारा 497 को लेकर एक बार फिर से बहस शुरू हो गई है। कहा जा रहा है कि यह धारा व्यभिचार सम्बन्धी मामलों में पति और पत्नी को समान अधिकार नहीं देती है, इसलिए यह असंवैधानिक है। इस बारे में आपका क्या कहना है?"

"भारतीय दंड संहिता, 1860 की धारा 497 में 133 साल पहले जो प्रावधान बनाया गया था, वह आज भी उसी रूप में लागू है। आपराधिक दंड संहिता की धारा 198 के अनुसार धारा 497 और 498 के अन्तर्गत पीड़ित पक्ष हमेशा पति माना जाता है। इन धाराओं के तहत शिकायत का अधिकार पति का है। इस धारा के इसी क़ानून को एक औरत ने इसकी संवैधानिक वैधता को 1985 में सुप्रीम कोर्ट में उस समय चुनौती दी थी, जिस समय वाई.वी.चंद्रचूड़ मुख्य न्यायाधीश थे। लेकिन देश की सबसे बड़ी अदालत के न्यायमूर्तियों ने क़ानून को ही उचित ठहराया । कुल

मिलाकर इस धारा का क़ानूनी मतलब यह है कि पत्नी, पति की सम्पत्ति है। वह चाहे तो इसका ख़ुद इस्तेमाल करे, चाहे तो न करे या चाहे तो किसी को इस्तेमाल करने दे और न चाहे तो न करने दे। पत्नी की अपनी इच्छा, मरज़ी या सहमति का न कोई अर्थ है, न अधिकार। पति की सहमति के बिना सम्बन्ध रखने का परिणाम होगा पुरुष के लिए जेल और पत्नी के लिए तलाक़। पति के व्यभिचारी होने की स्थिति में आपराधिक दंड संहिता की धारा 198 के अनुसार पत्नी को पति या उसकी प्रेमिका के ख़िलाफ़ शिकायत तक करने का अधिकार नहीं है।

"बहुतों को तो यह मालूम ही नहीं है कि धारा 497 की संवैधानिकतावाले मुक़दमों में न्यायाधीशों ने अपने निर्णय में कहा था कि क़ानून पति को अन्य महिलाओं के साथ यौन-सम्बन्ध की खुली छूट नहीं देता, जबकि सच यह है कि वह देता है। यह सिर्फ़ एक ख़ास क़िस्म के वैवाहिक सम्बन्धों से विचलित होकर विवाह सम्बन्धों से बाहर स्थापित किए गए यौन-सम्बन्धों को अपराध मानता है। मेरा मानना है कि इस धारा के तहत शादीशुदा औरत को भी यह अधिकार मिलना चाहिए कि वह व्यभिचार में लिप्त अपने पति के ख़िलाफ़ भी शिकायत कर सके। जिस दिन सुप्रीम कोर्ट पत्नियों को भी पति और उसकी 'वो' के ख़िलाफ़ व्यभिचार की शिकायत का अधिकार दे देगी, उस दिन पितृसत्ता के लाड़लों की सारी पोल खुल जाएगी और तमाम स्त्री-देह व्यापार की दुकानों पर ताले लग जाएँगे । लेकिन ऐसा होगा नहीं क्योंकि हर क़ीमत पर पितृसत्ता बना और बचाकर जो रखनी है। अब बस, पाँच न्यायमूर्तियों की संविधान पीठ के फ़ैसले की प्रतीक्षा है। देखते हैं इस बार, क़ानून की भाषा की क्या नई परिभाषा गढ़ी जाती है।"

"वैसे आपका अनुभव क्या कहता है? पाँच न्यायमूर्तियों की संविधान पीठ मेरा मतलब है सुप्रीम कोर्ट का क्या फ़ैसला आ सकता है?" ऐंकर ने पूछा।

सफ़ेद फ्रेंचकट दाढ़ी एक पल सोचने के बाद बोला, "मेरा अनुमान कहता है कि इसमें जीत अन्तत: मर्दों की ही होगी।"

"जैन साब, यह आप क्या कह रहे हैं? आपका इशारा मर्दों की किस जीत की तरफ़ है?"

स्त्री मामलों के जानकार और क़ानूनविद् अनिल जैन ने अपने अनुमान का ख़ुलासा करते हुए कहा, "मेरा अनुमान यह है कि पीठ इस धारा को ही समाप्त कर देगी। वह इसलिए कि न्याय का मर्द उपासक कभी नहीं चाहेगा कि पितृसत्ता की नकेल उसके हाथों से छूटे। इसलिए मुझे लगता है कि यह संविधान पीठ धारा 497 को असंवैधानिक भले ही कह दे, मगर औरत को पति और प्रेमिका के विरुद्ध शिकायत करने का हक़ कदापि नहीं देगा। देखते हैं पिता या पुत्र में से किसकी जीत होती है। हाँ, अगर संविधान पीठ लिंग समानता और स्त्री-मुक्ति की आड़ लेकर इस धारा को समाप्त करती है, तो एक तरह से ऐसा करना व्यभिचार को वैधानिकता

प्रदान करना, और एय्याशी व देह-व्यापार को खुली छूट देना होगा। एक तरह से बदलते युग का यह पितृसत्ता का नया समाजशास्त्र भी होगा।"

"वाह, पितृसत्ता का नया समाजशास्त्र! चलिए, यह तो समय बताएगा। मानुषी जी, चलते-चलते आपका एक फाइनल कमेंट?" ऐंकर ने अपने कार्यक्रम प्राइम टाइम को समेटने का एक तरह से परोक्ष संकेत देते हुए पूछा।

"हम चाहते हैं कि हर हालत में स्त्री की शुचिता बची रहे इसलिए हमारा संगठन स्त्री-मुक्ति सरकार से माँग करता है कि पत्नी की सहमति के बिना, पति द्वारा उससे स्थापित किए गए सहवास को अपराध की श्रेणी में रखा जाना चाहिए।"

"स्वामी जी?" ऐंकर तत्परता से हिन्दू महासभा के प्रतिनिधि की तरफ़ मुड़ा।

"हिंदू महासभा इनकी इस माँग का जमकर विरोध करेगी। हम किसी भी हालत में भारतीय संस्कृति और उसके प्राचीन स्वरूप को विकृत नहीं होने देंगे।"

"और जोशी जी आपका क्या मत है?"

"दरअसल, भारतीय विवाह संस्था हमारे पारम्परिक आचरण और सांस्कृतिक दुचित्तेपन का रिफ़ॉर्मेटिव प्रॉडक्ट है, जिसमें हमेशा से सुधार और संशोधन की गुंजाइश रही है। जैसा कि जैन साब ने कहा, मौजूदा हालात के मद्‌देनज़र अगर सरकार दूसरे प्रतिनिधियों के साथ सुझाए गए संशोधनों पर विचार करती है, तो उसका निश्चित रूप से स्वागत होना चाहिए।"

"तो दर्शको, आज आपने विवाह, परिवार और समाज से जुड़े क़ानूनों और धार्मिक पक्षों पर अपने-अपने क्षेत्र और विषयों के विशेषज्ञों के विचार सुने। आपको हमारा यह कार्यक्रम कैसा लगा आप हमें ज़रूर अवगत कराएँ। इसी के साथ हमें इजाज़त दीजिए। नमस्कार। शुभरात्रि!"

हारे-थके ब्रजनन्दन ठाकुर ने टीवी ऑफ़ किया और चुपचाप अपने बिस्तर पर आ पड़े। दिनभर की थकान के चलते उसे नींद भले ही आ गई, मगर पूरी रात उसके कानों में समाजशास्त्री प्रोफ़ेसर अजय जोशी, क़ानूनविद् व स्त्री मामलों के जानकार अनिल जैन, स्त्री-मुक्ति संगठन की प्रमुख मानुषी और हिन्दू महासभा के प्रतिनिधि स्वामी ज्ञानेश्वर के शब्द गूँजते रहे। इन शब्दों के बीच उसे रह-रह कर सदानन्द का चीत्कार भी सुनाई देता। एक ऐसा चीत्कार जिसे सिर्फ़ और सिर्फ़ ब्रजनन्दन ठाकुर ही सुन पा रहा था।

27

सदानन्द की रिहाई की आख़िरी लौ भी जैसे बुझ गई।

ब्रजनन्दन ठाकुर ने एक वकील होने के नाते सज्जन सिंह को अदालत के फ़ैसले के आधार पर दो टूक बता दिया, कि पूरी सज़ा भुगते

बिना सदानन्द की रिहाई नहीं हो सकती। कई दिनों तक पद्मा अच्छे-बुरे ख़यालों से घिरी रही। अभी वह इनसे उबरी ही थी कि सदानन्द की बुआ रामा के यहाँ से एक और ख़बर आ गई।

ख़बर मिलते ही सज्जन सिंह-पद्मा दोनों उसी समय रवाना हो गए।

मगर वहाँ जाकर दोनों के हाथ निराशा लगी। वे जो उम्मीद लेकर यहाँ आए थे, वैसा उन्हें कुछ नहीं मिला। रामा से पूछने से पहले पद्मा ने एक नज़र में आँखों-ही-आँखों में पूरे घर को खँगाल मारा। क्या पता मारे ग्लानि, प्रायश्चित्त और शर्म के वह कहीं इधर-उधर छिपी बैठी हो। कुछ समझ में नहीं आया पद्मा के कि आख़िर उसे कहाँ छिपाकर रखा हुआ है।

"जीजी, अपरा नहीं दिखाई दे रही है कहीं?" पद्मा ने अपने डर को अपने भीतर छिपाते हुए पूछा।

"भाभी दिखाई तो तब दे, जब वो यहाँ हो।"

रामा ने जिस तरह निराशाभरे अन्दाज़ में बड़े ठंडेपन के साथ जवाब दिया, पद्मा का दिल एक पल के लिए बैठता चला गया, "यहाँ नहीं है? पर तुमने तो बताया था कि पुलिस ने उन्हें बरामद कर लिया है?"

"हाँ, बरामद तो कर लिया है पर वे अभी थाने में ही हैं। पुलिस ने उन दोनों को कुछ ज़रूरी पूछताछ के लिए थाने में ही रोका हुआ है।"

"कैसी पूछताछ?" पद्मा ने हैरानी से पूछा।

"कोलेजवालों और तेरे जीजा ने उस छोरे के खिलाफ बहला-फुसला कर भगाने की रिपोट जो लिखवा दी थी। पुलिस इसी की तहकीकात में जुटी हुई है कि वह अकेला ही था, या उसके साथ कोई और भी था। तेरे जीजा थाने में गए हुए हैं। मेरी तो एक बात सुन के जी घबराया जा रहा है।"

"कौन-सी बात?"

"यही कि पुलिस अपरा की डाक्टरी जाँच की बात कह रही है।"

"जीजी, मैं कुछ समझी ना? जब अपरा सही-सलामत लौट आई है तो फिर कैसी डाक्टरी जाँच?" पद्मा ने प्रतिप्रश्न किया।

"इसलिए कि कहीं इस बीच अपरा और उसके बीच कोई नाजायज सम्बन्ध तो नहीं बन गए हैं, या फिर उस लड़के ने उसके साथ कोई जोर-जबरदस्ती तो नहीं की है।"

"पर इसका पुलिस से क्या लेना-देना? वो ऐसा क्यों करवाएगी?"

"मैंने तो मना किया था पर तेरे जीजा ही नहीं माने। पता ना क्यों इस वकील के चक्कर में आके रिपोट में यह और लिखवा दिया, कि हमें डर है कहीं यह लड़का इसके साथ मुँह काला न कर बैठा हो।"

"और अगर जीजी, यह बात साबित हो गई तब?"

"यही सोच-सोच के तो मैं मरी जा रही हूँ कि अगर यह बात साबित हो गई, तो हमें कहीं मुँह छिपाने की भी जगह ना मिलेगी।"

"जीजी, ऐसा कुछ नहीं होगा। हमारी अपरा ने ऐसा कोई कदम नहीं उठाया होगा। बहुत समझदार है यह।"

"काहे की समझदार भाभी। समझदार होती तो ऐसे आनजात, वह भी एक कुम्हट्टे के साथ नहीं भागती।" इसके बाद रामा थोड़ा सँभलते हुए बोली, "अगर उसने ऐसा कोई कदम नहीं उठाया होगा, तो बालाजी जाके सवा मणी चढ़ाके आऊँगी।"

"बेफिकर रह। अपनी अपरा पर भरोसा रख।" माहौल को थोड़ा नम होता देख पद्मा सज्जन सिंह की ओर पलटी, "ऐसा करते हैं हम भी थाने में चलते हैं। कम-से-कम जीजा जी को थोड़ा हौसला तो मिलेगा।"

पद्मा की सलाह पर वे सब तुरन्त थाने के लिए रवाना हो गए।

जिस वक़्त वे तीनों थाने पहुँचे अपराजिता के पिता दिगंबर सिंह एक पुलिसवाले से किसी बात को लेकर बहस करता मिला। सज्जन सिंह को देखते ही सचमुच उसका जैसे हौसला बढ़ गया।

"देखना सज्जन सिंह, ये क्या कह रहे हैं! कह रहे हैं कि लड़की बालिग है। वह अपनी मरजी से लड़के के साथ गई थी।" दिगंबर सिंह ने झल्लाते हुए कहा।

"दरोगा जी, ठीक है कि बच्ची जुआन-जवान है पर वह उसे बहकाकर भी तो ले जा सकता है। आखिर आठ-दस दिन बाद बरामदगी हुई है, इस बीच वह खाने-पीने में कोई नशे की चीज मिलाकर उसके साथ गलत हरकत भी तो कर सकता है।" सज्जन सिंह ने बेहद सधे हुए अन्दाज़ में बिना उत्तेजित हुए पुलिसवाले को समझाने की कोशिश की।

"आपकी सब बातें ठीक हैं। मगर हमारे भी तो हाथ कानून से बँधे हुए हैं। कानून हमें जितनी इजाजत देगा, उतना ही तो काम करेंगे। रही बात उसके साथ किसी तरह की हरकत की बात, तो मेडिकल रिपोर्ट में सब आ जाएगा। जनाब, हमारा काम छानबीन करके रिपोर्ट जज साब के सामने रखने का है। यह बात अदालत में साबित होगी कि यह अपनी मरजी से उस लड़के के साथ गई थी, या कोई उसे बहला-फुसलाकर भगाकर ले गया था। अगर उसके साथ कोई ऐसी-वैसी हरकत हुई है, तो यह भी अदालत में ही साबित होगा कि यह सब इसने अपनी मरजी से किया है, या किसी ने उसके साथ जबरदस्ती की है। बाकी हमने दोनों से अच्छी तरह पूछताछ कर ली है। दोनों के बयान कलमबन्द कर लिए हैं।"

"और वह लड़का दरोगा जी?" सज्जन सिंह ने पूछा।

"वह लॉकअप में है। उसे हम कैसे छोड़ सकते हैं। उसे तो अब कोर्ट ही छोड़ेगी।"

"दरोगा जी, उस कुम्हट्टे के बच्चे को किसी भी हालत में मत छोड़ना! उसने रजपूतों की इज्जत पर जो हाथ डाला है न, उसकी सजा इसे जरूर मिलनी चाहिए!"

पद्मा ने आवेश में जैसे ही यह कहा उस पर पुलिसवाले ने एक कुटिल मुस्कान बिखेरते हुए ऐसी मौन प्रतिक्रिया व्यक्त की जिसे देखकर, सज्जन सिंह भाँप गया कि यह पुलिसवाला भी, जिसे वह बार-बार 'दरोगा जी' कहकर सम्बोधित कर रहा है, जरूर उनमें से है जिनमें से एक के साथ उनकी अपराजिता भागकर गई थी।

"जीजा, दरोगा जी सही कह रहे हैं। मामला अब इनके हाथ से निकल चुका है। अब तो जो भी होगा कोर्ट में होगा। आप तो ऊपरवाले से यही दुआ करो कि डाक्टरी रिपोर्ट में बस किसी तरह की गड़बड़ी ना निकले। बगैर गड़बड़ी के तो बात यह कहके सँभाल ली जाएगी कि बच्चे हैं, बेख़याली में ग़ल्ती कर बैठते हैं। बाद में किसी गरीब-गुरबे घर का लड़का ढूँढ़कर और कोई सच्ची-झूठी कहानी गढ़कर उसके पल्ले बाँध देंगे। मगर कुछ गड़बड़ी निकल आई तो बड़ी मुसीबत आ जाएगी।"

"भाभी, इस लड़की ने हमें कहीं का नहीं छोड़ा।" इतना कह रामा पद्मा के कन्धे से लगकर सुबक पड़ी।

"ठीक है दरोगा जी, आप वही काम करिए जो आपका कानून कहता है। अब तो माथे पर जो कलंक लगना था, लग लिया।" इतना कह सज्जन सिंह ने अपने जीजा दिगंबर सिंह की तरफ़ देखा और एक गहरी साँस लेते हुए बोला, "अब तो यह सोचो कि इस कलंक को मिटने में समय कितना लगेगा।"

पुलिसवाले के कमरे से निकल सब बाहर आ गए। रामा और पद्मा को वहीं गैलरी में बिछी एक बेंच पर बिठा, सज्जन सिंह और दिगंबर दोनों बाहर आ गए। उन दोनों के जाने के बाद रामा एक बार फिर सुबक उठी।

"जीजी, ऐसे रोने से काम नहीं चलेगा। हमें देख, हम भी तो छाती पर पत्थर रख जवान बेकसूर बेटे को जेल में सड़ता देख रात-दिन रोते रहते हैं।" पद्मा अपनी ननद रामा के सुबकने में शामिल हो उसे तसल्ली देते हुए बोली।

"भाभी, एक बात कहूँ, मुझे तो उस चंचला की बात रह-रह के याद आ रही है, जो उसने सदानन्द के बारे में कही थी। ईमान से कहूँ मुझे भी अब यही लग रहा है कि यह उस गरीब कुम्हारी की हाय है। नियति का खेल देख कि हमारी अपरा भागी भी तो किसके संग, उसी जानकी की बिरादरी के लड़के के संग। कुदरत का भी अपना न्याय है वरना हमारे इन बेक़सूर बच्चों ने किसी का क्या बिगाड़ा है।"

देर तक थाने की सूनी गैलरी में, लोहे के अधखुले गेट की सलाखों

से छनकर आते उजाले में काँपती दो देह आपस में अपने-अपने दुखों को बाँटती रहीं। बीच-बीच में कोई ख़ाकी वर्दी उधर से गुज़रती और उसकी नज़र इन पर पड़ती, तो भीतर तक उन दोनों को एक अनजाना डर सिहराता चला जाता। काफ़ी देर तक वे दोनों इस उनींदे उजाले में भीगी बेंच पर बैठी कुनमुनाती रहीं? इन्हें तो यह भी नहीं मालूम कि उन्हें कब तक यहाँ ऐसे ही बैठे रहना होगा?

आख़िर वही हुआ जिसका डर था। पद्मा का वह भरोसा और अनुभव जिसके चलते उसने कहा था कि अपनी बच्ची पर भरोसा रखो, वह ऐसा कुछ नहीं करेगी, एक झटके में भरभराकर ढह गया। मेडिकल रिपोर्ट में दिगंबर सिंह और रामा जिसे वे अब भी दुष्कर्म मान रहे हैं, सहवास की पुष्टि हो चुकी है। रामा तो सुनते ही ग़श खा गई। जबकि दिगंबर सिंह की मारे ग़ुस्से में कनपटी की नसें फटने को हो रही हैं। नथुनों से निकलती साँसों के नाद को सुन ऐसा लग रहा है, मानो कोई कालिया नाग फुफकार रहा है। अगर क़ायदे-क़ानून का डर नहीं होता, तो अब तक वह न जाने क्या कर बैठता।

सज्जन सिंह ने पता चलते ही तुरन्त अपने वकील समधी ब्रजनन्दन ठाकुर से सम्पर्क कर स्पीकर ऑन कर दिया,"वकील साब, यह तो वही बात हो गई जिसका हमें डर था।" सज्जन सिंह ने माथे पर चू आए पसीने को पोंछते हुए कहा।

"वैसे आप लोगों ने लड़की से अकेले में बात की है?" ब्रजनन्दन ठाकुर ने बड़े ही संयत स्वर में पूछा।

"की है मगर अगली मुँह खोलने को ही राजी नहीं है।"

"फिर तो मामला साफ़ सहमति का लग रहा है। बस, अब एक ही उम्मीद बची है कि किसी तरह वह कोर्ट में यह कह दे कि इस दुष्कर्म में इसकी कोई सहमति नहीं है, तो कुछ बात बने। मगर आऽऽऽप कह रहे हैं कि वह मुँह खोलने को राज़ी ही नहीं है तो फिर मुश्किल है। अगर उसने कोर्ट में यह कह दिया कि वह अपनी मरज़ी से उसके साथ गई थी और अपनी मरज़ी से उसने सम्बन्ध बनाए हैं, तब न किसी वकील की दलील चलेगी, न अपील।"

"फिर क्या किया जाए, आप ही कुछ सलाह दो?" सज्जन सिंह ने फ़ैसला अपने वकील समधी पर छोड़ दिया।

"ऐसा है, अपने वकील से कहिए कि वह कोर्ट में इसे दुष्कर्म का मामला बताने पर ही अड़ा रहे। क्या पता घरवालों को परेशान और दुखी देख उसका मन बदल जाए और यह बयान दे दे कि उसके साथ उस लड़के ने ज़बरन सम्बन्ध बनाए हैं।"

"आप सही कह रहे हैं। बस एक आखिरी यही उम्मीद बची है।" सज्जन सिंह ने थकी हुई आवाज़ में कहा।

पाँचवी सुनवाई।

अपराजिता को नारी निकेतन से सीधा जज के सामने पेश किया गया। कोर्ट में उसकी एकाध बार हल्के से अपनी माँ से नज़र मिली भी लेकिन उसने किसी तरह की प्रतिक्रिया व्यक्त नहीं की। जबकि अपराजिता से नज़र मिलते ही रामा की हिलकियाँ बँध गईं। रामा ही नहीं दिगंबर ने भी सिर झुकाए बैठी बेटी की तरफ़ कई बार देखा, मगर अपराजिता ने चेहरा तक नहीं उठाया।

'स्टेट वर्सेज़ दक्ष!'

जैसे ही कोर्ट में आवाज़ पड़ी, सब जज के सामने आ गए। जज ने सम्बधिन्त केस फ़ाइल को खोल उस पर सरसरी निगाह मारी। इसके बाद उसने नज़र उठा सामने खड़े दिगंबर के वकील की तरफ़ देखा।

"जज साब, मेरे मुवक्किल दिगंबर सिंह की लड़की अपराजिता ठाकुर और आरोपी दक्ष दोनों शहर के हिन्दू महासभा कॉलेज में साथ-साथ पढ़ते हैं। एक दिन मौक़ा पाकर आरोपी इनकी लड़की को बहला-फुसला कर भगाकर ले गया। इसी बीच एक दिन इसने लड़की के खाने-पीने में कोई नशीली चीज़ मिलाई और उसके साथ जबरन सम्बन्ध बना लिए।"

जज ने इसके बाद आरोपी दक्ष के वकील की ओर देखा।

"जनाब ऐसा कुछ नहीं है। सिर्फ़ दोस्त हैं जैसे स्कूल-कॉलेज में होते हैं। एक-दूसरे को कई साल से जानते हैं। दोनों बालिग़ हैं। जो भी हुआ लड़की की सहमति से हुआ।" आरोपी के वकील ने बड़ी विनम्रता से दूसरे वकील की बात का जवाब दिया।

"जज साब, जानने का मतलब यह थोड़े होता है कि कोई किसी को भगाकर ही ले जाए और..."

"ऐसा नहीं है वकील साब। भगाकर ले जाने और अपनी मरज़ी से जाने में फ़र्क़ होता है। दोनों बालिग़ हैं। अपनी मरज़ी से कहीं भी आ-जा सकते हैं। इसमें कौन-सी बुरी बात है। सच बात तो यह है जनाब कि दोनों बच्चे आपस में एक-दूसरे को चाहते हैं। देखिए, एक-दूसरे को लिखी गई ये कुछ चिट्ठियाँ हैं।" इतना कह बचाव पक्ष के वकील ने चिट्ठियों का छोटा-सा पुलिन्दा जज को थमा दिया।

जैसे ही आरोपी के वकील ने जज की तरफ़ चिट्ठियाँ बढ़ाईं, रामा की रुलाई फूट गई। कोर्ट में एकाएक पड़े इस व्यवधान पर जज ने रामा की तरफ़ देखा

और हल्की आवाज़ में बोला, "बहन जी, यह कोर्ट है। आप थोड़ी देर के लिए बाहर जाइए!"

बिलखती हुई रामा बाहर आ गई।

"जनाब, इन चिट्ठियों से ऐसा कहीं नहीं लगता है कि मेरा मुवक्किल इनकी लड़की को बहला-फुसला कर भगाकर ले गया होगा। जवान बच्चे हैं। वैसे भी जब एक जवान लड़की और लड़का, वे भी तब जब दोनों एक-दूसरे को चाहते हों, अकेले में, एक ही छत के नीचे कई दिनों तक साथ रहेंगे, तो उन दोनों के बीच सम्बन्ध बनना स्वाभाविक है। वैसे भी क़ानून इसकी इजाज़त देता है।"

जज ने एक-एक कर सारी चिट्ठियों को सरसरी तौर पर देखा और दिगंबर के वकील की ओर देखते हुए बोला, "वकील साब, पहली नज़र में इन चिट्ठियों को पढ़कर ऐसा बिलकुल नहीं लगता जैसा आप कह रहे हैं। अगर आपके पास कोई ऐसा सबूत है जिससे यह साबित हो जाए कि यह इसे बहला-फुसला कर भगाकर ले गया है, तो उसे अगली तारीख़ पर ले आइए!" इतना कह जज ने अगली तारीख़ देकर सम्बधिन्त फ़ाइल अपनी दाईं तरफ़ रख, अगली फ़ाइल उठा ली।

एक के बाद एक कई सुनवाइयों के बावजूद दिगंबर सिंह का वकील यह साबित करने में असफल रहा कि अपराजिता को दक्ष बहला-फुसला कर भगाकर ले गया था। वह ऐसा कोई सबूत नहीं दे पाया कि सहवास का कारण अपराजिता की असहमति या उसके साथ जबरन सम्बन्ध बनाए गए हैं। आख़िर तक वह यही कहता रहा कि यह दुष्कर्म का मामला है। जज ने मामले की गम्भीरता और पेचीदगी के मद्देनज़र आख़िरकार अपना फ़ैसला सुनाते हुए कहा, "आरोपी के साथ रहने में अपराजिता की पहले से सहमति थी। एक जवान लड़की और एक जवान लड़का एक ही छत के नीचे, कई दिनों तक साथ रहते हों, तो इस बात से इनकार नहीं किया जा सकता कि उनके न चाहते हुए भी आपस में सम्बन्ध बन गए होंगे। मेडिकल रिपोर्ट में भी इसका कोई ज़िक्र नहीं है कि लड़की के जिस्म पर कोई चोट के निशान थे। ये चिट्ठियाँ, जिन्हें प्रेम-पत्र कहा जा सकता है, इनसे भी यही पता चलता है कि वह आरोपी से प्रेम करती है। एक तरह से यह मामला पूरी तरह सहमति का है। यह फ़िट ऑफ़ पैशन का नेचुरल मामला है। दो जवान, दोनों एक ही कमरे में। रात और अकेलेपन का समय। ऐसे हालत में 'वे सभी सम्भावनाएँ मौजूद' हैं जिससे यह साबित होता है कि यह मामला बहला-फुसला कर भगाने और जबरन सम्बन्ध बनाने का नहीं, आपसी सहमति का है।" अपना फ़ैसला सुनाने के बाद जज ने जैसे अन्तिम बार अपराजिता की तरफ़ देखते हुए पूछा, "आपकी इच्छा क्या है। मेरा मतलब है क्या चाहती हो?"

अपराजिता ने धीरे-से चेहरा ऊपर किया और हल्के से अपने पिता दिगंबर

की तरफ़ देखा ही था के जज ने कहा, "घबराने की ज़रूरत नहीं है। जैसा आप चाहेंगी वही होगा।"

अपराजिता को जैसे संजीवनी मिल गई,"मैं दक्ष के साथ रहना चाहती हूँ। शादी करना चाहती हूँ इससे।"

"ठीक है।" इसके बाद जज ने दिगंबर की तरफ़ देखा, "सुन लिया आप लोगों ने! जवान बच्चों की इच्छाओं की क़द्र करना सीखो। उन्हें खुले आसमान में उड़ने की आज़ादी देना सीखो। जाति-बिरादरी, ऊँच-नीच ये सब बीते ज़माने की बातें हैं।"

"जी जज साब, आप ठीक कह रहे हैं। हम इनकी शादी करा देते हैं।" दिगंबर ने तत्परता के साथ बड़ी विनम्रता के साथ कहा।

अचानक और अप्रत्याशित रूप से दिगंबर को जज से सहमत होता देख, रामा ने उसकी तरफ़ घूरकर देखा। दिगंबर ने किसी भी तरह की प्रतिक्रिया व्यक्त करने के बजाय दूसरी तरफ़ मुँह फेर लिया।

"इतनी समझदारी आप पहले ही दिखा देते, तो कोर्ट का समय बर्बाद नहीं होता। जाइए और ख़ुशी-ख़ुशी इनकी शादी कर दीजिए!"

जज और अपराजिता का निर्णय सुन, सब थके क़दमों से कोर्ट से बाहर आ गए। रामा का चेहरा सफ़ेद पड़ गया। सज्जन सिंह पहले ही बाहर आ चुका था। उसे जैसे कोर्ट के फ़ैसले का पहले से अनुमान था। पता चलने पर उसने भी सिर पकड़ लिया।

घर पहुँचते ही रामा अपने पति दिगंबर पर राशन-पानी लेकर चढ़ गई, "यह आपने क्या कर दिया? क्यों उस मरे जज की बात मान ली?"

"और क्या करता? अगर मैं हाँ नहीं करता, तो जज उन दोनों को कोर्ट मैरिज के लिए भेज देता।"

"यानी अब हमें उस कुम्हट्टे के संग अपनी अपरा की भाँवरें डालनी होंगी?"

"यह किसने कह दिया?" दिगंबर ने पत्नी की आँखों में झाँकते हुए पूछा।

"किसने कह दिया? आप भी कैसी सिरफिरों-सी बातें कर रहे हैं। खुद ने ही तो जज के आगे हामी भरी है कि हम इनकी शादी करा देंगे।"

"हामी ही तो भरी है? शादी तो नहीं की है?"

"क्या मतलब ?" रामा ने चौंकते हुए कहा।

"सज्जन सिंह जी, जरा अपनी बहना को आप ही समझाओ!" दिगंबर अपने साले सज्जन सिंह की तरफ़ मुड़ते हुए बोला।

"बात यह है कि फिलहाल अदालत से पीछा छुड़ाना था। इसलिए हाँ कहनी पड़ी।" सज्जन सिंह ने पहेली-सी बुझाते हुए जवाब दिया।

"मैं कुछ समझी नहीं?"

"ऐसा है अपरा को नारी निकेतन से घर आने दे। साल-छह महीना रहेगी तो सब भूल जाएगी।"

"इस बीच उसे अपनी इज्जत-आबरू का हवाला देकर समझाने की कोशिश करेंगे कि बच्चों से गलती हो जाती है।"

"औ...और नहीं समझी तो?" रामा ने बारी-बारी से अपने पति दिगंबर और अपने भाई सज्जन सिंह की आँखों में झाँका।

"देख, समझ गई तो ठीक है। ना समझी तो इस बीच कोई अच्छा-बुरा घर देखकर उसे किसी के पल्ले बाँध दूँगा।"

"मतलब इस कुम्हट्टे के संगऽऽऽ..."

"बिलकुल सही सोच रही है तू ।"

"वैसे कोशिश करना कि समझ जाए। बाकी तो बाद की बात है।" सज्जन सिंह ने शान्त भाव से कहा।

"मुझे तो डर लग रहा है कि कहीं यह कुलच्छिनी उसके संग फिर से ना भाग जाए!"

"चिन्ता मत कर, कहीं नहीं भागेगी।" दिगंबर ने पूरे आत्मविश्वास के साथ कहा।

"जभी तो मैं कहूँ सज्जन, कि भैया तेरा जीजा इत्ती आसानी से हार मानने वाला आदमी नहीं है। इनके मन में तब क्या पक रहा था, उसका राज तो अब पता चला।" रामा की आँखें चमक उठीं।

"पर ध्यान रहे इस राज का किसी को पता नहीं चलना चाहिए, समझी!" दिगंबर सिंह ने रामा को चेताते हुए कहा।

अपराजिता

माँ-बाप के धोखे में आ गई।

ऐसा तो उसने सपने में भी नहीं सोचा था कि उसका बैरी बाप उसके साथ ऐसा दग़ा करेगा। वह क्यों इनके झाँसे में आ गई? उसे अपनी बेवकूफ़ी पर रह-रह कर ग़ुस्सा आ रहा कि वह क्यों नहीं दक्ष के साथ भाग गई? ऐसा उसने क्या गुनाह कर दिया जिसकी उसे इतनी सख़्त सज़ा दी गई है। एक क़ातिल को भी उम्रक़ैद की सज़ा काटने के बाद खुली हवा में साँस लेने का मौक़ा मिल जाता है। मगर यहाँ तो अपनी मरज़ी से चलने के ख़िलाफ़ जैसी सज़ा दी गई है, वैसी तो लड़ाई में जीतकर लाई गई किसी ग़ुलाम को भी नहीं दी जाती है, जैसी ख़ुद उसके बाप ने उसे दी है।

दूर तलक फैले गरम रेत के समन्दर के किनारे खड़ी अपराजिता की नज़र गाहे-ब-गाहे अपने सामने बिछे सूनेपन पर पड़ती, तो लगता जैसे सामने से कोई

हवा का तेज़ बवंडर आएगा और वह उसमें समा जाएगी। मगर हरदम उस पर कड़ा पहरा देती चौकस निगाहें वापस उसे उसी सूनेपन में खींच लातीं।

28

बिपत सारी, हमरे लिलार लिखी
हमरे लिलार लिखी, हमरे लिलार लिखी
कछु तो नगद-नगद लिखी दीनी,
कछुक उधार लिखी, बिपत सारी... ॥

काजर बहिना, देह हमारी
बिधिना ने कागद करि डारी
कारी घटा आँख पै लिखी के
अधर मल्हार लिखी, बिपत सारी... ॥

पीर पीठ पै, ग़म गर्दन पै
एक थकान समूचे तन पै
गहरी-गहरी भूख पेट पै
*सौ-सौ बार लिखी, बिपत सारी... ॥**

पद्मा ने जबसे रुख़सत बी और रहमत अली की छोटी बेटी नसीम की अचानक हुई इस दर्दनाक और रहस्यमयी मौत के बारे में सुना है, तबसे अपनी माँ के मुँह से बचपन में सुना गया यह गीत रह-रह कर याद आ रहा है। वह सोचती है कि इनके नसीब में ऐसे कौन-से पत्थर पड़े हुए हैं, जो सारे दुख इन्हीं के माथे पर लिख दिए हैं। उसे अब भी यक़ीन नहीं हो रहा है कि कोई लालच में इतना क्रूर और अन्धा भी हो सकता है, कि एक औरत जो माँ बननेवाली हो, दहेज़ के लोभी उसकी जलाकर हत्या कर देंगे। जिस समय रुख़सत बी दर्द से तड़पती और नसीम के चीख़ने का वर्णन कर रही थी, उस दृश्य की कल्पनाभर से पद्मा के रोंगटे खड़े हो जाते।

"ठकुराइन, जलकर गुब्बारे-सी हो गई नसीम मारे दर्द के जब-जब मुझसे कहती कि अम्मी मुझे बचा लो, सुनकर मेरा कलेजा फटा जा रहा था।"

"उसने कभी बताया तो होगा कि वे मोटरसाइकिल माँग रहे हैं?" पद्मा ने पूछा।

---

* रमेश रंजक की कविता।

"कई बार बताया था ठकुराइन पर हम भी क्या करते। हम ही पता नहीं कैसे गुज़र-बसर कर रहे हैं, उन्हें कहाँ से देते। आपसे हमारी हालत छुपी हुई थोड़े है।"

"बी, एक मोटरसाइकिल की ही तो बात थी, दे-दा कर छुट्टी करते। कम-से-कम बेटी की जान तो बच जाती।" कहते-कहते पद्मा की आँखें भर आईं, "पता नहीं कैसे-कैसे कसाई हैं। जलाते हुए जरा भी दया नहीं आई। वैसे उसके प्राण निकले कब?"

"बस, इधर पुलिस ने उसके बयान कलमबन्द किए, उधर वह अल्लाह को प्यारी हो गई।"

"बयान में क्या कहा उसने?"

"यही कि मेरे सास-ससुर और शौहर ने मिलके मेरे ऊपर मिट्टी का तेल छिड़ककर जलाया है।"

सुनते ही पद्मा की आँखें बन्द होती चली गईं,"कैसे जल्लाद हैं। गर्भवती बहू को जलाते हुए जरा भी नहीं सोचा। चलो नसीम न सही, कम-से-कम अपने उस कुल के बारे में तो सोचते जो उसकी कोख में पल रहा था। फिर क्या हुआ?"

"हुआ क्या। पुलिस ने कर लिया सबको उसी वक़्त गिरफ्तार। देखते हैं क़ानून क्या सज़ा मुक़र्रर करता है।" रुख़सत बी ने आँखें पोंछते हुए कहा।

"बी, अगर पुलिस ने उसके बयान कलमबन्द कर लिए हैं न, तो उनका बचना मुश्किल है।"

"देखो ठकुराइन, अल्लाह कैसा न्याय करता है।"

मरने से पहले पुलिस को नसीम द्वारा दिए गए बयान के आधार पर सेशन कोर्ट के जज ने अपने सौ पृष्ठों के फ़ैसले में यह कहते हुए मौत की सज़ा सुना दी, "मेरी राय में यह मामला दहेज़ हत्याओं के उन मामलों में से एक है, जिनकी मिसाल बहुत कम देखने में आती है। यह ऐसा मामला है जिसकी मिसाल आसानी से मिलनी मुश्किल है। इस जघन्य हत्या के लिए अपनाए जानेवाला तरीक़ा बेहद हैवानियत भरा है। हमें यहाँ यह बात भी ज़ेहन में रखनी होगी कि इस अभागी नसीम की कोख में एक तन्दुरुस्त बच्चा पल रहा था। ऐसी हालत में तो यह और भी वहशियाना जुर्म है। सबसे निन्दनीय तो यह है कि यह नृशंस हत्या महज़ एक मोटरसाइकिल की लालसा में की गई है। नसीम के माँ-बाप से जब हत्यारों को कोई पक्का वादा नहीं मिला, तब उन्होंने बड़े ही सुनियोजित तरीक़े से उसकी हत्या कर दी। यह सिर्फ़ नसीम की ही हत्या नहीं है बल्कि उस अजन्मे की भी नृशंस हत्या है, जो इस दुनिया में आने से पहले ही ख़त्म हो गया। अगर यह हादसा नहीं हुआ होता, तो कुछ दिन बाद इस दुनिया में सृष्टि के एक नायाब तोहफ़े की किलकारियाँ गूँज रही होतीं। सच तो यह है कि नसीम के मुजरिम शौहर का इरादा दूसरा निकाह करके फिर से दहेज़ हासिल करने का था।"

मगर यह क्या? जैसे ही रुख़सत बी ने यह ख़बर सुनी, उसे अपने सामने धरती घूमती हुई दिखाई देने लगी। छह महीने बाद ही हाई कोर्ट ने सेशन कोर्ट का फ़ैसला पलटते हुए नसीम के शौहर और सास-ससुर तीनों को रिहा कर दिया। हाई कोर्ट ने अपने यहाँ दायर अपील को सुनने के बाद कहा, "अदालत जानती है कि इन तीनों की रिहाई के बाद, ज़ाहिर है लोगों में बेचैनी पैदा होगी। मगर अदालत अपने संवैधानिक कर्तव्य का पालन कर रही है। वह अपने सामने पेश किए गए सबूतों पर निर्भर करता है और क़ानून द्वारा तय की गई सीमा के भीतर असलियत पता लगाने की पूरी कोशिश करता है। दहेज़ के मामलों में आरोप ठोस और पक्के होने चाहिए। महज़ अन्दाज़ों और अनुमानों के आधार पर ये मुजरिम नहीं ठहराए जा सकते। यह ज़रूरी नहीं है कि नसीम के सास-ससुर भी इसके शौहर के साथ शामिल होंगे। जज भी इंसान हैं और इंसान से भी ग़लती हो सकती है। हालाँकि यह अदालत आख़िरी अदालत नहीं है। इससे भी ऊपर एक अदालत है। अगर हमारा फ़ैसला ग़लत हुआ तो ऊपर की अदालत उसे दुरुस्त कर सकती है।"

हाई कोर्ट के इस फ़ैसले के बाद रहमत अली और रुख़सत बी बेटी की मौत को एक हादसा मानकर, यह भूल गए कि समीना के अलावा उनके कोई दूसरी बेटी भी थी। क्या पता उनके नसीब में यही लिखा हो।

वकील

ब्रजनन्दन ठाकुर के लिए यह एकदम नई सूचना थी। न वह बातों-बातों में समीना के बारे में पूछता और न उसे नसीम के बारे में पता चलता। हैरानी तो उसे हाई कोर्ट के इस फ़ैसले पर हुई जिसमें उसने आरोपियों को नसीम के क़लमबद्ध बयानों के बावजूद रिहा कर दिया। दुर्लभतम में दुर्लभ होने के बावजूद आरोपियों को इस तरह बरी करना ब्रजनन्दन ठाकुर को बड़ा अजीब लगा। उसने अपने समधी सज्जन सिंह को साथ लिया और पहुँच गया रहमत अली और रुख़सत बी के घर।

वकील ब्रजनन्दन ठाकुर के माँगने पर रुख़सत बी अन्दर गई और अपनी संदूकची से अदालती आदेश निकाल, उसे ब्रजनन्दन ठाकुर को लाकर दे दिया। अदालती आदेश की शक्ल में मुड़े-तुड़े कई तहों में लिपटे काग़ज़ पर एक वकील की निगाह सरसराने लगी। इसी बीच रहमत अली को एकाएक जैसे कुछ याद आ गया। वह हिचकिचाते हुए बोला, "ठाकुर साब, अगर कोई एतराज़ ना हो तो कुछ ठंडा-गरम मँगा दूँ?"

ब्रजनन्दन ठाकुर ने नज़र उठाकर पहले रहमत अली की तरफ़ देखा और फिर मुस्कराते हुए कहा, "लगता है पिछले दफ़े की बात आपको याद है!"

"मैंने तो ऐसे ही पूछ लिया। वैसे भी आप ठाकुर लोग हम मुसलमानों का..."

"कहाँ खाते हैं, यही न?" बाक़ी का वाक्य ब्रजनन्दन ठाकुर ने हँसते हुए पूरा कर दिया, "ठीक है, इस बार आपको मायूस नहीं होने दूँगा।"

"तो फिर क्या मँगा दूँ?" रहमत अली की नसों में कुछ पल पहले ठिठका हुआ ख़ून फिर से दौड़ने लगा।

"जो आपकी मरज़ी।"

ब्रजनन्दन ठाकुर के इतना कहते ही रुख़सत बी ने रहमत का भी इन्तज़ार नहीं किया और तेज़ी-से बाहर निकल गई। थोड़ी देर बाद वापस लौटी, तो उसके हाथ में एक बहुराष्ट्रीय कम्पनी की ठंडी बोतल थी।

"आपने यह परेशानी क्यों उठाई। घर में ही चाय बना देती।"

ब्रजनन्दन ठाकुर के इस आत्मीय नेह से रुख़सत बी भीतर तक भीगती चली गई। लरज़ती हुई आवाज़ में बोली, "ठाकुर साब, यह आपका बड़प्पन है। लिहाज़ और मान रखने का यह मतलब नहीं है कि आदमी अपनी हदों को ही भूल जाए।"

"अच्छा, तो आप इस बोतल को अपनी हदों को याद रखने के लिए लाई हैं?" वकील ब्रजनन्दन ठाकुर ने शब्दों को चुभलाते हुए कहा।

"याद रह जाए तो बहुत ही अच्छा वरना याद रखने की कोशिश तो करनी चाहिए।"

सचमुच रुख़सत बी और रहमत अली ने अपनी हदों को लाँघने की बिलकुल भी कोशिश नहीं की। बहुराष्ट्रीय कम्पनी का पेय जैसे-जैसे ब्रजनन्दन ठाकुर के हलक़ से नीचे उतरने लगा, उसकी आँखों में एक के बाद एक भाव आने-जाने लगे। अदालती आदेश को मोटा-मोटी पढ़ने के बाद ब्रजनन्दन ठाकुर ने उसे एक तरफ़ रखा, और शब्दों को वाक्य की माला में पिरोते हुए बोला, "हालाँकि इस आदेश को आए हुए सालभर से ज़्यादा हो गया है। फिर भी मेरा विचार है कि हमें इसके ख़िलाफ़ सुप्रीम कोर्ट में अपील करनी चाहिए।"

"हम कुछ समझे नहीं ठाकुर साब?" रहमत अली के जिस्म में हल्की-सी कातर जुम्बिश हुई।

"यही कि इस मामले को बड़ी अदालत में ले जाना चाहिए।"

"बड़ी अदालत में, यह क्या कह रहे हैं?"

"ठाकुर साब, यहाँ तो पता नहीं कैसे दिन कट रहे हैं और आप बड़ी अदालत की बात कह रहे हैं।" रुख़सत बी ने जैसे रहमत के मन की बात कह दी।

"मैं जानता हूँ कि यह आप लोगों के बूते की बात नहीं है। मैं सुप्रीम कोर्ट में अपील दर्ज़ करने के लिए इंडियन फ़ेडरेशन ऑफ़ वीमेन लॉयर्स और कुछ एनजीओज़ से बात करता हूँ।"

"ठाकुर साब, हमारे आपकी यह वकीली गिटर-पिटर समझ में आ नहीं रही है। बस, एक छोटी-सी अरज़ है कि कुछ भी करने से पहले ख़ुदा के वास्ते

हमारी माली हालत पर ज़रूर रहम करना!" बेबस रहमत के दोनों हाथ आपस में जुड़ते चले गए।

"आप बेफ़िक्र रहें। आपका इसमें एक टका भी खर्च नहीं होगा। मैं इस ऑर्डर को साथ ले जाता हूँ।"

"ले जाओ! काग़ज़ का यह टुकड़ा हमारे किस काम का। जब बेटी ही इस दुनिया में नहीं रही, तो इसका हम क्या करेंगे।" कहते-कहते रहमत अली की आँखें भर आईं।

सज्जन सिंह के साथ वकील ब्रजनन्दन ठाकुर को बक़ौल रहमत अली अपने हाथ में अदालती आदेश की शक्ल में काग़ज़ के सफ़ेद टुकड़े को ले जाता देख, पीछे से टकटकी लगाए देख रही रुख़सत बी की रुलाई फूट गई। कुछ पल के लिए उसे लगा जैसे वकील ब्रजनन्दन ठाकुर के हाथ में यह अदालती आदेश नहीं, काग़ज़ी क़फ़न में लिपटी उसकी नसीम है। पुरानी मटमैली यादों के सफ़े उसकी आँखों के सामने खुलते चले गए। ब्रजनन्दन ठाकुर के जाने के बाद घर में अकेले रह गए रहमत और रुख़सत बी के कानों में देर तक नसीम की चीख़ें गूँजती रहीं।

वकील ब्रजनन्दन ठाकुर की कोशिश रंग लाई। इंडियन फ़ेडरेशन ऑफ़ वीमेन लॉयर्स और अन्यों ने उच्चतम न्यायालय में अपील दर्ज़ कराई, जिसकी सुनवाई दो जजों की खंडपीठ ने की। खंडपीठ ने मामले की सुनवाई करते हुए सज़ा के सवाल पर कहा, "सबसे प्रासंगिक पहलू यह है कि इस मामले में उचित सज़ा क्या होनी चाहिए। सेशन कोर्ट ने मुजरिमों को उम्र क़ैद की सज़ा का फ़ैसला सुनाना ठीक समझा। मगर बीच में हाई कोर्ट द्वारा उन्हें रिहा किए डेढ़ साल बीत चुके हैं। इसलिए सेशन कोर्ट द्वारा सुनाई गई सज़ा को बहाल करते हुए तीनों की अपीलों को ख़ारिज करते हुए उम्र क़ैद की सज़ा को बरक़रार रखा जाता है। इस फ़ैसले का अनुपालन करने के लिए सेशन कोर्ट जितनी जल्दी हो, क़दम उठाए।"

उच्चतम न्यायालय के इस फ़ैसले की ख़बर जैसे ही पद्मा ने रुख़सत बी को जाकर सुनाई, सुनते ही रुख़सत बी की छोटी-छोटी आँखों में ठहरा हुआ पानी आँसुओं के रूप में बह निकला। वह उसी दिन शाम के झुटपुटे में मज़ार पर गई और देर तक उस पर माथा टेक अपने परवरदिगार का शुक्रिया अदा करती रही। उसने अपनी दोनों हथेलियों को मिला उसे हवा में उठा आँखें बन्द कीं और घुटनों के बल न जाने कितनी देर बैठी रही।

29

चंचला-विष्णु ने छह महीने के भीतर, आदमख़ोर बल्लू यानी अपने बलविन्दर को सचमुच गृहस्थी के खूँटे से बाँध दिया। मगर साल बीतते-बीतते बहू के लक्षण चंचला की आँखों में रड़कने शुरू हो गए। उसने इशारों-इशारों में एकाध बार पति विष्णु को समझाने की कोशिश भी की, कि बहू के जैसे लक्षण हैं उनको देखते हुए अगर कुछ नहीं किया गया तो हालात बेक़ाबू हो सकते हैं। मगर विष्णु ने चंचला के कहे पर कोई ध्यान नहीं दिया। विष्णु ने ध्यान नहीं दिया या जानबूझकर वह मक्खी निगलता रहा, कहना मुश्किल है।

हारकर एक दिन चंचला ने एक जागरूक भारतीय माँ की तरह अपने लाड़ले को बुलाया, और अपनी आशंका से उसे अवगत कराते हुए बोली, "बल्लू, बेटा मुझे तो बहू के लच्छन कुछ ठीक नहीं लग रहे हैं! पता नहीं छिप-छिप के अकेले में किससे खिलखिलाती रहती है। मैंने एक बार पूछा भी तो भभकते हुए बोली कि मम्मी जी आप तो मेरी ऐसी जासूसी कर रही हो, जैसे मैं अपने किसी यार से बात कर रही हूँ। सहेली है। बेटा, पता नहीं ऐसी कौन-सी सहेली है जिससे अकेले में ही बात होती है!"

"सही तो कह रही है। करती होगी अपनी किसी सहेली-वहेली से बात। पता नहीं तेरी यह ताक-झाँक की आदत कब जाएगी।"

"देख, मेरा काम था तुझे सावधान करना। कल को अगर यह सतवंती हाथ से निकल गई न, तो फिर मत कहना।"

"मम्मी, कोई हाथ से नहीं निकलेगी।" बल्लू ने एक उपेक्षाभरी बेहद ठंडी प्रतिक्रिया देकर बात ख़त्म कर दी।

चंचला समझ गई कि यह बीड़ा अब उसे ही उठाना पड़ेगा। अपने इस लाड़ले से नहीं है उसे रत्तीभर भी उम्मीद।

चंचला की आँखें अब बहू की भाव-भंगिमाओं पर किसी अदृश्य साये की तरह चिपक गईं। बहू के इर्द-गिर्द मँडराने के बावजूद वह जानबूझकर ऐसा आभास दिलाने लगी, मानो उसे दुनिया-जहान से कोई लेना-देना नहीं है। ऐसा लगता वह निर्द्वंद्व भाव से अपने गुरु के वचनों में खोई हुई है। आँखें बन्द कर एक कपटभरी क्रिया का इस्तेमाल कर कानों के परदों को ढीला छोड़, अधमुँदी आँखों से अपने गुरु के स्मरण के बहाने वह बड़ी सूक्ष्मता के साथ, अपने आसपास के वातावरण को टटोलते रहती। गुरु-दीक्षा के दौरान साँस रोककर सिखाई गई इस कपटभरी क्रिया के चलते मज़ाल है मोबाइल में चुपके से आनेवाले सन्देश तक की आवाज़ भी छूट जाए। बल्कि एकाध बार तो आनेवाली कॉल को अनदेखा कर चंचला ने जानबूझकर आँखें मूँद लीं। बस कनखियों से तब तक निगाहें बहू का पीछा करती रहतीं, जब तक वह किसी काम के बहाने इधर-उधर जाकर बात करके लौट नहीं

आती। आध्यात्मिक शान्ति प्राप्त करने की ग़रज़ से लिए गए 'गुरु' ज्ञान का असली फ़ायदा चंचला को पहली बार पता चल रहा है।

इस बीच चंचला का एक बात पर और ध्यान गया कि बेहद धीमी आवाज़ में आनेवाली इस अज्ञात कॉल का समय तय है और वह है दोपहर के एक-डेढ़ बजे के आसपास। यानी तब, जब चंचला का आराम करने का समय होता है। इसलिए बड़ी चतुराई के साथ चंचला इस दौरान बहू के आसपास ही रहने लगी। जैसे ही यह कॉल आती, बहू उसी चपलता के साथ उसे काट देती और किसी काम का बहाना बना, मौक़ा मिलते हो इधर-उधर जाकर बात कर आती। चंचला ने भी कौन-सी कच्ची गोलियाँ खेली हैं। इधर एक बजने को होता, उधर वह सोने का अभिनय कर बेसुध-सी हो जाती और जानबूझकर मुँह पर पल्ला डाल हल्के-हल्के खर्राटे लेने लगती।

और सप्ताहभर बाद उसी एक दोपहरी में मुँह पर पल्ला डाले जैसे ही एक फुसफुसाहट कानों के परदों से टकराई, खर्राटों का सुर ही बदल गया। साँस लगभग रुक गई।

"...सोई हुई है...खर्राटे सुनाई नहीं दे रहे हैं।" चंचला के कानों के ढीले पड़े पर्दों पर बहू की फुसफुसाहट की हल्की-सी थाप पड़ी, "एक मिनट, मैं बाहर आती हूँ!" इसके बाद चंचला को अपने कानों में बहू के बेहद सधे हुए शब्द पड़े, "मम्मी! मम्मी जी!"

चंचला की तरफ़ से जवाब आना तो दूर रहा, जिस्म में किसी तरह की जुम्बिश तक नहीं हुई। समझ गई चंचला कि बहू उसे टोह रही है कि वह सचमुच गहरी नींद में है या नहीं? चंचला जानबूझकर किसी मुर्दे की मानिंद अचेत पड़ी रही। इसके बाद पहले हल्की-सी पदचाप सुनाई दी और फिर एकाएक सन्नाटा छा गया। मुँह पर पड़े साड़ी के पल्लू के महीन सूराखों से उसने आँखों-ही-आँखों में अपने आसपास का मुआयना किया। फिर वह धीरे-से खड़ी हुई और जिधर बहू दबे पाँव गई, उसी तरफ़ वह भी दबे पाँव, एकदम किसी शिकारी बिल्ली की तरह बढ़ गई।

अचानक तीखी धूप के टुकड़ों की तरह कानों में पड़ी खिलखिलाहट को सुन चंचला ठिठक गई। उसके पाँव जैसे ज़मीन से चिपक गए। अब उसने कान उस तरफ़ लगा दिए जहाँ से यह खिलखिलाहट अभी-अभी उसके कानों में पड़ी थी।

"...मेरा भी आपके बिना मन कहाँ लगता है...कैसे मिलूँ...हाँ, यह ठीक रहेगा...मैं आऊँगी तो बता दूँगी...ठीक है इधर से मैं आती हूँ, उधर से आप आ जाना...अब फोन काटती हूँ। कहीं मेरी सास को शक हो गया तो बड़ी मुश्किल हो जाएगी...बस पूछो मत, पूरी जासूस है...आप भी न, अच्छा लो!"

इसके बाद चंचला के कानों में जैसे ही पुच्च की आवाज़ पड़ी, पूरे शरीर में करंट दौड़ गया। उसे समझने में एक पल भी नहीं लगा कि यह किसकी आवाज़ है। वह समझ गई कि बहू ने फोन करनेवाले को मोबाइल पर चुम्बन दिया है।

लगा जैसे चुम्बन की यह आवाज़ बहू के होंठों की नहीं, उसके सीने में खच्च से धँसी किसी नुकीली बरछी की है। उसका शक यक़ीन में बदल गया। इससे पहले बहू लौटती वह तेज़ी से पलटी और बड़ी सफ़ाई से वापस अपनी जगह पर आकर लेट गई। मुँह पर पहले की तरह पल्लू डाला और कती हुई साड़ी के महीन सूराख़ों से बहू के आने का इन्तज़ार करने लगी। इधर बहू ने आकर देखा तो उसने एक राहतभरी साँस ली। जिन खर्राटों को वह धीमे सुरों में आलाप करता छोड़ गई थी, उन्हें अब दूर से ही सुना जा सकता है।

मन तो चंचला का बिलकुल नहीं कर रहा है, कि वह बहू को मायके भेज दे लेकिन मौक़ा ही ऐसा है कि चाह कर भी वह मना नहीं कर पाई। जिस चाव और शौक से बहू मायके के लिए तैयार हो रही है, उसे देख-देख कर उसके कानों में उस दिन मोबाइल पर दिए गए चुम्बन की पुच्च किसी नगाड़े की तरह कानों में गूँज रही है। अनजानी और अश्लील कल्पनाओं के चलते उसके जिस्म का रोआँ-रोआँ किसी अनिष्टता के भय से तपने लगा।

इस तरह बहू तो मायके चली गई मगर चंचला के मन और दिमाग़ के चित्रपट पर वह अपने पीछे अनगिनत दृश्य छोड़ गई। ऐसे दृश्य कि जब-जब वह कल्पनाओं की झिर्रियों से इनके अन्दर झाँककर देखती, तो शिराओं में दौड़ता लहू उसे लहू नहीं पिघला हुआ गरम शीशा लगता। रात में करवटों के बीच चंचला की जब भी आँखें खुलतीं, वह देर तक इसी कल्पना में खोई रहती कि पता नहीं उसकी बहू उस 'फोनवाले' के आग़ोश में किस मुद्रा में होगी? इन कल्पनाओं में डूबी जब तक उसकी आँखें नहीं लग जातीं, तब तक कानों में अदृश्य चुम्बनों की तड़तड़ाहट गूँजती रहती।

दो सप्ताह बाद बहू के मायके से आने के बाद चंचला कई दिनों तक उसकी देह को अलग-अलग तरीक़े से निहारती रही। जिस्म और चाल की एक-एक लोच व चेहरे की एक-एक भंगिमा का, आँखों-ही-आँखों में उसने न जाने कितनी बार यह सोचते हुए मुआयना कर डाला कि बस उसे कोई सबूत मिल जाए। बहू की छोटी-छोटी स्वाभाविक चंचलताएँ उसे अब चंचलताएँ नहीं, सन्देह की नुकीली कीलें दिखाई देने लगीं। अपनी ही बहू के पूरे जिस्म पर चंचला को जगह-जगह शक के पैबन्द नज़र आने लगे।

शक तो बल्लू को भी था जिसे माँ की चेतावनी ने और पुख़्ता कर दिया। अपना शक तो थोड़ी देर के लिए बेमानी हो सकता है परन्तु एक औरत, वह भी माँ द्वारा दिए गए साक्ष्य को कैसे झुठला सकता है। इसलिए वह

तब और भी चौकन्ना हो गया जब माँ ने बताया कि उसने अपने कानों से, न केवल किसी से चोरी-छिपे खिलखिलाकर बात करते हुए सुना, बल्कि मोबाइल पर किसी को चुम्बन देने की आवाज़ भी सुनी थी।

उसी दिन से बल्लू अपने काम में लग गया।

बहू यानी बल्लू की पत्नी तारा ने पति को बहुत समझाया कि वह अकेले ही मायके चली जाएगी। मगर बल्लू ने उसकी एक नहीं मानी, "तारा, ठीक है तू अकेली चली जाएगी, पर पति होने के नाते मेरा भी तो कोई हक़ बनता है।"

"आप तो ऐसी बातें कर रहे हो जैसे मैं कोई बच्ची होऊँ और मुझे कोई उठाकर ले जाएगा।" तारा ने बड़े भोलेपन से पति की आँखों में उतरते हुए कहा।

"वह बात नहीं है। तेरे आस-पड़ोस और घरवाले क्या सोचेंगे, कि यह कैसा दामाद हुआ जो उनकी लाडली को अकेला ही छोड़ दिया।"

"आप भी न बस!" इतना कह तारा लपककर पति के सीने से लग गई।

बल्लू ने अपनी तारा नामक पत्नी को धीरे-से सीने से अलग किया। उसे देखकर हैरानी हुई कि तारा उसे इस क़दर मोहब्बत करती है कि उसकी आँखों से गुनगुना पानी उतर गालों पर बहने लगा। बल्लू को चूँकि फ़िल्में देखने का बचपन से ही बड़ा शौक रहा है, और उसने एक-से-एक इतनी ख़राब फ़िल्में देखी हैं कि इनके चक्कर में दसवीं कई झटकों में पास हुआ है। पत्नी की आँखों से गालों पर उतरते आँसुओं को देख, उसे अचानक एक फ़िल्म का एक दृश्य याद आ गया। बल्लू ने उसी दृश्य को उसी अदा के साथ दोहराते हुए, तारा के आँसू को तर्जनी में भरा और उसे हवा में उछलते हुए बोला, "तारा, ये आँसू इस तरह बहाने के लिए नहीं हैं पगली! इन्हें सँभालकर रख। किसी दिन बड़े काम आएँगे।"

समझ गई बल्लू की तारा नामक पत्नी कि उसका यह देवता रूपी पति निरा बावळी बूच है। उसने तुरन्त आँसू पोंछे और अपने साथ चलने की हामी भर दी।

लेकिन बल्लू तो बल्लू ठहरा। उसने पहले से तय कर लिया था कि पत्नी को मायके छोड़ने के बाद वह वहीं शामली में ही किसी सस्ते से होटल में रुक जाएगा। एकाध दिन वहाँ रुककर वह यह जानने और देखने की कोशिश करेगा, कि आख़िर यह भला आदमी है कौन, जिससे मिलने की तड़प लिए उसकी तारा नामक पत्नी इतनी जल्दी इतना बड़ा ख़तरा मोल ले रही है।

कहते हैं हमारे भारतीय समाज में साढ़ू नाम का कोई रिश्ता नहीं होता। हाँ, जीजा-साली का ज़रूर होता है और इतना व्यापक और घनिष्ठ होता है कि उसकी व्याख्या नहीं की जा सकती। शायद यह हमारे इस उत्तर-आधुनिक भारतीय समाज की विडम्बना ही कही जाएगी कि जिसे कोई रिश्ता नहीं माना जाता, उसका महत्त्व और दख़ल हमारे परिवारों में इस क़दर बढ़ गया है, कि असली रिश्ते तो धरे रह गए और यह साढ़ू नामक प्राणी हमारे परिवारों की धुरी बन गया है। तो उस दिन भी

यही हुआ कि इधर बल्लू अपनी धर्मपत्नी तारा को लेकर अपनी ससुराल पहुँचा, और उधर पीछे-पीछे उसका बागपतवाला बड़ा साढ़ू यानी तारा का जीजा धरमेंदर भी पहुँच गया।

अब आप सोचिए कि जहाँ दो साढ़ू इकट्ठे हों, वहाँ शाम को रसरंजन ना हो, यह कैसे सम्भव है। तो जैसे-जैसे शाम अपने झुटपुटेपन में लिपटने लगी, वैसे-वैसे आतुरता और व्यग्रता अपना पैर पसारने लगी। और जब यह व्यग्रता असहनीय हो गई, तब धरमेंदर जी ने अपने साले को बुलाया और अपनी साली तारा की उपस्थिति में एक प्यारी-सी झिड़की मारते हुए कहा, "क्या साले साहब, आपके दो-दो जीजा आए हुए हैं और आपकी तरफ से कोई इन्तजाम ही नहीं है!"

"जीजा, मुझे क्या पता था कि आप दोनों इस तरह अचानक आ जाएँगे वरना..."

"कोई बात नहीं प्यारे, मैं तो मज़ाक कर रहा था। वैसे धरमेंदर नाम है मेरा और यह धरमेंदर अपना इन्तजाम पहले से करके चलता है।" इतना कह बल्लू के साढ़ू और तारा के जीजा ने बड़े नखरे के साथ अपने बैग को खोला, और उसमें से एक बोतल निकालकर सामने रख दी।

बोतल के नमूदार होते ही बल्लू के मुँह से निकला, "वाह साढ़ू साब! क्या बात है। एकदम इंग्लिस है।"

"धरमेंदर नाम है मेरा। लो ऐश करो प्यारे!"

"देखा, जीजा जी आपका कितना खयाल रखते हैं! कभी आपने अपने घर बुलाकर इनकी खातिर की है।" बल्लू की तारा नामक पत्नी ने शिकायत करते हुए एक तरह से पति पर ताना मारा।

"ठीक है धरमेंदर जी। मैं आज ही आपको इनवाइट करता हूँ। जब मन करे आ जाना। मेरे घर के दरवज्जे आपके लिए चौबीस घंटे खुले हुए हैं।" बल्लू ने पत्नी के उलाहने को हाथों-हाथ उतारते हुए अपने साढ़ू को न्योता दे दिया।

इसके बाद खाना खाने से पहले दो भारतीय साढ़ुओं के जमकर आपस में जाम टकराए। उनके एकमात्र साले ने अपने जीजाओं की जमकर सेवा की। साले ने ही क्यों बल्लू की तारा नामक पत्नी ने भी अपने देवतास्वरूप पति की सेवा के बहाने, अपने साली-धर्म का निर्वाह पूरी अदा व निष्ठा के साथ करने में कोई कसर नहीं छोड़ी। जब तक 'इंग्लिस' आधी नहीं हो गई, तब तक जाम टकराने का दौर चलता रहा। जब लगा कि आज बस इतनी ही इंग्लिस काफ़ी है, उसके बाद खाना खाया गया और इसके बाद दोनों साढ़ुओं के बिस्तर वहीं बैठक में लगा दिए गए।

चढ़ते दिसम्बर की महीन ठंड।

शायद यह ज़रूरत से ज़्यादा पी गई इंग्लिस का असर था कि मारे प्यास के गला रह-रह कर खुश्क हो रहा है। अधिक प्यास लगने के बावजूद

मारे आलस्य के बल्लू ने प्यास को टालना भी ख़ूब चाहा कि कौन उठकर पानी पीए। मगर जब रहा नहीं गया तो उसने तकिये के नीचे रखे मोबाइल को निकालकर टाइम देखा, तो पाया रात के डेढ़ बज रहे हैं। उसने सिरहाने रखे जग को उठाया और पानी पीकर फिर से सोने के लिए करवट ले ली। मगर पता नहीं किस बेचैनी के चलते देर तक नींद नहीं आई। इस बार उसने मोबाइल की लाइट जलाई और यूँ ही बराबर में सो रहे अपने साढ़ू धरमेंदर की तरफ़ देखा, तो पाया धरमेंदर का बिस्तर ख़ाली है। बल्लू ने यह सोचकर करवट ले ली कि गया होगा लघुशंका के लिए।

लेकिन जब वह देर तक नहीं आया तब उसकी जिज्ञासा बढ़ गई। वह यह सोचकर बिस्तर पर बैठ गया कि भला यह ऐसी कौन-सी लघुशंका हो गई, जो इतनी दीर्घ हो गई? वह धीरे-से बिस्तर से उठा और अधखुले दरवाज़े को पूरा खोल दबे पाँव बाहर निकल आया। अभी वह दाईं ओर बने टॉयलेट की तरफ़ बढ़ा ही था कि उसके आगे अधबने कोठड़े में ठसकर भरे अँधेरे से उसे कुछ फुसफुसाहट सुनाई दी। साँस रोककर दरवाज़े के पास जाकर बल्लू ने इन फुसफुसाहटों को पहचानने की कोशिश की, और उसके कानों में जिस उन्मुक्त खिलखिलाहट के छींटे पड़े, उन्हें सुन उसके पाँवों के नीचे से मानो ज़मीन खिसक गई। वह ग़श खाकर गिरते-गिरते बचा। बमुश्किल सँभाला उसने अपने आपको। थोड़ी देर के लिए लगा जैसे उसका दिल उछलकर बाहर आ जाएगा। एक बार उसका हाथ कोठड़े के अधखुले दरवाज़े को थपथपाने के लिए उठ भी गया। मगर न जाने क्या सोचकर वे वापस आ गए। किसी तरह की प्रतिक्रिया व्यक्त न कर वह जैसे यहाँ तक आया था, वैसे ही दबे पाँव चुपचाप वापस लौट आया।

बिस्तर पर आते ही बल्लू किसी कटे दरख़्त की मानिंद गिर पड़ा। जब तक उसका साढ़ू धरमेंदर वापस नहीं आ गया, अँधेरे में वह ऐसे ही करवटें बदलता रहा। काफ़ी देर बाद अँधेरे में हल्की-सी आहट ने उसे बता दिया कि धरमेंदर लौट आया है। इसके बाद भी देर तक उसे नींद नहीं आई। जबकि बग़लवाले बिस्तर से कुछ ही देर बाद खर्राटों की आवाज़ आनी शुरू हो गई। अपने बिस्तर पर मुर्दा बना बल्लू पता नहीं कब तक अँधेरे में ख़ुद के रेखाचित्रों को बनाता-बिगाड़ता रहा।

सुबह कब हुई बल्लू को नहीं पता। उसे तो बस इतना पता है जैसे रातभर उसके दिमाग़ में बड़े-बड़े घन बरसते रहे। अपने आजू-बाज़ू से गुज़रती अपनी ही पत्नी पर जब-जब उसकी नज़र पड़ती, तब-तब लगता जैसे कानों में रात की खिलखिलाहट नहीं, पिघले शीशे की गरम-गरम बूँदें टपक रही हैं। नाश्ता करने के बाद पत्नी को मायके में छोड़ वह लौटने की तैयारी करने लगा, तो उसने अपने साढ़ू से यूँ ही पूछ लिया, "धरमेंदर जी, आपका क्या प्रोग्राम है?"

"क्या है बलविन्दर बाबू, मुझे यहाँ आज एक जरूरी काम है। आप निकलिए!"

सुनते ही बल्लू के जिस्म का जैसे सारा रक्त सूख गया। उसने न चाहते हुए धरमेंदर की आँखों में झाँककर देखा, तो उसकी आँखों में उसे अनगिनत अश्लील चित्र नज़र आने लगे। बल्लू ने इसके बाद कुछ नहीं कहा और विदा लेकर चल पड़ा।

कहाँ तो बल्लू को किसी सस्ते से होटल की तरफ़ जाना चाहिए था, और कहाँ उसके क़दम बस अड्डे की तरफ़ बढ़ गए। कहाँ तो वह यह सोचकर आया था कि यहाँ कुछ दिन रुककर वह यह पता करने की कोशिश करेगा, कि आख़िर वह भला आदमी है कौन जिससे मिलने की तड़प लिए उसकी तारा नामक पत्नी इतना बड़ा ख़तरा मोल ले रही है, और कहाँ वह शामली से मुज़फ़्फ़रनगर जानेवाली बस में आ बैठा।

बल्लू जिस भले आदमी की खोज में कुछ दिन यहाँ रुकने की योजना बनाकर आया था, शायद अब उसकी कोई ज़रूरत नहीं है। गई रात स्याह अँधेरे से फूटती फुसफुसाहटों ने उसकी यह खोज पूरी कर दी। शामली बस अड्डे से बस कब रवाना हुई और कब अपने गंतव्य स्थल पर पहुँच गई, इसका बल्लू को तभी पता चला जब कंडक्टर ने यात्रियों से बस ख़ाली करने के लिए कहा।

30

बल्लू उर्फ़ बलविन्दर ने जिस आत्मीयता और अपनेपन के साथ अपने साढ़ू को निमंत्रण दिया, उसने उसे उसी आत्मीयता और अपनेपन के साथ इस तरह आत्मसात् किया, कि पिछले चार महीने में वह तीन बार अपनी साली के ससुराल आ चुका है। इनमें दो बार तो ऐसा हुआ कि जब वह वहाँ आया, पता चला बल्लू घर पर नहीं है। घर आने पर चंचला जब बल्लू को यह सुखद सूचना देती कि तेरा साढ़ू आया था, तब सुनते ही बल्लू की नसें मानो तड़कने लगतीं।

धरमेंदर के इस तरह बिना किसी पूर्व सूचना के आ धमकने पर एक बार विष्णु ने चंचला से कह भी दिया, "पता नहीं इस बल्लू ने यह क्या बीमारी पाल ली है कि जब देखो मुँह उठाकर चला आता है!"

"आप भी कैसी बातें करते हो। रिश्तेदार कहीं बीमारी होते हैं?" चंचला ने प्रतिवाद किया।

"ठीक है, रिश्तेदार है पर इसका यह मतलब नहीं है कि जब मन करे चले आओ। एक बात कहूँ, मुझे यह साढ़ू-वाढ़ू का नाता ही पसन्द नहीं है।"

"साढ़ू का नहीं, जीजा-साली का भी नाता है।" चंचला ने मुस्कराते हुए कहा।

विष्णु इसके बाद कुछ नहीं बोला।

अपनी अनुपस्थिति में आख़िरी बार धरमेंदर के आने के बारे में चंचला ने बेटे को बताया तो बल्लू का माथा ठनका। ऐसा क्यों हो रहा है कि वह जब भी बाहर होता है, तभी धरमेंदर आता है। माजरा समझने में बल्लू को देर नहीं लगी।

इस बार वह कई दिनों के लिए जाने लगा, तो जाते-जाते माँ से बोला, "मम्मी, तारा के पास ही सो जाना। पता नहीं क्यों आजकल वह सोते-सोते डर जाती है।"

"अकेली सोती है इसलिए डर जाती होगी।" चंचला ने सहज भाव से बेटे को जवाब दिया।

मगर यह क्या? इस बार भी इधर बल्लू गया, उधर अगले दिन धरमेंदर हाज़िर हो गया। घर के मालिक विष्णु को यह एकदम अच्छा नहीं लगा। इस बार उससे कहे बिना नहीं रहा गया और चंचला से झल्लाते हुए बोला, "भई यह क्या आफ़त पाल ली है तेरे बेटे ने? अब तो हद हो गई।"

"आप सही कह रहे हैं। अब तो मुझे भी अखरने लगा है। ऐसा है इसे जाने दे। मैं इस बार बहू से साफ़ कह दूँगी कि अपने जीजा से कह दे कि इस तरह जब चाहे यहाँ आया न करे। रिश्तेदार कभी-कभार ही अच्छा लगता है।"

"बहू कह देगी तो ठीक है वरना मैं कह देता हूँ बल्लू से..."

"कह दिया न, मैं बहू को समझा दूँगी। आपको टेंशन लेने की जरूरत नहीं है।" चंचला ने बात ख़त्म करते हुए कहा।

चौका-बर्तन से निपटने के बाद तारा सोने के लिए अपने कमरे में जाने लगी, तो चंचला पीछे से टोकती हुई बोली, "बहू, मैं भी आती हूँ तेरे कमरे में।"

"मेरे कमरे में?" तारा ने अकबकाते हुए पूछा।

"हाँ। बल्लू कह रहा था कि आजकल तू सोते-सोते डरने लगी है।"

"हाँ मम्मी जी, पता नहीं आजकल क्या हो रहा है। वैसे अब ऐसी कोई बात नहीं है। जबसे सिरहाने चाकू रखकर सोने लगी हूँ, तब से सब ठीक है।"

"फिर भी मैं सो जाती हूँ।"

"तो फिर ऐसा करती हूँ मम्मी जी, मैं ही आपके कमरे में आ जाती हूँ।" तारा ने तुरन्त समाधान सुझाते हुए कहा।

"वैसे यह भी ठीक रहेगा।" इतना कह चंचला अपने कमरे में आ गई। पीछे-पीछे तारा भी चली आई।

देर तक सास-बहू आपस में बतियाती रहीं। बतियाते हुए दोनों की आँख कब लग गई, पता ही नहीं चला।

चंचला की बीच में ऐसे ही नींद उचट गई। उसने पलटकर अपने बग़ल में देखा तो पाया तारा बिस्तर पर नहीं है। चंचला ने

यह सोचकर करवट बदल ली कि वापस अपने कमरे में चली गई होगी। देर तक नींद नहीं आई तो उठकर शौचालय चली गई। शौचालय से लौटते हुए घर के पिछवाड़े कर्कश आवाज़ में रोती बिल्ली की आवाज़ सुन वह सहम गई। पता नहीं क्यों ऐसा अक्सर होता है कि जब भी यह बिल्ली रात-बिरात रोती है, कुछ-न-कुछ ऐसा घटता है जिसकी वह कभी कल्पना तक नहीं कर पाती।

वापस आकर वह बिस्तर पर लेट गई। मगर एक अजीब-सी बेचैनी के चलते काफ़ी देर तक उसे नींद नहीं आई। वह यह सोचकर बिस्तर से उठ गई, कि क्यों न बहू के ही कमरे में जाकर उसी के पास सो जाए। अँधेरे को टटोलती हुई वह बहू के कमरे में आ गई। कहीं अँधेरे में किसी चीज़ से टकराकर गिर-गिरा न जाए, यही सोचकर उसने स्विच ऑन कर दिया। स्विच ऑन करने के बाद पूरा कमरा जैसे ही बल्ब की रोशनी से सराबोर हुआ जैसे ही उसकी नज़र बहू के बिस्तर पर पड़ी, आँखें फटी की फटी रह गईं और उसकी चीख़ निकलते-निकलते रह गई। आँखों के आगे अँधेरा छा गया। आपस में लिथड़े दो अर्द्ध-नग्न जिस्मों पर नज़र पड़ी तो चंचला की घिग्घी बँध गई। इधर जैसे ही उजाले में खड़े साये पर आपस में लिथड़े अर्द्ध-नग्नों की नज़र पड़ी, वे हड़बड़ाते हुए इधर-उधर छिपने की कोशिश करने लगे।

चंचला को तब तक जैसे होश आ चुका था। उसके लिए इतना ही काफ़ी था। आज उसकी समझ में वह रहस्य आ गया कि काम का बहाना बना, मौक़ा मिलते ही उसकी बहू बाहर जाकर अकेले में अपनी किस 'सहेली' से बात करती है। वह कौन है जिसके बिना उसका मन नहीं लगता है। चंचला ने दुनियादारी से जो अनुभव हासिल किए, उसके चलते उसने समझदारी यह दिखाई कि बिना कुछ बोले चुपचाप अपने कमरे में आकर लेट गई। उसने उन दोनों अर्द्ध-नग्न जिस्मों में से किसी से कुछ नहीं कहा।

कुछ ही देर बाद तारा भी आ गई। आते ही वह अपनी सास से लिपट गई और रोते हुए बोली, "मम्मी जी, जीजा जी ज़बरदस्ती मेरे कमरे में घुस आए थे! मैं क्या करती मम्मी जी। मैं तो बदनामी के डर से चुप रही।"

"बहू, ऐसा कर अपने कमरे में जा और चुपचाप जाकर सो जा!" चंचला ने बड़ी ही विनम्रता के साथ जवाब दिया।

"पर मम्मी, इसमें मेरा क्या क़सूर है। जीजा जी ने आकर जबरदस्ती मेरे साथ गलत काम किया।"

"बहू एक बार कह दिया न! चुपचाप अपने कमरे में चली जा!" इतना कह चंचला ने तारा को लगभग धकियाते हुए अपने कमरे से बाहर कर, अन्दर से कुंडी लगा ली।

सुबह बल्लू के साढ़ू धरमेंदर को बिस्तर पर न देख, विष्णु को बड़ी हैरानी हुई कि कल उसने पत्नी से कहा और सवेरा होते-होते उस पर अमल भी हो गया।

"ये बल्लू का साढ़ू चला गया है क्या?" विष्णु ने दरयाफ़्त करते हुए पत्नी से पूछा।

"हाँ, मैंने रात को बहू से कह दिया था कि बल्लू के पीठ पीछे तेरे जीजा का इस तरह वक्त-बेवक्त आना, तेरे ससुर को पसन्द नहीं है।" चंचला ने पति से नज़र चुराते हुए कहा।

"पर ऐसी क्या जल्दी थी। कम-से-कम नाश्ता-पानी तो करके जाता।"

"याद आ गया होगा कोई जरूरी काम।" चंचला ने बात ख़त्म कर दी।

जिस समय विष्णु और चंचला में बात हो रही थी, दरवाज़े की ओट से तारा उनकी बातें सुन रही थी।

अपने ससुर के बाहर जाते ही तारा दरवाज़े की ओट से बाहर निकली और आते ही अपनी सास के पाँवों में पड़ गई, "मम्मी जी, मुझसे बहुत बड़ी गलती हो गई। माफ कर दो मुझे।" तारा अपनी ग़लती स्वीकार करती हुई चंचला से जैसे रहम की भीख़ माँगते हुए बोली।

"मैं कौन होती हूँ माफ़ करनेवाली। माफ तो वह करेगा जिसके तू पल्ले बँधी है। वैसे यह बता तुम जीजा-साली में कब से यह चक्कर चल रहा है?" चंचला ने बहू की आँखों में आँखें धँसाते हुए पूछा।

"मम्मी जी, कोइ चक्कर-वक्कर नहीं है। मैं तो अपने कमरे में सो रही थी। मुझे पता ही नहीं चला कि जीजा जी कब मेरे कमरे में आए और कब जबरन मेरे साथ..."

"चुप कर छिनाल! किसे पाठ पढ़ा रही है। अभी तो कह रही थी कि मुझसे बहुत बड़ी गलती हो गई और अब कह रही है कि कोई चक्कर-वक्कर नहीं है। जीजा जी की बच्ची, यही है वह सहेली जिससे तू छिप-छिपके बात करती थी। उस दिन दोपहर को इसी सहेली से कह रही थी न कि मेरा भी आपके बिना मन कहाँ लगता है...कैसे मिलूँ...हाँ, यह ठीक रहेगा...मैं आऊँगी तो बता दूँगी...ठीक है इधर से मैं आती हूँ, उधर से आप आ जाना...अब फोन काटती हूँ। कहीं मेरी सास को शक हो गया तो बड़ी मुश्किल हो जाएगी। तू क्या मुझे पागल समझती है। मैं नहीं समझती हूँ कि सोलह सिंगार करके अपने पीहर तू किस यार से मिलने जाती है। मुझे तो तेरे इस चरित्तर का जभी पता चल गया था, जब छुप-छुप के तेरी इससे खुसर-फुसर होती थी । अब जब चोरी पकड़ी गई तो कह रही है जीजा जी कब मेरे कमरे में आए और कब जबरन मेरे साथ...।"

तारा समझ गई कि उसकी सास को उसके बारे में सब कुछ पता चल गया है। अगर उसकी यह सास उसके बारे में इतना सब जान गई है, तो उसका पति बल्लू जिसे वह निरा बवळी बूच समझती है, ज़रूर उसे भी इसकी भनक लग गई होगी। अब तो इसका तभी पता चलेगा जब वह वापस लौटकर आएगा। तारा कुछ नहीं बोली और चुपचाप चली गई।

तीसरे दिन बल्लू लौट आया। मगर तारा को यह देखकर बड़ी हैरानी हुई कि

बल्लू ने उससे कुछ नहीं कहा। पहले की तरह एकदम सामान्य व्यवहार करता रहा। तारा की समझ में नहीं आ रहा है कि इस चुप्पी का मतलब क्या है? क्या उसकी सास ने उसके बावळी बूच पति को सचमुच इस घटना के बारे में कुछ नहीं बताया होगा? अगर बता दिया है तो यह चुप क्यों है? तारा की घबराहट धीरे-धीरे बढ़ने लगी। उसकी समझ में नहीं आ रहा है कि इस झंझावात से उसे कैसे मुक्ति मिले?

पता नहीं तारा को यह किसने सलाह दी?

बल्लू उर्फ़ बलविन्दर की ब्याहता तारा द्वारा अपने मायके शामली के थाने में, अपने सगे जीजा यानी अपने पति के साढ़ू धरमेंदर के ख़िलाफ़ दर्ज प्राथमिकी के आधार पर पुलिस ने धरमेंदर को गिरफ़्तार कर लिया। अपने आरोप में तारा ने कहा है कि आरोपी उसका सगा जीजा है और पिछले कई सालों से वह उसके साथ दुष्कर्म करता आ रहा है। पहली बार उसने उसके साथ कैम्पाकोला में नशीला पदार्थ मिलाकर दुष्कर्म किया, जिसका उसने वीडियो बना लिया। बाद में इस वीडियो का डर दिखाकर वह उसके साथ जबरन यौन शोषण करता आ रहा है। यहाँ तक कि वह कई बार उसके मायके में आकर, डरा-धमका कर उसके साथ ज़बरदस्ती कर चुका है।

पुलिस ने पीड़िता तारा के इसी बयान के आधार पर भारतीय दंड संहिता की धारा 375 और 376 के तहत मुक़दमा दर्ज कर, अगले दिन चालान के साथ मुजरिम धरमेंदर को कोर्ट में पेश कर दिया।

अदालत में सुनवाई के दौरान पीड़िता की तरफ़ से दर्ज़ प्राथमिकी को जज ने बड़े ध्यान से पढ़ा। पढ़ने के बाद जज ने तारा के सगे जीजा और उसके पति बल्लू के साढ़ू यानी आरोपी के वकील की तरफ़ देखते हुए कहा, “वकील साब, आप कुछ पूछना चाहते हैं?”

“जी जनाब।” इतना कह वकील तारा की तरफ़ मुड़ा, “तारा जी, आप अपने जीजा को कब से जानती हैं?”

“दीदी की शादी के समय से।”

“आपकी दीदी की शादी को कितने दिन हो गए हैं?”

“यही कोई पाँच साल।”

“बच्चे कितने हैं आपकी दीदी के?”

“तीन।”

“आपके जीजा ने जिस कैम्पाकोला में नशीला पदार्थ मिलाकर जब आपको पिलाया था, मेरा मतलब है पहली बार मिलाकर जब आपके साथ बलात्कार किया था, यह कब की और कहाँ की बात है?”

"जब दीदी के पहला बेटा हुआ था। मैं दीदी के पास उसके ससुराल गई हुई थी। उस दिन जीजा जी..."

"वह तो आप बता चुकी हैं कि कैम्पाकोला में..."

"जी...जी।" तारा ने अकबकाते हुए कहा।

"तो इस बात को कितने दिन हो गए?"

"कोई तीन साल।"

"और पिछले तीन साल से आपके जीजा जी आपके साथ बलात्कार करते आ रहे हैं?"

"जी।"

"यानी आपकी शादी के बाद भी वे आपके साथ ज़बरदस्ती करते आ रहे हैं?"

"जी।"

"आपने यह बात कभी अपने पति, अपने माँ-बाप या चुपचाप अपनी किसी सहेली या रिश्तेदार को बताई?"

"नहीं।"

"क्यों?"

"बदनामी के डर से।"

"मगर अब तीन साल बाद जब आपने अपने जीजा के ख़िलाफ़ रिपोर्ट दर्ज कराई है, तब आपके पति को पता नहीं चलेगा? हो सकता है चल भी गया हो कि आपके जीजा आपके साथ इतने दिनों से बलात्कार करते आ रहे हैं। क्या अब नहीं होगी आपकी और आपके पति की बदनामी?"

तारा चुप।

"तारा जी, कहीं ऐसा तो नहीं है आपके इस अवैध सम्बन्ध के बारे में किसी को पता चल गया, और उससे बचने के लिए आपने बलात्कार का मामला दर्ज़ करा दिया? जज साब, मेरा अनुरोध है कि इनके पति को कोर्ट में बुलाने की इजाज़त दी जाए!"

जज ने आरोपी धरमेंदर के वकील का अनुरोध स्वीकारते हुए तारा के पति बल्लू को सम्मन जारी करने का आदेश दे, अगली तारीख़ दे दी।

31

सईदा आपा ने रुख़सत बी और रहमत अली को जो ख़बर सुनाई, उसे सुन उन दोनों को रत्तीभर भी यक़ीन नहीं हुआ। देर तक उन्हें लगता रहा जैसे उनके कानों में गरम-गरम गोलियाँ रड़क रही हैं। रुख़सत बी को

जब बिलकुल भी यक़ीन नहीं हुआ, तब उसने एक बार फिर अपनी तसल्ली के लिए पूछा, "आपा, कहीं तू मज़ाक़ तो नहीं कर रही है?"

"बी, भला मैं क्यों तुमसे मज़ाक़ करने लगी। मैंने तो जो देखा है वह बता रही हूँ।"

"अपने ख़ुदा रसूल की क़सम खाकर बता कि यह बात सही है?"

"बी, मैंने ख़ुद अपने इन दीदों से देखा है।"

"तुझे पक्का यक़ीन है कि वह वही था?"

"अल्लाह क़सम बी मैं क्यों झूठ बोलने लगी। पक्का वही था।"

सईदा आपा ने जिस आत्मविश्वास के साथ क़सम खाते हुए अपनी बात कही, रुख़सत बी और रहमत के पास सईदा आपा की बात को मानने के सिवाय अब कोई वजह नहीं बची।

"पर ठकुराइन के वकील समधी ने तो बताया था कि बड़ी अदालत ने उन मरजादों की उमर क़ैद बरकरार रखी है।" रहमत रुख़सत बी को सुनाते हुए इस तरह बड़बड़ाया कि सईदा ने भी सुन लिया।

"मैंने भी यही सुना था कि बड़ी अदालत ने उसी वक़्त उन्हें गिरफ़्तार करने का हुकुम दिया था।" सईदा आपा बोली।

"मैं भी तो कहूँ आपा कि जिनको हवालात में होना चाहिए वे छुट्टे घूम रहे हैं!"

"चलो घूम रहे होते तो भी कोई बात नहीं, पर बी यहाँ तो वे दूसरा निकाह भी कर लाए।"

"पता नहीं यह अल्लाहताला भी हम जैसों के साथ ही जुलम करता है। पाँचों वक़्त नमाज़ पढ़ें हम जैसे। रोज़ा-तिलावत करें हम जैसे ख़ुदा के बन्दे और मौज़ मारें उन जैसे फ़ितने।" इतना कह रुख़सत बी ने एक निराशाभरी साँस ली और ख़ुद को तसल्ली देते हुए बोली, "चलो, जिसके जैसे करम। उनके करम उनके साथ और हमारे करम हमारे साथ। जब बेटी ही इस दुनिया में नहीं रही, तो उसके बारे में सोचने से क्या फ़ायदा। अल्लाह उसे अपनी नई दुल्हनिया के साथ ख़ुश रक्खे।"

"ठीक है बी चलती हूँ। बड़ी मस्जिद के इमाम के पास आई थी, सो सोचा तुम लोगों को इसकी इत्तिला देती जाऊँ।"

"अच्छा होता आपा जो तू यह बात अपने तक ही रखती। ना यह बात तू हमें बताती, ना पुराने घाव फिर से हरे होते।" कहते-कहते रुख़सत बी की आँखें भर आईं।

"बी, मेरी मंशा तुम लोगों का दिल दुखाने की नहीं थी। मैं तो इसलिए बताने चली आई कि पता नहीं इस बात की तुम्हें ख़बर है भी या नहीं।"

"आपा ऐसी कोई बात नहीं है। बल्कि अच्छा किया जो बता दिया। चलो, इस बहाने बेटी की याद तो ताज़ा हो गई।"

सईदा आपा के जाने के बाद रहमत अली और रुख़सत बी देर तक अपने

सामने पसरे शून्य को ताकते रहे। इस तरह ताकते रहे जैसे वे दोनों मिलकर अपनी नसीम की यादों की राख़ हुई तस्वीरों को बीन रहे हैं। न जाने और कितनी देर तक वे इन बिखरी तस्वीरों को बीनने में लगे रहते, अगर पास से गुज़रते एक फेरीवाले की लहराती आवाज़ उनके कानों में नहीं पड़ती।

"मुझे तो इस आपा की बातों पर अब भी भरोसा नहीं हो रहा है।" रहमत ने धीरे-से कहा।

"मैंने भी उसके आगे हाँ भले ही कह दी, भरोसा मुझे भी नहीं हो रहा है।" रुख़सत बी ने अपने शौहर की हाँ में हाँ मिलाते हुए कहा।

"परऽऽऽ ऐसे कैसे हो सकता है? वकील समधी ने तो यह कहा था कि बड़ी कोर्ट ने सज़ा को बहाल करते हुए सबकी अपीलों को ख़ारिज कर, उम्र क़ैद की सज़ा को बरकरार रखा है।" रहमत ने वकील ब्रजनन्दन ठाकुर की बात को दोहराया।

"मैं भी यही सोच रही हूँ कि ठकुराइन का वकील समधी आख़िर हमसे झूठ क्यों बोलेगा। वैसे भी इस मामले को बड़ी अदालत में ले जाने का फ़ैसला वकील समधी का था। हमने तो मना ही कर दिया था कि जो इस दुनिया में ही नहीं रही उसके लिए कोर्ट-कचहरी में धक्के खाने से क्या फ़ायदा।"

"चल छोड़, जो अल्लाहताला को मंजूर है वही होगा। अब हमारी बला से वे जेल में रहें या बाहर रहें। अपने बेटे का एक निकाह करें या कई करें, हमें क्या।" रहमत ने मन को समझाते हुए आख़िरकार बात यहीं ख़त्म कर दी।

उस दिन भी रुख़सत बी कहाँ बताती अगर पद्मा इस चर्चा को नहीं छेड़ती। सुनकर पद्मा को भी थोड़ी देर के लिए विश्वास नहीं हुआ। मगर रुख़सत बी इतने दुखी मन से कह रही है, तो ठीक ही कह रही होगी—यही सोचकर पद्मा को रुख़सत बी के कहे पर यक़ीन करना पड़ा।

शाम को बातों-बातों में इसका ज़िक्र पद्मा ने सज्जन सिंह से किया तो उसे भी बड़ी हैरानी हुई। सज्जन सिंह भी इसका कहाँ ज़िक्र करता, अगर उनके वकील समधी ब्रजनन्दन ठाकुर कुछ रोज़ बाद मोबाइल पर हुई बातचीत के दौरान यूँ ही रहमत और रुख़सत बी के बारे में नहीं पूछता।

सज्जन सिंह को पद्मा ने जो बताया और टूटा-फूटा जो कुछ उसकी समझ में आया, उसी को उसने अपने वकील समधी को बता दिया।

सुनकर ब्रजनन्दन ठाकुर का सिर घूम गया कि कैसे हाई कोर्ट के फ़ैसले के बाद कोई मुजरिम जेल से बाहर आज़ादी से घूम सकता है? हाई कोर्ट के फ़ैसले के बाद तो हर कोई यही समझेगा कि मुजरिम को हर हालत में जेल की सलाखों के पीछे ही होना चाहिए। वकील ब्रजनन्दन ठाकुर की कुछ समझ में नहीं आया कि

आख़िर ऐसा हुआ, तो हुआ कैसे? आख़िर हाई कोर्ट के इस फ़ैसले का अनुपालन नहीं हुआ, तो क्यों नहीं हुआ? कई दिनों तक उठते-बैठते वह इसी के बारे में सोचता रहा। मगर इसका कोई सिरा उसके हाथ नहीं आया।

आख़िर वकील ब्रजनन्दन ठाकुर ने वहीं से शुरुआत की जहाँ से होनी चाहिए। उसने जिला जेल, सम्बधिन्त पुलिस थाना और निचली अदालत सहित हाई कोर्ट के सभी सम्बधिन्त अधिकारियों से सम्पर्क किया। अपनी पुष्टि के लिए वह नसीम की ससुराल तक गया। वकील ब्रजनन्दन ठाकुर को नसीम की ससुराल से जो जानकारी मिली, वह एकदम सही निकली कि उसका शौहर और सास-ससुर जेल में तो हैं ही नहीं। इतना ही नहीं शौहर ने दूसरा निकाह भी कर लिया है। ऐसा क्यों हुआ, इसकी तह में जाने के बाद जो वजह वकील ब्रजनन्दन ठाकुर को पता चली, उसने न्याय व्यवस्था के बारे में इस कहावत को चरितार्थ कर दिया कि अन्धेर नगरी चौपट राजा।

"हेलो...हाँ ज़ाफ़री साब आदाब अर्ज है...याद क्या करना जनाब बस मन किया तो याद कर लिया...एक बड़ा मज़ेदार केस है....हुआ यह कि...ठीक है कल शाम को आता हूँ।"

अगले दिन वायदे के मुताबिक़ वकील ब्रजनन्दन ठाकुर प्राप्त जानकारी और उपलब्ध दस्तावेज़ों के साथ पहुँच गया अपने मित्र और साप्ताहिक 'अपनी दुनिया' के सम्पादक तनवीर ज़ाफ़री के दफ़्तर में।

साप्ताहिक 'अपनी दुनिया' का सम्पादक तनवीर ज़ाफ़री जैसे-जैसे अपने सामने बैठे वकील ब्रजनन्दन ठाकुर के मुँह से सबूतों के साथ इस मामले में उतरता जा रहा था, उसकी दिलचस्पी और कौतूहल देखते ही बन रही थी।

"ठाकुर साब, इसे मैं 'अपनी दुनिया' में फ़र्स्ट लीड के रूप में छापूँगा।"

"देख लो ज़ाफ़री साब, इस मुल्क में क्या-क्या नहीं हो सकता।"

"लेकिन एक बात बताओ कि कभी उस निचली अदालत ने, जहाँ यह फ़ाइल पहुँचनी थी, यह नहीं पूछा कि भाई वो फ़ाइल कहाँ गुम हो गई?"

"यह देखिए! बाक़ायदा चिट्ठी लिखकर पूछा था मगर उसका कोई जवाब नहीं मिला।"

"ठीक है, मैं छापता हूँ इस एक्सक्लूसिव स्टोरी को।" साप्ताहिक 'अपनी दुनिया' के सम्पादक तनवीर ज़ाफ़री ने सामने रखे पेपरवेट को ज़ोर से अपनी मेज़ पर घुमाते हुए कहा।

इधर साप्ताहिक 'अपनी दुनिया' के पहले पन्ने पर यह स्टोरी छपी, उधर सम्बधिन्त सेशन कोर्ट के जज ने फ़ाइल खो जाने के बाबत दूसरे सेशन कोर्ट को चिट्ठी लिखी। 'अपनी दुनिया' की रिपोर्ट के आधार पर सम्बधिन्त

कोर्ट के जज ने तुरन्त हत्यारों के ख़िलाफ़ ग़ैर जमानती वारंट जारी किए और साथ में ए.आई.आर. में प्रकाशित हाई कोर्ट के फ़ैसले की रिपोर्ट भेज दी।

नसीम के हत्यारों के ख़िलाफ़ ग़ैर जमानती वारंट जारी होते ही वकील ब्रजनन्दन ठाकुर ने तुरन्त साप्ताहिक 'अपनी दुनिया' के सम्पादक तनवीर ज़ाफ़री को फ़ोन किया, "ज़ाफ़री साब, बहुत-बहुत मुबारकबाद...अरे जनाब, आपके अख़बार में छपी ख़बर ने हड़कंप मचा दिया...ज़रूर...ऐसा करता हूँ मैं शाम को आपके पास आता हूँ।"

शाम को ब्रजनन्दन ठाकुर साप्ताहिक 'अपनी दुनिया' के कार्यालय पहुँच गया।

"आइए ठाकुर साहब, मैं आपका ही इन्तज़ार कर रहा था। अब बताइए हुआ क्या?" आते ही सम्पादक तनवीर ज़ाफ़री ने व्यग्रता से पूछा।

"वही हुआ जिसकी उम्मीद थी। सेशन कोर्ट ने ग़ैर जमानती वारंट जारी कर दिए।" ब्रजनन्दन ठाकुर ने चहकते हुए बताया।

"मगर एक बात बताओ यार कि यह सब घपला हुआ कैसे?"

"ज़ाफ़री साब, हुआ दरअसल यह था कि हाई कोर्ट के रजिस्ट्रार ने ग़लती से अपना ऑर्डर दूसरे सेशन कोर्ट को भेज दिया।"

"कितना दिलचस्प है कि हाई कोर्ट के रजिस्ट्रार से भेजी गई फ़ाइल दूसरी निचली अदालत में चली गई।"

"चलिए भेज दी कोई बात नहीं। मगर इससे ज़्यादा दिलचस्प यह है कि दूसरी अदालत के इंचार्ज ने फ़ाइल को बिना पढ़े उस पर 'सीन एंड फ़ाइल्ड' लिखकर रिकॉर्ड रूम में भेज दिया।"

"ग़ज़ब है। बिना पढ़े रिकॉर्ड रूम में भेज दिया! अब बताओ ऐसे में मुजरिम आज़ाद नहीं घूमेंगे तो क्या जेल में होंगे। यानी जिस निचली अदालत की तरफ़ से क़ातिलों के ख़िलाफ़ वारंट जारी होना चाहिए था, वहाँ तक फ़ाइल पहुँची ही नहीं। देख लो ठाकुर साहब, इस मुल्क में क्या-क्या हो सकता है। हाई कोर्ट के ऑर्डर के बावजूद मुजरिम खुले में घूम रहे हैं।"

"खुले में घूमते तब भी चल जाता। जनाब, यहाँ तो अगले ने दूसरा निकाह तक कर लिया।"

"वैसे इस बात का आपको कैसे पता चला?" साप्ताहिक 'अपनी दुनिया' के सम्पादक ने उत्सुकतावश पूछा।

"हुआ दरअसल यह ज़ाफ़री साब कि नसीम के माँ-बाप को किसी दूर के रिश्तेदार, जिसने नसीम के लिएयह लड़का बताया था, उसने उसे उसकी दूसरी बीवी के साथ कहीं देख लिया होगा। चूँकि यह दहेज़-हत्या का मामला था और सब इस बात को जानते थे, तब उसे यह देखकर हैरानी हुई कि इसे तो जेल में होना चाहिए।"

"...बल्कि अगला नई बीवी को साथ लेकर मज़े से घूम रहा है।" साप्ताहिक 'अपनी दुनिया' के सम्पादक ने हँसते हुए ब्रजनन्दन का वाक्य पूरा किया।

"बिलकुल।...तो वह दूर की रिश्तेदार अपने किसी काम से उधर गई थी, तब उसने यह बात नसीम के माँ-बाप को बताई।"

"और आपको इस केस के बारे में कैसे पता चला?"

"वो क्या है कि मेरे बेटे की ससुराल है वहाँ और हमारी एक समधिन का उनसे कुछ परिचय-सा है। इससे पहले भी इनकी बड़ी बेटी के साथ बड़ा दिलचस्प क़िस्सा हो चुका है। हालाँकि वह सुलझ गया है। तो जनाब, मैं एक बार वहाँ गया हुआ था तब हमारी समधिन ने बताया कि निचली अदालत के उम्रक़ैद के फ़ैसले के बावजूद सेशन कोर्ट ने नसीम के इसी शौहर और उसके माँ-बाप को बरी कर दिया है। मैंने जब केस देखा तब मुझे लगा कि यह तो इनके साथ अन्याय है और मैंने इसके ख़िलाफ़ हाई कोर्ट में अपील कर दी। एक पैसा नहीं लिया उनसे। हाई कोर्ट ने निचली अदालत का फ़ैसला बरक़रार रखते हुए, नसीम के इसी शौहर और उसके माँ-बाप को उम्रक़ैद की सज़ा बरक़रार रखी।"

"और यह ए.आई.आर. में छपे हाई कोर्ट के फ़ैसले की रिपोर्ट का क्या चक्कर है?"

"वो क्या है कि सुप्रीम कोर्ट और हाई कोर्ट के कुछ ख़ास फ़ैसले हमारे जर्नल आल इंडिया रिपोर्टर में छपते रहते हैं। चूँकि उस फ़ाइल से तीनों अदालतों के फ़ैसलों के काग़ज़ गायब हो चुके थे, इसलिए ए.आई.आर. में छपी इस केस की रिपोर्ट भेजी गई थी।"

"और इस मामले में पुलिस का क्या रवैया था? उसके पास भी तो कोर्ट के ऑर्डर की कॉपी पहुँची होगी?" साप्ताहिक 'अपनी दुनिया' के सम्पादक ने वाजिब जिज्ञासा प्रकट करते हुए पूछा।

"पुलिस!" पहले ब्रजनन्दन ठाकुर हल्के से हँसा और फिर बोला, "पुलिस ने तो बड़ी मासूमियत के साथ यह कहकर पल्ला झाड़ लिया कि जब उसके पास कोर्ट का ऑर्डर पहुँचा ही नहीं, तब वह अपराधियों पर कैसे कार्रवाई करती। मज़ेदार यह है कि वास्तव में कोर्ट का ऑर्डर पुलिस तक नहीं पहुँचा। क्यों नहीं पहुँचा, इसका किसी के पास जवाब नहीं था।"

"वैसे अब क्या होगा?"

"होगा क्या, सात-आठ दिन में सारे गिरफ़्तार करके जेल भेज दिए जाएँगे।"

"ठाकुर साब, एक बात कहूँ, मेरा मन आपके हाथ चूमने को कर रहा है। क़सम से यह दुनिया अगर क़ायम है तो आप जैसे लोगों की बदौलत क़ायम है। ग़रीब और नेक को इंसाफ़ दिलाना, वह भी बिना एक आना लिए, बड़े जिगरे का काम है साब।"

"उन फ़क़ीरों से क्या लेता ज़ाफ़री साहब, जो पीर-मज़ारों पर चढ़ी चादरों से अपना तन ढककर गुज़ारा करते हों। उनके पास सिवाय दुआओं के और क्या है। मुझे तो वो सीन आज तक याद है जब उनसे मैंने नसीम के शौहर की सज़ा

के ऑर्डर की कॉपी माँगी थी। मेरे हाथों में उस मुसे हुए ऑर्डर को यह कहते हुए पकड़ा दिया कि ले जाओ! काग़ज़ का यह टुकड़ा हमारे किस काम का। जब बेटी ही इस दुनिया में नहीं रही तो इसका हम क्या करेंगे। नसीम के माँ-बाप की आँखों में मैंने उस समय जो दर्द देखा था, उसे कभी नहीं भूल सकता। आज भी मुझे लगता है जैसे नसीम के बाप रहमत अली ने मुझे कोर्ट के ऑर्डर की कॉपी नहीं, उसमें लिपटी अपनी बेटी की जली हुई लाश सौंपी थी।" कहते-कहते वकील ब्रजनन्दन की आवाज़ गीली होती चली गई।

"ठाकुर साब, पैसा ही सब कुछ नहीं होता। इंसानियत नाम की भी कोई चीज़ होती है। आपके इस नेक काम से अल्लाहपाक उस मरहूम लड़की को ज़रूर जन्नतुल फ़िरदौस में आला मुक़ाम अता फ़रमाएँगे, आमीन सुम्मामीन!"

इसके बाद देर तक साप्ताहिक 'अपनी दुनिया' के सम्पादक के केबिन में ख़ामोशी छाई रही।

"अच्छा ज़ाफ़री साहब अब इजाज़त चाहता हूँ!"

इतना कह वकील ब्रजनन्दन ठाकुर चलने को हुआ तो साप्ताहिक 'अपनी दुनिया' के सम्पादक ने जैसे आख़िरी गुज़ारिश की, "ठाकुर साब, जाते-जाते यह तो बताते जाइए कि इस नसीम की बड़ी बहन का क्या क़िस्सा था?"

"ज़ाफ़री साहब, इस क़िस्से को कभी फ़ुरसत में बताऊँगा। अब तो बस चलने दो!"

इसके बाद वकील ब्रजनन्दन साप्ताहिक 'अपनी दुनिया' के सम्पादक के केबिन से बाहर चला आया।

32

पतिं हित्वापकृष्टं स्वमुत्कृष्टं या निषेवते।
निन्धैव सा भवेल्लोके पर पूर्वेतिचोच्यते॥

—मनुस्मृति

(जो स्त्री अपने पति को छोड़कर परपुरुष के साथ सम्बन्ध बनाती है, वह समाज में निन्दनीय होती है। लोग उसे व्यभिचारिणी कहते हैं।)

एक बार फिर अदालत में जिरह के दौरान आरोपी धरमेंदर के वकील ने पुराने सवालों को दोहराते हुए पूछा,"तो पिछले तीन साल से आपके जीजा आपके साथ बलात्कार करते आ रहे हैं? और आपने यह बात अपने किसी को बदनामी के डर से नहीं बताई, यही न?"

"जी...जी।" सामने अपने पति बल्लू को खड़ा देख तारा के शब्द टूटने लगे।

"बलविन्दर जी, क्या आपको सचमुच इस बात की बिलकुल जानकारी नहीं है कि आपके साढ़ू मेरा मतलब है, तारा का जीजा अपनी साली से बलात्कार करते आ रहे हैं?" इस बार आरोपी धरमेंदर यानी बचाव पक्ष के वकील ने पलटते हुए बल्लू से पूछा।

"जी, मुझे नहीं पता।" बल्लू ने धीमे स्वर में जवाब दिया।

"कहीं ऐसा तो नहीं है कि आपकी पत्नी के अपने जीजा के साथ उसकी मरज़ी से सम्बन्ध बने हुए हैं?"

"वकील साब, ऐसा नहीं है। मेरी पत्नी जो कुछ कह रही है, ठीक कह रही है।"

"बलविन्दर जी, आप भी झूठ बोल रहे हैं। सच यह है कि आपकी पत्नी और इनके जीजा के बीच बने इस अवैध सम्बन्ध के बारे में किसी को पता चल गया था। इसलिए बदनामी के डर से बचने के लिए तारा ने बलात्कार का झूठा मामला दर्ज करा दिया?" बचाव पक्ष के वकील ने ज़ोर देते हुए कहा।

बल्लू ने कोई जवाब नहीं दिया। तारा ने मन-ही-मन अपने आराध्य का शुक्रिया अदा किया, कि उसकी सास चंचला ने अपने बेटे को कुछ नहीं बताया।

"मगर जज साब, मेरा अब भी यही कहना है कि पीड़िता तारा ने मेरे मुवक्किल धरमेंदर पर बलात्कार का जो आरोप लगाया है, वह झूठा है। सच तो यह है कि यह दोनों की सहमति से बना सम्बन्ध है, जो पिछले कई सालों से चला आ रहा है। अगर यह बलात्कार का मामला होता तो पीड़िता इतने दिनों तक चुप नहीं रहती।"

"वकील साब, आपका कहना सही हो सकता है लेकिन सारे सबूत और पीड़िता के बयानों से साफ़ है कि यह 375, 376 का सीधा-सीधा मामला है। अगर आपके पास कोई सबूत या गवाह है, तो उसे लेकर आइए!"

"ठीक है जनाब। मुझे कुछ मोहलत और दीजिए!" बचाव पक्ष के वकील ने जज से अनुरोध किया।

"ठीक है।" इतना कह जज ने अगली तारीख़ दे दी।

एक के बाद एक कई तारीख़ों के बावजूद आरोपी का वकील अपने मुवक्किल धरमेंदर और उसकी साली तारा के बीच बने सम्बन्धों को दोनों की सहमति से बने सम्बन्ध साबित नहीं कर पाया। इधर जज ने बचाव पक्ष के वकील को आख़िरी मौक़ा देते हुए कह दिया कि अगर वह इसे सहमति से बना सम्बन्ध साबित नहीं कर पाया, तो वह उसके मुवक्किल के ख़िलाफ़ आदेश पारित कर देगा।

बचाव पक्ष का वकील सचमुच ऐसा कोई सबूत या गवाह लाने में असमर्थ

रहा, जिससे यह साबित हो सके कि उसका मुवक्किल पीड़िता तारा के साथ जबरन दुष्कर्म करता रहा है।

जज ने एक बार फिर किसी तरह का फ़ैसला देने से पहले आरोपी के वकील की तरफ़ देखा और मुस्कराते हुए पूछा, "हाँ जी वकील साब, लाए कोई सबूत?"

"जज साब, आज कोई सबूत या गवाह भले ही नहीं मिल रहा है, मगर मैं यह बात पूरे दावे के साथ कहता हूँ कि यह आपसी सहमति से बना सम्बन्ध है।"

"वकील साब, अदालत दावे नहीं सबूत और गवाह माँगती है। ठीक है, आपके पास ऐसा कोई सबूत नहीं है जिससे यह साबित हो सके कि यह सहमति का मामला है। अगर रहा भी होगा तो पीड़िता इसे स्वीकार नहीं कर रही है। इसलिए अदालत सेक्शन 375 और 376 के क़ानून के मुताबिक़ मुजरिम धरमेंदर को दस साल की सज़ा का आदेश देती है।"

इतना सुन तारा ने एक लम्बी साँस लिया और मुस्कराते हुए अपने बावळी बूच पति बल्लू उर्फ़ बलविन्दर की तरफ़ देखा। बल्लू ने भी तारा की मुस्कान का जवाब देते हुए उसकी तरफ़, एक महीन मुस्कान उछाली और फिर जज की तरफ़ पलटते हुए बोला, "जज साब, सजा सुनाने से पहले मुझे इस अदालत में एक जरूरी बात कहनी है!"

विनम्रताभरे अनुनय के शब्दों को सुन कर जज अपनी क़लम को विराम देते हुए बोला, "जी कहिए?"

"जज साब, धरमेंदर के वकील साब सही कह रहे हैं। झूठ मेरी पत्नी ही बोल रही है।"

"आप क्या कहना चाहते हैं?" जज ने अपनी क़लम एक तरफ़ रखते हुए पूछा।

"हाँ जज साब, यह कोई बलात्कार-वलात्कार का मामला नहीं है। सच तो यह है कि मेरी पत्नी और इसके जीजा के बीच पिछले कई सालों से प्रेम-सम्बन्ध, मेरा मतलब नाजायज सम्बन्ध हैं।"

"यह आप कैसे कह सकते हैं?" मेरे पास इसके सबूत हैं। ये देखिए, अपने जीजा को मेरी पत्नी के मोबाइल से किए गए वो फ़ोन, जिन्हें यह छिप-छिप कर करती रही है।" बल्लू ने अपनी पतलून की जेब से काग़ज़ के कुछ पृष्ठ निकाले और उन्हें जज की तरफ़ बढ़ा दिया। इसके बाद वह तारा की ओर मुड़ा और बोला, "वकील साब सही कह रहे हैं कि मेरी पत्नी ने अपने जीजा के साथ चल रहे अवैध सम्बन्धों का खुलासा होने के डर से ही अपने जीजा के ख़िलाफ़ बलात्कार की रिपोर्ट दर्ज कराई है।"

"खुलासा! किसने किया खुलासा?"

"मेरी माँ ने। मेरी गैरहाजिरी में एक दिन मेरे ही घर पर इनको रँगे हाथ पकड़ लिया था। इतना ही नहीं एक बार मैंने खुद भी इन दोनों को अपनी पत्नी के मायके

में देखा था। यह भी सही है कि यह सब मेरी पत्नी की रजामन्दी से हो रहा था। मेरी माँ ने मुझे बहुत पहले बता दिया था कि तारा किसी से छिप-छिप कर बतियाती रहती है। मैंने तभी से इस पर निगरानी रखनी शुरू कर दी।"

"लेकिन शुरू में तो आप भी इसे बलात्कार बता रहे थे?"

"जी, शुरू में मैं अपने साढ़ू धरमेंदर को लेकर बड़े गुस्से में था। बाद में मैंने सोचा कि जब अपनी ही पत्तल फटी हुई है, तो इसमें धरमेंदर का क्या कसूर है। एक बेकसूर के साथ नाइंसाफी ना हो इसलिए मुझे आपके सामने यह सच्चाई कबूलनी पड़ी।" बल्लू ने भरी अदालत में साफ़-साफ़ कह दिया।

"गवाह के रूप में आप अपनी माँ को कोर्ट में ला सकते हैं?" जज ने कहा।

"वो तो जज साब बीमार है। हाँ, मैं एक गवाह और पेश कर सकता हूँ।"

"हाँ, करिए!"

जज के इतना कहने पर बल्लू ने पहले पीछे पलटकर देखा और फिर किसी से आगे आने के लिए बोला, "मैनेजर साब, आगे आना!" एक व्यक्ति के आगे आने पर बल्लू ने कहा, "जज साब, यह शामली के एक होटल 'शमा' का मैनेजर है। उसी होटल का मैनेजर, जिसमें मेरी पत्नी और मेरा साढ़ू कई बार रात बिता चुके हैं।"

इस बार जज ने मैनेजर की तरफ़ देखा, तो मैनेजर ने बिना पूछे सब कुछ बता दिया, "हाँ जज साब, ये दोनों मेरे होटल में कई बार पति-पत्नी के रूप में ठहर चुके हैं। ये देखिए!" इतना कह होटल मैनेजर ने एक रजिस्टर जज की ओर बढ़ा दिया।

"मगर आप सब कुछ जानते हुए इतने दिनों तक क्यों चुप रहे?"

"जज साब, इसलिए कि मेरा घर ना उजड़े। मैं तो चुप ही रहता, पर जब आग मेरे घर के भीतर तक घुस गई और मेरी माँ ने इन दोनों को रँगे हाथ पकड़ लिया, तब मैं क्या करता? मैं जब अपने घर में अपनी बीवी की चौकीदारी नहीं कर पाया, तो इसके मायके में क्या कर पाता।"

"इसका मतलब हुआ कि अदालत में झूठा मुक़दमा दर्ज करने के आरोप में क्यों न तारा के ही ख़िलाफ़ क़ानूनी कार्यवाही की जाए?"

इतना कह जज ने फ़ैसले के लिए अगली तारीख़ दे दी। तारा ने जैसे ही सुना कि जज उसी के ख़िलाफ़ मुक़दमा दर्ज करने की बात कर रहा है, वह वहीं बेहोश होकर गिर पड़ी। इसके बाद उसे पता ही नहीं चला कि वह कब घर आई, और कब उसे होश आया।

इसकी तो किसी ने कल्पना भी नहीं की थी।

अगली तारीख़ पर अदालत में हाज़िर होते ही तारा के वकील ने मामला ख़ारिज करने की अपील जज की तरफ़ बढ़ा दी।

"वकील साब, यह क्या है?" जज ने अपील लेते हुए पूछा।

"जज साब, अक्विटेशन की अपील है।" वकील ने धीरे-से जवाब दिया।

"अक्विटेशन की अपील?"

"जी जज साब।"

"आपका मुवक्किल कहाँ है? उसके ख़िलाफ़ तो अदालत में झूठा मुक़दमा दर्ज करने का ऑर्डर होना है।"

"अब उसकी कोई ज़रूरत नहीं है जज साब।"

"क्यों नहीं है ज़रूरत? सहमति से बने सम्बन्धों को झूठा रेप केस बताकर, किसी के ख़िलाफ़ मुक़दमा दर्ज कराना जुर्म नहीं है?"

"जी बिलकुल है जज साब।"

"तो फिर उसकी ज़रूरत क्यों नहीं है?" जज ने अदालत में मौजूद लोगों पर निगाह मारते हुए पूछा।

"इसलिए कि जिसके ख़िलाफ़ मुक़दमा दर्ज होना है वही तो नहीं है जज साब।"

"वही नहीं है! क्या मतलब है इसका?" जज ने तुर्शी के साथ पूछा।

"जज साब, ख़ुदकुशी कर ली है उसने।"

"ख़ुदकुशी!" जज के हाथ में थमी क़लम धीरे-से झुकती चली गई।

पलभर के लिए अदालत में सन्नाटा बिछ गया। जज ने इसके बाद कोई सवाल नहीं किया। उसने सम्बधिन्त फ़ाइल पर कुछ लिखा और यह कहते हुए उसे अपनी बाईं तरफ़ पटक दिया, "दी केस इज़ अक्विटेड!"

जब तक बल्लू उर्फ़ बलविन्दर और उसकी मृतक पत्नी तारा का जीजा यानी अब उसका भूतपूर्व साढ़ू धरमेंदर कुछ समझ पाते, दूसरे केस की आवाज़ लग गई। इस तरह देखते-ही-देखते सम्बन्धों के अर्थ वर्तमान की मुट्ठियों से फ़िसलकर, अतीत की स्याह कंदराओं में ग़ायब हो गए। अदालत से बाहर आते-आते कुछ दिन पहले तक, एक-दूसरे के क़रीबी कहे जानेवाले बलविन्दर और धरमेंदर, अब किसी अनजान राहगीर की तरह अपनी-अपनी दिशाओं में बढ़ गए।

33

पूरा शहर दंग रह गया।

मुज़फ़्फ़रनगर जैसे क़स्बाई शहर में यह ख़बर कपास में लगी आग की तरह फैल गई। जिसने भी सुना वही सन्न रह गया और सीधा धीवरों के मोहल्ले की तरफ़ हो लिया। देखते-देखते धीवरों के मोहल्ले से सटी, सालों से वीरान पड़ी

ठाकुरों की हवेली को ग़ुस्साई भीड़ ने चारों तरफ़ से घेर लिया। आसपास की छतें बूढ़े, जवान और बच्चों से पट गईं। जिसे देखो वही हवेली के सहन में पुराने कपड़े से ढकी ख़ून से लथपथ पड़ी, मासूम देह को जैसे एक नज़र देखने के लिए आतुर है। धीवरों के मोहल्ले का ही नहीं बल्कि आसपास के लोगों का क्षोभ और ग़ुस्सा अपने पूरे उबाल पर है। ऐसा लग रहा है मानो नसों में दौड़ता लहू अपने आपसे बेक़ाबू हो कभी भी फूट जाएगा।

किसी भी अप्रिय घटना की आशंका के चलते एसएसपी ने तुरन्त क़दम उठाते हुए तक़रीबन दो दर्जन सिपाही धीवरों के मोहल्ले की तरफ़ रवाना कर दिए। मगर जब तक पुलिस-फ़ोर्स वहाँ पहुँचती ग़ुस्साई भीड़ एक बार पथराव कर चुकी थी। पुलिस के लिए हालात पर क़ाबू पाना मुश्किल हो गया। हालात को बिगड़ता देख ख़ुद एसएसपी को आकर स्थिति सँभालनी पड़ी। एसएसपी जिस समय लोगों को समझा रहा था, उसी वक़्त भीड़ को चीरती हुई एक बुज़ुर्ग महिला आई और पूरे ग़ुस्से में बोली, "पुलिस बाबू, उस ज़ुल्मी राच्छस को हमारे हवाले कर दो! अगर हम उसकी यहीं लाहास ना बिछा दें तो!"

भीड़ को चीरकर जो बुज़ुर्ग महिला एसएसपी के पास आई थी, उसके ग़ुस्से को देख उसे अनुमान हो गया कि मामला बेहद नाज़ुक है। उसने जब लोगों को पूरा आश्वासन दिया तब जाकर भीड़ थोड़ी शान्त हुई। मगर भीड़ का ग़ुस्सा अब भी पहले जैसा है। स्थानीय लोगों को आश्वासन देने के बाद उसने अपने एक अधिकारी को एक तरफ़ ले जाकर पूछा, "और वह कहाँ है?"

"सर, इसी में लोगों ने बन्द कर रखा है।" अधिकारी समझ गया कि उसका एसएसपी किसके बारे में पूछ रहा है।

"पब्लिक ने उसके साथ कोई मारपीट तो नहीं की?"

"मारपीट, सर उसे तो लोगों ने अधमरा कर दिया है। अगर पुलिस समय पर नहीं पहुँचती तो भीड़ उसे पीट-पीट कर मार ही देती।"

"ठीक है। ऐसा करो लाश को तुरन्त क़ब्ज़े में लो और उसे पंचनामा के लिए भेज दो!" एसएसपी ने अपने उसी अधिकारी को आदेश देते हुए आगे कहा, "और उसको भी उसी गाड़ी में पटककर ले चलो!"

"ठीक है सर।"

"मगर ध्यान रहे होशियारी से काम लेना। लोगों में बड़ा ग़ुस्सा है।" इतना कह एसएसपी ने आसपास का मुआयना किया और अपने अधिकारी को निर्देश देते बोला, "जल्दी करो!"

एसएसपी का निर्देश सुन चार पुलिसकर्मियों ने लाश को जीप में रखा और दो अन्दर जाकर उसे गिरफ़्तार कर लाए। लगभग धकियाते हुए उसे जीप में ठूँस दिया। जब तक भीड़ के कुछ पल्ले पड़ता, जीप तेज़ी से आगे बढ़ गई। मगर जाते-जाते

वही हो गया जिसका एसएसपी को आशंका थी। इधर जीप आगे बढ़ी, उधर जूते-चप्पलों की जैसे बारिश शुरू हो गई। जीप चला रहा ड्राइवर फुर्ती दिखाते हुए जीप को तेज़ी से भीड़ से बचाकर ले गया।

पुलिस के जने पर धीवरों के मोहल्ले से सटी सालों से वीरान पड़ी ठाकुरों की हवेली, और सुदामा धीवर के घर के इर्द-गिर्द बनी छोटी-छोटी टोलियों में पूरी घटना पर तजकिरा शुरू हो गया।

"वैसे इसका पता कैसे चला?" एक ने सुदामा के पड़ोसी से पूछा।

"पता कैसे चला! सुदामा की मुन्नी जब इस्कूल से एक घंटे बाद भी घर नहीं लौटी, तो मुन्नी की माँ हमारे यहाँ आई और बोली कि हमारी मुन्नी कहीं तुम्हारी तुलसी के साथ तो नहीं खेल रही है? हमने कहा कि नहीं तो। इस पर जब तुलसी से पूछा तब उसने बताया कि वह इस्कूल से तो मेरे साथ ही निकली थी, बीच में पता नहीं कहाँ रुक गई? मैं भी सोचने लगा कि जब मुन्नी तुलसी के साथ इस्कूल से चली थी तो फिर वह गई कहाँ?"

"मुन्नी की माँ तो बहुत परेसान हुई होगी?"

"परेसान तो होना लाजिमी है। अरे भई, किसी की सात-आठ साल की बच्ची कई घंटे तलक घर ना पहुँचे, तो सोचो उसके माँ बाप पे क्या गुजरी होगी! वो तो हुकम की लड़की से पता चला कि मुन्नी को उसने बल्लू के संग देखा था। इसके बाद मुन्नी की माँ पता करने बल्लू के घर गई, तब पता चला कि बल्लू तो घर पे ही नहीं है। बस, फिर क्या मच गई ढूँढ़।"

"और इसका कैसे पता चला कि वह मुन्नी को इस हवेली में लेकर आया था?"

"मुन्नी को यहाँ-वहाँ ढूँढ़ते हुए सुदामा जब हवेली के पास से गुजर रहा था, तो उसे भीतर से कुछ खड़खड़ाने की आवाज सुनाई दी। सुदामा यह सोचकर आगे बढ़ा ही था कि भीतर होगा कोई कुत्ता-बिल्ली। मगर थोड़ा आगे जाकर उसने ऐसे ही पलटकर देखा, तो उसे लगा कोई हवेली से झाँका है। सुदामा जाते-जाते रुक गया। उसने मुझे अवाज देके बुलाया और कहा कि यार लिछमन, ऐसा लगे है हवेली के भीतर कोई है। मैंने यह बात मोहल्ले में बताई, तो पूरा मोहल्ला इकट्ठा हो गया। बस फिर क्या! पूरे मोहल्ले ने हवेली खँगालनी शुरू कर दी। अभी हम दालान पार कर एक कोठे के आगे पहुँचे ही थे कि लगा जरूर कोई भीतर है। हम सब वहीं रुक गए और जैसे ही हम उस कोठे में घुसे और बैट्री जलाकर देखा, तो सामने का नजारा देखकर हमारी तो आँखें फटी की फटी रह गईं।"

"ऐसा तुमने क्या देख लिया जो आँखें फटी की फटी रह गईं?" लिछमन के चारों तरफ़ बने घेरे में से एक ने पूछा।

"यही कि सुदामा की मुन्नी नंग-धड़ंग जमीन पर पड़ी हुई है। सारी जाँघ खून से सनी हुई है। पूरा प्राइवेट पार्ट ऐसे कुचला हुआ था, जैसे सिल पर किसी ने बट्टे

से प्याज कुचल रक्खी हो। आसपास पाँच-छह टॉफी और बिस्कुट के बिना खुले दो पैकट बिखरे पड़े थे।"

"औ...और कपड़े कहाँ थे उसके?" घेरे से दूसरे ने घिघियाते हुए पूछा।

"कपड़े!" लिछमन ने पहले एक गहरा साँस लिया और फिर शब्दों को चुभलाते हुए बोला, "कमीज मुँह में ठूँसी हुई थी और सलवार से गला दबाया हुआ था।"

"तुमने उसी समय इस बल्लू के बच्चे के टुकड़े कर देने थे!" वही घिघियाई आवाज़ जैसे अचानक आग में बदल गई।

"टुकड़े क्या कर देने थे। कर तो दिया था अधमरा।" लिछमन ने बताया।

"लो बताओ, आदमी किसपे भरोसा करे। यह हाल तो तब है जब बल्लू इनका पड़ोसी है। कैसा जमाना आ गया, छोटी-छोटी बच्चियाँ तक महफूज नहीं रहीं।" लिछमन के चारों तरफ़ बने घेरे से एक उदास पिता ने चिन्ता जताते हुए कहा।

इसके बाद दुख, रंज और शोक में डूबा घेरा, धीरे-धीरे ढीला पड़ता चला गया और कुछ ही देर में अन्तत: बिखर गया।

इधर पूरा परिवार किसी भी अनहोनी के भय से डरा-सहमा अब भी आख़िरी कमरे में दुबका बैठा है। कुछ देर पहले जब-जब दरवाज़े पर कोई पत्थर या ईंट का अद्धा-पव्वा आकर टकराता, तब-तब लगता जैसे पके शीशम का मज़बूत दरवाज़ा किसी भी समय भरभराकर गिर जाएगा। मारे डर के चंचला की घिग्घी बँध-बँध जा रही थी। पूरा जिस्म ज़र्द पत्ते-सा थर-थर काँप रहा था। लग रहा था जैसे किसी भी पल अनगिनत हाथ दरवाज़े को तोड़ अन्दर आएँगे और उन्हें घसीटते हुए बाहर ले जाएँगे। बाहर ले जाकर उनकी क्या दशा होगी, इसी कल्पना ने चंचला और विष्णु को जैसे अधमरा कर दिया। हालाँकि बाहर एकदम सन्नाटा है मगर डर अब भी उनकी धमनियों में धीरे-धीरे बह रहा है।

चंचला ही नहीं इसकी कल्पना तो किसी ने भी नहीं की थी।

तारा को गुज़रे हुए अभी साल भी नहीं हुआ और उन पर यह एक नई आफ़त आ पड़ी। सामने पड़े समाचार-पत्र के स्थानीय संस्करण के मुखपृष्ठ पर छपे सचित्र समाचार पर, जब-जब विष्णु और चंचला की नज़र पड़ती, वे मारे शर्म और अपमान के जैसे ज़मीन में गड़ने को हो जाते। अब तक जिन्हें नहीं पता था, उन्हें भी पता चल जाएगा कि उनका बल्लू इससे पहले भी कई कांड कर चुका है। अख़बारों में बल्लू के इसी कृत्य की ख़बर नहीं छपी है, बल्कि इससे पहले दशहरा मैदान में पड़े घुमन्तुओं की लड़की को जबरन उठाकर ले जाने और रूबीना को भगाकर ले जाने की ख़बरें भी सुर्ख़ियों में छपी हैं। बल्कि एक मनोचिकित्सक के हवाले से यह तक स्थापित करने की कोशिश की गई है कि बल्लू यानी बलविन्दर

एक मनोरोगी है। एक ऐसा मनोरोगी जो एक अबोध बच्ची के सौन्दर्य को देखकर, एकाएक वासना के चलते क्रूर और अहिंसक हो जाता है। ऐसे मनोरोगी की दिमाग़ी विकृति का कोई इलाज भी नहीं है। ऊपर से सहज नज़र आनेवाले ऐसे आदमी के भीतर छिपी यह विकृति कब फ़न उठाकर बाहर आ जाए, कहना मुश्किल है।

विष्णु का तो अख़बार में छपी ख़बर में बल्लू के ख़िलाफ़ भारतीय दंड संहिताओं के तहत पुलिस द्वारा लगाई गई धाराओं और अधिनियमों को गिनते-गिनते ही सिर चकराने लगा। आँखों के आगे अँधेरा-सा छा गया।

"इस बार अपना समधी वकील तो क्या इसे बड़े से बड़ा वकील भी नहीं बचा पाएगा।" विष्णु ने चंचला को सुनाते हुए कहा।

"अगले ने कांड ही ऐसा किया है।"

"बात कांड की नहीं है। पुलिस ने दफाएँ ही इतनी लगा दी हैं कि उसका बचना नामुमकिन है। कोई तो छोड़ी हो! आईपीसी की 120, 300, 302, 323, 362, 363, 365, 368, 375, 376 और 506 जैसी दफाएँ तो लगाई ही हैं, बल्कि वो कोई पोक्सो बताया वह और लगा दिया।"

"पोक्सो! यह नरी क्या बीमारी है?" मारे भय के चंचला की आँखें फैलने-सिकुड़ने लगीं। हलक़ सूखने लगा।

"इसके लगने पर इस केस की सुनवाई एक खास अदालत करेगी।" कहते-कहते विष्णु का माथा पसीने से भीग गया।

"और आप ये जो 120, 300, 302, पहाड़ा-सा पढ़कर सुना रहे हो, इनका भी तो कुछ मतलब होगा?" चंचला ने झल्लाते हुए पूछा।

"मतलब बता दिया न, तो तेरी आधी जान उसके सजा मिलने से पहले ही निकल जाएगी। फिर भी बता देता हूँ—120 साजिश रचने के लिए, 300/302 कत्ल के लिए, 323 जानबूझकर किसी को चोट पहुँचाने के लिए, 362/363/365 किडनैपिंग, 368 उस लड़की को गलत तरीके से छिपाने के लिए और 506 उसे धमकाने के लिए। समझ में नहीं आया है तो और खुलके बताऊँ।"

"इसने तो हमें कहीं का नहीं छोड़ा। जीते-जी मार दिया।" चंचला रुआँसी हो गई। आँखों के आगे छोटे-छोटे जुगनू से तिरमिराने लगे।

"इसे तो चलो फिर भी देख लिया जाता, पर दुनिया को हम क्या मुँह दिखाएँगे!"

"अच्छा है, अब जिन्दगीभर जेल में पड़ा सड़ता रहेगा।" चंचला की कनपटी तप उठी।

"जिन्दगीभर जेल में तो पड़ा सड़ेगा ही। मुझे तो डर है कहीं उसे फाँसी-वाँसी की सजा ही ना हो जाए!"

"हे राम! फाँसी की सजा!" सुनते ही चंचला के हाथ-पाँव जैसे ठंडे पड़ते चले गए।

"पता नहीं, तूने भी न जाने क्या खाकर इसे जना है!"

"मैंने क्या खाकर जना है! सारे ऐब इस बाप के भरे हुए हैं।" चंचला अपने ऊपर पति द्वारा लगाई गई तोहमत से तिलमिलाते हुए बोली।

"मेरे कौन-से ऐब भरे हुए हैं इसमें?" विष्णु तमतमाते हुए झल्लाया।

"रहने दो! मुझे सब पता है। अपने दिनों में तुमने भी इन धीवरों की बहू-बेटियों का जीना हराम कर रक्खा था। ये जो मरद नाम की जात है न, इसे बस औरत से मतलब है, भले ही वह खुद की लौंडिया क्यों न हो।"

विष्णु ने आगे कुछ नहीं कहा। वह समझ गया कि अगर उसने चंचला को ज़्यादा कोंचा, तो यह पता नहीं कब-कब के गड़े मुर्दे उखाड़ देगी।

इधर जैसे ही सज्जन सिंह और पद्मा को पता चला, उन्हें भी एक पल के लिए अपने कानों पर यक़ीन नहीं हुआ। उसकी भाभी चंचला का लड़का बल्लू इतना बड़ा जुर्म कर सकता है, इसकी तो उन्होंने भी कल्पना नहीं की थी। सुनते ही दोनों मुज़फ़्फ़रनगर रवाना हो गए।

जिस समय वे दोनों मुज़फ़्फ़रनगर पहुँचे तो वहाँ जाकर पता चला कि चंचला और विष्णु को पूछताछ के लिए थाने में बुलाया गया है। सज्जन सिंह और पद्मा सीधे थाने चले गए। लगभग डेढ़ घंटे की लम्बी पूछताछ के बाद दोनों को छोड़ दिया गया।

घर आने पर पद्मा ने चंचला से जैसे ही इस घटना के बारे में जानना चाहा, चंचला फूट पड़ी, "बाई जी, हमारे तो करम ही फूटे निकले। ऐसी निकम्मी औलाद तो ऊपरवाला दुश्मन को भी ना दे!"

"अच्छा-खासा घर बस गया था, पता नहीं उसे क्या सूझी जो उसपे इल्जाम लगाकर अपना घर बर्बाद कर लिया। जैसी भी थी पड़ी रहने देता।" पद्मा का इशारा तारा की तरफ़ था।

"मैंने तो बाई जी इन दोनों बाप-बेटों को चेताया भी था कि बहू के लच्छन मुझे ठीक नहीं लग रहे हैं। मेरी बात उस समय सुन लेते, तो आज ये दिन नहीं देखने पड़ते, पर किसी ने मेरी सुनी भी हो।"

"वैसे मेरी एक बात समझ में नहीं आई कि बल्लू को अदालत में यह कहने की क्या जरूरत पड़ी कि उसके जीजा के संग उसके गलत सम्बन्ध थे।"

"बाई जी, कहता नहीं तो क्या करता।"

"भाभी, जीजा-साली में ऐसे हँसी-ठट्ठे तो चलते रहते हैं।"

"हँसी-ठट्ठे का मतलब यह नहीं है बाई जी कि घर को चकलाघर ही बना दो!"

"क्या मतलब?"

"रहने दो बाई जी। क्यों उस सीन की याद दिलाती हो। जब-जब उस रात का वह सीन मेरी आँखों के आगे तैरता है, तो आँखों के आगे अँधेरा-सा छा जाता है।"

"कौन-से सीन की बात कर रही है तू?" विष्णु ने जैसे बात पकड़ ली।

"भैया, कोई-न-कोई तो बात है जिसे भाभी बताने में हिचक रही है। बल्लू ने भरी अदालत में यह इल्जाम ऐसे ही नहीं लगाया होगा। कुछ-न-कुछ सोचकर ही लगाया होगा।"

"इल्जाम नहीं भाभी, उसने सच कहा है।"

"कौन-सा सच?" विष्णु की नसें तड़कने लगीं इस बार।

"यही कि वह अपने जीजा से पहले से फिट थी।"

"तू यह कैसे कह रही है?"

"मैंने अपने दीदों से खुद जो देखा है।"

"तूने कहाँ देख लिए वे?"

"इसी घर में और कहाँ। मैं तो जभी समझ गई थी जब वह छुप-छुप के किसी से खिलखिलाकर बातें करती थी, कि जरूर इसका किसी के साथ चक्कर चल रहा है। यकीन उस दिन हो गया जब मैंने दोनों जीजा-साली को उस रात रँगे हाथ पकड़ लिया था। बैरी आपस में ऐसे लिपटकर सो रहे थे जैसे नाग-नागिन लिपटे पड़े हों। आपको याद होगा मैंने आपसे एक बार इशारों-इशारों में बताया भी था, कि अगर कुछ नहीं किया गया तो हालात बेकाबू हो सकते हैं। पर आपने मेरी बात पर कोई ध्यान नहीं दिया।"

"जो कुछ कहना है साफ-साफ कह। यह जलेबियाँ-सी तो बनाए मत।" विष्णु का धैर्य जैसे अब जवाब देने लगा।

"बात यह है कि वह यहाँ बहू से मिलने आता था। वह भी तब जब बल्लू घर नहीं होता था।"

"यह बात तो मुझे भी अच्छी नहीं लगती थी।"

"वो तो उस रात न मेरी आँखें खुलतीं, न मैं उसके कमरे में जाती और न मैं उन दोनों को रँगे हाथ पकड़ती।"

"क्या? उस हरामी की इतनी हिम्मत जो हमारी बहू के साथ..." दाँत पीसते हुए विष्णु कहते-कहते रुक गया, "अच्छाऽऽऽ अब समझ में आया! तभी मैं कहूँ कि यह लपका हर दूसरे-तीसरे महीना यहाँ क्यों धरा रहता था।"

"पर एक बात बता भाभी, जब सब कुछ ठीक-ठाक चल रहा था, तो अचानक इसने अपने जीजा पर जबरदस्ती करने का इल्जाम क्यों लगा दिया?"

"बदनामी से बचने का दूसरा कोई रास्ता भी तो नहीं था।" इस बार चंचला विष्णु की तरफ़ पलटी, "आपको याद होगा आखिरी दफे जब वह आया था तब

बिना बताए मुँहअँधेरे चुपचाप भाग गया था। वह इसी डर से चुपचाप भाग गया था कि कहीं मैं आपको इन दोनों के रँगे हाथ पकड़नेवाली बात न बता दूँ।"

"तूने उसी समय इन दोनों का जलूस क्यों नहीं निकाला। मुझे जगा देती, मैं बना देता उसका भूत।" विष्णु की आँखों से जैसे आग बरसने लगी।

"पागल हो रहे हो! आधी रात को लोगों को तमाशा दिखाना था। वैसे इसमें उसकी भी क्या गलती है। जब अपनी ही पत्तल फटी हुई हो, तो इसमें खानेवाले को क्या दोष दें।"

"इसका मतलब है भाभी, फिर तूने बल्लू को यह बात बताई थी?"

"हाँ, मैंने इशारे से समझा दिया था कि बेटा, मुझे तो बहू के लच्छन बिलकुल ठीक नहीं लग रहे हैं! तेरे साढ़ू का इस तरह तेरे पीछे आना अच्छा नहीं लगता।"

"इसका मतलब यह हुआ कि हमारी सतवंती बहू ने अपने आपको पाक-साफ दिखाने के लिए यह प्रपंच रचा था। यानी साँप भी मर जाएगा और लाठी भी टूटने से बच जाएगी। वाह, समाज में भला बनकर रहने का क्या तरीका निकाला। पहले तो मिलके पाप करो और जब भांडा फूट जाए, तो कह दो कि मेरे साथ जबरदस्ती की है। कर लो, किसी का क्या करोगे। वाह रे कुदरत! तेरा भी क्या न्याय है। जो दूसरों की बहन-बेटियों को भगाता फिरता था, उसी की औरत दूसरे के संग मजे लेती फिर रही थी। पर चलो, एक काम बहू ने समझदारी का यह किया कि उसने किया अपने पीहर जाकर वरना। हम किसी को मुँह दिखाने लायक नहीं रहते। अच्छा किया जो खुदकुशी कर लिया वरना..."

"और अब कहाँ मुँह दिखाओगे?" चंचला ने एक गहरी साँस लेते हुए कहा।

"टेंशन मत ले, जो होगा अच्छा ही होगा। पाप का घड़ा ज्यादा दिन नहीं चलता है।" विष्णु ने बेपरवाही के साथ कहा।

"यह तो सब ठीक विष्णु, मगर अब होगा क्या?" सज्जन सिंह ने पहली बार प्रतिक्रिया दी।

"यह तो अब तभी पता चलेगा जब अदालत में मामला जाएगा। वैसे इस बार मुझे बचने की कतई उम्मीद नहीं है।" विष्णु का चेहरा मारे निराशा और विषाद के खिंचता चला गया।

"ऐसा करें, वकील समधी से बात करें?" सज्जन सिंह ने अपने साले विष्णु को टोहते हुए पूछा।

"कोई जरूरत नहीं है। वे भी हमारे पापों को कब तलक धोते रहेंगे।"

"जैसी तेरी इच्छा, पर एक बार उनसे बात करने में हर्ज क्या है?"

"हर्ज तो नहीं है पर पुलिस ने उस पर इतनी दफाएँ लगा दी हैं कि बचने के सारे रास्ते बन्द हो गए हैं।"

"ठीक है, समय आने दे तभी कुछ बात करेंगे।" इतना कह सज्जन सिंह ने चर्चा पर विराम लगा दिया।

34

वकीलों ने सुदामा की बेटी मुन्नी की उम्र बारह साल से कम होने के कारण भारतीय दंड संहिता 1860, भारतीय साक्ष्य अधिनियम 1873, आपराधिक दंड प्रक्रिया, पोक्सो और बाल अपराध संरक्षण अधिनियम 2012 की कुछ धाराओं में अध्यादेश द्वारा किए गए संशोधन, मेडिकल रिपोर्ट, गवाहों और बल्लू के पिछले कारनामों के आधार पर अपराधी को फाँसी की सज़ा की माँग की।

न्यायाधीश ने मामले की संजीदगी को देखते हुए अपने फ़ैसले में कहा, "मुजरिम के इस जघन्य और हैवानियत भरे कृत्य को देखते हुए वह किसी तरह की नरमी के क़ाबिल नहीं है। उसने बहुत ही सोच-समझ कर पूर्व नियोजित तरीक़े से एक सात साल की बच्ची के साथ न केवल रेप किया है बल्कि उसकी गला घोंटकर हत्या भी कर दी। वकीलों की बहस सुनने के बाद हम महसूस करते हैं कि यह केस 'दुर्लभतम में दुर्लभ' की श्रेणी में नहीं आता है, फिर भी मुजरिम (अधिकतम) फाँसी की सज़ा का हक़दार है।"

बेटे की फाँसी की सज़ा की ख़बर सुनते ही चंचला पछाड़ खाकर गिर पड़ी। आँखों के सामने फाँसी के तख़्ते पर खड़े बल्लू के गले में पड़ा मोटी रस्सी का फन्दा तैरता चला गया। सज्जन सिंह के बग़ल में खड़े विष्णु ने पहले सज्जन सिंह की आँखों में झाँका और फिर चंचला की तरफ़ देखा। चंचला समझ गई अपने पति द्वारा इस तरह देखने का अर्थ।

"अब तो वकील समधी से बात कर लो!" चंचला ने सज्जन सिंह को सुनाते हुए अपने पति विष्णु से कहा।

"जीजा, हमें अब समधी जी से बात करनी ही पड़ेगी।" विष्णु चंचला से सहमत होते हुए सज्जन सिंह से बोला।

"तुम सही कह रहे हो। वैसे वकील समधी के कानों में मैंने पहले ही बात डाल दी है।"

"तो क्या बोले?" विष्णु ने उचकते हुए पूछा।

"बोले कि पहले इस अदालत का फैसला आने दो। फैसले के बाद ही तय करेंगे कि आगे क्या करना है। लगता है अब बात करनी ही पड़ेगी।" इसके बाद सज्जन सिंह ने जेब से मोबाइल निकाला और किसी को फोन करने लगा, "हेलो!...

राम-राम समधी जी...हुआ क्या, वही हुआ जिसका डर था...घबराने की तो बात है। फाँसी की सजा कोई कम होती है।...वो तो आप कह ही रहे थे कि जैसा संगीन जुर्म इसने किया है, उसकी सजा फाँसी भी हो सकती है।...ठीक है, मैं विष्णु जी को लेकर आता हूँ। राम-राम!"

"समधी जी क्या कह रहे हैं?" चंचला ने रिरियाते हुए विष्णु से पहले पूछा।

"कह रहे हैं कि हमें हाई कोर्ट में इसके खिलाफ अपील करनी पड़ेगी।" सज्जन सिंह ने बेहद ठंडेपन के साथ कहा।

"तो फिर करो न ननदोई जी!" चंचला हाँफते हुए बोली।

"करेंगे। पहले कोर्ट के फैसले की कॉपी तो मिलने दो और फिर कौन-सी उसे तुरन्त फाँसी लगने जा रही है। अपील करने के लिए अभी समय है। घबराइए मत।" सज्जन सिंह ने चंचला को सांत्वना दी।

"जीजा, अपील तो हम कर देंगे, पर उसके लिए रकम भी तो चाहिए।"

"विष्णु, या तो रकम देख लो या बेटे कि जिन्दगी देख लो!"

"ननदोई जी, इसकी चिन्ता मत करो। अपने बेटे के लिए अगर मुझे खुद को भी बेचना पड़ गया तो बेच दूँगी। जब बेटे के लिए राजा हरीसचंदर ने अपने आपको बेच दिया और तारामती ने अपनी साड़ी तक फाड़ के दे दी, तो हम क्या हाई कोर्ट में छोटी-सी अपील भी नहीं कर सकते!"

"अरी ओ रोहिताश की माँ तारामती! पहले अपने सपूत के करम देख, जब करियो बेचने-खरीदने की बात। अपने बेटे के लिए मैं खुद को भी बेच दूँगी। हुँह, कह तो ऐसे रही है जैसे तेरा यह लाल कोई जंग जीतकर आया है।" विष्णु ने चंचला को डाँट दिया।

"इसका कोई भी कसूर नहीं है विष्णु। माँ के लिए बेटा, बेटा होता है। उसके लिए पूत-कपूत मायने नहीं रखता। खैर, अब हमें अपील की तैयारी करनी चाहिए। जैसे ही कोर्ट के फैसले की कॉपी मिल जाएगी, हम वकील समधी जी के पास चल पड़ेंगे।"

विष्णु और चंचला दोनों ने, सज्जन सिंह की बात पर किसी तरह की प्रतिक्रिया व्यक्त नहीं की।

वकील

ब्रजनन्दन ठाकुर ने कोर्ट के फ़ैसले को बड़े ध्यान से पढ़ा। पढ़ने के बाद वह जैसे किसी चिन्तन की खोह में चला गया। जब वापस लौटकर आया तो पेशानी पर उमड़ आई लकीरों को थोड़ा ढीला छोड़ा और फिर गम्भीरता के साथ बोला, "समधी जी, हाई कोर्ट में बिना अपील किए काम नहीं चलेगा।"

"वो तो आप पहले ही कह रहे थे वकील साब।" सज्जन सिंह बोला।

"बात दरअसल यह है कि पुलिस ने ऐसे मामलों में लगनेवाली लगभग सारी धाराएँ लगा दी हैं। उसने जुर्म को कुछ ज़्यादा ही संगीन बना दिया है।"

"कुछ ज्यादा नहीं बहुत ज्यादा वकील साब। लोगों में इतना गुस्सा बताते हैं कि गनीमत समझो इनकी जान बच गई, वरना पब्लिक तो पूरे परिवार को मरने-मारने पर उतारू हो गई थी।" सज्जन सिंह वकील ब्रजनन्दन ठाकुर से सहमत होते हुए बोला।

"पब्लिक का ग़ुस्सा भी जायज़ है। रेप तो करा सो करा, बच्ची की गला घोंटकर हत्या और कर दी। ऐसे में पब्लिक क्या करती। वैसे भी बल्लू इससे पहले दो जुर्म और कर चुका है। जज ने अपने फ़ैसले में सही कहा है कि मुजरिम किसी तरह की नरमी के क़ाबिल नहीं है। यह तो एक तरह से हैबिचुअल क्रिमिनल बन चुका है। इसे तो औरत के जिस्म से मतलब है। चाहे वह जवान हो या बच्ची। ख़ैर, जो भी है अपील तो करनी ही पड़ेगी। इसे ऐसे ही थोड़े मरने दिया जाएगा और ऐसा हो गया, तो फिर हमारा वकील होने का क्या फ़ायदा।" इतना कह वकील ब्रजनन्दन ठाकुर ने एक तिरछी महीन मुस्कान बिखेरी और असली मुद्दे पर आ गया, "पर समधी जी, इसमें खर्चा बहुत मोटा आएगा। अगर हाई कोर्ट ने यह सज़ा उम्रक़ैद में नहीं बदली, तो हमें सुप्रीम कोर्ट का दरवाज़ा भी खटखटाना पड़ सकता है।"

"सु...सुप्रीम कोर्ट!" सुप्रीम कोर्ट का नाम सुनते ही विष्णु की जैसे कँपकँपी छूट गई।

"यह ज़रूरी नहीं है। यह तो एक अन्दाज़ा है। ख़ुदा-न-ख़ास्ता हाई कोर्ट ने इसी फ़ैसले पर अपनी मुहर लगा दी, तब तो जाना पड़ेगा न? और अगर हाई कोर्ट ने हमारी अपील पर ग़ौर करते हुए इसे उम्रक़ैद में बदल दिया, तो कुछ एनजीओ वाले इस फ़ैसले को सुप्रीम कोर्ट में चैलेंज किए बिना नहीं मानेंगे।"

"हाँ जी विष्णु जी! बताओ क्या इरादा है? वकील समधी से अब आगे तभी बात करेंगे जब आपकी तरफ़ से हरी झंडी मिल जाएगी।" सज्जन सिंह ने अपने साले विष्णु से पूछा।

विष्णु दुविधा और द्वंद्व की ख़न्दक़ में उतरता चला गया। देर तक वह कुछ तय नहीं कर पाया। एक तरफ़ बेटे की ज़िन्दगी तो दूसरी तरफ़ इसमें खर्च होने वाली अन्तहीन रक़म।

खिंचे हुए चेहरे और उस पर उमड़े भावों को देख सज्जन सिंह अपने साले की दुविधा भाँप गया, "विष्णु, कोई जोर-जबरदस्ती नहीं है। दोनों मियाँ-बीवी आराम से विचार कर लो! मैं तो इसलिए तेरे साथ चला आया कि तेरी ही औरत कह रही थी कि अपने बेटे के लिए वह खुद को भी बेच देगी।"

"ठीक है जीजा।" विष्णु ने थकी हुई आवाज़ में अन्ततः स्वीकृति दे दी।

"खाली ठीक से काम नहीं चलेगा। कुछ पेशगी भी देनी पड़ेगी।"

"कितने का ब्योंत करना पड़ेगा?"

"देखो समधी जी, इसमें एक वकील से काम नहीं चलेगा। इसके लिए कुछ ऐसे बड़े वकीलों से भी बात करनी पड़ेगी जो ऐसे मुक़दमे लड़ चुके हैं।" ब्रजनन्दन ठाकुर ने आधार तैयार करते हुए कहा।

"फिर भी! कुछ तो अन्दाजा होगा?"

"फ़िलहाल तो पाँच पेटी से काम चल जाएगा।"

"पाँच पेटीऽऽऽ! मतलब?"

"मतलब पाँच लाख।"

"पाँ...पाँ...पाँच लाख और वह भी पेशगी।" पाँच लाख का नाम सुन विष्णु के हलक़ में जैसे पाँच कंचे फँस गए।

"समधी जी, रेप और मर्डर का मामला है। अगर यही केस आप जेठमलानी, सिब्बल, सिंघवी, चिदंबरम या जेटली के पास लेकर जाओगे न, तो पच्चीस-तीस लाख से कम पर वे इसे छूएँगे भी नहीं और आपकी पाँच लाख में ही घिग्घी बँध गई!" वकील ब्रजनन्दन ठाकुर ने एक विद्रूप मुस्कान उछालते हुए कहा।

"बात पाँच लाख की नहीं है वकील साब, बात गारंटी की है।" विष्णु थोड़ी देर के लिए जैसे भूल गया कि वह अपने दूर के एक समधी से बात कर रहा है अथवा किसी घुटे हुए वकील से कर रहा है।

"यह बात तो मैं आपको पहले ही कह चुका हूँ। यह तो चांस और क़िस्मत की बात है।"

"इससे तो वकील साब अच्छा है इसको फाँसी ही हो जाए। हमें यह कंगाल बनाके छोड़ेगा।" मारे क्षोभ के विष्णु के जबड़े खिंचते चले गए। कनपटी की नसें तन उठीं।

"देख लो समधी जी, यह फ़ैसला तो आपको करना है!" ब्रजनन्दन ठाकुर ने एक घाघ वकील की तरह विष्णु के इर्द-गिर्द असमंजस की ऐसी बाड़ गाड़ दी, जिसे लाँघना विष्णु के लिए मुश्किल हो गया।

"वकील साब, आप हाई कोर्ट की तैयारी करो! अब अगर किस्मत में ऐसे ही बर्बाद होना लिखा है, तो यही सही।"

"ठीक है, अब आप आराम से जाओ! मैं अपील तैयार कराता हूँ। अपील डालने से पहले मैं आपको बता दूँगा कि पेशगी किस दिन लेकर आनी है।"

वकील ब्रजनन्दन ठाकुर के चैम्बर से विष्णु का उठना भारी हो गया। लगा जैसे पाँवों में बड़े-बड़े वज़नी पत्थर बँधे हुए हैं। चैम्बर से सज्जन सिंह के साथ वह बाहर आया, तो एक बार लगा वह जैसे चक्कर खाकर गिर जाएगा। अपने वकील

समधी के पास से लौटते हुए दोनों जीजा-साले के बीच कोई ख़ास बात नहीं हुई। विष्णु को रास्ते में छोड़ सज्जन सिंह अपने घर चला आया।

"क्या हुआ, कुछ बनी बात?" चंचला जैसे विष्णु का ही इन्तज़ार कर रही थी।

"हाँ।"

"क्या?"

"यही कि सबसे पहले पूरे पाँच लाख का इन्तजाम कर ले।"

"पाँच लाऽऽऽख! इत्ता रुपया लगेगा इसमें?" चंचला का मुँह खुला का खुला रह गया।

"यह तो पेशगी है। इसके बाद कितना और लगेगा, अभी कुछ भी कहना मुश्किल है।" माथे से पसीना पोंछते हुए बोला विष्णु।

"हे राम! हम तो लुट गए!"

"क्यों, तू ही तो कह रही थी कि जब बेटे के लिए राजा हरीसचंदर ने अपने आपको बेच दिया और तारामती ने अपनी साड़ी तक फाड़ के दे दी, तो हम क्या हाई कोर्ट में छोटी-सी अपील भी नहीं कर सकते!"

"कहा तो था पर यह थोड़े ही सोचा था कि..."

"तो क्या वकील तेरे बलात्कारी और हत्यारे सपूत का मुफ्त में केस लड़ेंगे। यह तो गनीमत समझो कि वकील समधी तैयार हो गए। वैसेऽऽऽ इसकी भी कोई गारंटी नहीं है कि हाई कोर्ट मौत की सजा को उमर कैद में बदल ही देगा।"

चंचला से कुछ भी नहीं कहते बना।

"जल्दी बता तारामती कि तुझे अपना रोहिताश बचाना है, या अपने आपको लुटवाना है? वैसे मैं वकील साब को हाँ कह आया हूँ।"

विष्णु ने जिस तरह तंज़ कसा चंचला समझ गई कि उनका बेटा बचे या फाँसी के तख़्ते पर चढ़े, लुटना उन्हें हर हालत में है। कुछ पल सोचने के बाद चंचला बेहद धीमी मरियल आवाज़ में बोली, "तो फिर ऐसा करते हैं, बस अड्डे के पास जो चार दुकानें हैं उनमें से दो बेच देते हैं?"

"फिक्र मत कर, अभी तो दो ही बिक रही हैं, धीरे-धीरे हमारा भी नंबर आना है।" विष्णु की साँसें तेज़-तेज़ चलने लगीं।

चंचला एकदम ख़ामोश रही। जवाब में कुछ नहीं बोली।

हाई कोर्ट ने पोक्सो कोर्ट का फ़ैसला देखने और कई महीने चली लम्बी बहस के बाद फ़ैसला दिया। हाई कोर्ट के दोनों न्यायमूर्तियों ने फाँसी

के पिछले आदेश को उम्रक़ैद में बदलते हुए अपने लम्बे फ़ैसले में कहा, "पहले से मुजरिम और मुन्नी के परिवारवालों के बीच आपस में कोई रंजिश भी नहीं थी। चूँकि मुजरिम एक नौजवान है और उसकी बीवी की मौत हो चुकी है, इसलिए मुजरिम में कामपिपासा इतनी बढ़ गई थी कि उसने आदमी को जैसे जानवर बना दिया। हत्या भी सिर्फ़ इस डर से की गई, कहीं मृतक भेद न खोल दे। मुन्नी के साथ रेप करने के बाद वह अपने आप पर क़ाबू नहीं रख पाया और उसी मानसिक स्थिति में उसने हत्या कर दी। यह कृत्य एक प्रकार की मानसिक विक्षिप्ति की तरफ़ ले जाता है। हमें लगता है कि यह केस फाँसी की अधिकतम सज़ा की माँग नहीं करता। अपीलार्थी जिसकी उम्र सिर्फ़ चौबीस साल थी, ऐसा लगता है कि मृतका को अपने साथ हत्या करने के लिए नहीं बल्कि अपनी हवस पूरी करने के लिए ले गया था।

मौजूद साक्ष्यों से यह नहीं लगता कि मुन्नी को उसने जबरन पकड़ लिया था और वह एकदम लाचार थी बल्कि वह ख़ुद उसके साथ गई थी। हाँ, अपीलार्थी अपनी कामेच्छा नहीं रोक पाया और बच्ची की अनिच्छा के बावजूद उसने उसके साथ रेप किया। हत्या के मामले में आम तौर पर सज़ा उम्रक़ैद होती है। अपीलार्थी उम्रक़ैद की सज़ा भुगत सकता है, क्योंकि इससे उसे भविष्य में ऐसा जुर्म करने का मौक़ा नहीं मिलेगा। लिहाज़ा कोर्ट यह महसूस करती है कि इंसाफ़ का मक़सद जुर्म करनेवाले को उम्रक़ैद की सज़ा देने से पूरा हो जाएगा। हालाँकि कोर्ट इस बात से पूरी तरह सचेत है कि एक गम्भीर और संगीन जुर्म हुआ है। मगर जब जुर्म का कोई संतोषजनक प्रमाण न हो, तो अभियुक्त को सन्देह का लाभ देने के अलावा कोई और दूसरा रास्ता नहीं बचता। इसलिए इस मुक़दमे में कोर्ट ऐसा करने को मजबूर है और अभियुक्त की मौत की सज़ा को आजीवन कठोर कारावास और एक लाख रुपये अर्थदंड में बदलने का आदेश देता है।"

फ़ैसला आते ही धीवरों के मोहल्ले में जैसे मातम छा गया। हाई कोर्ट के इस फ़ैसले के बाद लोगों को अपनी उस ग़लती का रह-रह कर अब एहसास हो रहा है, जो उनसे अनजाने में हो गई। सुदामा धीवर, उसका तो जैसे कोर्ट-कचहरी ही नहीं अपने आराध्यों तक से भरोसा उठ गया। दूसरे ग़रीब-गुरबों की तरह उसकी भी यह धारणा आज और पुख़्ता हो गई, कि क़ानून भी उसी का साथ देता है जिसके पास पैसे की ताक़त होती है। ठाकुरों की इस सुनसान हवेली के सामने से गुज़रते हुए अब लोगों को और ज़्यादा डर लगने लगा। ख़ासकर मोहल्ले की बच्चियों और औरतों ने, शाम होने के बाद ही नहीं, दिन में भी वहाँ से आना-जाना बन्द कर दिया। पता नहीं कौन-सा बल्लू उसमें छिपकर बैठा हो और मौक़ा मिलते ही उसे झपटकर अन्दर खींच ले।

शाम को फ़ुरसत मिलने पर एक-एक कर पूरा मोहल्ला अपने-अपने तरीक़े से ढाढ़स बँधाने सुदामा के घर पहुँच गया। देर तक हाई कोर्ट के फ़ैसले और इसके बाद पड़नेवाले कुछ सम्भावित परिणामों पर तजकिरा होता रहा। इसी बीच लिछमन

ने मुट्ठी भींचते हुए कहा, "सुदामा, असली गलती हमसे उसी दिन हो गई थी। हमें उसी दिन उस बल्लू के टुकड़े कर देने थे।"

"सही कह रहे हो लिछमन। वैसे भी भीड़ का कोई चेहरा नहीं होता। हमें यह काम उसी दिन कर देना चाहिए था। देखते पुलिस किस-किस के खिलाफ मुकदमा दर्ज करती।" धीवर युवा कल्याण सभा के नव-निर्वाचित सचिव ने पूरे गुस्से में कहा। फिर कुछ पल सोचने के बाद बड़ी गम्भीरता के साथ बोला, "वैसे हमें इस फैसले के खिलाफ सुप्रीम कोर्ट में जाना चाहिए!"

"चले तो जाएँ पर मुकदमा लड़ने के लिए रकम कहाँ से आएगी। सुना है इसके तो वकीलों की फीस भी लाखों में होती है।"

वकीलों को दी जानेवाली फ़ीस की बात सुन वहाँ सन्नाटा छा गया। बल्बों की रोशनी में भीगे चेहरों पर दुख और संताप का झीना लेप चढ़ गया। इसके बाद किसी ने भी इस मामले को सुप्रीम कोर्ट में ले जाने के बारे में कोई बात नहीं की। एक-एक कर अपने-अपने तरीक़े से सुदामा को तसल्ली दे, सब अपने-अपने घरों को लौट आए।

इधर हाई कोर्ट का फ़ैसला आते ही जैसे उबाल आ गया। मीडिया से लेकर समाजसेवियों और नागरिक संगठनों से लेकर आल इंडिया लॉयर एसोसिएशन ने इस फ़ैसले की कड़ी आलोचना की। जबकि चंचला तो सुनते ही जैसे बौरा गई। फ़ैसले के बाद उसने जमकर जश्न मनाया। क्या हुआ जो दो दुकानें बिक गईं। बेटा तो उसका बच गया न। वैसे भी ज़मीन-ज़ायदाद, धन-दौलत सब आनी-जानी माया है और फिर यह सब बल्लू का ही तो है। ज़िन्दगी बनी रही तो ये सब फिर से पैदा हो जाएँगे। आख़िर वारिस है उनका और इस सब पर किसका हक़ है उनके वारिस का ही न। रही बात उम्रक़ैद की। उसका क्या। कौन-सा उसे ज़िन्दगीभर जेल में रहना है। एक-न-एक दिन तो बाहर आएगा ही। ज़िन्दा रहेगा तो एक उम्मीद बची रहेगी। उम्मीद के सहारे ही तो यह दुनिया चल रही है।

35

वक़्त किसी का इन्तज़ार नहीं करता। वह कुछ पल ठहरकर पीछे मुड़कर भी नहीं देखता। बस अपनी गति से आगे बढ़ता जाता है। उसे किसी के दुख या सुख से कोई मतलब नहीं। वह न किसी का दोस्त होता है, न किसी का दुश्मन। भले ही हम उसके बारे में लाख कहें कि देखो वक़्त कितना बदल गया है। मगर सच तो यह है कि सृष्टि की रचना से लेकर आज तक इसकी तासीर में कोई बदलाव नहीं आया है। अगर बदलता है तो आदमी बदलता है। अब

इस सदानन्द को ही देखिए कितना बदल गया है। अन्दर धँसी हुई आँखें, कन्धों तक झूलते बेतरतीब औघड़ों जैसे उलझे हुए बाल और स्याह लम्बी दाढ़ी। पिछले पाँच-साढ़े पाँच सालों में सौष्ठव देह एकदम आधी रह गई है।

कई साल बाद पैरोल पर आए कुछ लोग तो उसे पहचान ही नहीं पाए। ऐसा भ्रम हुआ मानो उनके सामने अस्थियों का कोई पिंजर खड़ा है। बेटे की हालत देख पद्मा की तो हिलकियाँ ही बँध गईं। लगा, जैसे महीनों से सदानन्द के पेट में कुछ गया ही नहीं। उसकी जब-जब बेटे पर नज़र पड़ती, आँखें बरबस छलक उठतीं। अबकी बार सदानन्द ने क़िसी से कोई बात नहीं की। कोई कुछ पूछता तो जवाब बहुत ही संक्षिप्त और नपे-तुले शब्दों में देता। घर में ही क़ैद होकर रह गया वह। ऐसा लगता जैसे उसका दीन-दुनिया से मोह ही समाप्त हो गया। किसी चीज़ में उसकी रुचि ही नहीं रही। सबसे कटा-कटा रहने लगा। पद्मा इधर-उधर दरवाज़े-दीवार की ओट से बेटे को निरखती, तो उसका कलेजा मुँह को आने को होता। एक अनजाने डर और कल्पना से वह भीतर तक सिहर जाती।

उस दिन पद्मा ने ऐसे ही कह दिया, "सदा, बेटा किसी से मिलने का मन कर रहा है तो बुलवा दूँ?"

"नहीं, किसी से नहीं कर रहा है।" बड़ी बेरुख़ी से सदानन्द ने जवाब दिया।

पद्मा को झटका-सा लगा कि जो सदानन्द उससे कभी बिना मम्मी सम्बोधन के बात नहीं करता था, आज उस शब्द को जैसे वह बिसर गया। बावजूद इसके वह दबी ज़बान में बोली,"फिर भी किसी से कर रहा है तो बुलवा देती हूँ। तेरा मन बहल जाएगा!"

"कह दिया न, मेरी कोई इच्छा नहीं है।"

बेटे का यह जवाब सुन पद्मा का दिल बैठता चला गया। मन-ही-मन सोचने लगी, 'क्या इसकी अब इच्छाएँ भी मरने लगी हैं?'

सदानन्द ने कनखियों से माँ की तरफ़ देखा, तो उसने माँ की दुविधा को जैसे बाँच लिया।

"ठीक है, जया को बुलवा दे!"

सदानन्द की इच्छा सुन पद्मा की आँखों के सामने यह सोचते हुए धुंध-सी छा गई कि इस मरे ने याद भी किया तो किसे किया। बेटे क़ी इस चाह पर वह चुप्पी साध गई। वह उसे कैसे बताए कि जिससे उसका मिलने का मन कर रहा है, वह तो अब इस दुनिया में ही नहीं है। वह उसे कैसे समझाए कि जया उससे कभी नहीं मिल पाएगी। इससे पहले सदानन्द को शक हो, पद्मा ने तुरन्त बात पलट दी,"मीनू को बुलवा दूँ?"

सदानन्द को हैरानी हुई कि वह माँ से जया से मिलने के लिए कह रहा है और माँ मीनू के लिए कह रही है।

"मीनू से अगली बार मिल लूँगा। आज जया को ही बुलवा दे।"

बेटे की ज़िद ने पद्मा को धर्म-संकट में डाल दिया। कुछ भी जवाब देते नहीं बना उससे।

"मम्मी, क्या हुआ?"

बहुत देर बाद बेटे के मुँह से निकले मम्मी शब्द को सुन पद्मा एक पल के लिए जैसे किसी शीतलता से भीगती चली गई। मगर अगले ही पल उसे जैसे होश आया कि सदानन्द उससे कुछ पूछ रहा है।

"वो...वो क्या है कि जया अभी..."

"मम्मी, सब ठीक तो है?" सदानन्द ने माँ की आँखों में झाँकते हुए पूछा।

"हाँ-हाँ सब ठीक है, तुझे ऐसा क्यों लग रहा है?" पद्मा ने आत्मविश्वास बटोरते हुए प्रतिप्रश्न किया।

"अगर सब ठीक है तो जया के नाम पर तू ऐसे अकबका क्यों रही है? मैं जया से मिलने के लिए कह रहा हूँ और तू मीनू की कह रही है। ठीक है, ऐसा करता हूँ मैं ही चाचा के घर जाकर उससे मिल आता हूँ।" इतना कह सदानन्द सचमुच जाने के लिए उठ गया।

पद्मा लपककर उसके सामने खड़ी हो गई, "सदा, वहाँ जाने का कोई फायदा नहीं है।"

"फायदा नहीं, मतलब?"

"बैठ, मैं सब बताती हूँ!"

सदानन्द वापस बैठ गया। इसके बाद पद्मा ने जया के बारे में सब कुछ बता दिया। अपने सिर पर बेटे का हाथ रखवाकर अपनी क़सम दिलवाते हुए अन्त में यह कहना नहीं भूली, "तुझे मेरी कसम है जो तूने यह बात किसी को बताई तो!"

"तेरी कसम मम्मी, मैं किसी को नहीं बताऊँगा। पर ऐसी क्या बात है जो तू अपने सिर पर हाथ रखवाकर कसम उठवा रही है?" सदानन्द ने आश्वासन देते हुए पूछा।

"ऐसा है दूसरी बार जया के पेट में कोई दर्द-वर्द नहीं हुआ था। उस लड़के से ब्याह कराने के नाम पर तेरा चाचा झूठा वादा करके उसे अदालत से घर ले आया था। एक दिन पता नहीं उसे क्या खिला दिया कि जब तलक मुझे पता चलता, जया के प्राण उड़ चुके थे। मैंने तो उसी समय तेरे चाचा से कह दिया कि रघुवीर तेरी बेटी मरी नहीं है, तूने उसकी हत्या की है।" कहते-कहते पद्मा की आँखें भर आईं।

"और जो पेट में बच्चा पल रहा था?"

"उसे भी कहाँ बचना था।"

जया के बारे में इतना सुन सदानन्द निराशा में डूब गया।

"मैंने इसीलिए तुझसे मीनू से मिलने की बात कही थी। अभी मैंने तुझे अपरा के बारे में तो बताया ही नहीं है।"

"अपरा यानी बड़ी बुआ रामा की लड़की अपराजिता? उसे क्या हुआ?"

"एक कुम्हार के लड़के से दिल लगा बैठी। मामला जब अदालत में गया, तो भरी अदालत में जज से बोली कि वह अपनी मरजी से उसके साथ गई थी और उसी के साथ रहना चाहती है। जज भी बोला कि जवान लड़की है अपना फैसला लेने का पूरा हक है इसे।"

"फिर?" सदानन्द की आँखें आश्चर्य से फैलने-सिकुड़ने लगीं।

"फिर क्या, माननी पड़ी अदालत की बात और यह कहकर उसे घर ले आए कि इसका ब्याह उसी के साथ कर देंगे।"

"और ब्याह करने के बजाय चाचा की तरह फूफा ने भी उसे ठिकाने लगा दिया?"

"यह काम करते तो दुख नहीं होता, पर उन्होंने उसके साथ इससे भी बुरा किया।"

"क्या किया उसके साथ?" सदानन्द का पूरा जिस्म काँपने लगा।

"उसका ब्याह ऐसी जगह और ऐसे घर में कर दिया कि मरी जिन्दगीभर के लिए अपने ही रूखों के लिए तरस गई। पढ़ी-लिखी लड़की को तेरे फूफा ने एक उजड्ड हल-जोता के पल्ले बाँध दिया। फूल-सी बच्ची कैसे धूप-ताप में खेत-खलिहान का काम करती होगी, यही सोचके मेरी तो जान-सी निकल जाती है।" कहते-कहते पद्मा के होंठ काँपने लगे। आँखों के कोरों से टप-टप आँसू गिरने लगे। थोड़ी साँस आई तो बेटे को सुनाते हुए ख़ुद से बोली, "हम औरतों को तो अपनी मरजी से खुले में साँस लेने का भी अख्तियार नहीं है।"

"ठीक है, फिर मीनू को ही बुलवा दे। पता नहीं इसके बाद उससे भी कभी मिलना होगा या नहीं, और होगा तो पता नहीं किस रूप में होगा।"

"बेटा शुभ-शुभ बोल! ऐसा कुबोल मत निकाल मुँह से।" पद्मा सहमते हुए बोली।

"मेरा कहने का वो मतलब नहीं है। मैंने तो बस ऐसे ही कह दिया।"

"ठीक है। मैं आज ही मीनू के पास फोन करवा देती हूँ। आकर अपने भाई से मिल जाएगी।" कुछ पल रुककर पद्मा ने फिर पूछा, "और किसी को बुलवा दूँ?"

"चंचला मामी को तो बिलकुल मत बुलवाना। आते ही बेमतलब सूई-सी चुभाना शुरू कर देगी।

"वह क्या आएगी। वह तो खुद ही एक नई मुसीबत में फँसी हुई है।"

"उसने क्या कर दिया?"

"उसने नहीं, उसके बल्लू ने ऐसा कांड कर दिया जिसके बारे में किसी ने

सोचा भी नहीं होगा। उस मरे ने एक धीवर की छह-साढ़े छह साल की लड़की के साथ भला-बुरा काम तो किया ही बल्कि उसकी हत्या भी कर दी।"

सुनते ही सदानन्द की आँखें बन्द होती चली गईं। लगा जैसे उसके कमरे में किसी ने अचानक ग्लानि, विरक्ति, अवसाद और उदासी के अनगिनत छींटे छिड़क दिए हों। दम-सा घुटने लगा उसका।

"फिर तो बल्लू भी मेरी तरह जेल में सड़ रहा होगा?"

"जेल में क्या, उसे तो अदालत ने फाँसी की सजा सुना दी थी। पर बड़ी अदालत ने उसे उमर कैद में बदल दिया।"

सदानन्द ने एक लम्बी और गहरी साँस ली फिर यह कहकर बात समाप्त कर दी, "ठीक है। फिर मीनू को ही बुलवा देना। आकर मिल जाएगी।"

सामने बैठे सदानन्द को देखते ही मीनू उससे लिपट गई। उसे अपनी आँखों पर यक़ीन नहीं हो रहा है कि वह जिस आदमी से मिल रही है वह उसका भाई सदानन्द ही है। थोड़ी देर के लिए उसे ऐसा लगा जैसे वह किसी काँपती मानव-देह का नहीं, किसी सूखे दरख़्त का स्पर्श कर रही है।

"ताई जी, मैं जाते ही पापा से बात करूँगी कि जब वे बल्लू की फाँसी की सजा को उम्रकैद में बदलवा सकते हैं, तो सदा भइया की सजा क्यों नहीं कम करवा सकते।" मीनू का पापा से आशय अपने ससुर ब्रजनन्दन ठाकुर से था।

पद्मा ने पहले लम्बी साँस ली फिर उसे बाहर छोड़ते हुए बोली,"मीनू, बेटी कोई फायदा नहीं है वकील समधी से कहने का।"

"क्यों नहीं कहूँगी ताई जी। हम क्या उन्हें फीस नहीं देंगे।"

"बात फीस की नहीं है बेटी। बात कायदे-कानून की है। तू क्या समझ रही है हमने कभी तेरे ससुर से इस बारे में बात नहीं की होगी?"

"तो क्या आप उनसे पहले बात कर चुके हो। क्या बोले वे?"

"यही कि हमारे सदानन्द को पहले ही कम-से-कम सजा मिली हुई है। अदालत ज्यादा सजा को कम तो कर सकती है, पर जो पहले ही कम है उसे और कम नहीं कर सकती।"

सुनते ही मीनू ने सिर पकड़ लिया।

"मीनू, कोई बात नहीं। बहन, जब इतनी सजा भुगत ली है, तो बाकी भी भुगत लूँगा।" सदानन्द ने एक फीकी हँसी हँसते हुए कहा।

"भइया, सब कहने की बात है। जेल तो जेल है।"

सदानन्द ने मीनू की इस बात पर कुछ नहीं कहा।

"कितने दिन की छुट्टी मिली है भइया?"

"बीस दिन की।"

"मिली क्या, लेके आया है। बीमार नहीं होता तो ये भी नहीं मिलती।"

"जभी तो मैं कहूँ ताई जी कि हमारा सदा कैसा सूखकर काँटा हो गया है।"

"छोड़ मीनू। तू क्यों टेंशन लेती है। वापस जेल में जाते ही सब ठीक हो जाएगा।" सदानन्द जबरन हँसने की कोशिश करते हुए बोला।

पद्मा ने बेटे के शब्दों में घुली निरीहता देखी, तो एक बार मन ज़ोर-से रोने को करने लगा। मगर हिम्मत करके अपने आपको रोक गई।

बीस दिन कैसे बीत गए सदानन्द को पता ही नहीं चला। जैसे-जैसे पैरोल ख़त्म होने की तारीख़ नज़दीक आने लगी, वैसे-वैसे घर में उदासीभरा मातम पसरने लगा। वापस जेल जानेवाले दिन पूरा घर एक बियाबान में तब्दील होता चला गया। जाने के लिए सज्जन सिंह ने जीप निकाल ली मगर सदानन्द ने यह कहते हुए मना कर दिया कि इस बार वह अकेला ही जाएगा। पद्मा-सज्जन सिंह ने ही नहीं सबने उसे मनाने की बहुत कोशिश की परन्तु सदानन्द ने किसी की नहीं सुनी। हाँ, वह इसके लिए ज़रूर तैयार हो गया कि अगर वे उसे भेजना ही चाहते हैं तो कोई किराए की गाड़ी करवा दें। सज्जन सिंह को हारकर बेटे की ज़िद के सामने झुकना पड़ा। सदानन्द के जाने के बाद एक बार फिर पूरे घर में उदासी छा गई। कई दिनों तक पद्मा बेटे के वियोग में बौराई-सी घर में भटकती रही। ऐसा पहली बार हुआ है जब सदानन्द के जाने के बाद पद्मा के मन में कई दिनों तक तरह-तरह के निराशाभरे बुरे-बुरे ख़याल आते रहे।

36

एक अनुभवी वकील का अनुमान एकदम सही निकला।

हाई कोर्ट ने जैसे ही बल्लू की फाँसी की सज़ा को उम्रक़ैद में पलटा, प्रिंट मीडिया से लेकर इलेक्ट्रॉनिक मीडिया और सिविल सोसाइटी से लेकर सोशल मीडिया में इसकी तीखी आलोचना शुरू हो गई। इस आलोचना ने इतना ज़ोर पकड़ लिया कि एक नागरिक संगठन ने सुदामा धीवर की तरफ़ से हाई कोर्ट के इस फ़ैसले के ख़िलाफ़ सुप्रीम कोर्ट में विशेष अनुमति याचिका दायर कर दी। इधर सुप्रीम कोर्ट में याचिका दायर हुई, उधर वकील ब्रजनन्दन ठाकुर का दनदनाता हुआ विष्णु के पास फोन आ गया।

सवेरे-सवेरे मोबाइल के स्क्रीन पर उभरे 'वकील समधी' का नाम देखते ही विष्णु को कुछ खटका हुआ। विष्णु जानता है कि ऐसे वक़्त-बे-वक़्त वकील समधी का फोन आने का मतलब है किसी अच्छी ख़बर का न आना। काँपती तर्जनी के

पोर से उसने मोबाइल का हरा बटन दबाया और उसे कान से सटाते हुए बोला, "समधी जी राम-राम...हाँ, बोलो समधी जी...क्या, हाई कोर्ट के फैसले के खिलाफ पटीशन दायर कर दी है...अब क्या होगा...वो तो आप पहले ही कह रहे थे...ठीक है समधी जी।"

अन्त तक आते-आते विष्णु की आवाज़ डूबती चली गई। कान से सटा मोबाइल कब कान से अलग हुआ और कब काँपती अँगुलियों के साथ नीचे आ गया, उसे पता ही नहीं चला।

"किसका फोन था?" सुबह की चाय के कप को स्टूल पर रखते हुए चंचला ने पूछा। किचन में चाय बनाने के दौरान उसने विष्णु को किसी से मोबाइल पर बात करते हुए देख लिया था।

"वकील साब का था।" विष्णु ने बुझी आवाज़ में बताया।

"कौन-से वकील साब?" चंचला ने बेख़याली के चलते पूछा।

"मेरे पास क्या दस-बीस वकीलों के नम्बर हैं, जो तू पूरी इन्क्वारी पे उतर आई!"

"ऐसे क्यों कढ़ी की तरह उफन रहे हो। यही तो पूछ रही हूँ कि कौन-से वकील साब का फोन था।"

"समधी जी का था और किसका था।" विष्णु ने झल्लाते हुए बताया।

"क्या कह रहे थे?"

"कह रहे थे कि बस अड्डेवाली बाकी बची दो दुकानों को भी बेचने की तैयारी कर लो!"

"मैं कुछ समझी नहीं।"

"यही कि किसी संस्था ने हाई कोर्ट के उस फैसले के खिलाफ सुप्रीम कोर्ट में अपील कर दी है, जिसमें हमारे बल्लू की सजा को उमर कैद में बदल दिया था।"

"कर दी तो इसमें हम क्या करें? इसमें हमारी बस अड्डेवाली दुकानें कहाँ से बीच में आ गईं?" चंचला ने तमकते हुए पूछा।

"इसलिए आ गईं कि बल्लू के बचाव के लिए हमें भी वकील करने पड़ेंगे जो हमारे केस की पैरवी कर सकें। जब वकील करने पड़ेंगे तब उनकी फ़ीस भी तो देनी पड़ेगी न!"

"क्याऽऽऽ! फ़ीस भी देनी पड़ेगी?"

"फीस के नाम पे तेरी अब क्यों बत्तीसी भिंच गई। तूने ही तो कहा था कि अपने लाल के लिए मैं खुद भी बिक जाऊँगी!"

"अभी तलक तो बिकी नहीं पर अब बिकने के पूरे लच्छन नजर आ रहे हैं।" फिर कुछ पल सोचने के बाद चंचला बोली, "एक बात कहूँ, मुझे तो आसार कुछ ठीक दिखाई नहीं दे रहे हैं।"

"जो भी है। वैसे इस बात का इशारा समधी जी ने पहले ही कर दिया था।"

"अब क्या होगा?"

"जो होगा वो तो बाद में देखा जाएगा, पर पहले बस अड्डेवाली बाकी बची दो दुकानों के लिए पार्टी ढूँढ़ना शुरू करता हूँ। वकील समधी की बातों से ऐसा लग रहा है जैसे इस बार खाली दुकानों से काम नहीं चलेगा। नई कॉलोनी में जो चार सौ गज का प्लाट है उसका भी ग्राहक देखना पड़ेगा।"

"इतनी रकम लग जाएगी वकीलों से पैरवी कराने में?" चंचला ने थूक निगलते हुए कहा।

"यह तो तारामती तेरे रोहताश को, यह करम करने से पहले सोचना था।"

"आपने यह तारामती-रोहतास का क्या रिकोड बजा रक्खा है!"

"तो क्या ओम जै जगदीश का बजाऊँ?"

पति को हत्थे से उखड़ता देख चंचला की आगे कुछ कहने की हिम्मत नहीं हुई। बस, एकटक खिड़की से भीतर आती सुबह की सुनहरी धूप में फ़र्श पर उतरी सलाखों की परछाईं को निहारने लगी। परछाईं को निहारते हुए अचानक उसने देखा जैसे सलाखों को थामे कोई निरीह साया बाहर से अन्दर झाँक रहा है। एक पल के लिए चंचला को लगा यह साया उसके बल्लू का है। परछाईं से नज़र हटा सिर उठाकर उसने जैसे ही खिड़की की तरफ़ देखा, तो पाया धूप में भीगी सूनी सलाखों के पार अब कोई नहीं है। दूर तक पसरे एक सन्नाटाभरे सूनेपन के अलावा दूर-दूर तक उसे कुछ नज़र नहीं आया। यहाँ तक कि एक परिंदा तक दिखाई नहीं दिया।

इसे बलविन्दर उर्फ़ बल्लू का भाग्य ही कहा जाएगा कि केवल बस अड्डे की बाक़ी बची दो दुकानों के लिए ही ग्राहक नहीं मिला, बल्कि नई कॉलोनीवाले चार सौ गज़ के प्लाट के लिए भी एक सही पार्टी मिल गई। विष्णु ने दोनों दुकानों की रक़म एक बैग में रखी। अपने जीजा सज्जन सिंह को साथ लिया और पहुँच गया वकील ब्रजनन्दन ठाकुर की कोठी पर।

पहले से तैयार वकील ब्रजनन्दन ने रक़म अपने हवाले की और फिर केस की बारीकियों और पेचीदगियों को उन दोनों को समझाने लगा। देर तक समझाने के बावजूद ये बारीकियाँ और पेचीदगियाँ न तो विष्णु के पल्ले पड़ीं और न ही सज्जन सिंह के। सज्जन सिंह ने तो यह कहकर अपना पीछा छुड़ा लिया, "समधी जी, खग की बोली खग ही जाने। हम तो इन मामलों में ठहरे निपट अनाड़ी। अब तो हमारे बल्लू की जिन्दगी आप वकीलों के हाथों में है।"

"अपनी तरफ़ से तो हम पूरी कोशिश करेंगे। अब यह सुप्रीम कोर्ट पर है कि वह हाई कोर्ट के फ़ैसले को बदलता है, या विशेष अदालत के फ़ैसले को ही बरक़रार रखता है। बाक़ी तो ऊपरवाले के हाथ में है।"

वकील ब्रजनन्दन ने जैसे ही यह कहा कि बाक़ी तो ऊपरवाले के हाथ में है,

विष्णु की उम्मीद आधी रह गई। मगर कहते हैं कि इस उम्मीद पर ही दुनिया टिकी हुई है। विष्णु ने यही कहकर मन को समझा लिया कि उम्मीद, उम्मीद होती है। भले ही वह आधी हो या पूरी। कम-से-कम वकील समधी ने नाउम्मीदी की बात तो नहीं की।

सुप्रीम कोर्ट ने मामले की गम्भीरता को देखते हुए तुरन्त संज्ञान लेते हुए जल्द सुनवाई की तारीख़ तय कर दी। मामले की गम्भीरता, कई तारीख़ों की सुनवाई और लम्बी चली बहसों के दौरान नागरिक संगठन के वकीलों ने केस को और पुख़्ता बनाने के लिए सबूतों व गवाहों के साथ, आगरा जिला एवं सत्र न्यायाधीश के 1983 के उत्तर प्रदेश राज्य बनाम जुम्मन फ़ैसले का भी हवाला दिया। यह देश का ऐसा पहला मुक़दमा था जिसमें अभियुक्त जुम्मन को ऐसे ही मामले में फाँसी की सज़ा हुई थी। इस फ़ैसले के ख़िलाफ़ पहले हाई कोर्ट में याचिका दायर की गई, जिसे हाई कोर्ट ने ख़ारिज करते हुए जिला एवं सत्र न्यायाधीश के फ़ैसले को ही बरक़रार रखा। इसके बाद जुम्मन द्वारा हाई कोर्ट के इस फ़ैसले के ख़िलाफ़ सुप्रीम कोर्ट में स्पेशल रिट पिटीशन दायर की गई, जिसे सुप्रीम कोर्ट ने भी ख़ारिज कर दिया। इतना ही नहीं अभियुक्त जुम्मन ने राज्यपाल से लेकर राष्ट्रपति तक से रहम की अपील की। मगर उसकी अपील सब जगह से नामंज़ूर कर दी गई और अभियुक्त को फाँसी दी गई।

विशेष अदालत से लेकर हाई कोर्ट के फ़ैसलों और दलीलों को सुनने के बाद सुप्रीम कोर्ट के तीन जजों की पीठ ने निर्णय सुनाते हुए कहा–

जहाँ जुर्म समाज के ख़िलाफ़ हो, वहाँ ऐसे गम्भीर मामलों में मौत की सज़ा न देना, ख़ासकर क़त्ल के ऐसे मामलों में, जो बेहद बेरहमी के साथ किए गए हों आईपीसी की धारा 302 को शून्य में बदलना होगा। इसलिए अदालत का यह फ़र्ज़ है कि वह जुर्म की गम्भीरता के मुताबिक़ फ़ैसला सुनाए। यहाँ स्पेशल कोर्ट ने मुजरिम बलविन्दर को जिस बुनियाद पर फाँसी का हुक़्म दिया है, वह भी ग़ौरतलब है कि मुजरिम के हैवानियतभरे और जघन्य कृत्य को देखते हुए बलविन्दर किसी तरह की नरमी का हक़दार नहीं है, और सचमुच यह क़ानून द्वारा तय अधिकतम सज़ा का अधिकारी है। उसने सोच-समझ कर एक मासूम बच्ची के साथ बलात्कार तो किया ही है बल्कि उसकी गला घोंटकर हत्या भी कर दी। सामाजिक ज़रूरतों और आगे होनेवाले ऐसे अपराधों को रोकने के लिए वैसे तो एकमात्र सज़ा जो बलविन्दर को मिलनी चाहिए, मौत के अलावा और कुछ नहीं हो सकती, क्योंकि अपनी जिस्मानी हवस पूरी करने के लिए उसने एक बेक़सूर बच्ची का ख़ौफ़नाक तरीक़े से क़त्ल जैसा जुर्म किया है। लिहाज़ा यह अदालत स्पेशल कोर्ट और हाई कोर्ट के फ़ैसलों

के मद्देनज़र, हाई कोर्ट के फ़ैसले से सहमत होते हुए उसके फ़ैसले को बरक़रार रखने का हुक़्म देती है। हाई कोर्ट का मानना सही है कि इंसाफ़ का मक़सद जुर्म करनेवाले को बामशक्क़त उम्रक़ैद की सज़ा देने से भी पूरा हो जाएगा, क्योंकि उसे ताउम्र ऐसा जुर्म करने का मौक़ा ही नहीं मिलेगा। अदालत की नज़र में अभियुक्त को सर्वोच्च दंड नहीं दिया जाना चाहिए था, क्योंकि यह मामला दुर्लभ से दुर्लभतम की श्रेणी में नहीं है, जहाँ दूसरे विकल्प पूरी तरह से बन्द हो चुके हों। अदालत का अपराधी को फाँसी देने से ज़्यादा सुधारने पर ज़ोर है। अदालत का मानना है कि उम्रक़ैद नियम है जबकि फाँसी अपवाद। चाहे अपराध कितना भी नृशंस क्यों न हो, हो सकता है कि यह दुर्लभ से दुर्लभतम के दायरे में न आता हो। मौत की सज़ा ऐसे दुर्लभ केस में दी जानी चाहिए, जहाँ जुर्म को देखते हुए उम्रक़ैद की सज़ा नाकाफ़ी और अपर्याप्त हो। पर हमारा मानना है कि इस मामले में सज़ा देते हुए अभियुक्त के सुधरने और पुनर्वास की स्थिति पर भी विचार करना चाहिए।

इधर देश की सर्वोच्च अदालत का फ़ैसला आया, उधर बलविन्दर उर्फ़ बल्लू की कठघरे में ही रुलाई फूट गई। बेटे की रुलाई फूटते ही तारामती अर्थात् चंचला भी रोने लगी। चंचला ही क्यों विष्णु भी अपने आपको कहाँ रोक पाया। अब इन तीनों के इस तरह रोने का अर्थ क्या हो सकता है, उस समय किसी की समझ में नहीं आया। वकील ब्रजनन्दन ठाकुर ने जहाँ इसका मतलब बल्लू का मौत के मुँह से सही-सलामत लौट आना समझा, वहीं अदालत में मौजूद कुछ भले क़िस्म के लोगों ने बल्लू और उसकी माँ के रोने का अर्थ बल्लू द्वारा किया गया प्रायश्चित्त समझा। चंचला और बल्लू के रोने का अर्थ तो समझ में आता है मगर विष्णु का अपने आपको न रोकने का क्या अर्थ हो सकता है? इसका मतलब सज्जन सिंह ने यही निकाला कि इतनी ख़ुशी उसे बल्लू की सज़ा का आजीवन कारावास में बदलने की नहीं है, जितना दुख उसे बस अड्डेवाली चारों दुकानों और नई कॉलोनी के चार सौ गज़ के प्लाट का औने-पौने भावों में बिकना है। एक तरह से विष्णु के बुढ़ापे के लगभग सारे सहारे उससे छिन गए। बेटे के रूप में बुढ़ापे का एकमात्र सहारा उम्रभर जेल में रहेगा। जबकि जायदादरूपी सहारा बल्लू के कर्मों से छिन गया। अब इन तीनों के इस तरह विलाप करने का असली अर्थ क्या हो सकता है उसे तो बल्लू, उसकी माँ चंचला और पिता विष्णु ही बेहतर बता सकते हैं।

37

जो चंचला अपने आराध्य देवों से रात-दिन यह मन्नत माँगते हुए नहीं थकती थी कि बस किसी तरह उसके बल्लू की जान बच जाए, उसी चंचला का

अब यह सोच-सोच कर बुरा हाल रहने लगा है कि क्या मरते दम तक बल्लू जेल में ही रहेगा? उससे तो सदानन्द ही अच्छा है जो कुछ साल बाद जेल से छूटकर आ जाएगा। मगर जैसे ही उस दिन उसे यह नई जानकारी मिली, उसने मन को यह कहकर तसल्ली दे ली कि मूल सज़ा के बाद सदानन्द को अब तो तीन-चार साल की अतिरिक्त सज़ा मिलनी तय है। उसका बल्लू भले ही ताउम्र जेल में रहेगा पर कम-से-कम यह तसल्ली तो रहेगी कि वह ज़िन्दा है। मगर सदानन्द को इतनी बड़ी दुनिया में कहाँ-कहाँ ढूँढ़ा जाएगा? क्या पता वह इस दुनिया में अब है भी या नहीं?

चंचला को सबसे ज़्यादा हैरानी इस बात पर हो रही है कि उसकी ननद ने उसे इस बात की भनक तक नहीं लगने दी। यह तो ग़नीमत है जो बातों-बातों में वकील समधी से पता चल गया। वरना उसे भी कहाँ पता चलता। न विष्णु वकील समधी के पास फोन करता, न वह विष्णु को बताता। इस बात का भी पता चंचला को विष्णु से ही चला कि पुलिस ननदोई सज्जन सिंह और उसकी ननद पद्मा ही नहीं, पूरे परिवारवालों से भी कई बार पूछताछ कर चुकी है लेकिन पुलिस के कुछ हाथ नहीं आया।

चंचला ने अपने बल्लू-कांड के चलते मारे शर्मिंदगी के अपनी ननद पद्मा से मिलना तो दूर रहा, उसको फोन तक करना बन्द कर दिया था। मगर अब मौक़ा है बात करने का। सदानन्द का हालचाल जानने के बहाने वह यह भी भेद ले लेगी कि सदानन्द ने आख़िर ऐसा क्यों किया? एक बार उसने सोचा कि वह फोन से ही अपनी ननद से इसका पता लगा ले, मगर यह सोचकर उसने यह ख़याल मुल्तवी कर दिया कि नहीं, ऐसी बातों का जो मज़ा सामनेवाले से आँखों में आँखें डालकर करने में आता है, वह इतनी दूर से सुनने में नहीं आता। यही तय कर अगले दिन चंचला पहुँच गई अपनी ननद के पास।

इतने दिनों बाद अचानक चंचला को आया देख, पद्मा को तो पता नहीं हैरानी हुई या नहीं लेकिन उसकी छोटी बहू गायत्री को ज़रूर हुई। गायत्री ने अपनी जेठानी वसुधा से कह भी दिया, "दीदी, अचानक इतने दिनों बाद मामी जी आज कैसे तशरीफ़ लाई हैं?"

"तुझे पता तो है कि अगली के ऊपर इतनी बड़ी आफत जो आ पड़ी थी।" वसुधा ने सहज भाव से उत्तर दिया।

"आफत! दीदी, मामी को देखकर ऐसा लग रहा है जैसे इस औरत पर कोई आफत आई होगी? कोई कह सकता है कि इसका बेटा बलात्कार और कतल के जुर्म में जेल में बन्द है। और फिर यह आफत मामी जी के लिए कौन-सी नई है। बल्लू को तो आदत पड़ी हुई है ऐसे कांड करने की। मामी जी के लिए ऐसी आफतों से कोई फरक नहीं पड़नेवाला। मुझे तो मामला कुछ और लग रहा है?"

"क्या?" वसुधा ने गायत्री की आँखों में झाँकते हुए पूछा।

"कहींऽऽऽ मामी जी को हमारे सदानन्द की भनक तो नहीं लग गई?"

गायत्री के इस अनुमान पर वसुधा का माथा ठनका, "गायत्री, कह तो तू ठीक रही है!"

मगर शाम होते-होते गायत्री का यह अनुमान बस एक अनुमान होकर रह गया। मज़ाल है उसकी ममिया सास चंचला ने भूले से एक बार भी सदानन्द को याद किया हो।

पद्मा ने चंचला की चारपाई अपने ही कमरे में बिछवा दी। दोनों ननद-भाभी आपस में एक-दूसरे का दुख बाँट लेंगी। शाम को चूल्हे-चौके को निपटा वसुधा और गायत्री दोनों बहुएँ भी उनके पास आ गईं। गायत्री सास के पैर दबाने लगी, तो वसुधा वहीं पाँयतों की तरफ़ बैठ गई। चंचला ने रोशनी में पुते चेहरों पर बारी-बारी एक महीन नज़र मार, पहले पूरे कमरे का जायज़ा लिया। रात के धीरे-धीरे आगे बढ़ने के साथ एक बार फिर सुलझी-अनसुलझी गिरह खुलनी शुरू हो गईं। इस बीच अपनी पुरानी अदा के साथ पोजीशन ले, चंचला कुछ कहती उससे पहले गायत्री बोल पड़ी, "मामी जी, तो क्या बल्लू भाई साब अब जिन्दगीभर जेल में रहेंगे?"

गायत्री के पहले ही वार में चंचला धराशायी हो गई। उसे इसकी बिलकुल उम्मीद नहीं थी कि गायत्री ऐसा सवाल कर बैठेगी। उसके लिए इस अप्रत्याशित सवाल का जवाब देना मुश्किल हो गया। जवाब के लिए शब्द नहीं सूझे उसे। उसका सारा मीज़ान जैसे गड़बड़ा गया।

"पर मैंने तो उमर कैद के बारे में यही सुना है कि मुजरिम चौदह साल में जेल से रिहा हो जाता है?" इस बार वसुधा ने गायत्री के सुर में सुर मिलाया।

"नहीं दीदी, यह वो वाली सजा नहीं है। यह तो वैसी उमर कैद है जिसमें आदमी मरते दम तलक जेल में सड़ता रहता है।"

गायत्री ने सड़ने को जिस तरह बिलोचते हुए उच्चारित किया, उसे सुन चंचला के तन-बदन में आग लगती चली गई। गायत्री और वसुधा के शब्दजाल में बुरी तरह उलझ गई। वह भूल गई कि मुज़फ़्फ़रनगर से इतनी दूर चलकर आई किसलिए थी? चंचला जम्हाई लेने लगी। गायत्री समझ गई अपनी ममिया सास का इस तरह असमय जम्हाई लेने का अर्थ।

"और मामी जी, ये बल्लू भाई साब के साढ़ू और तारा दीदी, मेरा मतलब है उन दोनों जीजा-साली के बीच का क्या मामला था?"

चंचला को जिसका डर था वही बात हो गई। जिससे वह बचना चाह रही थी, वसुधा उसी जीजा-साली पुराण को ले बैठी।

"मामी जी, आपको किसी ने बताया नहीं कि तारा दीदी का अपने जीजा के संग पहले से टाँका फिट था?"

गायत्री ने जिस तरह मुँह बनाते हुए एक अजीब-सी ध्वनि के साथ 'फिट' शब्द को उच्चारित किया, पद्‌मा ने दोनों बहुओं को डाँट दिया, "वसुधा, ये तुम दोनों क्या रामायण लेकर बैठ गई कोई और बात नहीं है करने को!"

चंचला को जैसे थोड़ी-सी राहत मिल गई, "बहू, किसी का चरित्तर कैसा है इसका पता तो बरतने के बाद ही चलता है। अब बताओ किसी को पता है कि तुमने अपने दिनों में क्या-क्या गुल खिलाए होंगे!"

"इसमें हम कहाँ से बीच में आ गए मामी जी?" चंचला को आक्रामक हुआ देख वसुधा तुरन्त अपने बचाव पर उतर आई।

"मेरे कहने का यह मतलब नहीं है बहू कि ब्याह से पहले तुम दोनों सच में किसी से 'फिट' रही होंगी। मैं तो एक बात कह रही हूँ।" गायत्री और वसुधा के एकाएक उतर गए चेहरों को देख चंचला समझ गई, कि गेंद को वह इन दोनों के गोल पोस्ट के डेंजर ज़ोन में धकेलने में कामयाब हो गई है। उसे लगा जिस प्रयोजन के लिए वह इतनी दूर से चलकर आई है, उसे पूरा करने का इससे बेहतर मौक़ा दूसरा नहीं हो सकता, "अब देखो, सदानन्द का ही किसको पता था!"

"सदानन्द? उसको क्या हुआ मामी जी?" गायत्री ने चौंकने का अभिनय करते हुए पूछा।

"यही कि जेल से बीस दिनों के लिए छूटकर आया था वह पैरोल पर और..." चंचला ने एक महीन कुटिल मुस्कान के साथ जानबूझ कर वाक्य को अधूरा छोड़, वसुधा व गायत्री के चेहरों पर आते-जाते भावों को पढ़ने लगी।

"और क्या मामी जी?"

"यही कि वह तो जेल पहुँचा ही नहीं।"

"भाभी, तुझे किसने बताया?" पद्‌मा ने हैरानी के साथ पूछा।

"वाह बाई जी, हन तो जैसे इस दुनिया में रहते ही नहीं हैं।" चंचला की आँखों की चमक अचानक लौट आई।

"फिर भी! किसी ने तो बताया होगा?"

"बताया किसने। एक दिन वकील समधी जी का ही फोन आया था। वही बता रहे थे कि सदानन्द तो जेल जाने के बजाय बाहर से ही फरार हो गया।"

चंचला के इतना कहते ही कमरे में सन्नाटा छा गया। साँझ होते-होते जिस गायत्री का जो अनुमान, एक अनुमान बनकर रह गया था, वह अचानक फ़न फैलाकर खड़ा हो गया। पद्‌मा समझ गई कि इससे पहले उसकी यह भाभी कुछ ऊलजलूल सवाल करे, क्यों न ख़ुद ही सारी बात बता दे।

"भाभी, तूने जो सुना है सही सुना है। घर से जाने के बाद सदा जेल में हाजिर ही नहीं हुआ ।"

"जेल में हाजिर नहीं हुआ, इसका तुम्हें कैसे पता चला?"

"हमें भी कहाँ पता चलता अगर जेल से उसका बुलावा नहीं आता।"

"फिर कहाँ गया?"

"इसी का तो पता नहीं चल रहा है। पता होता तो हम खुद ही जेलवालों को नहीं बता देते। मुझे तो वो दिन याद आ रहा है जब मैंने उससे मीनू के मिलने की बात कही थी। मेरी बात सुनके बोला कि मम्मी ठीक है मीनू को ही बुलवा दे। पता नहीं इसके बाद उससे भी कभी मिलना होगा या नहीं, और होगा तो पता नहीं किस रूप में होगा। सुनते ही मेरा तो कलेजा धक से रह गया था।" कहते-कहते पद्मा की रुलाई फूट गई।

"हाँ मामी जी, जिस दिन उसे जेल में हाजिर होना था तो जाने के लिए पापा जी ने जीप निकाल ली थी। मगर उसने यह कहते हुए अपनी जीप से जाने से मना कर दिया कि इस बार वह अकेला ही जाएगा। मम्मी-पापा ने ही नहीं सबने उसे मनाने की बहुत कोशिश की पर उसने किसी की नहीं सुनी। जब सबने बहुत कहा तो बोला कि अगर वे उसे भेजना ही चाहते हैं तो कोई किराए की गाड़ी करवा दें। अगर किसी को पता होता कि उसके मन में क्या पक रहा है, तो पापा उसे अपनी जीप से छोड़कर आते।" वसुधा ने संक्षेप में सारा क़िस्सा बता दिया।

"मरे उस ड्राइवर से नहीं पूछा कि तू उसे कहाँ छोड़ आया?" चंचला ने एक तरह से तहक़ीक़ातवाले अन्दाज़ में पूछा।

"पूछा था। बोला कि जेल से सौ कदम पहले यह कहकर उतर गया कि मुझे कुछ जरूरी सामान लेना है। यह कहकर उसने ड्राइवर को वापस भेज दिया।"

"पर बाई जी, उस मरे ने ऐसा किया क्यों? यह तो उसने एक और जुरम कर दिया।"

"पता नहीं ऐसा क्यों किया?" आँसुओं को पोंछते हुए जवाब दिया पद्मा ने।

"बाई जी, किस्मत का कुछ पता नहीं। अब हमें ही देख लो, पूरी जिन्दगी हमें अपने बल्लू की आस में काटनी पड़ेगी। मरे का तो फिर भी सबर कर लिया जाता है, पर हमारा बल्लू तो न मरे में रहा, न जिन्दे में। बस, मन को यह कहके समझा लेती हूँ कि चलो कम-से-कम जिन्दा तो है।" इस बार चंचला की भी आँखें भर आईं।

अपने-अपने बेटों के बिछोह से उपजे ननद-भाभी के दुख को देख गायत्री और वसुधा समझ गईं, कि चंचला दरअसल अपने दुख को साझा करने आई है। सदानन्द तो एक बहाना था। गायत्री ने आँखों-आँखों में वसुधा से कुछ कहा, जिसे वसुधा तुरन्त समझ गई। दो माँओं का एक-सा दुख जब आँसुओं में पिघल बाहर आ गालों पर सूख गया, तो वसुधा और गायत्री धीरे-से उठीं और बत्ती बन्द कर अपने-अपने कमरों में चली आईं। इसके बाद पद्मा और चंचला कमरे में पसरे

अँधेरे में आपस में देर तक बतियाती रहीं। अतीत में खोई दोनों ननद-भाभी को पता ही नहीं चला कि उनकी कब आँखें लग गईं।

देह पिघलाती सर्दी में बाहर फैले अँधेरे में, जैसे रातभर दरवाज़े से सटे दो मासूमों के बिलखने की आवाज़ पद्मा और चंचला के कानों में गूँजती रही। ऐसा लगता रहा मानो बर्फ़ में जमी अबोध सिसकियाँ उनसे अन्दर आने और अपने गर्म आँचल में छिपा लेने की गुहार कर रही हैं। अँधेरे में घुली सिसकियों और बिलखने को सुन, यह अनुमान लगाना मुश्किल हो रहा है कि इनमें से कौन-सी सिसकियाँ दरवाज़े के बाहर खड़े मासूमों की हैं, और कौन-सी कमरे में करवटें बदलती बेचैन माँओं की हैं।

38

पता नहीं सदानन्द धरती में समा गया या उसे आसमान निगल गया? हारकर सबने उसके मिलने की आस छोड़ दी। पुलिस ने आईपीसी की धारा 224, अधिनियम 11 और पैरोल ऐक्ट 8/9 के तहत मुक़दमा दर्ज कर कुछ दिन तलाश करने के बाद, आख़िरकार उसने भी उसकी तलाश बन्द कर दी। हाँ, पद्मा को अब भी लगता है कि एक दिन उसका बेटा ज़रूर लौटकर आएगा। मगर उसकी भी यह आस साल बीतते-बीतते, अस्त होते सूरज के उजाले की तरह धीरे-धीरे मद्धिम पड़ती चली गई।

इसी बीच एक दिन ऐसी ख़बर आई जिसे सुनकर एक पल के लिए पद्मा ही नहीं बल्कि मंगला समेत सारे घर को झटका-सा लगा। जिसने भी सुना वही दुख के गहरे सागर में उतरता चला गया। किसी को इसकी उम्मीद नहीं थी। पद्मा की आँखों के आगे तो अँधेरा-सा छाता चला गया। कुछ क्षणों के बाद वर्तमान में लौटी तो भारी मन से सबको सुनाते हुए बोली, "वैसे अच्छा किया उसने। कम-से-कम उस नरक से पीछा तो छूट गया उसका। जब हमें अपनी मरजी से जीने का अख्तियार ही नहीं है, तो ऐसे जीने से क्या फायदा।" कहते-कहते पद्मा के होंठ काँपने लगे। आँखों के कोर भीग आए।

"जीजी, अगर हमें अपनी मरजी से जीने का अख्तियार नहीं है, तो इसका यह मतलब नहीं हुआ कि हम गले में फन्दा डाल अपनी जीवनलीला ही खतम कर दें!" मंगला अपनी जेठानी से असहमत होते हुए बोली।

"बुरा मत मानना मंगला, अपरा के साथ यह हुआ बहुत बुरा। इतनी बड़ी सज़ा तो एक कातिल को भी नहीं दी जाती है, जैसी सजा उसके माँ-बाप ने उसे दी थी। उमर कैद के बाद एक हत्यारे को भी खुले में साँस लेने की आजादी मिल जाती है,

पर उसके साथ तो इससे भी बुरा हुआ। और फिर उसने ऐसा कौन-सा गुनाह कर दिया। एक आनजात कुम्हार के लड़के के साथ ही तो जिन्दगी बिताने का फ़ैसला किया था। क्या बुराई थी इसमें। ठीक है फैसला कर लिया, तो कर लिया। इसका मतलब यह नहीं कि उसे दरबदर कर दो। दुनिया में हो रहे हैं ऐसे काम। ऐसी नाक भी किस काम की, जो बेटियों की ही दुश्मन बन जाए। इसी नाक के लिए रघुवीर ने गर्भवती बेटी की हत्या कर दी और इधर इनकी एक बहन रामा और बहनोई दिगंबर ने पढ़ी-लिखी सयानी बेटी की जिन्दगी लील दी।"

कहते-कहते पद्मा की साँसें उखड़ने लगीं। थोड़ी साँस आई तो वहाँ मौजूद सबको सुनाते हुए बोली, "पढ़ी-लिखी फूल-सी बच्ची को एक चौपाये की तरह किसी उजड्ड के संग धकेल देना कोई समझदारीभरा फैसला नहीं था। वैसे एक बात कहूँ मंगला, बुरा मत मानियो! चंचला भाभी ने सही कहा था कि तुम्हारे इस घर पर उस गरीब कुम्हारी जानकी की हाय लगी हुई है। अब तो मुझे भी लग रहा है कि इस बंस पर उसी का सराप लगा हुआ है।"

"आप तो जीजी ऐसे कह रही हो जैसे आपकी चंचला भाभी ही बड़ा सुख भोग रही है?"

"जभी तो कह रही हूँ कि इस बंस पर उस जानकी का सराप लगा हुआ है और फिर चंचला भी तो इस बंस का छोटा-सा हिस्सा है। भले ही दूर का है पर थोड़ा-बहुत है तो सही।"

पद्मा के इस तर्क पर एक झटके में जैसे सदानन्द, सदानन्द की नवविवाहिता, जया, अपराजिता, बल्लू सबके चेहरे सबकी आँखों के आगे तैरने लगे।

"आप सही कह रही हो मम्मी जी। यह है उस जानकी का ही श्राप। हम में से किसी ने सोचा भी नहीं था कि बल्लू भाई साब, अपरा दीदी, जया और सदानन्द के साथ एक दिन ऐसा हो जाएगा।" गायत्री ने अपनी सास से सहमति जताते हुए कहा।

"मुझे तो ऐसा लगता है जीजी कि पीर बाबा की खिदमत में पिछली दफे हमसे कोई कमी रह गई। वरना इतने साल बाद ये आफत हमारा पीछा ना कर रही होती। मेरी तो सलाह है कि क्यों न उस पर फिर से चादर चढ़ाना चालू कर दें!"

"तू ठीक कह रही है मंगला। मुझे भी कुछ ऐसा ही लग रहा है। ऐसा करते हैं आज मंगलवार है, परसों से ही चढ़ाने चलते हैं! दोपहर बाद दिन छिपने से पहले एक बार रुखसत बी से मिल आते हैं कि बृहस्पति को वह कहीं जाए नहीं।" बेटे की चाह में माँ की ममता जैसे बिखर-सी गई।

पद्मा और मंगला जिस समय रुख़सत बी के घर पहुँचीं और जैसे ही पद्मा ने उसे आवाज़ दी, उसे सुन एक धुँधला पड़ चुका

परिचित-सा चेहरा बाहर आया। पद्मा को इसे पहचानने में कुछ पल लगे। जब तक वह इससे कुछ कह पाती रुख़सत बी भी भीतर से आ गई।

"ठकुराइन आप! सब ख़ैरियत तो है?" आते ही रुख़सत बी ने पूछा।

"खैरियत क्या, बस ऐसे ही चली आई।" इतना कह पद्मा धुँधले पड़ चुके उसी परिचित-से चेहरे की तरफ़ मुड़ी और मुस्कराते हुए बोली, "बी, यह तो समीना ही है न?"

पद्मा के इस सवाल पर दोनों माँ-बेटी रुख़सत बी और समीना मुस्कराकर रह गईं। कहा कुछ नहीं। वे दोनों समझ गईं कि पद्मा का इशारा किस तरफ़ है।

"अकेली आई है या वो भी आया है?" इधर-उधर देखते हुए पद्मा ने मुस्कराते हुए पूछा।

"हाँ आए हैं। मग़रिब की नमाज़ पढ़ रहे हैं।" रुख़सत बी के बजाय जवाब समीना ने दिया। समीना भाँप गई कि पद्मा और मंगला की आँखें किसे तलाश रही हैं।

"अब तो नहीं जाता है कहीं छोड़कर?"

पद्मा ने जिस अन्दाज़ में पूछा समीना शरमाते हुए बोली, "नहीं ठकुराइन चाची।"

"यह क्या ठकुराइन-ठकुराइन लगा रक्खी है। तेरी माँ की तरह हूँ। ताई कहा कर।" पद्मा ने समीना को आत्मीयता के साथ डाँट दिया।

समीना कुछ नहीं बोली। इस बीच वह भी आ गया, जिसे रह-रह कर पद्मा की आँखें खोज रही थीं।

"लो आ गए!" हाथ में जानमाज़ थामे एक जालीदार टोपी की तरफ़ इशारा करते हुए समीना बोली।

जालीदार टोपी, पद्मा और मंगला को देखते ही समझ गया कि ये कौन हैं। इस बीच समीना ने आँखों-ही-आँखों में उसे न जाने क्या इशारा किया कि वह तेज़ी से आया और पद्मा के पैर छूते हुए बोला, "सलाम!"

"जीता रह!" जालीदार टोपी को नीचे से ऊपर तक बड़े ग़ौर से देखते हुए आशीर्वाद दिया पद्मा ने।

"समीना बेटी, अब तो खुश है न?"

पद्मा ने जिस तरह पूछा पलक झपकते ही पुराने पड़ चुके सफ़े जैसे फड़फड़ाकर रह गए। कुछ पलों के लिए लगा जैसे अतीत के स्याह दृश्य एकाएक ताज़ा हो उठे हैं। समीना ने धीरे-से नज़र उठाकर अपने शौहर आसिफ़ की तरफ़ ऐसे देखा, जैसे वह पद्मा से कह रही है कि इसका जवाब मुझसे नहीं आसिफ़ से पूछो।

"बी, औरत के लिए सबसे बड़ा सुख यही है कि उसका आदमी उसे खुश रखे। समीना की सुती हुई देह ही बता रही है कि वह कितनी खुश है। पीर बाबा

इसे ऐसे ही खुश रखे।" पद्मा आगे कुछ कहने ही वाली थी कि उसकी निगाह बाहर से दो हमउम्र बच्चों के साथ अन्दर दाख़िल होते रहमत अली पर पड़ गई।

"दो लड़के ही हैं या..." पद्मा ने मुस्कराते हुए पूछा।

"हाँ, यही हैं।" समीना ने जवाब दिया।

"अच्छा है जो लड़की ना हुई। लड़कियों का दुख क्या होता है तेरी माँ से अच्छा और कौन जान सकता है।" पद्मा ने गहरी साँस लेते हुए कहा।

मंगला को लगा कहीं बेटियों के दुख की मुँडेर से उतर, पद्मा अपने बेटे के विरह की पगडंडी पर दौड़ना शुरू न कर दे। यही सोचकर वह असल मुद्दे पर आ गई, "बी, परसों कहीं जाना तो नहीं है?"

"क्या हुआ?" रुख़सत बी ने चौंकते हुए पूछा।

"ऐसी कोई बात नहीं है। चादर चढ़ाने आना है।" मंगला ने अपने आने का प्रयोजन बताया।

"कहीं नहीं जाना है, आ जाना।" रुख़सत बी ने जवाब दिया।

"बस यही पता करने आए थे।" इतना कह पद्मा मंगला को साथ लेकर लौटने लगी, तो पद्मा को जैसे कुछ याद आ गया, "मंगला, सौ रुपये हैं तेरे पास!"

एक पल के लिए मंगला ठिठक गई कि पद्मा को इस समय सौ रुपये की क्या ज़रूरत आ पड़ी? वह चाहकर भी नहीं पूछ पाई और चुपचाप अपने बटुए से सौ का नोट निकाला और उसे पद्मा की तरफ़ बढ़ा दिया।

पद्मा ने सौ रुपये का नोट लिया और उसे समीना को देते हुए बोली, "समीना, ले बेटी, बच्चों को कुछ दिला देना!"

समीना से ना कहते नहीं बना। कैसे कहती। कहीं 'अपनों' से भी ना कहा जाता है। थके क़दमों से दूर होती पद्मा को देख, रुख़सत बी बेटी की तरफ़ पलटी, "समीना, पता है ठकुराइन किसलिए चादर चढ़ाने की बात कर रही है?"

"किसलिए?" समीना ने हैरत के साथ पूछा।

"बेटे के लिए।"

"उसी के लिए जो जेल में बन्द है?"

"है नहीं, पहले था। जेल से कुछ दिनों के लिए छुट्टी पर घर आया था। छुट्टी ख़तम होने के बाद वह घर से तो पता चला गया पर जेल में हाज़िर ही नहीं हुआ। पता नहीं बीच में ही कहीं ग़ायब हो गया या किसी ने ग़ायब कर दिया, ख़ुदा जाने। कई साल हो गए हैं मगर आज तक कुछ पता नहीं चला। ज़िन्दा है या कहीं मर-खप गया, कुछ पता नहीं। जबसे वह लापता हुआ है ठकुराइन बौराई-सी रहती है। बेचारी क्या करे। औलाद के लिए यह सब करना पड़ता है।"

"आमीन सुम्मामीन!" समीना के मुँह से स्वत: निकला। इसके बाद वह जैसे अतीत के धूल उड़ाते ऊबड़-खाबड़ बीहड़ों में उतरती चली गई।

39

राधे-राधे!

अन्य दिनों की तरह आज भी मीनू सवेरे-सवेरे अपने घर के काम में लगी हुई है। दूसरे दिनों की तरह आज भी भिक्षा माँगनेवाले एक भिक्षुक की अपरिचित आवाज़ उसके कानों में पड़ी। आए दिन सुबह-सवेरे कानों में पड़नेवाले इस उद्घोष पर उसने ध्यान नहीं दिया। ब्रजनन्दन ठाकुर बाथरूम से नहाकर बाहर निकला, तो फिर से वही आवाज़ उसके कानों में पड़ी।

"मीनू बेटी, इस साधु को कुछ भिक्षा-विक्षा देकर चलता कर!" ब्रजनन्दन ठाकुर ने मीनू को पुकारते हुए कहा।

ससुर के निर्देश को सुन मीनू ने तुरन्त एक कटोरी में आटा लिया और भिक्षास्वरूप उसे देने दरवाज़े पर आ गई। साधु की झोली में वह आटा डालने लगी, तो साधु ने उसे टोक दिया, "बहना, संत-फकीरों को इतना इन्तजार नहीं कराया करते!"

"बाबा, घर में इतने काम होते हैं। सवेरे-सवेरे यही काम रह गया है क्या!" मीनू झल्लाते हुए बोली।

"क्यों, संत-फकीरों को भिक्षा देना कोई काम नहीं है?" लम्बी स्याह दाढ़ी-मूँछ के बीच से साधु ने स्निग्ध मुस्कान के साथ प्रतिप्रश्न किया।

"आपके लिए होगा यह काम बाबा।"

"जैसी तेरी मरजी!" इतना कह साधु भिक्षा ले दरवाज़े से चला गया।

'पता नहीं कहाँ-कहाँ से भिखारी बनके चले आते हैं। यह नहीं कि इस उम्र में मेहनत करके खा लें।' मीनू भुनभुनाती हुई रसोई में आ गई और आकर अपने ससुर के लिए चाय छानने लगी। चाय छानते-छानते अचानक मीनू को लगा जैसे किसी परिचित-सी, जानी-पहचानी आवाज़ ने उसके कानों में हल्के-से सरगोशी की है। उसने चाय का कप उठाया और बैठक में चली आई।

कप को स्टूल पर रखते हुए मीनू हिचकते हुए अपने ससुर से धीरे-से बोली, "पापा जी!"

"हाँ बोल?"

"अभी-अभी यह जो साधु आया था..."

"हाँ आया था।"

"इसकी बोलो मुझे कुछ जानी-पहचानी-सी लग रही है। पता नहीं क्यों, मुझे ऐसा लग रहा है जैसे मैं इसे पहले कहीं सुन चुकी हूँ। कहाँ सुन चुकी हूँ, यह याद नहीं आ रहा है।"

"यह तेरा कोई वहम है।" ब्रजनन्दन ठाकुर ने चाय का घूँट भरते हुए कहा।

"नहीं पापा। जरूर मैंने इसे पहले भी कहीं सुना है। कहाँऽऽऽ सुना है..." इतना कह मीनू याद करने लगी। अचानक जैसे उसे याद आ गया, "पापा जी, यह तो सदान्नद जैसी आवाज थी!"

"तेरा दिमाग़ तो सही है मीनू! जा चुपचाप अपना काम कर! पता नहीं सवेरे-सवेरे क्या बात ले बैठी।"

"ठीक है पापा जी।" इतना कह मीनू लौट आई।

वकील ब्रजनन्दन ठाकुर ने अभी आधी चाय ही ख़त्म की होगी कि कप को स्टूल पर रख, उसने पाँवों में चप्पलें डाली और तेज़ी से बाहर की तरफ़ लपका। बाहर आकर उसने आसपास के घरों के कुछ खुले, कुछ बन्द दरवाज़ों पर नज़र मारी। मगर दूर-दूर तक उसे कोई दिखाई नहीं दिया। ब्रजनन्दन और आगे बढ़ गया। अचानक फर्लांगभर दूर उसे तेज़-तेज़ क़दमों से जाता हुआ एक साया नज़र आया। जब तक ब्रजनन्दन उसकी तरफ़ बढ़ता, वह एक गली में मुड़ने के बाद उसकी आँखों से ओझल हो गया। ब्रजनन्दन ठाकुर ने इस बार अपनी गति बढ़ा दी और आख़िरकार वह उस तक पहुँचने में कामयाब हो गया।

"महाराज!" ब्रजनन्दन ठाकुर ने पीछे से आवाज़ दी।

जाते-जाते रुक गया वह और धीरे-से पलटते हुए बोला, "हाँ बोलो?"

"आपसे कुछ बातें करनी हैं!"

"मुझसे?" विस्मय के साथ उसने पूछा।

"हाँ, आपसे।"

"क्या करनी है?"

"थोड़ा उधर चलते हैं! वहीं करते हैं आराम से।" ब्रजनन्दन ने आग्रह किया।

न चाहते हुए साधु ब्रजनन्दन ठाकुर के साथ-साथ चल दिया। एक एकान्त जगह पर ब्रजनन्दन उसको लेकर आ गया।

"महाराज, मैं बहुत परेशान और दुखी हूँ। मुझे जिसने जो बताया वही किया। सारे संत-फ़क़ीरों, ओझा-तांत्रिकों से ख़ूब पूछा-दिखवा लिया। सारे मन्दिर-मज़ारों पर माथा टेक लिया, पर कहीं कामयाबी नहीं मिली।" ब्रजनन्दन ठाकुर ने चिन्तित स्वर में बताया।

"ऐसा क्या हो गया?"

"कैसे बताऊँ महाराज। कुछ कहते नहीं बन पा रहा है। अब आप पूछ रहे हो तो बता ही देता हूँ। हुआ यह कि छह-साढ़े छह साल पहले मेरा बेटा कहीं लापता हो गया था। आज तक उसका कुछ पता नहीं है।"

"किसी मेला-जात्रा में खो गया था क्या?"

"नहीं। हुआ क्या कि उसे एक मामले में दस साल की सज़ा हो गई थी। जब आधी के क़रीब सज़ा रह गई, तो एक बार बीस दिनों के लिए वह पैरोल पर घर

आया था। पैरोल के बाद जिस दिन उसे जेल में हाज़िर होना था, तो हाज़िर होने के बजाय वह बीच में ही फरार हो गया।"

"यह बात आप मुझे क्यों बता रहे हैं? कहीं पुलिस-वुलिस में जाकर उसके खोने की रिपोर्ट लिखवाओ!"

"सब लिखवा दी। पुलिस ने भी बहुत खोजा पर आज तक उसका कहीं पता नहीं चला। आप तो अन्तर्यामी हैं, युगद्रष्टा हैं, इसलिए आपसे पूछने चला आया महाराज।"

"नाम क्या था उसका?"

"सदानन्द!"

"सदा...सदानन्द?" इस नाम को सुनते ही लम्बी स्याह दाढ़ी-मूँछ थरथराई और यह कहकर खड़ी हो गई, "मिल जाएगा। चिन्ता मत करो।"

"महाराज सुनो तो सही!" ब्रजनन्दन ठाकुर ने अचानक स्याह दाढ़ी-मूँछ को जाने से रोकते हुए कहा।

"मुझे एक जात्रा पर जाना है।"

"जात्रा! कौन-सी जात्रा सदानन्द?" ब्रजनन्दन साधु का हाथ पकड़ते हुए बोला।

ब्रजनन्दन ठाकुर के मुँह से जैसे ही लम्बी स्याह दाढ़ी-मूँछ ने यह सुना, वह हाथ झटकते हुए बोला, "स...सदानन्द! क...कौन सदानन्द?"

"वही जिससे मैं बात कर रहा हूँ। वही जो जेल जाने के बजाय रास्ते से ही फरार हो गया था!" ब्रजनन्दन ठाकुर की पकड़ और मज़बूत होती चली गई।

"मैं...मैं कोई सदानन्द नहीं हूँ। छोड़ो मेरा हाथ!" स्याह दाढ़ी-मूँछ अपने हाथ को ब्रजनन्दन से छुड़ाते रिरियाते हुए बोला।

"सदानन्द नहीं हो तो क्या हो महाराज?" वकील ब्रजनन्दन ठाकुर के होंठों पर इस बार एक कुटिल मुस्कान तैर आई। उसने स्याह दाढ़ी-मूँछ के अन्दर धँसी आँखों में जैसे अपनी आँखें धँसा दीं।

"मैं...मैं तो..." लम्बी स्याह दाढ़ी-मूँछ के शब्द टूटने लगे।

"चुपचाप बैठते हो या लोगों को अभी इकट्ठा कर उन्हें बताऊँ कि एक सज़ायाफ़्ता मुजरिम लोगों की आँखों में धूल झोंक, ढोंगी साधू बना घूम रहा है? चुप करके बैठो!"

ब्रजनन्दन ने जिस तरह डाँटा लम्बी स्याह दाढ़ी-मूँछ वहीं ठिठक गई। पाँव जैसे ज़मीन से चिपक गए। चेहरे पर हवाइयाँ उड़ने लगीं। उसने आसपास नज़र मारकर देखा तो पाया कि वह चाहकर भी यहाँ से नहीं भाग सकता।

"और सुन, अगर यह सोच रहा है कि मैं यहाँ से भी भाग जाऊँगा तो ऐसी ग़लती मत करना। पुलिस बुलाने में मुझे मिनट भर नहीं लगेगा, समझे!" एक अनुभवी वकील ने उसके मन में चल रहे द्वंद्व को जैसे कसकर पकड़ लिया।

वह चुपचाप वापस बैठ गया। उसके पास इसके सिवाय कोई रास्ता भी नहीं है। ब्रजनन्दन ठाकुर की साधु के पहुँचे पर पड़ी पकड़ अब पूरी तरह ढीली पड़ गई। उसने चिमटा-कमंडल ज़मीन पर रखा और बड़ी बेचारगी के साथ घबराते हुए पूछा, "आप पुलिस महकमे से हो क्या?"

"मैं किस महकमे से हूँ या कौन हूँ इसे छोड़। पहले यह बता कि बेवकूफ़ तूने फ़रार होकर यह एक और जुर्म क्यों कर लिया?"

"मैं सब बता दूँगा पर पहले यह बताओ कि आप हैं कौन? आपने मुझे पहचान कैसे लिया?" लम्बी स्याह दाढ़ी-मूँछ ने हैरानी के साथ पूछा।

"मैं मीनू का ससुर हूँ।"

"मौ...मौसा जी आ...आप! आपने मुझे कैसे पहचान लिया? मेरे बारे में आपको यहाँ आने की किसने ख़बर दी?"

"मैंने नहीं, मीनू ने तुझे पहचान लिया था।"

"मीनू ने! उसने कैसे पहचान लिया?"

"तेरी आवाज़ से। भिक्षा देने के बाद उसे अचानक लगा जैसे यह आवाज़ जानी-पहचानी है। उसने मुझे आकर बताया कि इस साधु की आवाज़ को मैं पहले कहीं सुन चुकी हूँ। पहले तो मुझे भी लगा कि उसे कुछ वहम हुआ है। मगर थोड़ा रुककर मैंने सोचा तो मुझे लगा कि उसकी बात में कुछ तो दम है। वह ऐसे ही नहीं कह रही है। फिर मैंने जब तुझे रोका और तेरी चाल-ढाल देखी, तब मुझे पक्का यक़ीन हो गया कि तू कोई साधु-संत नहीं है।"

इतना सुन स्याह लम्बी दाढ़ी-मूँछ अर्थात् साधु यानी सदानन्द ने सिर पकड़ लिया। एक पल के लिए उससे कुछ भी कहते नहीं बना।

"मेरी एक बात समझ में नहीं आ रही है सदानन्द कि ठीक है तू फरार हो गया, पर बेवकूफ़ यहाँ क्यों आया? तेरे जैसे साधु को तो किसी मठ या अखाड़े में होना चाहिए था?" ब्रजनन्दन ठाकुर ने मुस्कराते हुए पूछा।

"मौसा जी, मीनू से मिलने के लिए बहुत मन कर रहा था। इसलिए आ गया। रही बात किसी मठ या अखाड़े की, तो इससे पहले सालभर एक अखाड़े में ही था।"

"अखाड़े में था तो वहाँ से क्यों भाग आया?"

"भागता नहीं तो क्या करता।"

"मतलब?" ब्रजनन्दन ठाकुर ने अचरज से पूछा।

"हुआ यह कि एक दिन हमारा अखाड़ा गंगा स्नान के लिए जा रहा था। रास्ते में पता नहीं कैसे एक साधु को मेरे ऊपर शक हो गया। वह मुझसे बोला कि बेटा, तू तो अभी जवान है। गृहस्थ की उमर है तेरी। तू क्यों इतनी जल्दी बैरागी हो गया? मैंने कहा कि बस ऐसे ही महाराज। गृहस्थ में मन नहीं रमा। मेरी बात सुन वह बोला

कि गृहस्थ में तेरा मन नहीं रमा या कोई और कारण है? कहीं ऐसा तो नहीं है कि किसी हत्या-मर्डर से बचने के लिए इस झुंड में आ घुसा? एक बात बताऊँ, बहुतों को लगता है कि अपने अपराध और पापों को छिपाने का इन मठ और अखाड़ों से बड़ा कोई अभ्यारण्य नहीं है। यहाँ आकर बड़े-बड़े अपराधी भी संत का चोला धारण कर लेते हैं। इनमें से कुछ को लगता है कि धर्म की आड़ में उनकी असली पहचान छिप जाएगी। जबकि कुछ को ये सचमुच प्रायश्चित्त करने की यह आखिरी जगह लगती है। इसी अखाड़े के बारे में अगर मैं बताने लग जाऊँ, तो इन पर एक पूरा ग्रंथ बन जाए। अब मुझे ही लो। मैं भी एक उम्रकैदी हूँ। कभी तुम्हारी तरह यही सोचकर भागकर आया था कि जिन्दगीभर जेल की कोठरी में सड़ने से अच्छा है कहीं जाकर तप कर लूँ। पर यहाँ आकर पता चला कि इनमें न जाने कितने तपस्वी मेरी तरह हैं। उस साधु की बात सुनकर मैं कई दिनों तक बहुत बेचैन और परेशान रहा। मुझे क्या पता था कि उनमें भी बहुत सारे मुझ जैसे भागे हुए मुजरिम हैं। ऐसा लगता रहा जैसे मैं एक जेल में बन्द कैदियों से निकलकर दूसरी जेल में आ गया हूँ। हालाँकि सच्ची बात भी यही है कि मैं इसीलिए उस अखाड़े में जाकर शामिल हुआ था, ताकि मेरी पहचान बची रहे और कानून से भी बचा रहूँ।"

"लेकिन सदानन्द ऐसे कब तलक भागा फिरता रहेगा। अगर मेरी तरह किसी और ने पहचान लिया तब क्या होगा? मेरी एक सलाह है कि अपने आपको जाकर सरेंडर कर दे। मैं तेरी पैरवी कर तुझे कम-से-कम सज़ा दिलवाने की कोशिश करूँगा। बेवकूफ़, अगर तू यह काम नहीं करता तो आज अपने घर में होता।" एक वकील की तरह ब्रजनन्दन ठाकुर ने सदानन्द को समझाया।

सदानन्द ने कोई जवाब नहीं दिया।

"क्या सोच रहा है?" सदानन्द को दुविधा की कोठरी से बाहर खींचते हुए पूछा ब्रजनन्दन ठाकुर ने।

"मौसा जी, सरेंडर करने में मुझे कोई गुरेज नहीं है पर सरेंडर तो मैं तब करूँ जब मुझे घर वापस जाना हो। अगर घर ही लौटना होता तो मैं फरार ही क्यों होता।"

"तो क्या तेरी इच्छा घर जाने की नहीं है?"

"ना।"

"क्यों भई, इस तरह दुनिया से कब तलक मुँह छिपाता घूमेगा?"

"जब तलक छिपाया जाएगा। जिस दिन मेरी पहचान उजागर हो गई, उसी दिन यह दुनिया छोड़ दूँगा। जिन्दगीभर एक मुजरिम की पहचान लेकर जीने से अच्छा है अपने आपको खतम कर लूँगा। वैसे भी अब बचा ही क्या है।"

"पर तू मुजरिम है कहाँ से।"

"मौसा जी, यह बात तो मैं भी मानता हूँ, पर आपके कानून ने मुझे मुजरिम बना तो दिया न?"

"ठीक है जैसी तेरी मरज़ी महाराज। वैसे मेरा मन कर रहा है कि तुझे इसी समय पुलिस के हवाले कर दूँ, पर पता नहीं क्यों मेरा दिल इसकी गवाही नहीं दे रहा है।" वकील ब्रजनन्दन ठाकुर ने ढेर सारी हवा अपने फेफड़ों में भरी और उसे धीरे-धीरे बाहर छोड़ते हुए बोला, "मीनू से कुछ कहना तो नहीं है?"

"कुछ नहीं। बल्कि उसे तो यह भी मत बताना कि आपने मुझे पहचान लिया है। बेमतलब दुखी होगी।"

"वैसे अब यहाँ से कहाँ जाएगा?"

"यह तो मुझे भी नहीं पता। पर एक बात बता दूँ कि अब मैं कभी वापस लौटके नहीं आऊँगा।" इतना कह स्याह दाढ़ी-मूँछ अर्थात् सदानन्द जाने के लिए खड़ा हो गया।

वकील ब्रजनन्दन ठाकुर बैठा का बैठा रह गया। पता नहीं वह सोच के किस गहरे भँवर में उतर गया। कुछ पलों के बाद वह उससे निकल बाहर आया, तो देखा सदानन्द तेज़ी से चला जा रहा है। अपने आपसे दूर होते जा रहे सदानन्द को वह पीछे से तब तक देखता रहा, जब तक सदानन्द उसकी आँखों से ओझल नहीं हो गया। ब्रजनन्दन ठाकुर अपनी जगह से उठा और बोझिल क़दमों से घर की तरफ़ चल दिया।

"पापा जी, चाय छोड़कर आप कहाँ चले गए थे?" घर आते ही मीनू ने पूछा।

मीनू ने जिस तरह पूछा, थोड़ी देर के लिए ब्रजनन्दन ठाकुर सहम गया। कहीं इसे यह तो पता नहीं लग गया कि मैं उस साधु को खोजने निकल गया था। अब चूँकि मीनू ने पूछा है तो कुछ-न-कुछ जवाब देना ही पड़ेगा। यही सोचकर उसने एक चलताऊ-सा उत्तर दे दिया, "कहीं नहीं। थोड़ा-सा बाहर चला गया था।" फिर कुछ क्षण रुककर बोला, "मीनू बेटा, तुझे पक्का यक़ीन है कि वह सदानन्द ही था?"

"पापा जी, अब क्यों पूछ रहे हो?" मीनू ने पलटकर अपने ससुर से पूछा।

"इसलिए कि अगर वह वही था और मुझे पता चल जाता, तो मैं उसे उसी समय पुलिस के हवाले कर देता।"

इतना कह ब्रजनन्दन मीनू की ओर देखने लगा। मीनू ने अपने ससुर की इस बात का कोई जवाब नहीं दिया। बल्कि पुलिस की बात सुन उसका चेहरा उतर गया। ब्रजनन्दन ठाकुर ने इसके बाद इस बारे में कुछ नहीं कहा और यह कहकर बात समाप्त कर दी, "बेटा, ज़रा अन्दर से अख़बार लाना!"

मीनू अन्दर से अख़बार लाई और उसे अपने ससुर को देकर वापस चली गई। ब्रजनन्दन ठाकुर ने अन्य दिनों की अपेक्षा आज अख़बार जल्दी ख़त्म कर दिया। अख़बार उसने अभी एक तरफ़ पटका ही था कि तभी बाहर से एक बार फिर साधु

की आवाज़ उसके कानों में पड़ी। ब्रजनन्दन तेज़ी से बाहर की तरफ़ लपका। देखा तो पाया एकदम सदानन्द की क़द-काठी जैसा एक साधु भिक्षा के लिए इन्तज़ार कर रहा है। ब्रजनन्दन ठाकुर अपलक उस साधु को देर तक निहारता रहा। निहारते हुए अचानक उसे लगा जैसे उसके सामने भिक्षुक के रूप में कोई दूसरा साधु नहीं, बल्कि सदानन्द खड़ा है।

वही कार्तिक का महीना और इसी महीने का वही देवउठनी का पर्व जिसके बारे में मान्यता है कि इस दिन हिन्दुओं के देवी-देवता उठते हैं। इस दिन किसी पंडित-ब्राह्मण से बिना पत्रा बँचवाए कोई भी सनातनधर्मी अपने आयुष्मानों और सौभाग्यवतियों को प्रणयसूत्र में बेखटके व नि:संकोच बाँध सकता है। इस बार देवउठनी संयोगवश उसी बृहस्पति के दिन पड़ी, जिस दिन पद्मा को मज़ार पर चादर चढ़ानी होती है।

दिनभर पद्मा न जाने किस उद्विग्नता के चलते एक अनजान कल्पना में डूबती-उतराती रही। वह रह-रह कर सोचती है कि अगर उसका सदानन्द लापता नहीं हुआ होता, तो आज वह सदानन्द के कई बच्चों की दादी होती। गोधूलि के आसपास मग़रिब की नमाज़ को अनसुना कर सूरज क्षितिज के और क़रीब पहुँच गया। पिछले कई सालों की तरह पद्मा ने पहले से ख़रीदकर लाई गई हरी चादर, अगरबत्ती का पैकेट, सीवनी और माचिस थाल में रखे तथा मज़ार की तरफ़ चल दी। चादर चढ़ाने के दौरान रहमत अली द्वारा पढ़ी जानेवाली दरूद के साथ, देर तक वह पीर के आगे घुटनों के बल झोली पसार मन्नत माँगती रही।

मज़ार पर चादर चढ़ाने के बाद अस्त होते सूरज के साथ एक-एक कर परिंदे भी अपने-अपने आशियानों की तरफ़ हो लिए। घर लौटते हुए रास्ते में इन परिंदों को देख पद्मा को एक बार लगा जैसे इन परिंदों के इस झुंड में उसका सदानन्द भी है। एक पल रुककर उसने धुँधले आसमान की तरफ़ देखा, तो अपने घर की ओर जाते एक परिंदे पर उसकी नज़र ठहर गई। उसकी चाल में एकाएक तेज़ी आ गई। कहीं यह परिंदा उससे पहले घर न पहुँच जाए, यही सोचकर वह तेज़-तेज़ क़दमों से अपने घर की तरफ़ बढ़ गई।